Max Gallo
de l'Académie française

Agrégé d'histoire, docteur ès lettres, longtemps enseignant, Max Gallo a toujours mené de front une œuvre d'historien, d'essayiste et de romancier, s'attachant à restituer les grands moments de l'Histoire et l'esprit d'une époque. Il est aussi l'auteur de biographies abondamment documentées sur de grands personnages (Napoléon, de Gaulle, César, Victor Hugo, Louis XIV, Jésus). Avec *1940, de l'abîme à l'espérance* (XO éditions, 2010), il a initié une grande histoire de la Deuxième Guerre mondiale, dont *1943, le souffle de la victoire* est le tome 4, et achevée en 2012 avec *1944-1945, le triomphe de la liberté*. Les cinq volumes ont paru chez XO. Chez le même éditeur, Max Gallo a publié ses mémoires, *L'oubli est la ruse du diable*, dans lesquelles, pour la première fois, l'écrivain se livre à cœur ouvert.

Max Gallo a été élu le 31 mai 2007 à l'Académie française, au fauteuil du philosophe Jean-François Revel.

La baie des Anges

**

LE PALAIS DES FÊTES

DU MÊME AUTEUR
CHEZ POCKET

CESAR IMPERATOR

LA BAIE DES ANGES
1. LA BAIE DES ANGES
2. LE PALAIS DES FÊTES
3. LA PROMENADE DES ANGLAIS

NAPOLÉON
1. LE CHANT DU DÉPART
2. LE SOLEIL D'AUSTERLITZ
3. L'EMPEREUR DES ROIS
4. L'IMMORTEL DE SAINTE-HÉLÈNE

DE GAULLE
1. L'APPEL DU DESTIN
2. LA SOLITUDE DU COMBATTANT
3. LE PREMIER DES FRANÇAIS
4. LA STATUE DU COMMANDEUR

LOUIS XIV
1. LE ROI-SOLEIL
2. L'HIVER DU GRAND ROI

RÉVOLUTION FRANÇAISE
1. LE PEUPLE ET LE ROI
2. AUX ARMES, CITOYENS !

UNE HISTOIRE DE LA 2e GUERRE MONDIALE
1940, DE L'ABÎME À L'ESPÉRANCE
1941, LE MONDE PREND FEU
1942, LE JOUR SE LÈVE
1943, LE SOUFFLE DE LA VICTOIRE

MAX GALLO

La baie des Anges

**

LE PALAIS DES FÊTES

ROBERT LAFFONT

MIXTE
Papier issu de sources responsables
FSC® C003309

Pocket, une marque d'Univers Poche,
est un éditeur qui s'engage pour la
préservation de son environnement et
qui utilise du papier fabriqué à partir
de bois provenant de forêts gérées de
manière responsable.

ISBN : 978-2-266-20167-4

« Mon fils, mon grand fils, nous allons fendre l'eau à lentes brassées. »

VICTOR SERGE,
Pour un brasier dans un désert.

Première partie

LE BAL

1

Il faut le temps.

Dante Revelli ne l'avait compris qu'après quelques jours. Il avait cru, d'abord, qu'il suffisait de poser son sac de marin sur les tommettes rouges de la cuisine, d'enfouir la vareuse de laine bleue et les treillis au fond du placard, dans le couloir, pour redevenir ce qu'il était avant, avant.

— Raconte, raconte-moi, disait Vincente.

Dante regardait son père. Raconter ? Quoi ? La guerre ? Comme si...

— Tu veux du café, Dante ?

— Ça va ? Vous, ici ? interrogeait Dante.

Eux avaient vécu. Lui, le hamac, cette toile rêche qui râpe les bras, les pieds, les joues, qui vous enveloppe, et l'odeur d'huile chaude, le halètement des bielles, le craquement de la coque, le destroyer qui gîte et le hamac qui se balance, qu'on arrête mais le tuyau auquel on s'accroche brûle.

— Fais du café, répétait le père.

Louise, Violette — les sœurs — debout devant la cuisinière, regardaient Dante. Louise s'essuyait les yeux, elle murmurait, et Dante comprenait au mouvement des lèvres.

— Tu es revenu, toi, disait Louise.

Elle versait l'eau dans la cafetière, puis elle posait la casserole. « Fais-le », chuchotait-elle à Violette, et elle traversait la cuisine, tête baissée. Dante l'entendait crier dans le couloir : « Lucien, Lucien. »

— Il est beau, tu sais, disait Violette, elle a un beau petit.

— Il s'appelle..., commençait Vincente. Il prenait sa pipe. C'est après, continuait-il en la gardant serrée entre ses dents, après qu'à la mairie ils ont accepté les mariages avec ceux qui avaient été tués au front. Il fallait faire des démarches, les parents de Millo voulaient, mais Louise et nous, puisque le petit était déjà né, on n'a pas bougé. Alors, Lucien, il s'appelle Revelli et pas Millo, voilà !

Il haussait les épaules, Louise rentrait, portant l'enfant dans les bras.

— C'est Lucien, mon fils. Tu l'avais vu ?

Dante secouait la tête, il prenait Lucien.

— Lourd, il est lourd, disait-il.

— Cinq ans, il les a eus, murmurait Louise.

Il faut le temps.

S'habituer comme si la ville était un bateau qu'on ne connaît pas. Il faut le temps pour savoir comment trouver l'équilibre quand le vent a déjà creusé la mer, mais qu'il change encore, fantasque, de force, de direction, hautes lames, fossés qui se prolongent ou bien crêtes serrées, et le bateau roule, tangue. Il faut le temps pour, d'instinct, profiter du creux et se laisser glisser le long de l'échelle.

Dante chez lui, rue de la République, face à eux, le père, les sœurs, Antoine son frère, qui disait : « J'ai mis ta veste, elle me va, je te la rends si tu veux. » Dante dans les rues de Nice, les premières semaines après sa libération, et peut-être pendant tout l'hiver de 1920, avait eu peur de perdre l'équilibre, comme un matelot qui embarque et qui, le goulet franchi, ressent l'effet des premières vagues, la nausée.

Il avait ce mal du temps passé ailleurs, quand on revient et que tout, d'abord, semble pareil, le porche, en bas, la cour et le filet d'eau où le soleil se prend, le creux au centre des marches d'ardoise, la porte et l'usure du bois, là où l'on pose la paume de la main, et les odeurs du feu, des légumes qui mijotent, senteurs de poireaux et d'oignons. Comment croire que, voilà sept années, sept années déjà que j'ai quitté la ville, et la guerre s'est enfoncée comme un soc. Millo qui, il y a sept ans, serrait le bras de Louise et l'entraînait vers l'épicerie de ses parents.

L'épicerie Millo est toujours ouverte, les cageots de tomates et de courgettes sur le trottoir, Millo, le père, silhouette aperçue, courbée, rangeant des bouteilles, mais Millo le fils n'est plus qu'un nom qu'on va graver dans le marbre, là-bas, face à la mer, sur le grand monument aux morts qu'ils ont commencé à tailler dans le rocher.

Qui dira, alors, le dernier bal, 14 juillet 1914, Dante partait le soir pour Toulon, les taches des drapeaux dansaient sur les façades grises de la place Garibaldi, Millo enlaçait Louise, il saluait Dante de la main. Il était mort parmi les premiers, peut-être avant la fin du mois d'août... Qui dira à Lucien son fils ?

Il faut le temps.

Les premiers jours, quand Dante entrait dans la cuisine, qu'il voyait ce bras au-dessus de la cocotte, la longue cuillère de bois plongeant dans le ragoût, le mouvement régulier de la main, l'odeur de sauce tomate, douceâtre, le clapotis des bulles qui crevaient à la surface rouge, il allait dire, et puis, il avait comme un frisson, une décharge pareille à celle qu'il recevait souvent quand il était apprenti parce que, imprudemment, il touchait les fils, et que Clément, l'ouvrier, riait : « T'as encore fait le con, Revelli, tu te chatouilles ? »

Dante s'écartait de la cuisinière.

Clément, sa veuve, Dante l'avait croisée, le premier jour, la robe de soie courte sur le haut des mollets, le menton trop levé. Antoine avait cligné de l'œil à son frère : « Tu la reconnais ? Françoise Clément, Clément l'électricien, celui... — Mais oui, mais oui, disait Dante. — Lui, on l'a su après, en 17, il a essayé de se révolter, il est de ceux, douze balles, le poteau. Elle, maintenant, tu l'as vue, avec n'importe qui, n'importe quand, qu'est-ce que tu veux dire ? »

Dante s'asseyait dans la cuisine. C'était Louise, sa sœur, qui se retournait, la cuillère de bois à la main, le couvercle, plaque noire qu'elle tenait de la main gauche.

— Tu as faim ? demandait-elle.

Il secouait la tête.

— Ce ragoût, commençait-elle, je ne sais pas, maman...

Elle avait prononcé le mot, mais vite, pour le faire oublier, elle tendait à Dante la cuillère rouge de sauce.

— Goûte, dis-moi, attention, c'est chaud.

Dante claquait la langue, il sortait.

Depuis qu'il était revenu, il croyait chaque fois qu'il allait voir sa mère devant la cuisinière, ou bien, alors qu'il montait l'escalier, qu'elle s'avancerait sur le palier, elle dirait : « Enfin, tu rentres, tout est froid déjà. » Il la saisirait par les épaules, elle s'abandonnerait — « Dante, Dante, tu es en sueur » — et, du bord de son tablier, elle lui essuierait le front. D'autres fois, c'était en passant sous le porche que Dante s'attendait à l'apercevoir, dans la cour, prenant de l'eau ou étendant les draps. Mais cette femme baissée au-dessus du baquet, c'était Louise ou la voisine, Madame Gancia. Morte, la mère, et il ne l'avait su que plus tard, quand il creusait dans le sol caillouteux et aride de Tunisie des tranchées pour les canalisations d'eau. Deux tirailleurs sénégalais conduisaient les condamnés hors du camp, et souvent, quand ils jugeaient que le travail n'avançait pas assez vite, ils donnaient un coup du plat de la crosse sur les reins, ou bien, en riant, ils approchaient la baïonnette. Il fallait rentrer la tête, murmurer à Raffin : « Fais pas le con, tu veux pas leur faire plaisir, crever ici ? » Raffin frappait la pioche à faire éclater l'acier. Le soir, le capitaine Rémond les passait en revue : « Toujours là, nos salopards ? Qu'est-ce que vous attendez, mes petits, pour vous rebeller. Allez, un peu de cran, recommencez comme en mer Noire, qu'on voie ce que vous savez faire, et que je vous dresse. »

On les enfermait dans des baraquements aux toits de tôle ondulée dont les Sénégalais bouchaient toutes les issues. Ne pas bouger pour trouver le sommeil, oublier cette carapace de terre brûlante qui semblait envelopper le corps, pour tenter de contenir la peur, d'éviter les gestes, le désir d'arracher la langue qui, gonflée, bouffait toute la bouche, y planter les ongles, tirer pour que l'air s'infiltre, que le sang coule, étanche la soif. Devenir pierre. Raffin ne savait pas. Il s'asseyait sur le bat-flanc de Revelli, il se grattait, se déchirait.

— Dehors, une fois dehors, Revelli, ne les laisse pas m'enterrer, gueule, gueule !

Et il criait.

— Salauds !

Dante pesait sur l'épaule de Raffin.

— Tu feras pas tes sept ans, tu les feras pas, disait-il.

Raffin enfonçait ses ongles dans sa barbe, il griffait ses joues.

— Tu les as entendus ? De Jarrivon...

Le commandant de Jarrivon, sans un regard pour

les inculpés, la casquette sous le bras gauche. « L'équipage du *Cavalier,* disait-il aux officiers du conseil de guerre, a été détourné de son devoir par un meneur, le quartier-maître Raffin. Avant même notre arrivée en rade de Sébastopol, je n'ignorais pas que Raffin cherchait à dresser l'équipage contre le commandant. Ses idées anarchistes le conduisaient naturellement à soutenir les Rouges de Russie. À plusieurs reprises, à Alger même, dès le 11 novembre 1918, quatre mois avant les événements de la mer Noire, donc, j'avais dû sévir... »

— Ne les laisse pas m'enterrer, Revelli, répétait Raffin.

Un soir, avant de refermer la porte, le sergent avait tendu à Revelli une enveloppe décachetée. Chaleur gluante. Les mots d'Antoine que la sueur des doigts, les gouttes tombées du front de Dante rendaient flous, noyant les phrases. *« Maman est morte, sur le moment on n'a pas voulu... »* La page se voilait de bleu, les mots fondaient et, issues fermées, le baraquement n'était plus que chaleur noire cadenassée.

— Qu'est-ce qu'il y a ? interrogeait Raffin.

— Ma mère.

C'est Raffin qui mettait la main sur l'épaule de Dante.

— Merde, répétait-il.

Il tremblait, la fièvre ou la colère, l'envie de frapper son poing contre les planches.

— Je sentais, commençait Dante calmement.

Qu'est-ce qu'on sent ? Qu'est-ce qu'on sait ?

La lettre d'Antoine n'était qu'une feuille de papier froissé. Il faut le temps pour que les mots fassent leur chemin, qu'en soi ils creusent la sape. Et ça ne suffit pas. Il faut que, le premier jour du retour de Dante à Nice, la porte poussée, dans le couloir de leur maison, 42, rue de la République, la mère ne soit pas là, essuyant ses mains mouillées au tablier noir, collant son visage contre la poitrine de Dante, et il avait l'habitude de détourner les yeux pour ne pas voir les cheveux gris. Il faut que cette femme, dans la cour, au-dessus du baquet, ce soit Louise ou Madame Gancia, Louise encore dans la cuisine, devant la cuisinière. Et ça ne suffit pas.

Le deuxième jour, Dante Revelli demanda à son frère de l'accompagner.

— Vous allez..., avait commencé Vincente en regardant ses fils.

Dante ne répondit pas. Il descendait lentement l'escalier, prenait la rue de la République vers l'est, ne se retournait pas pour voir si Antoine le suivait. Il marchait les mains dans les poches pour immobiliser ses bras, affirmer ainsi qu'il était civil, qu'il faisait ce qu'il voulait de son corps. Antoine le rejoignait en courant, achevant d'enfiler sa veste. Il était de la même taille que son frère, mais le visage était plus rond, les cheveux bouclaient, alors que Dante, amaigri, le teint brique, la peau tendue comme un cuir, avait la tête rasée des prisonniers.

— Tu sais que je pars, disait Antoine, dans la biffe... J'ai passé le conseil, on va pas se laisser faire.

— Essaie de la boucler, disait Dante, essaie.

La rue, le ciel, le lit du Paillon qu'ils longeaient maintenant, Dante rentrait dans sa vie après sept ans. Il écoutait à peine Antoine. « Les élections, tu comprends, disait le frère, c'est de la merde, toujours les mêmes à être élus, Merani, bien sûr, mais quand on aura les fusils, tu te rappelles de Piget, ton instituteur ? C'est lui qui était candidat socialiste, et Sauvan, le charpentier, il est venu à la maison... »

Piget, Sauvan. Ils avaient fait parvenir à Dante un mandat juste avant l'amnistie. Quelques francs, quelques mots *« le salut des camarades »*. Dante racontait à son frère, puis il s'interrompait, reconnaissait le froissement continu de la rivière sur les galets, les voix des lavandières qui s'interpellaient. L'une d'elles, un panier d'osier rempli de linge posé en équilibre sur la tête, traversait la chaussée, lentement, se déhanchant à chaque pas, les mains à la taille. Un coq aussi, qui, sur les hauteurs, dans un de ces jardins potagers que les maçons italiens cultivaient après leur journée de travail ou bien à l'aube, lançait sa proclamation hautaine. Dante s'arrêta, s'avançant vers le lit du Paillon, découvrant ces maisons jointives qui formaient la façade irrégulière de la vieille ville, pans ocre ou vert pâle qui se succédaient et dont le soleil éclairait les parties supérieures, tuiles rouges, terrasses qu'envahissait la vigne. Vers l'est, le Paillon, entre les pentes raides, prolongeait sa trace caillouteuse.

— Ils sont venus par là, dit Dante.

Il s'assit sur la terre battue, le dos appuyé à un platane, commença de rouler une cigarette, puis la tendit à son frère.

Jamais le père n'avait raconté. Mais la mère, souvent, le soir, dans la chambre, quand ils étaient encore les domestiques du député Merani, que le père, devant l'Opéra ou le casino de la Jetée, attendait avec la voiture qu'un banquet ou un spectacle se termine, la mère, penchée au-dessus de Dante, commençait l'histoire fabuleuse. « Ils étaient trois frères, disait Lisa, et ils venaient de là-bas, le pays de la montagne. L'aîné s'appelait Carlo, ton oncle. Regarde ses mains, ses épaules, et tu comprendras. Il peut creuser seul une montagne, en construire une autre. Puis il y a le plus jeune, Luigi, lui — la mère de Dante s'interrompait — tu le connais... »

Dante guettait le moment où elle parlerait du père, de Vincente. « Il était avec ses frères ? » demandait-il. « Il marchait avec eux, répondait Lisa Revelli, c'était le plus raisonnable, le plus bon, et c'est lui que j'ai vu le premier, un matin, dans la rue Saint-François-de-Paule, un mois d'octobre en 1888. Je me suis retournée, j'ai aperçu un paysan, c'était bien un paysan piémontais ton père, il sentait encore la montagne, le foin. Mais ils venaient de loin, les trois frères Revelli, ils avaient marché plusieurs jours, j'avais envie de rire en le voyant. Maintenant, tu dois dormir... »

Elle soufflait la bougie, et Dante partait sur une route qui s'enfonçait dans les vallées, se dirigeait vers le pays des origines, ce Piémont des châtaigniers.

— Il faut avoir faim pour quitter son pays, dit-il à Antoine.

— On les voit guère, les oncles, dit Antoine en s'asseyant près de son frère.

Carlo, quelquefois rencontré quand ils étaient gosses. Il donnait une pièce. On lisait sur les charrettes de son entreprise, *Forzanengo et Revelli, Entrepreneurs,* en lettres noires. Luigi, un soir, vers 1910, s'était installé dans la cuisine du 42, rue de la République. Dante le connaissait bien. Ils avaient grandi ensemble chez les Merani, presque comme des frères, mais le Luigi qu'il revoyait, parlant haut, les cheveux gras, brillants, lui envoyant des bourrades : « Si tu veux du travail, Dante, qu'est-ce que tu fous sur les chantiers ? Électricien, d'accord, mais viens me voir, je te trouve quelque chose à la mairie. Merani, il fait ce que je veux. » Il clignait de l'œil à Dante et à Vincente. « Ton fils, envoie-le-moi », disait-il.

— Oncle Luigi, dit Antoine, c'est un vendu. Le larbin de Merani, c'est lui qui fait les élections dans la vieille ville. Tant par voix, il touche, un maquereau.

Antoine cracha en direction de la rivière.

— Il s'était planqué dans l'Intendance, continuait-il, il volait les rations des troufions. Ils l'ont envoyé là-haut, à Verdun. Il y a laissé le bras. Ça ou le bagne...

Dante se leva et commença de marcher. La route longeant le Paillon devenait plus étroite, bordée du côté du fleuve de platanes frêles. Des charrois, chargés de troncs, passaient souvent, cahotant dans les ornières, obligeant les Revelli à se coller contre les façades des maisons basses aux fenêtres desquelles séchait un linge de couleur.

À un tournant, Dante vit l'église, les bâtiments rectangulaires, jaunis, de l'hôpital, et au-delà comme une carrière creusée à flanc de pente, une plaie blanchâtre, le cimetière de l'Est.

— Les oncles, demanda-t-il à son frère, ils sont venus pour elle ?

— Ils sont venus, dit Antoine.

Vincente avait voulu qu'on les prévienne.

— C'est mes frères, avait-il dit, ils sont ce qu'ils sont, mais il y a des choses qu'il faut.

Antoine avait d'abord été dans la vieille ville, au *Castèu,* le café de Luigi. L'oncle était debout, le crochet de fer de son bras mutilé appuyé au comptoir, une casquette rejetée en arrière. Visage gris, gonflé, où les yeux mobiles, clairs, étaient à l'affût. Une femme à la poitrine forte allait et venait dans la salle, Antoine avait hésité.

— Je suis le fils de Vincente. Antoine.

Luigi Revelli avait eu une exclamation de surprise :

— Je suis ton oncle, alors ! Qu'est-ce que tu bois ?

Il appelait Rose :

— C'est ton neveu, disait-il à la femme, beau, tu vois ? Un Revelli.

Antoine trempait ses lèvres dans le « ballon » de vin rouge que la femme de Luigi lui avait servi.

— Comme ça, demandait Luigi, tu viens me voir ?

— C'est ma mère — le visage de Luigi se fermait — mon père voulait vous avertir, pour la date, au cimetière de l'Est.

Antoine terminait son verre, s'essuyait les lèvres du revers de la main.

— Lisa, répétait Luigi, Lisa, y en a plus, y en aura plus comme elle.

Antoine voulait repartir, mais Luigi continuait à parler.

— Tu veux manger avec nous ? Rose, mets la table, là-bas.

Luigi prenait Antoine par l'épaule, le forçait à s'asseoir près d'une fenêtre d'où l'on apercevait une partie de la place Sainte-Réparate, le parvis de la cathédrale, les gosses qui se poursuivaient, se perdant dans les ruelles d'où surgissait un homme attelé à un charreton ; des ouvriers, leur musette à l'épaule, s'arrêtaient devant l'étalage de l'épicerie, au coin de la place, achetaient un cornet d'olives noires, un morceau de fromage, quelques anchois.

— Raconte-moi, demandait Luigi, on se voit plus avec ton père. Tes sœurs, je les connais à peine, Louise...

Antoine racontait, oubliait que, sans doute, on l'attendait rue de la République. Il éprouvait la complicité qui soude les familles. Cet oncle, ce salaud, comme on disait partout, voilà qu'il se sentait proche de lui, quelque chose dans le visage qui tenait du père, ou même de Dante.

— Louise, expliquait Antoine, elle a un enfant, il s'appelle Revelli.

Il s'interrompait.

— Tiens, disait Luigi, en buvant, Revelli, lui aussi.

— Millo, reprenait Antoine, le fils de l'épicier, il allait l'épouser, il s'est fait tuer, les premiers jours.

— Regarde — Luigi montrait le crochet d'acier — tu vois, ils m'ont pris ça. Je l'ai payé, le droit d'être français.

Il tapait du crochet sur la table de marbre.

— Rose, le café ! hurlait-il.

Puis, à voix basse :

— Ça manque, une main. Et les autres ? Violette, Dante.

— Violette, commençait Antoine, elle travaille aux Galeries, elle gagne bien.

Luigi touchait Antoine de la pointe du crochet, il l'appuyait sur la poitrine.

— Toi, tu es électricien, tu m'as dit, comme Dante. Est-ce que tu sais ce que ça veut dire « gagne bien » ? Dis pas d'imbécillités, ton père, elle, toi, ton frère, vous gagnez rien, vous avez même pas l'idée de ce que ça veut dire gagner, si tu as pas ça dans la tête, si tu comprends pas, tu crèveras toute la vie, tu m'écoutes ?

Il avait fait servir de la branda, l'alcool fruité de la montagne.

— Dante, tu vois, il casse les cailloux au bagne, parce qu'il a fait le mariole. Crois-moi, quand tu es dans la merde, tu y es, tu y es seul. Les Russes, c'est pas eux qui le sortiront, Dante, de sa Tunisie. Alors, qu'est-ce qu'il avait à faire le con pour eux dans la mer Noire ?

La chaleur douce de l'alcool... Antoine devait faire un effort pour se lever, se fermer à cette voix dont il reconnaissait certaines inflexions.

— Toi aussi, continuait Luigi en le raccompagnant, je sais qu'on t'a bouclé. T'as les idées de ton frère, alors ?

À la fin de l'année 17, Antoine et quelques jeunes ouvriers avaient distribué des journaux qui réclamaient la cessation immédiate du conflit, proclamaient la solidarité avec la Révolution russe. La police, peu après la venue de Clemenceau au pouvoir, les avait arrêtés avec quelques personnalités socialistes, Sauvan, le syndicaliste, Karenberg, un riche baron russe naturalisé. Mais Antoine n'était resté que quelques jours en prison.

— On n'est pas des moutons dans la famille, répondait-il à Luigi, en enfourchant sa bicyclette.

Luigi hochait la tête.

— Mouton, mouton... Dis à ton père que je viendrai. Salut, petit.

Antoine avait roulé lentement, prenant par la vieille ville, évitant les étalages, les femmes qui bavardaient au milieu de la rue. Place Saint-François, devant la Bourse du Travail, on lavait à grands seaux d'eau la chaussée, cependant que les pêcheurs du marché aux poissons achevaient de nettoyer leurs étals.

En descendant vers le port, Antoine mesurait le temps passé chez Luigi, l'engourdissement qui l'avait saisi, cette passivité complice qu'il avait eue, oubliant sa mère morte, l'objet de sa visite. Sur le quai Lunel, il avait tout de suite situé les bureaux de Carlo, *Entreprise de transports Revelli — ETR.* Deux camions chargés de fûts d'huile, des entassements de sacs et des piles de bois dissimulaient en partie la façade. Il reconnut son oncle, les cheveux presque entièrement blancs, le visage très brun, les manches de la chemise retroussées au-dessus du coude, un gilet noir serrant le torse, et la chaîne de montre qui le barrait. Carlo était au centre du hall, les poings fermés sur les hanches, dominant de la tête le groupe d'ouvriers qui l'entouraient. « Patron, disait l'un, si on peut pas décharger aujourd'hui... » Carlo s'écarta du groupe : « Vous déchargerez aujourd'hui, et s'ils refusent, vous déchargerez quand même. S'ils vous ouvrent pas, vous laissez devant la porte, pluie ou pas, je m'en fous. C'est aujourd'hui, pas demain. C'est moi, je le prends sur moi, tu entends ? »

Il vit Antoine qui s'avançait, détourna la tête comme s'il ne l'avait pas remarqué, puis la mémoire, une ressemblance entrevue, l'intuition, il s'arrêta, vint vers Antoine :

— Qu'est-ce que tu veux ? Tu cherches quelqu'un ?

— Je suis le fils de Vincente, dit Antoine.

Carlo crispa son front, plissa ses paupières comme s'il voulait voir plus loin.

— Qu'est-ce qu'il y a ?

La voix était sourde, les veines du cou, un cou qui

semblait devoir faire éclater le col de la chemise blanche, s'étaient gonflées.

— Ton frère ? Dante ? demanda-t-il.

En ces temps de guerre, les jeunes mouraient. Mais Dante était au bagne militaire, vivant.

— Ma mère, l'épidémie, cette grippe, mon père voulait...

— Viens.

Carlo le poussa devant lui. Dans son bureau, assis sur le rebord d'une fenêtre, les mâts des navires formant au loin comme une futaie serrée, il alluma un cigare.

— Saloperie de guerre, dit-il.

Antoine se tenait immobile, levant de temps en temps les yeux, intimidé.

— Et ton père, comment il supporte ?

Vincente, assis dans la cuisine, la pipe vide dans la bouche, la tête penchée, ou bien à table quand Louise et Violette le servaient, la cuillère qu'il gardait au-dessus de l'assiette, paraissant oublier le geste qu'il devait faire, et Violette disait : « Tu manges, papa, c'est froid. » Il reprenait conscience, se redressait pour quelques instants, puis se tassait de nouveau, lourd, appuyant tout son corps sur ses avant-bras. Il se levait avant la fin du repas, s'enfermait dans la chambre, et ils restaient, Antoine, Violette, Louise, silencieux, avec la seule vie de Lucien, qui les forçait à l'attention, par ses cris, ses grimaces.

— Tu sais, ton père et ta mère, commença Carlo, dès qu'ils se sont vus...

Il écrasa son cigare, le lança par la fenêtre.

— Je viendrai, dit-il.

Antoine et Dante passaient devant les premières tombes qu'encadraient de jeunes cyprès. Les allées étaient larges, couvertes d'un gravier jaune, et elles paraissaient ne pas se terminer, s'effacer plutôt, se confondant avec la terre de la montagne.

— Ils sont venus, répéta Antoine, les oncles, tous les deux, Luigi, Carlo.

Une plaque dans un mur de terre : *Lisa Revelli 1868-1918. Avec l'amour de tous les siens.*

— On n'a pas voulu te prévenir tout de suite, tu comprends, expliquait Antoine, le temps que la lettre, alors, on a attendu.

Il se tut, s'écarta, laissant Dante seul face à la terre, aux mots gravés. Il marcha vers la sortie, regardant la ville qui s'étalait entre les collines dans la vallée évasée du Paillon, avec le rocher du château, dominant le port, butte verte crevant le blanc et le rose des terrasses et des toits. Il s'assit sur une borne de métal à l'entrée du cimetière, se retourna, aperçut Dante toujours immobile dans l'allée, la tête penchée, les bras croisés. Peut-être avaient-ils eu tort de ne pas l'avertir tout de suite, de lui laisser quelques semaines d'illusions. À quoi ça sert ? Un jour vient, si vite.

Quand Dante fut près de lui, Antoine lui passa le bras sur l'épaule. Pour la mort de leur mère, il était l'aîné, celui qui avait su le premier, qui l'avait portée dans ses bras, fiévreuse, enveloppée de couvertures, le jour où on l'avait conduite à l'hôpital Saint-Roch.

— Il faut le temps, dit Dante, il faut le temps.

Ils descendirent ainsi vers la ville, tous les deux de la même taille, épaule contre épaule.

2

Le dimanche, c'était le jour du bal. Polka, mazurka, scottish, tango, fox-trot et, pour quelques-uns, la valse. Piste déserte encore. Un couple s'élançait, lui, mince, souliers noirs vernis, chemise blanche, et quelquefois nœud papillon ; elle, tache bleue au milieu de la piste. D'autres s'avançaient bientôt et les robes gonflées, les femmes se frôlant, se recouvraient, un instant. Appuyés aux cloisons de cannisses de la guinguette des jeunes gens fumaient, casquette, chapeau de paille. Les filles étaient assises à quatre ou cinq par table, leurs mains posées bien à plat sur leur sac blanc ou sur leurs genoux, visages figés. Elles paraissaient ne rien voir, ne sentir aucun de ces regards qui s'attardaient sur elles, évaluaient leur taille, leurs formes. Parfois, elles échangeaient quelques mots brefs, l'une d'elles osait un mouvement de tête, un rire nerveux, une rougeur aux joues, puis de nouveau l'attente.

Violette Revelli s'amusait au contraire à dévisager effrontément les danseurs. Ses frères l'accompagnaient. Elle était sûre de danser avec Barnoin, Gastaud, ou Maurice, des amis de Dante ou d'Antoine. Et si quelqu'un, l'un de ces ouvriers agricoles des coteaux du Var, à la démarche maladroite, la peau mate, durcie par le soleil, l'invitait, elle refusait. « J'ai déjà promis », disait-elle, et Barnoin ou Dante s'approchaient.

Le dimanche matin, à partir du lundi de Pâques, les Revelli s'en allaient en bande vers les festins, les bals des environs de Nice. Barnoin arrêtait son fiacre vers dix heures sous les fenêtres de la maison des Revelli, rue de la République, il sifflait, deux doigts de chaque main dans la bouche. « Oh ! Barnoin », criait Antoine. Violette murmurait à Louise : « Viens, viens, aujourd'hui je te garderai le petit... » « Je le garde, disait Vincente, je... »

Louise assise dans la cuisine, son fils jouant sur les tommettes avec des pelotes de laine. Elle ne répondait même pas, les yeux fixés sur les aiguilles à tricoter. Dante entrait, Violette faisait un signe, et ils partaient avec des remords.

— Tu montes ? demandait Barnoin à Violette.

Il voulait qu'elle s'installe près de lui sur le siège du cocher. Barnoin avait l'âge de Dante, peut-être un an de moins, vingt-sept ou vingt-huit ans. « Un vieux », disait Violette. Il se penchait vers elle, il lui tendait les rênes. « Tu veux la guider ? »

Elle haussait les épaules, ou bien elle acceptait, parce que, avec ses yeux gris, Barnoin l'apitoyait. Dès le premier jour, quand Dante l'avait poussé dans la cuisine : « C'est un camarade... Assieds-toi », que Barnoin présentait son assiette à Violette avec cet air étonné qu'il avait chaque fois qu'il la regardait, il n'avait été pour elle, bien qu'il fût de dix ans son aîné, qu'un cadet. « Pas dégourdi, ton ami », disait-elle à Dante. « Tu l'intimides. »

Barnoin, à croire Dante, était un violent. Un de ces fils de paysan qui, après quatre ans de tranchées, ne voulaient plus se battre contre la montagne ou le climat, remonter dans les vallées, là où la terre cultivable se retient avec les mains, où il faut construire des murets de pierre, transformer les pentes en gradins, et, au moment de la récolte, les pommes de terre sont petites, quand elles ne sont pas gelées. Alors, après les tranchées, marre de cette autre guerre que doit mener le paysan. Barnoin était resté à Nice, en proie souvent à des révoltes, parce qu'il avait vu les régiments perdre leur sang.

— Je suis un survivant, camarades, nous sommes des survivants.

Un jour, au café de Turin, dans l'arrière-salle, là où se réunissaient quelques démobilisés, il s'était levé, interrompant Borello, l'instituteur, criant :

— Survivants camarades, si on est là, c'est que les autres y sont restés, alors quoi, ce qui nous reste de notre vie, vous voulez qu'on se laisse enterrer ? On a risqué notre peau pour les autres, moi, je le reprends, le fusil, mais pour moi.

Des applaudissements, Borello qui tentait d'expliquer que ce n'était pas si simple. Dante avait invité

Barnoin à la maison. Mais, une fois l'exaltation passée, Barnoin était un calme, un doux. Il disait à Violette, pendant qu'ils roulaient lentement vers l'ouest, qu'Antoine et Dante chantaient dans le fiacre :

— Une famille, tu es jeune, Violette, mais, tu sais, avec la voiture, je l'ai payée, les Américains, les Anglais, de bons clients. Je suis occupé toute la journée. J'achèterai une automobile, le dimanche j'arrête, on va à la pêche, jusqu'au Trayas, moi je veux vivre, ça dure qu'une fois, la vie, je le sais, je l'ai vu.

— Il est vieux, disait Violette à Louise.

Les deux sœurs, souvent, demeuraient seules dans la cuisine. Violette épluchant les légumes, Louise tricotant ou surveillant la soupe qui bouillait. Quand elles étaient ainsi, sans les hommes, Louise se détendait, questionnait :

— Il t'a dit quelque chose ?

— Il ose pas.

Violette riait.

— Il sait bien que je dirais non.

— Fais-lui comprendre, il cherchera ailleurs.

Louise observait sa sœur. Violette avait une façon d'avancer les lèvres qui faisait naître de petites rides de chaque côté du nez, son visage prenait une expression espiègle.

— S'il ne comprend pas tout seul ! Quand il est là, je ne le vois même pas.

Il dansait bien, pourtant. Alors, à la première valse, s'il se penchait vers elle : « On la danse ? » Violette se levait et ils tournaient sur la pointe des pieds, Barnoin la tenant à distance comme s'il avait eu peur de l'effaroucher. Elle, très droite, l'ignorait, se laissait guider, obligée de fermer les yeux, parce que ces visages, les arbres qui défilaient autour d'elle, l'enivraient. Quand la musique cessait, elle chancelait, s'agrippait à Barnoin qui la recevait contre lui, la reconduisait appuyée à son bras, et elle s'asseyait entre Dante et Antoine, cependant que Barnoin, debout près d'elle, la regardait.

Les jeunes Revelli allaient ainsi, dimanche après dimanche, de bal en bal. Parfois, quand Barnoin avait sa journée retenue par un couple d'Anglais qui voulaient, par la grande corniche, rejoindre Eze, les Revelli prenaient le tramway place Garibaldi. Ils s'installaient sur la plate-forme découverte, l'un près de l'autre, Violette entre ses deux frères, le receveur, et c'était souvent un ami, Robert ou Bocco, bavardant avec eux, quittant la plate-forme pour rejoindre la motrice quand il apercevait un inspecteur, puis, d'un saut ou d'une pirouette, revenant vers eux.

Le tramway longeait le Paillon, des automobiles le doublaient, les jeunes gens, debout sur la plate-forme, sifflaient les femmes tenant à deux mains, dans les décapotables, leur chapeau cloche.

Dans la rue de France, le tramway accélérait, et bientôt on atteignait à l'ouest les zones peu bâties, on découvrait, par les rues perpendiculaires, la mer à peine ourlée, ce bleu qui donnait à Dante de la joie.

Ils descendaient à Saint-Augustin. C'était déjà la campagne, des cultures maraîchères, des bouquets de roseaux, une terre sableuse qui s'étendait jusqu'au Var. Tout au long de la route bordée de platanes, des jeunes gens allaient, comme les Revelli, en groupe vers la mer. Filles qui se tenaient par le bras, sautant parfois en cadence, garçons qui les suivaient. Au retour, les couples s'étaient formés, une fille s'arrêtait au bord du canal d'irrigation, s'asseyait sur le talus et, posant ses souliers près d'elle, crevait avec un frisson la couche d'herbe moussue qui masquait l'eau fraîche ; un garçon plongeait sa main dans le canal, et ils commençaient à parler bas alors que la nuit, posément, s'étendait.

La route, plus loin vers la mer, longeait l'hippodrome, et quand, au mois de mai, débutaient les concours hippiques, Dante et Antoine s'attardaient, regardant, à travers la haie de cyprès, les chevaux s'élancer, la terre jaillissant sous leurs sabots au-dessus des barrières, la silhouette de l'officier couchée sur l'encolure.

— Ils font les beaux, disait Dante.

Violette poussait ses frères, elle s'accrochait à leurs bras, se suspendant à eux, et ils atteignaient ainsi *Le Bal des Pilotes.* Le dancing — comme on disait depuis que les soldats américains étaient venus sur la Côte, en 1918 — était construit face au champ d'aviation de la Californie, à l'extrémité de la Baie des Anges, là où le Var et les courants avaient accumulé en rides régulières le sable fin, les cailloux ronds sur lesquels les biplans de l'aéroclub rebondissaient avant de s'élever dans un bruit de crécelle. Les Revelli s'asseyaient à l'écart du dancing, sur la terre, ils mangeaient les pans-bagnats qu'avait préparés Louise, boule de pain à la croûte dure qui, une fois percée, était imbibée par le jus des tomates, l'huile d'olive et le vinaigre. Puis, comme le bal s'ouvrait plus tard, ils s'approchaient du champ d'aviation que délimitaient quelques touffes, un fil de fer tendu entre des poteaux bas. L'horizon était dégagé. Où finissait le sol ? Où commençaient les vagues ? La mer était brune, jaune, lourde des eaux boueuses de la montagne que charriait le Var, elle était couleur de la terre qu'elle semblait continuer. Violette, retenant sa jupe gonflée par le vent, les lèvres entrouvertes, suivait le décollage cahotant d'un avion. Dante s'éloignait, marchait encore vers la mer.

Depuis qu'il était rentré de Tunisie, le paysage niçois l'exaltait, comme si, sans qu'il le sache, il avait eu, durant ces quatre années de guerre, la peur de ne pas revenir, et maintenant la joie était si forte d'être là, avec eux, dans la ville de l'enfance, qu'il avait envie de passer ses jours et ses nuits à marcher, sans rien sur la tête, à son pas, civil, libre.

Dante s'asseyait sur la grève, entre des blocs qu'on

avait déposés pour fixer le rivage, détourner les courants. À cet extrême ouest de la baie, les vagues avaient perdu de leur élan et n'étaient que des oscillations qui venaient, chargées souvent de branches mortes, de troncs lavés, s'enfouir, ride après ride, dans le sable brun mêlé de gravier. Arbres arrachés à la montagne et que le Var, à la saison des crues, portait jusqu'à la mer, bois noir, gorgé d'eau, que Dante, parfois tentait de saisir, s'immobilisant tout à coup, pensant à ces hommes aperçus après le torpillage, la tête enfouie dans l'eau, le dos rond que la ceinture de liège maintenait à la surface, épave qu'il fallait saisir à la gaffe. La baie se voilait pour Dante, le souvenir était un brouillard qui recouvrait peu à peu la colline du Mont-Boron, les touches blanches des façades dispersées dans les cyprès, le moutonnement rouge des tuiles. Il s'allongeait, les yeux fermés, la guerre avait été si longue, si meurtrière, et la mère était morte. Trop tard, le retour de Dante. L'injustice. Cet officier, la badine serrée dans son poing, le cheval se cabrait devant l'obstacle, et, à travers la haie qui bordait l'hippodrome, Dante avait vu le coup d'éperon rageur dans le flanc du cheval qui hennissait, sautait enfin, déséquilibrant la plus haute des barrières.

Elles sont seules, elles sont mortes, les sœurs, les mères. Et l'officier cavalcade au bout de l'hippodrome, dressé sur les étriers.

Violette s'approchait de son frère. Du *Bal des Pilotes*, la musique venait jusqu'à eux :

— Debout, disait Violette.

Elle prenait la main de Dante, le forçait à se lever, Antoine les rejoignait, et Violette se retournant, faisant de grands signes en direction de l'avion qui paraissait décrire une autre baie dans le ciel, ils entraient dans le dancing.

Piano mécanique, polka, mazurka, scottish, tango, fox-trot, deux sous pour une danse, et un danseur passait, tendant son chapeau de paille aux jeunes gens ; chacun jetait deux sous. Musique. Bière, limonade, un demi panaché.

Chaque quartier avait son bal, son festin. Les villages des collines réservaient une aire entourée d'oliviers aux danseurs. Herbe sèche, lampions accrochés aux branches, tables de fer et bancs de bois, une estrade pour la *giorgina la mandoulina e lou viouloun*. La piste était faite de lattes mal jointes où l'on trébuchait. À quelques dizaines de mètres de là on jouait aux boules, et, parfois, une fille s'essayait à « pointer ». On dansait à Saint-Roman-de-Bellet, à Saint Barthélemy, à Saint-Isidore, au milieu des champs d'œillets qui, planche après planche, descendaient vers le creux des vallons. On se retrouvait à Saint-Sylvestre, à Saint-André, à Saint-Maurice, on dansait au bord de la mer, à Villefranche, sur les berges du Var, du Loup, sous les toits faits de cannisses. Dans les quartiers, place Garibaldi, place Wilson, place Saint-François, on tendait les lampions d'une façade à l'autre, et les vieilles accoudées aux fenêtres regardaient jusqu'à tard tourner les couples. *La Ciamada Nissarda* montait sur l'estrade, chanteurs en costume régional, bonnet rouge de pêcheurs, capeline ornée de fleurs, et la chanson de Nice était reprise en chœur :

O la miù bella Nissa
Regina dei flour
Sauta le tieù taulissa
Ieù canterai toujour.

Le député Merani aimait ces soirées populaires du mois de mai. La vieille ville était un de ses fiefs.

Quand il passait rue Droite, les bouchers, les épiciers, le marchand de tissu sortaient pour serrer la main à « mestre Merani ». Il disait un mot à chacun, prenait le bras de Giordan, le restaurateur, l'un de ceux qui, par leur influence, contrôlaient une centaine de voix. « Tu me prépares un banquet, des tripes, ravioli. Je réunis les démobilisés. Du vin, beaucoup de vin. La semaine prochaine, dimanche, ça te va ? » Parfois, il venait avec son fils, un enfant d'une douzaine d'années, et il avait la fierté des pères âgés. « Es Charles Merani, disait-il, es mieù, c'est le mien. » On l'invitait, au mois de mai, à ouvrir les bals. Il quittait vers huit heures la maison Merani, rue Saint-François-de-Paule, Elisabeth indifférente.

— Il le faut, n'est-ce pas, commençait-il, les électeurs...

Elle était allongée sur une des chauffeuses du grand salon, elle ne levait pas la tête.

— Voyons, Joseph, je vous en prie, ne me dites pas...

— Vous ne comprenez rien au suffrage universel, vous avez la morgue des d'Aspremont.

— Les femmes votent donc, mon cher, tiens !

Merani sortait, se calmait en marchant d'un pas rapide vers la place Saint-François. L'estrade était construite devant l'entrée de la Bourse du Travail, on poussait vers lui la plus jolie fille du quartier, il lui prenait la taille et il commençait à danser. La soie de la jupe, la timidité de la fille, sa peau frôlée, Merani se sentait bien. Il rendait la fille à son cavalier. « Bella picciouna », disait-il. On l'accompagnait jusqu'à la cathédrale Sainte-Réparate. Là, sur la place, se tenait le plus grand des bals de la vieille ville. Orchestre, *Ciamada Nissarda.* Luigi Revelli avait sorti des tables sur le trottoir, devant le *Castèu* décoré de lampions. Il accueillait Merani, le présentait aux organisateurs du festin, puis, monté sur une chaise, le député prononçait quelques mots, mêlant le niçois au français. « C'est le bal du printemps et de la paix, mes amis, à tous nos morts glorieux nous devons ce soir... »

— Parla ben, mestre Merani, commentait quelqu'un près de Luigi Revelli.

Luigi rentrait dans le bar, s'asseyait derrière le comptoir, buvait un verre de blanc, frais, âpre, l'envie d'en boire un autre. Rose s'approchait.

— Ça va ? demandait-elle, inquiète.

— Fous le camp, disait Luigi.

Elle s'éloignait, l'observant à la dérobée, et cette peur qu'il faisait naître chez Rose, chez les filles du bordel, place Pelligrini, c'était âpre aussi comme l'alcool. Merani, depuis l'entrée, appelait Luigi, le prenait par l'épaule.

— Alors, voyou, tu l'as eue, ta croix de guerre ! Tu vois, ce que je promets...

Ils faisaient quelques pas sur la place, remontant vers le château, lentement. Sur le seuil des portes, les vieux étaient assis. Merani s'écartait de Luigi pour serrer une main. « Alloura, prenes lou frei. » Alors, vous prenez le frais ? Il s'attardait. « Vous êtes toujours belle, mémé. » Il riait quand la vieille donnait son âge, se plaignait. « Moi, s'exclamait Merani, j'ai soixante-six, je suis pas plus jeune que vous. » L'autre protestait. « Mais vous, c'est pas pareil. Oh, vous, mestre Merani, vous êtes jeune ! » Merani revenait vers Luigi, lui serrait le bras. Le rire était dans ses veines, dans cette lourdeur entre les cuisses.

— Tu as quelque chose de neuf ? demandait-il.

Luigi répondait par un bruit de lèvres.

— Une fleur, monsieur Merani, une vraie fleur.

— Tu me disais rien, saligaud.

Merani pinçait le bras de Luigi.

— On peut la voir ?

— Quand vous voulez.

— Ce soir ?

— Donnez-moi une heure.

— Petit voyou, disait Merani.

Ils redescendaient vers la place. On reconnaissait le député, on l'entourait, cependant que Luigi Revelli s'éloignait vers la place Pelligrini.

En face du bordel, un nouveau bar venait de s'ouvrir, *L'Escale,* lumières rouges, rideaux tendus devant les vitres.

— Tu as la voiture ? demandait Luigi.

Zézé, un jeune, d'environ vingt-cinq ans, abandonnait les cartes, suivait Luigi.

— Va me chercher Nina, la nouvelle.

Zézé revenait avec la fille, une brune que Luigi ne regardait même pas.

Merani avait acheté à un Anglais un atelier dans l'un des immeubles du port, une vieille et haute construction du XVIIIe siècle, aux escaliers immenses sous plus de trois mètres de hauteur de plafond. Au dernier étage, l'Anglais avait aménagé une verrière qui faisait face à l'est. On dominait les bassins et les quais, et la vue s'étendait au-delà du cap de Nice, vers la mer souvent houleuse du large. L'immeuble avait l'avantage de posséder deux entrées, l'une sur le quai, l'autre du côté du château. Luigi arrivait par la rue Emmanuel-Philibert, Merani par le port.

— Tu montes au cinquième, disait Luigi à la fille. Il n'y a qu'une porte. Tu frappes. Si on te répond pas, tu attends. Quand c'est fini, tu files.

Nina traversait l'avenue lentement, sa robe courte dévoilant les mollets.

— Toi, tu restes, disait Luigi à Zézé. Jusqu'à ce que tu la voies.

Luigi sortait de la voiture, descendait vers le port. L'automobile de Merani était, comme à l'habitude, garée sur le quai. Avec sa seule main gauche, Luigi avait du mal à allumer une cigarette. Il s'y prenait à plusieurs fois, jurait, remontait vers la place Garibaldi éclairée par les lanternes du bal. Il passait devant les bureaux de l'entreprise de transports Revelli. Le bras mutilé pesait, les sangles tiraient sur l'épaule et le côté droit de la poitrine.

Luigi avait envie d'arracher ce fer, ce cuir, de gueuler, d'envoyer tout ça dans les vitres des bureaux de ce frère aîné, ce Carlo de merde, respectable et entier.

3

La soupe tiède, un verre de vin, un morceau de pain dur brisé avec les mains, parfois une écaille de parmesan et, pour finir, un cigare court, un toscan au tabac presque noir : le rituel du matin de Carlo Revelli. Anna dormait, elle ne se tournait même plus dans le lit quand il se levait de plus en plus tôt, l'été, vers trois heures, l'hiver autour de cinq heures. Alexandre et Mafalda ne descendaient que vers sept heures, puis Carlo les conduisait au lycée. Honorine, avec ses marmonnements, le frottement de ses pantoufles sur les tommettes de la cuisine ne venait qu'à six heures, préparant le café des enfants et de leur mère. Jusque-là, Carlo était seul. Il s'asseyait au bout de la table, la casserole de soupe près de lui, le pain, le fromage et le vin à portée de main. Il n'avait plus à se lever. Les jambes étendues, il mâchait lentement le pain et le fromage, le front ridé, plissant les yeux comme si la lueur de la suspension électrique installée depuis peu l'eût ébloui. Il s'essuyait la bouche du revers de la main. Il était bien, retrouvant le plaisir de manger qu'il n'éprouvait jamais quand il lui fallait, et c'était de plus en plus souvent, déjeuner avec monsieur le Maire, un architecte ou le représentant de la Compagnie maritime. Manger, travailler, gagner ou perdre, cela devait se faire seul.

Le matin, avec le silence autour de lui, l'aube rouge de l'été qui teintait l'horizon ou bien les violets lents à se dissoudre de l'automne et de l'hiver, Carlo était comme un soldat enfin au repos. Son corps même lui semblait perdre de sa raideur. Il fumait, le menton appuyé dans ses paumes, les yeux perdus dans ces couleurs qui s'étendaient en s'estompant.

L'été, souvent, il sortait dans le jardin, soupesait un fruit, écrasait une figue entre ses doigts, s'asseyait sur le banc de pierre contre la façade, les pieds dans le gazon encore humide. Les arbres, comme les enfants, là, mesuraient le temps. Les deux figuiers, plantés il y a... Il cherchait l'année, il revenait toujours à ce cyprès qu'un jardinier, d'un coup de bêche, avait entaillé, blessure franche, profonde, dans un tronc à peine gros comme un pouce. Carlo avait fait une ligature. Le cyprès, à l'angle de la première terrasse, avait aujourd'hui, combien d'années plus tard... un tronc de la taille d'un corps. Le cerisier que le beau-père Forzanengo, l'année de la naissance de Mafalda, en...

Mafalda avait maintenant des seins sous sa robe de velours bleu. Avant, quand Carlo rentrait de la ville, des chantiers ou des bureaux, disait-il, et peut-être venait-il de quitter l'une de ces filles qui vivaient comme ça, de l'amitié de quelques messieurs, des commerçants, un notaire et Carlo Revelli l'entrepreneur, il ouvrait toujours la porte de Mafalda. « Promets-moi, papa, disait-elle, viens quand tu rentres. » Il bougonnait. Mais, le soir, il se penchait sur le lit. Il remontait la couverture, il était attentif à ne pas faire de bruit. Pourtant, elle se frottait les yeux, elle tendait les bras. Puis, il n'avait plus osé pousser la porte, la petite fille était devenue...

Le matin, dans l'harmonie des gestes répétés, Carlo éprouvait aussi cette inquiétude, de l'amertume, plutôt, comme une soupe trop salée, un vin piqué, et qui déçoit alors qu'on a si soif. Soixante. Il fallait bien compter jusque-là les années. Forzanengo, à quel âge était-il... Et le père, et Lisa déjà. Déjà. Penser à la femme de Vincente, ça donnait envie de pousser les murs avec les mains, pour qu'ils s'écartent, ça donnait envie de cogner. Sur qui ?

Heureusement, on l'appelait « Patron », on disait « Monsieur ». Sinon. Il avait vu Vincente à l'enterrement de Lisa. Le visage et le dos des pauvres. Quelque chose dans les yeux, la peau, la façon de marcher qui ne trompait pas. Luigi, lui, au moins...

Honorine entrait dans la cuisine. « Ah, vous êtes là, commençait-elle. Bien sûr, vous pouvez pas vous lever comme un chrétien, vous avez le diable dans le corps... » Carlo écrasait son cigare. « Va, Nourina ? » Il se rasait dans la cuisine. Une vieille habitude, alors qu'il avait fait installer une salle de bains, mais quoi, un blaireau, un bol pour le savon, une glace et le long rasoir effilé qu'il rangeait dans le buffet, cela suffisait. Bientôt il était habillé. Raide à nouveau, prêt pour la guerre.

Un dernier sursis : Mafalda descendait la première, les cheveux défaits, blond tirant sur le roux, recouvrant ses épaules et le dos presque jusqu'à la taille. Elle se frottait les yeux, comme autrefois quand il se penchait au-dessus de son lit. Ce geste, le mouvement qu'elle faisait vers lui, les cheveux blonds venant effleurer la joue de Carlo, et cette blondeur, la vraie couleur des femmes, pour Carlo Revelli, le bouleversait. Joie et tristesse mêlées. Il la regardait qui s'asseyait près de lui, qui prenait le bol dans ses paumes, buvait par petites gorgées.

— Mange aussi, disait-il d'une voix sourde.

Elle répondait d'un mouvement de la tête, levant ses yeux au-dessus du bol. Il avait envie de la porter comme autrefois, elle était si menue, il la tenait à bout de bras, il la guidait sur la balançoire. Mais Mafalda se levait, elle regardait l'horloge qui battait entre les deux fenêtres, elle paraissait s'éveiller, elle criait : « Alexandre. » Son frère dévalait l'escalier, buvait le café debout. Anna entrait à son tour, et Carlo, passant sa veste, sortait en allumant un autre cigare. Corps de nouveau durci, ciment gris qui fait les muscles et les os. Il mâchonnait son cigare, ouvrait la porte du garage, puis, d'un seul coup de manivelle, nerveux, il lançait le moteur de la voiture. Anna accompagnait les enfants jusqu'à l'entrée de la villa, elle avait un geste pour nouer l'écharpe d'Alexandre, pour retenir Mafalda, défroisser un pli de sa jupe, ou bien, prenant une épingle dans son chignon, elle la plaçait dans les mèches de sa fille dont Carlo devinait l'irritation. Mafalda montait près de lui, Alexandre à l'arrière, et Carlo roulait d'abord lentement, pour ne pas noyer le moteur, n'accélérant qu'après le premier tournant, au moment où la ville est là, ocre, blanche, en contrebas de la colline de Gairaut, comme une marelle dont les damiers s'étendent entre la baie et la montagne.

Chaque matin, Carlo se laissait surprendre par le virage, allant d'abord droit comme s'il avait voulu franchir le parapet, s'élancer au-dessus de la ville, l'atteindre en un vol d'Icare. L'horizon était si proche, surtout les jours de vent, quand le cap d'Antibes paraissait une barre bleue tranchant la mer, à portée de main, et que la ville balayée se dessinait à grands traits nets, le Paillon, veine maîtresse séparant la vieille ville accroupie des nouveaux quartiers qui poussaient leurs nervures entre les collines. Carlo tournait à quelques centimètres du mur, ne voyait plus que la route. La journée commençait. Il laissait Mafalda au lycée de jeunes filles, elle claquait la portière, se perdait dans un groupe, et entre Carlo et Alexandre, silencieux à l'arrière, la gêne s'installait.

Le père et le fils se ressemblaient, pourtant. Même taille, même ossature, une manière qui pouvait paraître maladroite et rude de marcher, mais Alexandre avait un regard qui, distraitement, passait sur les choses sans s'attarder, « un regard de fille », disait Carlo à Anna. « Tu l'as élevé dans tes jupes, tu vois... »

Anna ne défendait pas son fils, elle haussait les épaules, méprisante, ironique.

— Tu es jaloux, disait-elle, il est plus intelligent que toi, et tu le sais, et comme tu veux soumettre tout le monde...

Carlo battait la porte de leur chambre, il hurlait :

— Mais tu es vraiment si bête !

Puis sa colère tombait tout d'un coup. Alexandre : le dernier moyen qu'Anna utilisait pour atteindre Carlo, le contraindre à la voir, à souffrir par elle. Et il se laissait toujours prendre parce que, à ce fils, il ne savait que dire.

Quand il se trouvait en face lui, inévitablement, des mots venaient : « Nous, à ton âge... » Alexandre s'éloignait ou bien détournait le regard, et Carlo se levait, sûr d'avoir eu tort, lançant pourtant : « Ne m'écoute pas, fais le fier. » Que voulait-il ? Qu'Alexandre soit un des maçons, des terrassiers qu'il employait sur les chantiers ? À qui ça servait d'avoir gagné si le fils était obligé de recommencer comme le père, le sac de ciment sur les épaules, la truelle et la pioche à bout de bras ? Et pourtant, ce fils qui lisait, qui partait jouer au tennis au Parc impérial, le dérangeait. Une injustice quelque part, comme s'il avait tant lutté, lui, Carlo, gagné pour que le fils devienne un étranger. En lui donnant, il le perdait.

À l'enterrement de Lisa, devant la terre remuée, alors que le vent de la montagne, leurs montagnes, soufflait, courbant les jeunes cyprès, faisant tourbillonner le sable, il avait vu Vincente et ses enfants, Antoine, Violette, Louise, comme les doigts de la main. Antoine tenant son père par l'épaule, Violette lui prenant la main.

Carlo s'arrêtait devant le lycée. Il ne réussissait pas à répondre clairement à Alexandre. Un bruit de gorge. Il s'attardait, regardant tous ces fils de bourgeois passer la grille, le concierge en blouse grise s'apprêtant à la fermer. Moi, Carlo Revelli, immigré, terrassier, mon fils est un fils de bourgeois. Mon fils ? Cela aussi, c'était la mesure des années, du temps parcouru depuis le jour où, Vincente et Luigi marchant derrière Carlo, ils avaient franchi la frontière, laissant Mondovi-la-piémontaise, portant dans leur musette toute leur richesse, une chemise de rechange, un livre et un morceau de pain. Maintenant, quand Alexandre lui donnait, chaque trimestre, le bulletin de classement à signer, Carlo, avant même de connaître les résultats, lisait les noms des élèves.

— D'où ils viennent, tous ceux-là ? demandait-il.

Alexandre répondait avec vivacité, colère même :

— Qu'est-ce que tu veux que je sache ? Je ne demande pas, personne n'en parle.

— Eh bien, demande, et tu compteras les fils d'immigrés, de ceux qui comme moi sont venus avec rien, rien. Mais on savait se cracher dans les mains, parce que le travail...

Anna interrompait son mari.

— On ne travaille pas qu'avec les mains. Regarde, il est le premier presque partout.

Carlo signait, lisant rapidement. Les chiffres étaient flous devant ses yeux. Il disait :

— Ce Ritzen, ce Karenberg, tu les connais ?

Ce devait être les fils du flic et du baron russe. Il y a, il y a des années, Ritzen le père poussait Carlo Revelli : « Dépêche-toi, macaroni, on te voit plus, qu'est-ce que tu fabriques ? » Et Karenberg le père s'asseyait sur le bord de la tranchée, souliers blancs de paille tressée, et Carlo, la pioche à la main, avait, dans la tranchée, le visage à hauteur des chaussures. Après, ils s'étaient connus, et Karenberg le socialiste l'avait protégé, vieille histoire.

— Tu les bats ?

Alexandre s'éloignait. Alors, Carlo commençait à lire le bulletin, ces appréciations à l'encre rouge : *Excellent élément, doué et sérieux. Tableau d'honneur, prix d'excellence.* Une fleur s'ouvrait dans la poitrine de Carlo. Il voulait se lever, prendre Alexandre contre lui. « Viens, mon fils, viens, on est les plus forts, tu vois, nous, ceux d'en bas, ils vont comprendre ce qu'on est. Moi j'ai gagné, et toi tu gagnes aussi. » Il cherchait Alexandre, le bulletin à la main, mais à chaque pas la fleur se refermait un peu. Quand il était face à son fils, qu'ils se regardaient, Carlo tendait le bulletin. « Bon, disait-il, j'ai signé. »

Ils hésitaient l'un et l'autre. « Ils écrivent bien mal, ces professeurs, on peut à peine lire », ajoutait Carlo.

Ils se tournaient le dos, Alexandre prenait un livre, s'installait sous un figuier, et Carlo, une bêche à la main, creusait la terre du jardin.

4

Peggy Karenberg les reconnaissait. Jeunes femmes blondes, grandes, le visage à peine maquillé, le cou serré dans le col de fourrure du manteau de velours sombre, elles attendaient sur la terrasse de la villa, cependant que leurs pères ou leurs maris, le chapeau à la main, s'inclinaient devant Peggy. « Je suis... » Ils étaient le grand duc Boris, le capitaine Egounoff, le colonel Zavalichine, le secrétaire de Sa Majesté, Milioukoff, le général Lobanovsky. « Dites au baron Frédéric Karenberg que j'ai servi avec son père, puis j'ai été, chère Madame, chef d'état-major du général Broussiloff. » Ils venaient demander un conseil, chercher une amitié, de l'aide. Ils disaient avec nonchalance. « Ils nous ont tout pris, n'est-ce pas ? » Ils apportaient une invitation pour la vente de charité de S.A.S. la princesse Klioukanski. « Je suis souvent allé à Semitchasky, chez les Karenberg, avec la princesse

Klioukanski. » Peggy les recevait timidement. « Frédéric sera désolé », disait-elle.

« Je m'installe à Vence, pays merveilleux. » Le général Lobanovsky ajoutait en riant : « Devinez, je vais faire de l'élevage de poulets, mais oui ! » Il s'esclaffait : « Pourquoi pas ? » Sa fille, Katia Lobanovsky, baissait la tête, une raie droite partageant ses cheveux blonds.

Jean rentrait du lycée, passait sur la terrasse, hésitait. « Mon fils, Jean », disait Peggy. Il faisait un pas. « Il parle russe, j'espère, disait Lobanovsky. Quand nous retournerons là-bas, nous aurons besoin de jeunes gens modernes, pour tout reprendre en main, c'est à cela qu'il faut penser. » Peggy ne laissait pas à Jean le temps de parler. « Je dirai à Frédéric... », commençait-elle.

Elle les voyait, le dos très droit, s'appuyant parfois sur une canne à pommeau d'or, s'éloigner lentement dans l'allée centrale du parc, bordée de bustes antiques.

Peggy entrait alors dans la bibliothèque. Fenêtres et volets clos, Frédéric lisait. Des journaux s'étalaient autour du fauteuil, feuilles dispersées, mêlées, *Le Temps et L'Echo de Paris, L'Eclaireur de Nice et du Sud-Est* et *L'Humanité.* Il posait ses lunettes sur son front, regardait Peggy, et, souriant : « Je ne sais pas, disait-il à voix basse, ces grèves un peu partout... Si l'Allemagne... Tout se décidera en Allemagne. »

Il se levait. Les neuf mois passés à la prison des Baumettes, à Marseille, l'avaient vieilli. Il était chauve, maintenant, avec sur les tempes des cheveux blancs qu'on devinait très fins. Quand Peggy l'avait vu debout devant la poterne de la prison, elle avait dû dissimuler son émotion, rire, dire : « Te voilà vraiment un révolutionnaire. » Il la prenait par la taille, l'embrassait, puis regardait les passants et s'écartait de Peggy. Elle le devinait gêné des gestes spontanés qu'il avait eus. Il parlait en l'entraînant. « Je ne suis qu'un

Russe naturalisé, disait-il, je ne suis plus russe, je ne suis pas tout à fait français, il faut être enfoncé profond dans la terre pour être un révolutionnaire, Jean, peut-être, ou bien le fils de Jean. »

Le train qui les ramenait de Marseille à Nice était plein de militaires démobilisés. Dans le wagon de première classe, des officiers péroraient, les décorations sur l'uniforme bleu. « Le dernier jour, disait l'un, l'attaque, peut-être la plus dure depuis des mois, nous y avons laissé des plumes. Le commandant. »

Ils dévisageaient Peggy avec assurance, paraissant ne pas voir Frédéric Karenberg qui, avec son costume froissé, se pelotonnait frileusement dans un des coins du compartiment. Peggy lui prit la main, la porta à ses lèvres, et il se mit à sourire. L'un des officiers descendait à Bandol. « À Berlin », lançait-il à ses camarades, du quai qu'inondait la lumière vive des fins d'après-midi effleurant au loin les cimes des palmiers et la baie.

Les deux autres, quand le train se fut ébranlé, commencèrent à parler de l'Allemagne qu'il fallait tenir agenouillée et dépecer comme une bête féroce qu'on vient de terrasser. « La rive gauche du Rhin, au moins, disait l'un d'eux, un capitaine. Il faut revenir à la Confédération germanique, une poussière d'États et d'évêchés allemands qui ne nous emmerderont plus. » Il se tournait vers Peggy. « Excusez-moi, Madame. »

— Et dans dix ans, dit Karenberg, vous recommencerez la guerre. Nous ne sommes plus au XVIIe siècle.

Puis, comme s'il regrettait de s'être laissé prendre, il serra la main de Peggy.

— Mais enfin, le gouvernement décidera, ou les peuples.

Le capitaine se leva, prit sa valise. Le train franchissait les tunnels de l'Esterel. La lumière du wagon clignotait faiblement.

— Les peuples, dit le capitaine, je connais ce mot

et ceux qui l'emploient. Il y a les Français, Monsieur, et je ne sais pas si vous en faites partie. Vous venez ?

L'autre officier sortit aussi, et ils restèrent debout dans le couloir, tournant le dos à Peggy et à Frédéric. Peggy s'appuyait à l'épaule de son mari, cherchant à plaisanter.

— J'aurais dû leur dire, répétait Frédéric en accentuant encore son accent russe, que j'ai été arrêté pour défaitisme. Voilà qui aurait achevé de les convaincre.

À Nice, Jean les attendait sur le quai, embrassant son père maladroitement.

— En prison, disait Frédéric, j'ai joué aux échecs toute la journée. J'étais avec un Polonais, un maître. Je vais te battre en trois coups.

Jean riait, tenait son père par le bras.

— Ils t'ont dit que tu étais le fils d'un espion, d'un traître, n'est-ce pas ? demanda tout à coup Karenberg.

Le visage de Jean s'était crispé. Peggy devinait qu'il était au bord des larmes. Elle prit son fils contre elle dans le fiacre qui remontait le boulevard de Cimiez, vers la villa Karenberg.

— Tu n'as pas à avoir honte, dit Karenberg en posant la main sur le genou de son fils.

Jean serra les poings.

— Il n'a pas..., commença Peggy.

Jean mit la main sur la bouche de sa mère.

— Excuse-moi, dit Karenberg.

Il saisit son fils par le cou.

— Je te laisserai gagner quelques parties, au début, dit-il.

Ils éclatèrent de rire.

Mais le soir, Jean couché, Karenberg s'enferma dans le silence. Assis dans la bibliothèque, il écoutait Peggy raconter le suicide d'Héléna. « Ta sœur, disait Peggy, ce n'est pas la guerre. Déjà, avant, tu le savais, ce déséquilibre. » Parfois, Karenberg posait une question, Gustave Hollenstein, le mari d'Héléna, Nathalie, leur fille ? Frédéric écoutait-il vraiment les réponses ? Peggy parlait alors des Russes. « J'ai vu toutes les grandes familles, disait-elle. Ils imaginent que tu es avec eux, ils demandent l'hospitalité, rappellent le souvenir de ta mère, de ton château de Semitchasky. »

Karenberg ne bougeait pas.

— Ces quelques mois en prison, dit-il, je ne sais pas si, je...

Il gardait les yeux baissés.

— Peggy, j'ai...

Qu'allait-il dire ? Elle sentait qu'il avait besoin qu'elle s'approche, que, comme autrefois, elle se penche vers lui.

— Viens, dit-elle.

Il hésita, puis, comme elle le tirait par le bras, il lui entoura la taille et ils montèrent lentement l'escalier.

Les jours suivants, Karenberg rapprit la liberté. Parler dans une rue, lever la tête et voir le ciel, découvrir que son fils était plus grand que lui et qu'il était adulte et gosse en même temps, capable de pleurer et d'expliquer qu'il fallait que partout se créent des sections de la nouvelle Internationale, celle de Lénine.

— Tu parles, à dix-sept ans, comme le vieux Sauvan.

— Ce n'est pas une question d'âge, papa.

Papa. Le mot, tout à coup, devenait ridicule et émouvant. Karenberg riait pour cacher son trouble. Il était heureux et inquiet de l'engagement de son fils. Il avait toujours imaginé que la lutte politique était impitoyable, mais depuis l'assassinat de Jaurès, et les millions de morts qui s'étaient amoncelés, il savait que l'homme est une matière que l'on broie. Ces blessés de l'Hôtel Impérial qu'Héléna avait soignés pendant la guerre, ces déserteurs croisés dans la prison et qui racontaient. Et, maintenant, ces Russes que la Révolution chassait, saccageant leurs vies, ces Milioukoff, ces Boris dont Frédéric reconnaissait parfois les voix quand ils expliquaient à Peggy qu'ils venaient de là-bas, que la terreur, la barbarie, la famine... Karenberg ne voulait pas les voir. Il attendait que la rumeur leur parvienne, qu'ils découvrent qu'il était au côté des Rouges, leur ennemi. Il imaginait leur surprise, leur mépris, et bientôt...

Tout en marchant dans la bibliothèque, il ramassait les journaux, les tendait à Peggy, montrant un titre. « Quelle haine ! » disait-il. Et il avait peur pour Jean. Il voyait pour lui, pour eux tous des années de fer. La guerre n'était qu'une ouverture, la Révolution russe le premier acte de l'opéra. Chacun devrait choisir son camp. En Italie, en Allemagne, déjà, on se battait. Mitrailleuses dans les rues de la Ruhr, aciéries occupées en Lombardie. Le tsar, Kerensky s'étaient laissé surprendre. À Rome ou à Berlin on avait assisté au spectacle. On connaissait maintenant la fin du drame. Elle ne se répéterait pas. Il suffisait de lire les journaux. *Le péril rouge voilà l'ennemi.* Karenberg s'inquiétait pour Jean.

— Il en est venu d'autres, disait Peggy. Cette fois-ci, un général et sa fille, les Lobanovsky.

Les émigrés russes arrivaient de Crimée, du Caucase. Ils avaient combattu les bolcheviks, avec Denikine, Wrangel ou Koltchak, puis, les villages tombant les uns après les autres aux mains des partisans rouges, ils avaient abandonné leurs chevaux, tirant des coups de feu en l'air pour qu'ils s'enfuient, et, marchant la nuit, s'enfonçant le jour dans les forêts, ils avaient gagné la côte, les bateaux de l'Entente, où leurs femmes et leurs filles, déjà rassemblées sur le pont, attendaient, espérant qu'elles rentreraient un jour dans leur demeure, les vieilles servantes en pleurs embrassant leurs mains.

Elles y rêvaient encore quand elles atteignaient Nice, qu'elles ouvraient leurs malles dans les pensions de famille des Baumettes, de Fabron, du quartier Magnan, qu'elles retrouvaient — quand elles avaient de la chance — les villas des temps glorieux, boulevard Tsarevitch, à Cimiez ou bien à Cap-d'Ail, ces résidences de l'hiver où elles passaient des mois loin de la neige russe et des propriétés vastes comme des régions que parcouraient des régisseurs obséquieux et retors, vulgaires, avides. Elles s'imaginaient que ce n'était qu'une plus longue villégiature qui commençait, inattendue et déplaisante. Mais l'Entente, les soldats anglais et français, et, à l'autre extrémité de l'empire, en Sibérie, les Japonais et les Américains, allaient réduire la canaille sanguinaire.

Les hommes, officiers, barons, secrétaires de Sa Majesté, artistes des théâtres impériaux de Russie ou bien professeurs de l'université de Saint-Pétersbourg — et parfois se joignait à eux l'archiprêtre Nicolas Selivaneff — parlaient de l'avenir. Les réformes, bien sûr, mais une main de fer, chasser le juif apatride, ces Lev Davidovitch Bronstein, Lazare, je ne sais qui, Blumkine. « Ils sont tous juifs, et Lénine... » « Lénine aussi ? » « Vous en doutez, mon cher ? Regardez son faciès. D'ailleurs, il ne s'appelle pas Lénine, mais... »

Le député Merani et sa femme, la comtesse Élisabeth d'Aspremont, assistaient souvent à ces réceptions. Son Altesse Sérénissime la princesse Klioukansky, Son Altesse Impériale, la princesse Yourievsky, la veuve de l'empereur Alexandre II, les accueillaient dans le grand salon de la villa George pour une vente au profit de la Croix-Rouge russe. « C'est un grand honneur pour moi », disait Merani. Élisabeth faisait une révérence. Le général Lobanovsky prenait Merani à part :

— Dites-moi, monsieur le Député, ces officiers français à Varsovie, votre Weygand, qu'attendent-ils pour, excusez-moi, leur entrer dedans, comme vous dites ? Ce ne sont que des moujiks qui marchent à la vodka et que les Rouges terrorisent. Il suffirait d'une offensive pour renverser la situation, vous les verriez se retourner contre les commissaires bolcheviks et pendre tous ces juifs. Car s'il est une chose dont je suis sûr, c'est qu'un pouvoir fondé par des juifs ne peut tenir en Russie plus de quelques mois.

Merani tentait d'interrompre le général, d'expliquer :

— Vous connaissez la France, mon général, nous venons d'être saignés, tous ces deuils...

Dans l'après-midi, Merani avait inauguré avec Élisabeth le monument aux morts d'Aspremont, l'un des premiers villages de l'arrière-pays, au-delà de Gairaut. Le cimetière dominait la vallée du Var que fermaient les baous, cette ligne de sommets tabulaires, façade bleu nuit quand le soleil disparaissait derrière elle. Le maire, deux officiers, le prêtre entourent Merani, et ces femmes, moutonnement de voiles noirs, que Merani n'osait regarder. Le maire se penchait vers le député : « Dans la même famille, les trois fils, les trois... Le père en est mort, la mère... »

Merani racontait au général Lobanovsky :

— Comment voulez-vous que le gouvernement s'engage à nouveau dans une guerre ? disait-il. Vous avez vu les marins devant Sébastopol, en 19... Ce pouvait être le début de la contagion, à Nice même...

Lobanovsky levait les bras :

— Mais alors, mon cher député, vous acceptez la décadence, car votre cordon sanitaire n'empêchera rien. Les microbes passeront à travers si le foyer d'infection persiste. Et si vous ne voulez pas vous battre avec nous, vous finirez comme nous, plus mal que nous, parce que nous avons l'habitude des renaissances. Contre les Mongols...

Élisabeth d'Aspremont prenait le thé avec les femmes sous la véranda. Elle interrogeait Katia Lobanovsky qui rougissait. « Nous nous installons à Vence, disait-elle. Cet après-midi, nous avons voulu rencontrer le baron Karenberg, père... »

Élisabeth s'exclamait :

— Frédéric Karenberg ?

Le silence autour d'elle puis on l'interrogeait. La princesse Klioukanski parlait de sa vieille amie Karenberg qui la raccompagnait dans le parc de Semitchasky :

— Mais c'est un socialiste, un Rouge. Un garçon charmant, d'ailleurs, disait en riant Élisabeth. Clemenceau l'a fait emprisonner quelques mois, n'est-ce pas, Joseph ?

Merani s'approchait avec le général, il confirmait :

— Un idéaliste, mais trop fin pour rentrer chez les Soviets. Peut-être la prison lui a-t-elle rendu le sens des réalités. Il n'est pas dangereux. J'ai bien connu Héléna, sa sœur, une exaltée. On l'avait assignée à résidence, elle était mariée au propriétaire de l'Hôtel Impérial, Hollenstein, un Autrichien.

— Un juif, bien sûr, dit Lobanovsky.

Merani se mit à rire :

— Vous êtes obsédé, général. Sur les bords de la Méditerranée, nous sommes tous plus ou moins juifs. En tout cas, Héléna s'est pendue. Quand à Karenberg, ce sont les idées qui l'intéressent. Un idéaliste. Il n'est pas dangereux, croyez-moi.

— Les plus dangereux sont les idéalistes, dit Lobanovsky, ils deviennent des fanatiques.

5

Le soir, Violette Revelli n'aimait pas traverser le pont.

Après le travail, elle partait avec Denise, une vendeuse de *Haute Couture,* le magasin « chic » de l'avenue de Verdun. Appuyée aux barrières du jardin public qu'on avait aménagé face aux boutiques luxueuses de l'avenue, Violette attendait son amie. Une à une les devantures s'éclairaient d'une lumière blanche qui prenait le regard. Les fiacres, les automobiles passaient lentement. L'une d'elles, parfois, ralentissait, s'arrêtait quelques mètres plus loin. Le conducteur ouvrait la portière, se penchait. « Je vous emmène ? » Violette détournait la tête, traversait, entrait dans les lumières, comme si, se levant dans les salles de cinéma, *Le Politeama* ou *Le Modern* où elle allait souvent, elle s'était dirigée vers l'écran, devenant l'un des acteurs. Elle faisait quelques pas le long des vitrines, parures, diamants et saphirs, couverts d'argent sur nappes damassées, draps de lit au chiffre gravé, amples manteaux de velours de laine ornés de broderies vives, souliers de cuir fauve, longs bas gris, fins, à peine visibles, foulards de soie bleus et rouges. Elle traversait de nouveau l'avenue, marchait au bord des pelouses où les motifs floraux, géraniums, tulipes, dessinaient des entrelacs qui se perdaient sous les palmiers. Parfum, douceur de l'air marin glissant à hauteur d'homme de l'embouchure du Paillon. Violette attendait, sans impatience.

Elle arrivait toujours la première. Une cliente, au dernier moment, retenait Denise. Violette l'apercevait, agenouillée près d'une femme qui tournait lentement devant un haut miroir au cadre de bois blanc. La première vendeuse, avec des gestes autoritaires, indiquait à Denise, l'ourlet qu'il fallait reprendre, le flou qu'on donnerait là, et elle s'emparait de la pelote à épingles, souriant, servile, à la cliente. Quand Violette s'attardait devant le magasin, Denise lui faisait de la main signe de s'éloigner. La « première » n'aimait pas cela, que l'on attende les vendeuses. « Dites-lui d'aller plus loin, n'est-ce pas ? » Parfois, l'attente durait longtemps. Une cliente pouvait passer le temps, essayer un manteau, une robe du soir, faire descendre tous les coupons de nouveaux tissus imprimés ou ces « crêpes de Chine ». Puis, quand la voiture du mari ou de l'amant — « Elle n'est pas mariée, tu sais, disait Denise, elle se fait entretenir » — s'arrêtait devant *Haute Couture,* elle prenait son sac et, accompagnée par la première vendeuse qui disait encore : « Merci, Madame, nous espérons vous revoir », elle sortait, n'ayant rien acheté. Et Denise rangeait les coupons sur les étagères, les chapeaux dans leur boîte, la « première » attendait dehors, Denise tirait le store de fer. « À demain, Mademoiselle. » « À demain, Denise. »

Il n'y avait pas d'horaire pour Denise Raybaud. Elle terminait quand les clientes partaient. Aux Galeries Lafayette, au contraire, l'horaire était chose sacrée. Dans l'atelier, Violette commençait à moins le quart à rassembler sur ses genoux son sac, son chapeau. Elle défaisait la ceinture de son tablier. Puis, paraissant rebondir sur les marches du grand escalier des Galeries, ricochant contre les murs, la première sonnerie retentissait. Madame Durand, « la chef », se levait, passait entre les tables. « Vous n'avez pas fini », disait-elle. Le bruit des machines à coudre, un instant interrompu, reprenait par saccades. Violette achevait d'ouvrir son tablier. Elle mettait la ceinture dans la poche. « Revelli. » « La chef » ne l'aimait pas. Elle avait connu Louise, elle se vengeait sur Violette du départ de la sœur. Parfois, elle se voulait méprisante, et quand Violette venait avec une nouvelle robe qu'elle se coupait le soir, sur un patron que Denise lui prêtait, « la chef » lançait à haute voix dans tout l'atelier : « On sait où ça conduit la coquetterie, n'est-ce pas, Revelli ? On courtise et on se retrouve avec un enfant sur les bras. » Les premières fois, Violette avait baissé la tête, joues qui brûlent, larmes qui brouillent le regard, elle n'arrivait pas à enfiler l'aiguille, elle se piquait. Madeleine Vial, qui, avant-guerre, était sortie deux ou trois fois avec Dante, lui prenait l'aiguille, murmurait : « Laisse-la dire, elle est jalouse. » Un jour, Violette avait cessé de baisser la tête, elle avait regardé Madame Durand. « Y en a qui peuvent pas avoir d'enfants, Madame. » Silence dans l'atelier, puis les filles pouffent, Madame Durand crie : « Mais qu'est-ce que vous attendez pour travailler ? » Amende pour Violette Revelli.

À la deuxième sonnerie, « la chef » ne pouvait plus rien. Les filles se précipitaient vers la sortie, sac à la main, sans repasser par les vestiaires, laissant les tabliers sur les chaises, n'ayant même pas, parfois, recouvert les machines, et la dernière fille, celle que Madame Durand pouvait saisir par le bras, était contrainte de « mettre de l'ordre », seule dans l'atelier, écoutant les récriminations de « la chef » contre ces filles « qui n'ont plus de moralité, elles savent pas ce que c'est que le travail, c'est la faute de la guerre, plus rien ne sera comme avant, elles se croient tout permis ».

Violette Revelli n'était jamais prise. Elle sautait les marches par deux ou trois, elle aurait voulu sortir la première dans la rue, saisir, à l'automne ou au printemps, le jour avant qu'il disparaisse, ou bien, l'hiver, le moment où les boutiques sont encore ouvertes, quand on peut voir les clientes entrer, plonger la main dans les tissus. Elle en voulait à Madeleine qui la retenait. « Qu'est-ce que vous faites, dimanche ? Vous allez danser ? Au Var ? Au *Bal des Pilotes* ? »

Les vendeuses, les couturières couraient dans l'escalier, et Madeleine avait saisi le bras de Violette, la forçant à se laisser dépasser, faisant naître une inquiétude... Peut-être allait-on fermer les hautes portes d'acier contre lesquelles s'appuyaient les gardiens en blouse grise, les chauffeurs-livreurs, fumant nonchalamment, heureux de voir défiler toutes ces femmes, échangeant entre eux quelques plaisanteries.

— Et ton frère ? demandait Madeleine.

Il fallait marcher avec Madeleine, lui raconter. Dante avait recommencé à travailler, il était électricien à l'Hôtel Impérial, l'entretien des installations, « toutes les machines, et il y en a ».

— Comment il est ?

Madeleine avait pris le bras de Violette. Elle avait l'âge de Louise, le visage rond, les cheveux châtains qu'elle portait frisés. « Tu as vu son nez », disait Denise. Elle avait le nez un peu fort. « Et puis elle est vieille, vingt-cinq ou vingt-six, on dirait déjà une vieille fille, ton frère — il en a vingt-huit, répondait Violette — un homme, c'est pas la même chose, il faut qu'il ait dix ans de plus, il est bien mieux qu'elle. »

Peut-être était-ce pour cela, ces arrière-pensées, ces commentaires de Denise que Violette, avec Madeleine, le soir, à la sortie de l'atelier, se sentait mal à l'aise. Elle se baissait au lieu de répondre à Madeleine :

— Ces chaussures, disait-elle, elles me font mal.

Elle devinait l'angoisse de Madeleine, au son de la voix, au poids de son corps qu'elle appuyait sur le bras de Violette.

— Il te parle de moi ? Tu lui as dit que je travaille avec toi ? Il le sait ?

Violette répondait par monosyllabes. Elle avait envie, pourquoi ? quelle bêtise, de pleurer, ou bien de bousculer Madeleine, de lui dire : « Mon frère, il s'en fout, il ne sait même pas si tu existes, tu es trop vieille, il a d'autres idées, il ne pense qu'à sa politique, tu es trop vieille. » Mais elle ne disait rien, elle pensait à Louise qui refusait de venir danser, qu'elle surprenait souvent, sanglotant seule sur le petit balcon, du côté de la cour, là où elle s'imaginait que personne ne l'apercevait. Elle pensait à son père qui, le dimanche, après s'être changé, comme il disait, sa casquette grise à la main, son costume noir, « Tu sors, papa ? », il semblait timide, « Je vais faire un tour ». Seul, il allait sur la tombe de Lisa, sa promenade du dimanche.

— J'ai travaillé à l'Hôtel Impérial, continuait Madeleine. Il y est bien, Dante ? Le patron Hollenstein, moi, je ne l'ai pas connu... C'était sa femme, une Russe, la baronne Karenberg, elle s'est perdue pendant la guerre...

Violette retirait son bras, faisait mine de prendre son miroir dans le sac. Quand Madeleine était près d'elle, c'est comme si dans l'air de la rue flottait encore l'odeur de tissu humide, de laine tiède de l'atelier, parce que les repasseuses laissaient les portes ouvertes pour avoir moins chaud.

— Passez me prendre dimanche, si vous allez danser, disait Madeleine. Je vous attends. Vous venez ? Ton frère y va ?

Violette s'éloignait, elle courait presque sous les arcades qui entouraient la place Masséna, comme si elle avait été en retard. Et elle avait souvent ce sentiment qu'il fallait faire vite, ne pas attendre qu'une guerre vienne et que l'homme parte comme Millo, qu'il vous laisse comme il avait laissé Louise, avec cette vie morte et un enfant auquel il fallait malgré tout donner l'envie de vivre. Se dépêcher pour que personne ne puisse dire « on dirait déjà une vieille fille », et la peur, le dimanche, qu'aucun danseur ne vienne. « Vous dansez, Mademoiselle ? » Violette passait devant les vitrines, le bar de *Cintra,* elle s'arrêtait le temps d'entendre les Russes de l'orchestre faire chanter leurs violons, les portes à tambour tournaient, un couple surgissait, se frayait un passage parmi les quelques badauds, bruit de portières, la voiture prenait l'avenue de Verdun, vers la Promenade des Anglais. Là-bas, derrière les palmiers, brillaient les illuminations du Palais de la Jetée-Promenade. Violette s'appuyait aux barrières, face à *Haute Couture* dont Denise baissait le rideau. Denise traversait l'avenue, embrassait Violette, lui saisissait le bras.

— Tu ne l'as pas vue ? Une cliente... Je suis sûre que c'est une « grue » ? Elle a acheté un manteau, un sac, et belle, tu sais, jeune.

Elles se tenaient par le bras, elles allaient vers la Promenade, parlant à voix basse comme si on avait pu les entendre, puis, la nuit tombant, il leur fallait rentrer. Elles longeaient le Paillon sur la rive droite, du côté de la ville neuve. Sur l'autre rive, la façade des immeubles de la vieille ville était déjà une zone sombre piquetée régulièrement par la lumière blanche des réverbères.

Au fur et à mesure qu'elles s'éloignaient de la place Masséna, Violette et Denise trouvaient le silence. Elles entendaient le bruit de la rivière qui, au printemps et en automne, occupait toute la largeur du lit.

Le soir, Violette Revelli n'aimait pas traverser le pont.

Au bout, il y avait la place Garibaldi. Les magasins d'alimentation avaient déjà placé leurs panneaux de bois sur les devantures. De jeunes ouvriers flânaient sous les arcades, devant le Café de Turin. Ils sifflaient quand Violette et Denise passaient près d'eux : « Oh, bella ! » Elles prenaient la rue de la République. Elles étaient voisines.

— Tu m'appelles demain matin, disait Denise Raybaud.

Elles s'embrassaient.

Demain, elles retourneraient dans l'autre Nice, celle qui ressemblait à du cinéma.

6

Dante suivait toujours le bord de mer. Il descendait en roue libre sur le port, par la pente douce de la rue Cassini. À partir de la mi-avril, le jour commençait à naître quand Dante atteignait le quai Lunel. Souvent il s'arrêtait, posait son vélo contre une pile de bois, un tonneau ou un sac de grain. Deux ou trois pêcheurs, toujours les mêmes, la musette placée près d'eux, assis sur le quai, immobiles, regardaient l'eau grasse sur laquelle flottaient, comme de gros bouchons, des oranges. « Es bouan ? C'est bon ? » demandait Dante. Ils hochaient la tête, montraient dans la musette des poissons blanc et gris de la longueur d'un doigt, qui tressaillaient encore, collés l'un contre l'autre, « Es de la girela. » Ils prenaient dans une boîte à conserve rouillée des vers mêlés à une algue noirâtre, ou bien, parfois, ils jetaient autour des lignes une poussière blanche et grumeleuse faite de fromage fort et de mie de pain. Gestes lents, graves. Le dernier quart avant cinq heures sonnait à l'église du port. « Es l'oura », disait Dante.

Les dockers commençaient à arriver. Ils portaient sur le bras un sac de jute percé. Plus tard, ils l'enfileraient comme une casaque qui protégerait leur nuque et leurs épaules. Ils s'asseyaient sur les planches, pendant que Dante s'éloignait, roulait vers Rauba Capèu. Brise de face, souvenir de la proue ou de la passerelle du *Cavalier,* quand Dante était de quart, à l'aube, que la houle longue naissait de l'horizon, mais, ici, le silence, à peine le crissement du pédalier et le ressac de la mer dans les rochers de Rauba Capèu. Des carriers et des manœuvres, qui creusaient dans la colline du château le monument aux morts de la guerre, cavité blanche, plaie nette et raclée qu'on ouvrait dans la roche brune, face à la mer, montaient vers le chantier. Dante, parfois, parce que le vent se levait, ou bien pour la joie de l'effort, le désir d'atteindre plus vite le tournant, le cap, grimpait, debout sur les pédales, tirant sur le guidon. Les ouvriers sifflaient, saluaient de la main, le regardaient recevoir sur tout le corps, de plein fouet, le vent salé.

Ces matins étaient pour Dante une fête sensuelle. Il partait vers quatre heures et demie. Trop tôt. Dix minutes suffisaient pour se rendre à l'Hôtel Impérial où il ne remplaçait Lebrun qu'à cinq heures. Souvent, au moment où il ouvrait la porte palière, son père ou Louise s'avançait dans le couloir : « Tu t'en vas déjà ? » demandait Louise. Elle marchait sur la pointe de ses pieds nus, murmurait, se retournait pour écouter la respiration régulière de Lucien qui dormait avec elle dans la chambre du fond. Elle portait la chemise de nuit qui avait appartenu à sa mère, et, dans la pénombre, elle lui ressemblait, la même odeur de sommeil et de veille, la même tiédeur de la peau quand elle embrassait son frère. Dante lui faisait signe de se taire. Elle lui tenait la porte pendant qu'il soulevait la bicyclette que, chaque soir, il montait dans l'appartement.

— Je te laisse le dîner ?

Il l'embrassait sans répondre, plaçait le cadre sur l'épaule et descendait l'escalier, l'apercevant qui s'attardait, la porte entrebâillée.

Quelquefois, c'était le père qui venait. Vincente commençait à la brasserie à six heures, mais il dormait mal, se réveillait de plus en plus tôt et, au moment où il entendait ouvrir la porte, il ne pouvait résister au désir de voir Dante. Il se levait, s'approchait de son fils, mais il percevait vite cette irritation de Dante qu'un geste des épaules, un mot : « Pourquoi tu te lèves ? » révélaient. Vincente s'écartait, entrait dans la cuisine, ou bien, poussant les volets de sa chambre, il regardait Dante qui roulait lentement vers la place Garibaldi.

Là, Dante, cependant que le vélo tressautait sur les pavés, éprouvait une sorte d'impatience. La rue Cassini était devant lui, le plus souvent déserte, avec, au bout, les mâts des navires, ramure confuse qu'éclairaient les grosses lampes blanches du quai, ou bien que commençait à séparer l'aube. Il respirait profondément, il donnait un ou deux coups de pédale et glissait. Silence, fraîcheur. Il savait, du bout des doigts, que le froid, parfois, en hiver rendait gourds, jusqu'au coin des yeux où des larmes naissaient, hésitantes, qu'il était libre. Vivant. Barnoin comprenait, Borello, l'instituteur, aussi.

Le dimanche, Dante et Barnoin sortaient de la salle de bal, allaient s'asseoir, seuls, loin des autres, Antoine ou Violette, les jeunes. Ils s'étendaient dans l'herbe, sous les oliviers, ou bien sur la grève, ils fumaient, les yeux dans le ciel. « C'est bon », disait Barnoin.

Tous ceux qui l'avaient faite, la grande guerre, et qui en étaient revenus, savaient. Le matin, surtout, roulant au bord de mer, Dante jouissait de l'injustice d'être en vie. Il regardait les plaques de marbre blanc, les arceaux, les colonnes qu'on commençait à placer dans la colline du château. Monument aux morts, aux héros, à Millo, à tous les copains du quartier dont on allait creuser la tombe en lettres majuscules, côte à côte, comme dans la tranchée ou dans le poste d'équipage, nom contre nom, hamac contre hamac, épaule contre épaule. Morts. Je suis là. Quelle injustice juste. Il sprintait dans les derniers mètres, en danseuse, et c'était le tournant, l'ombre de la colline sur la route, la descente, la Baie des Anges, cette courbe rose sous les soleils de mai, les verrières du Palais de la Jetée-Promenade, les coupoles de l'Hôtel Negresco ou de l'Hôtel Impérial, et même les façades blanches des villas basses des Pochettes réfléchissant la lumière en touches tremblantes et irisées. Roue libre, mains dans les poches ou croisées sur la nuque ; les pêcheurs rentraient, halant leurs barques sur la grève, Dante se laissait glisser le long de la ligne droite de la Promenade jusqu'au bout de l'élan, parfois jusqu'au premier palmier, peu avant l'Opéra. Il reprenait le guidon, pédalait ; un étranger, en maillot de bain et en peignoir, traversait la chaussée.

Plus loin, Dante longeait le jardin Albert-Ier qui s'étendait au-dessus du Paillon dont le lit avait été recouvert. Des jardiniers de la ville en tablier bleu et hautes bottes déchargeaient les fleurs nouvelles en pots, ou bien, accroupis dans les caniveaux, fixaient les manches d'arrosage à une prise d'eau. Devant le Negresco, les femmes de ménage lavaient les marches de marbre, s'appuyant à leur balai, regardant elles aussi la mer, le soleil neuf, l'hostie rouge. Quelques tours de roues encore, et c'était l'Hôtel Impérial, Lebrun qui l'attendait assis dans un des fauteuils de la terrasse, sa bicyclette calée contre le trottoir. Dante sautait du vélo. Cette fête du matin qui s'achevait, cette beauté des premiers gestes qui s'esquissent, et la ville et la vie qui semblaient vous appartenir.

— J'ai mis le secours en route, disait Lebrun. Tu verras, je crois que c'était l'axe, ou alors les courroies... J'ai préféré pour la nuit passer sur le secours.

Ils étaient deux électriciens, employés à l'entretien de l'hôtel, se partageant alternativement les services de jour et de nuit. Surveillance des moteurs des ascenseurs, du groupe électrogène, réparation des petites pannes dans les chambres. Lebrun avait été gazé en 17 ; envoyé en convalescence dans le Midi, il n'était plus reparti. « Je préfère être clodo ici, disait-il, ils me reverront pas dans mon pays. Les treuils de la mine et le charbon, trop noir pour moi. » Il toussait, crachait dans un mouchoir, puis examinait attentivement ses glaires. « Je fais plus de sang », disait-il. Avant de partir, il clignait de l'œil à Dante : « Pour le lait, si tu peux, je t'ai posé le bidon dans l'atelier. » Dante, quand Lebrun n'était pas de service de jour, passait aux cuisines, vidait dans le bidon de Lebrun le lait que les clients avaient laissé dans les pots et que les garçons d'étage redescendaient avec les plateaux des petits déjeuners. « Pour moi, il y a que le lait, tu comprends », répétait Lebrun.

Dante regardait Lebrun s'éloigner, silhouette voûtée sur le vélo, puis il prenait l'entrée de service par la rue de France et gagnait l'atelier.

La planque, l'Hôtel Impérial. Gustav Hollenstein,

le grand patron, était entré dans le bureau du chef du personnel le jour où Dante était engagé :

— Revelli, Revelli, ce nom...

Il avait l'habitude de garder les mains dans le dos, un long porte-cigarette vide serré entre ses dents, parlant ainsi, la bouche à demi fermée, ce qui accentuait encore son accent étranger. Dans la journée on l'apercevait qui se promenait dans le hall, dans la rotonde, le grand salon aux colonnes. Il bavardait avec les clients, prenait sa fille Nathalie par le bras, l'entraînait dans la rotonde. Là, contre une des colonnes, un piano. Hollenstein s'asseyait et Nathalie commençait à jouer. Dante, un soir, les avait surpris dans la pénombre, à la fin de la saison, l'hôtel presque vide. Par une des portes-fenêtres ouvertes venait, lointain, le bruit des vagues, accompagnant de notes sourdes les doigts de Nathalie qui glissaient sur les touches. Dante était resté dans l'entrée, oubliant le lieu, le temps. « C'est beau, disait-il plus tard à Violette, comment te dire ? Tu vois ces femmes qui descendent l'escalier de l'hôtel, une robe du soir blanche... »

— Revelli, reprenait Hollenstein, vous êtes parent avec l'entrepreneur ?

« Mon oncle », expliquait Dante. À chacun de ses pas, dans cette ville, il se heurtait à l'enseigne de Carlo. Lebrun qui l'interrogeait : « Ces camions qu'on voit avec ton nom ?... » Ou bien quand il s'asseyait à la longue table de marbre dans l'office, qu'un des cuistots lui apportait une tranche de viande : « Tiens, bouffe, Revelli... » Quelqu'un, toujours, relevait le nom : « Revelli, t'es parent ?... » Le plus souvent, il haussait les épaules. Qu'avait-il à voir avec ce patron dont les ouvriers goudronnaient les rues, ouvraient des routes, dont on voyait les échafaudages dressés le long des façades, les palissades masquer le cours du Paillon devant le lycée ? Partout le nom de *REVELLI,* en lettres noires d'affiches, sur les dragues, ces machines qui hoquetaient, soulevant dans un bruit de chaînes les graviers du lit du fleuve ; sur la longueur de tout un premier étage, quai Lunel, et chaque matin, quand il passait, Dante apercevait les lettres.

— Je ne le vois jamais, répondit Dante à Hollenstein.

Mais celui-ci, déjà, n'écoutait plus.

— Bien, disait-il, cet hôtel, c'est comme un grand bateau.

Un paquebot à l'ancre, avec ses longues coursives, couloirs d'étages tapissés de velours grenat, sa passerelle, cette terrasse au dernier étage, d'où l'on dominait toute la ville, découvrant les hautes crêtes lointaines, houle du large qui s'apaisait dans les collines fermant la baie.

Dante et Lebrun vivaient à part, dans l'atelier, dont ils étaient les patrons. Les maîtres d'hôtel, les chefs de rang, le chef du personnel, le chef cuistot, tous ces sous-offs autoritaires qui, dès que la porte à double battant de l'office s'était refermée sur eux, quittaient les gants blancs des bonnes manières pour l'insulte : « Eh, con, tu le veux, mon pied au cul ? Je vais te faire courir, moi ! Grouille, merdeux », et les garçons, les grooms, les femmes de chambre évitaient une taloche, poussaient la porte de la pointe de la chaussure, regagnaient les zones calmes : « Oui, Madame... Bien sûr, Monsieur », tous ces « juteux » — disait Lebrun —, ces « seconds maîtres », disait Dante, n'avaient aucune prise sur eux. Lebrun et Dante portaient le bleu de travail des ouvriers. Ils avaient des outils dans la poche, ils savaient, quand un des fours électriques était en panne, plonger les mains à l'intérieur, ressortir les fils torsadés, dévisser, contrôler avec un voltmètre, dire : « Voilà, ça marche », et, appuyant sur le bouton, réglant le rhéostat, ils rendaient la chaleur.

— Tu bois un coup, Revelli ?

L'abondance. Dante mangeait comme jamais il ne l'avait fait. Le fromage était en grands blocs sur la table des cuisines. Et l'on pouvait s'en tailler une part.

Les restes des services : à prendre. Hors-d'œuvre couverts de mayonnaise, jambon fumé, cornichons, et la viande, surtout la viande. La mère, avant, faisait des ragoûts. Morceaux de lard, abattis de volaille achetés au poids chez le tripier, viande bouillie. Louise continuait ces recettes de pauvre, quand la viande mijote longtemps et qu'on perd le goût, quand elle est grasse, mêlée toujours à la sauce. À l'Hôtel Impérial, Dante Revelli découvrait la viande saignante, coupée en larges tranches dans des parties sans os. Il ne l'aimait guère, mais il la mangeait parce que c'était la viande des riches. Pendant quelques semaines il prit sans mesure. Trop de galettes salées pendant sept ans, de lentilles et de fayots, de corned-beef, de pain dur comme du bois, ou bien moisi, trop de vin au goût de saumure, trafiqué par le cambusier, trop de repas pris alors que le roulis faisait brusquement déborder la gamelle qu'on n'avait pas le temps de laver. « Je m'en mets plein la gueule », disait Dante, assis dans les cuisines dont la peinture blanche laquée brillait. Il irait tout à coup, sans qu'il sache pourquoi, simplement parce qu'il déboutonnait sa veste, prenait une cigarette, et qu'il tendait sa tasse pour qu'on la remplisse de café chaud.

Bouffer, comme ça, à l'œil, c'était une façon de saluer la vie, d'affirmer qu'on était passé « au travers », alors qu'on aurait pu y laisser la peau cent fois, corps sans visage du marin porté par les vagues entre les épaves du navire coulé ; qu'on était là, les avant-bras calés sur la table de marbre, les jambes allongées sur un sol stable et qu'on les avait eus. Les Boches ? Non, ceux qui nous avaient envoyés là-bas, ceux qui voulaient qu'on crève. Pour qui ?

Dante, les riches, maintenant, il les voyait de près. Parfois, il entrait dans leur chambre, le soir, parce qu'un interrupteur, la poire d'une lampe de chevet ne marchait pas. L'armoire de la chambre était ouverte, il y avait là peut-être dix costumes, des robes. « Tu peux pas savoir », racontait-il à Violette. C'est à elle, la jeune sœur, qu'il aimait parler. Le matin, après son service de nuit, quand il retrouvait la rue de la République après avoir traîné sur les quais, bavardé avec les pêcheurs ou avec Barnoin qui commençait sa journée et qu'il passait voir, place Masséna, à la station des taxis et des fiacres devant le casino, Dante ne se couchait pas. Souvent, il avait dormi dans l'atelier, sur le lit de camp que Lebrun avait aménagé près des moteurs. Dante s'asseyait dans la cuisine. Le père était parti à la brasserie. Louise habillait Lucien, Antoine se levait tard, donnait une bourrade à son frère. « Tu me passes le vélo, je vais être en retard au chantier. » Dante gueulait, acceptait. Violette arrivait enfin, déjà prête. Elle se penchait vers son frère, elle l'embrassait. Et Dante riait. « Oh, Violina ! » disait-il. Elle sentait bon. Belle, cheveux courts, les oreilles cachées par deux ondulations, la nuque dégagée, des boucles longues, perles artificielles, seule parure du visage sans maquillage. Elle préparait du café. Elle disait : « Raconte-moi, qui tu as vu ? » S'il avait un jour une fille, il aimerait qu'elle soit...

— Tu es cent fois plus belle, commençait-il. Elles sont peintes, tout est faux. Je les vois.

Dans les chambres d'hôtel, Dante dévissait l'interrupteur, dénudait un fil de cuivre. Gestes machinaux. Ses doigts n'avaient plus besoin du regard pour se guider. Il plaçait les vis dans sa bouche, remplaçait un fusible, et parfois, agenouillé contre une plinthe, il observait. Ils parlaient entre eux, claquaient la porte de la salle de bains, ou bien riaient, debout sur le balcon. Anglais, Américains, princesses russes en exil, ils appartenaient à un monde extravagant, lointain. La richesse, Dante croyait l'avoir connue à la maison Merani où il avait grandi, sa mère à la cuisine, son père dans la cour attelant la voiture, et le député Merani criait : « Vincente, tu te dépêches, qu'est-ce tu fous ? » Celle qu'il devinait à l'Hôtel Impérial paraissait sans mesure, et, dès lors, elle ne l'humiliait pas. Peut-être la guerre, aussi, les « idées », la certitude que le monde était injuste, à reconstruire — *Le monde doit changer de bases* — donnaient-elles à Dante un autre regard. Quelquefois, c'était celui du mépris. Un homme était couché sur le lit, le col blanc ouvert, les cheveux en désordre, une femme, son maquillage délavé, somnolait dans un fauteuil, ivre elle aussi. Sous les lustres de cristal de la rotonde, les femmes passaient, or, argent, ciselées et distantes, entrevues alors que Dante traversait le hall en bleu de travail, son échelle sur l'épaule. Le portier faisait un geste pour qu'il se dépêche, disparaisse vite comme une tache qu'il faut effacer sur un vêtement de cérémonie. Ces femmes dans leurs chambres, leurs bijoux placés dans les coffres de l'hôtel, n'étaient plus que des volumes mous et gris, le regard seul, pierreux, la voix hostile. « Vous n'avez pas encore fini ? » Dante secouait les épaules. Autrefois, quand Merani, violent, interpellait son père, Dante se dissimulait, avait envie de fuir. « Il faut le temps qu'il faut, maintenant, c'est plus l'armée », disait-il.

— Quand tu les vois, expliquait-il à Violette, le maquillage, les cheveux, laides.

Violette versait le café. Elle se penchait, et ses cheveux, se rapprochant, amincissaient le visage, accusaient l'angle aigu du menton. Elle buvait debout, écoutait attentivement son frère, puis, posant le bol, les lèvres à peine entrouvertes, elle disait :

— Mais elles vivent, là-bas.

Elle prenait son sac, changeait de ton.

— Je suis en retard, tu m'accompagnes ?

Il avait la journée devant lui. Si Antoine ne lui avait pas emprunté son vélo, Dante plaçait sa boîte à outils sur le porte-bagages. Il marchait près de Violette, tenant le vélo par le guidon. Il allait sur un chantier où on le payait à la tâche. Toute la ville s'électrifiait. La guerre avait tué. On manquait d'ouvriers. Les patrons connaissaient l'habileté de Dante, on le recherchait. « Viens quand tu veux, je te donne trente francs pour la journée », disait Rinaldi, un petit entrepreneur de la rue Pastorelli. La seule liberté que s'accordait Dante quand il avait travaillé toute la nuit à l'Hôtel Impérial, c'était de commencer plus tard le matin. A son heure. Il passait chez Rinaldi, choisissait les rouleaux de fil, les ampoules, et montait vers l'Ariane ou Saint-Maurice, ces quartiers de la périphérie, où, au milieu des cressonnières, on construisait des villas.

— Tu as deux paies, toi, disait Antoine.

— Je prends le travail de personne.

Antoine irritait Dante. Le plus jeune des Revelli attendait son incorporation en travaillant à contrecœur. « Pour qui on travaille, disait-il, pas pour nous. Pourvu que ça marche, le jour de la livraison du chantier, après, merde, qu'ils se débrouillent. » Dante, dans la cuisine, ou bien le soir, devant Vincente silencieux, allait vers la fenêtre, l'ouvrait :

— Un ouvrier, disait-il, un ouvrier, il a la fierté de son travail. Personne a besoin de passer après moi sur le chantier. On me fait confiance.

— Le chantier, c'est pas le tien.

Antoine prenait Lucien sur ses genoux, montrait Dante au fils de Louise :

— Tu vois, continuait-il, il est fier, Dante. Ils ont bien fait la guerre. Bons ouvriers, bons soldats.

Dante frappait du point sur la table.

Il prenait la bicyclette, allait retrouver Barnoin, ou bien il faisait un tour, pédalant lentement, remontant l'avenue de la Victoire, puis grimpant vers la colline de Cimiez. Il redescendait au milieu des jardins, dans les parfums de roses et de mimosas, vers la place d'Armes et la rue de la République. Seul, roulant ainsi au hasard des rues, une question venait, qu'il disait à haute voix : « Qu'est-ce que je fais ? » Il changeait d'itinéraire, disait : « Je vais rentrer », mais la question revenait : « Qu'est-ce que je fais ? »

Demain, l'hôtel, la table de marbre, le lait pour Lebrun, la viande et le fromage, autant qu'on en veut, demain, la paie, et Rinaldi qui me donnera pour le chantier du Mont-Boron.

Qu'est-ce que je fais ?

— Tu penses à te marier ? demandait Louise.

Dante sortait alors de la cuisine.

À l'Hôtel Impérial, elles venaient dans l'atelier. Elles gardaient leur tablier aux fines raies bleues et blanches, et leur coiffe tombait sur le lit.

— Je vais te montrer, disait Dante.

Il avait construit une souricière. Planche de bois, grillage de brins d'acier. Il la plaçait dans la cuisine de l'hôtel et, le matin, une souris était prise. C'était une fille ou l'autre qui s'approchait de la cage.

— Tu viens voir ? demandait Dante.

Carmen ou Reine, Louisette ou Rita, l'une d'elles suivait Dante dans l'atelier. Il portait la souricière où la forme grise tentait vainement de percer le grillage avec son museau. La fille, dans les longs sous-sols de l'hôtel mal éclairés, se rapprochait de Dante. « Y a des rats, ici, je suis sûre ? » disait-elle. Dante lui entourait la taille, la fille se collait contre lui.

— Regarde.

Il posait la souricière sur l'établi, prenait un fil relié au courant. Une des branches du fil contre le grillage, l'autre sur la souris tassée, fripée.

— Appuie là, disait Dante.

Carmen ou Reine, Louisette ou Rita, elle baissait le disjoncteur. Un soubresaut, et la souris était morte, parfois en couinant.

— Tu vois, commençait Dante en reposant le fil, comme en Amérique.

Le lit de camp était derrière l'établi.

Qu'est-ce que je fais ?

La question qui revenait.

Un dimanche, Dante avait retrouvé Madeleine Vial au *Bal des Pilotes.* Fox-trot, valse, one-step. Ils étaient rentrés seuls, marchant lentement le long de l'hippodrome. Antoine, Violette, Barnoin, partis depuis longtemps. Qu'est-ce que je fais ? Il s'écartait de Madeleine quand elle laissait sa main aller vers lui. Il s'asseyait en face d'elle dans le tramway. Des couples enlacés, debout sur la plate-forme, le visage dans la nuit, et eux, Madeleine, Dante, en pleine lumière.

Il s'était mis à parler fort :

— On supprimera l'argent. Les Soviets, c'est ça. On paiera avec son travail. Tu travailles, tu manges. Tu travailles pas, rien. La justice, la vraie, c'est dans pas longtemps. C'est pour ça, nous, les Français, on doit pousser à fond, solidaires des Soviets, tu comprends ?

Madeleine avait enlevé son chapeau. Elle regardait Dante, yeux immobiles qui disaient la détresse. Il parlait plus fort encore, plus vite.

— Viens au parti, au Congrès on passera tous à l'Internationale, celle de Lénine. Nous, les marins...

Il racontait la révolte devant Sébastopol, il chantonnait :

C'est la lutte finale
Groupons-nous et demain,
L'Internationale
Sera le genre humain.

Magnan. Le pont du chemin de fer dans l'obscurité, l'esplanade déserte, la sonnette du wattman.

— Tu habites là ? demande Dante. Tu descends ?

Il la force à se lever, il l'accompagne jusqu'au bout de la voiture, lui tend la main.

— Ciao.

Elle s'éloigne vers la mer, son chapeau à la main. Elle se retourne, elle le salue pauvrement du bras.

Dans le tramway, il a encore chantonné *L'Internationale.* Il s'en souvient, ce soir, alors que, longeant la mer, il rentre rue de la République. Pas de brise, pas de bruit. Mer d'huile, tiédeur odorante de l'air. Injustice. J'ai laissé partir Madeleine. Brave fille, brave fille. Merde, qu'est-ce que j'y peux ?

— Elle avait une drôle de tête, avait raconté Violette, le lendemain. Tu lui as dit quoi ? Les yeux rouges, elle a dû pleurer tout le temps.

Dante avait claqué la porte. Brave fille, Madeleine.

Qu'est-ce que je fais ?

— Camarades, disait Borello, un soir, dans l'arrière-salle du Café des Quatre-Avenues, camarades, l'avenir, c'est nous, les socialistes.

— Quels socialistes ? gueulait Barnoin. Ceux qui nous ont envoyés là-haut, au casse-pipe, ceux-là, dehors, on les a assez vus pendant quatre ans.

— Camarades, reprenait Borello.

Il portait de petites lunettes rondes enfoncées dans les orbites, une moustache de la largeur des narines, trace de charbon irrégulière. Il parlait comme s'il avait été en classe devant ses élèves turbulents.

— On n'est pas tous des camarades, continuait Barnoin. Tu es pour ou contre la Révolution russe ? Voilà, voilà ce qu'il faut savoir, on verra si tu es un camarade...

Dante avait voté avec Barnoin, le vieux Piget, l'instituteur de Dante au temps du certificat d'études, Sauvan, de l'Union des syndicats, Barel, instituteur aussi, et Karenberg, le baron russe naturalisé, d'autres encore, pour le soutien aux bolcheviks, l'adhésion du parti socialiste à la IIIe Internationale des communistes.

— On est communistes, commentait Barnoin debout, gesticulant.

Borello rangeait ses papiers. « Camarades, camarades, disait-il à voix basse, attendez le vote du Congrès. »

Qu'est-ce que je fais ?

Dante avait posé sa bicyclette contre le parapet de la Promenade, au-dessus des rochers de Rauba-Capèu, du côté du port. Emiettement rouge du phare au bout de la jetée, ricochant sur l'eau plate. Face à la mer, les parois blanches du monument aux morts se dressaient, rocher du sacrifice, arêtes tranchantes et larges surfaces.

Dante descendit sur le quai du port — l'attrait de l'eau, de l'odeur rance, du clapotis de la vague contre la coque, l'habitude. Il marcha entre les tonneaux vers un cargo bas, surmonté d'une cheminée grêle et de trois mâts de charge. Il était tard, lumières éteintes. Le long de la coque, un échafaudage, et près de la passerelle des pots de peinture. Dante en prit un, sans trop savoir encore, puis, courbé, avançant dans les allées ménagées entre les marchandises bâchées qui étaient amoncelées sur le quai, il regagna la Promenade, et là, traversant vite, il lança le pot de peinture contre une des parois du monument. Tache grise et visqueuse. Le pot roula sur les dalles avec un bruit de casserole. Dante bondit sur sa bicyclette et fila vers le port, remontant la rue Cassini, ne ralentissant que place Garibaldi. Incertain, tout à coup. Il entra au Café de Turin, but un verre de vin.

Vivre comme ça, à quoi ça sert ?

7

Ritzen se souvenait. Un nom sur une fiche de couleur bistre, des pleins et des déliés calligraphiés à l'encre violette, le sillage que laissait une vie les archives de la police. Renaudin apportait les dossiers chaque matin.

— Monsieur le Commissaire principal...

Ritzen, le front contre la vitre, ou bien, l'été, accoudé à la barre d'appui de la fenêtre, regardait la rue, les apparences de la ville. Un homme courait derrière le tramway, le receveur faisait sauter la chaîne, lui tendait la main de la plate-forme. Plus loin, vers la place Masséna, des vendeuses des Galeries Lafayette marchaient, à trois ou quatre de front, bras dessus, l'une d'elles, parfois, s'arrêtant pour rire, et Ritzen l'entendait du dernier étage de l'hôtel de police. Ou bien il imaginait. Il faisait un geste de la main à Renaudin sans quitter la fenêtre.

— La préfecture, monsieur le Commissaire, commençait Renaudin. À propos du monument aux morts. Cette histoire de peinture, cela prend des proportions inattendues. Hier, un article, vous l'avez lu ? Dans *L'Éclaireur*, en première page, un article de Merani, *Les Profanateurs*. Anarchistes, bolcheviks. Du bon Merani, national et indigné.

Ritzen se retournait. Renaudin posait les dossiers sur le bureau, l'un près de l'autre. L'égout sous la rue. La ville sans fards, vieille femme qui se déshabille, impudique, obscène à force de laideur.

— Le dossier vert, précisait Renaudin.

Majuscules noires : PROPAGANDE BOLCHEVIQUE. Des fiches. Des noms. Ritzen les faisait glisser jusqu'à ce que le souvenir... REVELLI DANTE.

— Il faut toujours aller jusqu'au bout, murmurait Ritzen. Après, trop tard.

Carlo Revelli, l'anarchiste qu'il hésitait à expulser en 90.

— On croit, Renaudin, on a tort.

Fournitures de guerre, travaux de voirie, transports en tout genre. Narquois, orgueilleux, Carlo Revelli étalait son nom dans toute la ville. Naturalisé, patriote, Français. Respectable. L'autre, le patron du bordel, décoré de la croix de guerre. Ils s'étaient incrustés. Grimés. Et celui-là, Revelli Dante.

Ritzen retournait la fiche. Geste machinal. Avant de lire, il voulait d'un regard découvrir toute la trace, ses détours et sa profondeur.

— Ce Revelli, des responsabilités, une tête ?

— Je ne crois pas, répondait Renaudin. Un phraseur. On le pousse. Il a été le délégué des employés...

Les employés d'hôtel s'étaient réunis dans la salle du Théâtre Risso. Peu de femmes. Elles restaient debout au fond de la salle, groupées, timides, mais elles avaient levé le bras avec les hommes, voté la grève. « Camarades », avait commencé Dante. À l'Hôtel Impérial, on l'avait élu. « T'es pas vraiment un employé, mais t'es avec nous. T'es une grande gueule, alors, tu parleras. » Une chaleur dans la gorge, peut-être le regard des filles, les voix des cuistots. « Allez, Revelli, tu parleras... » Tout céla dans le ventre, comme du vin qui mousse.

Dante marchait avec Lebrun dans les premiers rangs. Gendarmes, agents autour d'eux rue de la République. Louise, devant leur maison, soulevait Lucien, lui montrait Dante. L'enfant agitait les bras.

Le cortège était passé sur la rive droite du Paillon. Ils s'étaient pris par les épaules, gueulant plus fort quand ils traversaient la place Masséna, s'engageaient dans l'avenue de Verdun, longeant les boutiques de luxe. Une cliente tirait sur la laisse de son chien pour qu'il n'aboie pas, qu'il se détourne de cette foule aux voix grasses : *« Nos primes, douze heures de repos... »*

Devant les grands hôtels de la Promenade des Anglais, Ruhl, Negresco, Impérial, ils hésitaient. Parlementaient entre eux. Gustav Hollenstein sur le perron. Porte-cigarette vide serré entre les dents.

— Qu'est-ce que vous voulez ? demandait-il à Dante qui s'avançait. Si c'est possible, je suis prêt à tout vous accorder. Nous sommes sur le même navire, vous savez ? Si la saison n'est pas sauvegardée, vous et moi nous coulons. Vous avez été marin, m'a-t-on dit. Vous comprenez cela.

— Le bateau, il est à vous.

— Qu'est-ce que ça change, Revelli ? Vous êtes intelligent. Ne répondez pas des sottises. Il est à moi, mais c'est moi qui vous paie.

Grève de quarante-huit heures. Les patrons avaient cédé.

— Tu t'en es sorti comme un roi, disait Lebrun à Dante. Mais baisse la tête maintenant. Je les connais. Ils t'oublieront pas.

Ritzen lisait la fiche :

REVELLI Dante.
Né à Nice le 19 avril 1892.
Demeurant 42, rue de la République, à Nice.
Ouvrier électricien à l'Hôtel Impérial.
Célibataire.

Membre du parti socialiste depuis le mois de décembre 1919. A voté pour le soutien aux Soviets et pour l'adhésion du parti socialiste à l'Internationale communiste. A participé à la grève des employés d'hôtel (voir dossier GRÈVES*). Délégué des grévistes de l'Hôtel Impérial.*

Antécédents judiciaires : *jugé par le conseil de guerre pour sa participation à l'agitation de l'équipage du torpilleur le « Cavalier » en rade de Sébastopol (avril 1919). Quartier-maître électricien. Cassé. Condamné à douze mois de travaux forcés. Peine ramenée à six par décret de grâce (novembre 1919). Entretien une correspondance avec l'ex-quartier-maître Raffin, condamné à sept ans pour les mêmes faits et qui purge cette peine à Bordj Zarka.*

— Pour la préfecture, est-ce qu'il faut... ? demandait Renaudin.

Ritzen se leva difficilement. La blessure tendait encore les muscles de la jambe. Mal soignée au premier poste de secours, quand les hommes arrivaient seuls de la tranchée. L'un, courbé, les mains sur son ventre, comprimait une bouillie rouge, chair-gaze, et tombait à genoux, restant un instant comme en prière, se laissant aller sur le côté, mannequin de baraque foraine qu'une boule effleure et qui bascule en hésitant.

— Je m'en occupe, dit Ritzen en remettant la fiche de Dante Revelli dans le dossier vert.

Renaudin fit quelques pas, s'arrêta :

— C'est urgent, dit-il. À Paris, ce pot de peinture, à croire...

Il s'interrompit, s'apercevant que Ritzen ne l'écoutait qu'à demi.

— Vous les connaissez. L'union nationale c'est leur idée fixe en ce moment. Alors, l'article dans *L'Éclaireur*, Merani peut même en parler à la Chambre.

Ritzen était de nouveau près de la fenêtre. Les souvenirs. Un maillon entraîne l'autre. L'odeur. L'été, les corps accrochés aux barbelés se mettaient à puer. Ces cris qu'on entendait malgré les explosions, un type qui hurlait quelque part dans un trou d'obus, ou bien ce claquement du coup de grâce parce que... « Un déserteur, mon commandant, il a bien fallu », racontait le capitaine Bertaud.

Devant Ritzen, la rue. Au bout, les arcades de la place Masséna masquées souvent par les tramways et les voitures qui débouchaient de l'avenue de la Victoire. Les apparences. Le calme menacé du front quand on écrit dans le rapport : *Rien à signaler.* Et l'attaque dans la nuit.

Ritzen retourna s'asseoir. Dossiers rouges, jaunes, violets, lettres majuscules, PROSTITUTION, VOIE PUBLIQUE, JEUX ÉTRANGERS, GRÈVES, PROPAGANDE BOLCHEVIQUE, INDIVIDUS SURVEILLÉS, INTERPELLATION.

Tenir le front.

Ritzen ouvrit le dossier vert.

Il suffisait de lire, d'imaginer Barnoin ou Sauvan, l'un exalté, de ceux dont on ne sait encore s'ils vont brûler en quelques mois puis disparaître, ou bien s'obstiner, tel Sauvan. Ils deviennent discrets, habiles, vieux politiques, vieux truands qui connaissent les ficelles, hommes de métier. BAREL, PIGET, BORELLO, les instituteurs. Ritzen mettait leur fiche à l'écart. Meneurs. REVELLI *Dante.* La fiche était de nouveau entre ses doigts. Il la posa dans la paume gauche, feuilletant de la main droite les notes des informateurs, les tracts, deux exemplaires d'un *Appel aux jeunes travailleurs.*

La jeunesse de Nice qui s'est constituée il y a quatre mois se place résolument sur le terrain de l'Internationale communiste. Dans cette ville de luxe et d'orgie, quarante jeunes se sont groupés dans la section. Les adhésions doivent parvenir à Jean Karenberg (11 bis, boulevard de Cimiez) qui convoquera.

Les fils, ils étaient là, déjà. Revelli Dante ou Revelli Antoine, fiché, lui aussi, arrêté quelques jours en 17, pour propagande défaitiste, incorporé depuis deux semaines au 127e régiment d'infanterie de Strasbourg. Jean Karenberg, qui allait au-delà du père : *Le baron Frédéric Karenberg,* signalait un rapport, *tout en étant favorable à l'adhésion à la IIIe Internationale, a insisté sur l'importance qu'il y avait à ne pas croire que la révolution était proche. Il a parlé longuement des événements de Berlin et de l'échec des révolutionnaires, puis de la situation en Italie où l'on irait vers la dictature et l'écrasement des forces socialistes. La discussion a été animée. Les éléments les plus modérés de la section socialiste (Borello, réservé à l'égard du bolchevisme) ont approuvé Karenberg. Les extrémistes (Barnoin, Sauvan, Barel, Revelli) et les plus jeunes adhérents (voir notre rapport sur la création d'une Section de jeunes socialistes et l'Appel qu'ils ont lancé) ont dénoncé le « défaitisme » de Karenberg. Un vote a eu lieu sur une motion — ci-jointe. Karenberg a été mis en minorité. Son fils JEAN Karenberg (lycéen, voir fiche) a été désigné comme responsable des jeunes. Il a voté contre son père.*

Les fils. Cet effroi qui, certains matins, empoignait Ritzen. Il avait un dossier ouvert devant lui, lisait rapidement les fiches des individus surveillés, des interpellations, et, tout à coup, l'une d'elles : « *LIVIO Maurizio, vingt-deux ans...* », l'âge ou le visage, ou le nom — d'où est-il, celui-là ? — il gardait longtemps la fiche au bout des doigts.

Ritzen se laissait aller contre le dossier du fauteuil. Ses fils, tellement étrangers aussi. Pierre posait sa casquette d'officier sur le bord de la table. Croix de guerre avec palmes. Porte-drapeau de l'École. Il parlait, retirant un à un les doigts de ses gants blancs. Ce visage poupin, ces cheveux rasés, la voix même. Qui est-ce ? Mon fils ?

Tous les mercredis, Ritzen allait attendre Jules, le cadet, à la sortie du lycée. Plus lointain encore, silencieux. Au restaurant, avant de choisir un plat, Jules regardait son père à la dérobée. « Mais enfin, décide-toi. » Il parlait si bas que le garçon, le plus souvent, devait le faire repérer. Puis, plus un mot. Ritzen imaginait, se taisait aussi. Il est si facile d'imaginer quand ces fiches au bout des doigts racontent des vies qui bifurquent. Droite, d'abord, et brusquement elle tourne. Le nom est là, sur le bureau de Ritzen, dans le dossier Prostitution ou Vol à la tire.

Il interrogeait Marguerite, mais sa femme ne remarquait rien. « Tes fils, disait-elle, tu les as terrorisés. Pierre est parti dès qu'il a pu, pour faire aussi bien que toi. Tu t'étais engagé, il a voulu, lui aussi. Jules, il tremble. C'est tout. »

Un jour, avant la guerre, en novembre, le mois des crues, le Paillon avait brusquement monté. « Paioun ven », criaient les Niçois — le Paillon arrive. En quelques heures, il avait atteint le tablier des ponts. Il pleuvait quand Ritzen et ses deux fils... — quel âge avaient-ils ? une dizaine d'années peut-être... — s'étaient approchés de la rivière, Jules, trop petit pour voir l'eau, s'agrippait au parapet. Alors, Ritzen avait saisi son fils, le soulevant, et Jules s'était mis à hurler, se débattant, comme s'il avait eu peur que son père ne le jette dans la rivière. Il s'était calmé plus tard, quand la pluie avait cessé qu'ils s'éloignaient tous les trois des ponts et des quais, retrouvant les rues qui séchaient vite sous le soleil décapé. La main du fils dans la main de Ritzen était moite. Ritzen s'en souvient. Et il serrait les doigts, et il laissait sa main gauche sur l'épaule de Pierre.

Ces gosses, combien de ceux qu'il avait vus monter en ligne, vingt ans à peine, étaient revenus ? « Trop tendres, commandant, trop tendres, du beurre, répétait le capitaine Bertaud, ils ont fondu. »

Et maintenant, la boue.

LIVIO *Maurizio*, ce gosse qu'on venait d'arrêter.

— Dites-moi, Renaudin, ce Livio, celui-là, on a des détails, sa famille ?

Renaudin prenait la fiche :

— Je peux faire une recherche.

— Voyez un peu, répétait Ritzen à mi-voix.

Soulever la plaque, descendre, comprendre. Depuis la fin de la guerre, peut-être les souvenirs si présents et la blessure encore douloureuse, toutes ces victimes — où étaient donc les assassins, qui, quelle police mènerait l'enquête ? 1 265 000 morts, disait-on, pour la seule France — l'âge aussi, tant d'hommes boueux, qui plastronnaient dans l'avant-scène. L'autre soir, monsieur le Député Merani et Madame, la hautaine Élisabeth d'Aspremont avec la princesse Klioukanski. Le rideau se levait sur *Le Trouvère.* Merani se penchait vers la princesse, lui parlait à l'oreille puis, apercevant le préfet au parterre, saluait d'une inclination amicale de la tête. Quel soir de la semaine Merani recevait-il, dans son appartement du port, les jeunes putains de Luigi Revelli ?

Tenir la plaque pour éviter que la boue ne recouvre les rues, n'atteigne les fils. Il en fallait si peu. Mais comprendre. Le besoin était si vif chez Ritzen que son comportement se modifiait. « Le patron, de plus en plus dur. Il veut tout contrôler. »

— Ce Livio, précisait Renaudin, les Italiens le réclament. Le fils d'un gros propriétaire. Il a violé deux ou trois gamines, s'est battu avec l'un des frères, c'est tout. C'est ça, la tentative de meurtre. On le renvoie ?

Voir, peut-être un moyen de comprendre.

— Je veux l'interroger, disait Ritzen. Vous me l'amenez demain.

Ritzen, quand les gardiens poussaient Livio dans le bureau, téléphonait. Le préfet. Toujours les extrémistes. Barnoin avait troublé l'inauguration d'un monument aux morts, à Drap, lançant au milieu du discours : « À bas la guerre ! » Les gendarmes s'étaient précipités, l'empoignant, lui brisant un doigt. « Si mon nom était sur cette plaque, vous me glorifieriez », criait Barnoin qu'on entraînait.

— Merani a été très bien, commentait le préfet, il a repris le thème de son article « Profanateurs, etc. Il ne peut y avoir qu'un seul parti, celui de la France... »

Vous interrogez Barnoin ? Pour la peinture, c'est lui, cela ne fait aucun doute.

Ritzen rassurait le préfet en observant Livio. Un jeune homme à la peau mate, au nez busqué. Il se tenait debout, voûté, grand.

— Monsieur le Commissaire, c'est une machination politique, mon père a de la terre, beaucoup, disait-il. Il parlait français avec un léger accent, tentait de bouger les mains, oubliant les menottes : « La jalousie... Je suis fasciste, n'est-ce pas ? Ils veulent nous chasser, ils ont des complicités. Je vous donne ma parole de soldat. »

Il se redressait, montrait avec les deux pouces un ruban vert au liséré jaune :

— Je suis décoré, mais ils veulent me tuer. Vous ne savez pas encore ce que c'est ici, cette haine qu'ils ont contre nous.

— On va vous renvoyer là-bas, dit Ritzen, la police italienne vous réclame.

Livio sourit.

— En prison, ils ne me garderont pas longtemps. Nous allons gagner, monsieur le Commissaire.

— Enlevez-lui les menottes.

Livio, libéré, se massait les poignets.

— Fasciste ? interrogeait Ritzen.

Il faisait signe aux gardiens qui sortaient, et, de la tête, il indiquait à Livio qu'il pouvait s'asseoir.

8

Le premier soir, Violette Revelli refusa.

Il attendait debout, en face de la sortie des Galeries Lafayette, les bras croisés, le blouson de cuir ouvert. Le soleil le forçait à cligner des yeux, et comme Violette était encore dans l'ombre, elle le vit avant qu'il l'aperçût. Elle descendit rapidement les dernières marches de fer de l'escalier extérieur que prenaient les employés, elle se plaça derrière Madeleine Vial qui se retournait, elle chuchota : « Cache-moi, cache-moi. »

Les joues brûlantes, elle aurait voulu se recroqueviller, comme en classe, quand elle ouvrait le livre au moment de la dictée, pour voler un mot. Elle copiait vite, n'écoutant même plus Madame Gastaud, l'institutrice, qui détachait chaque syllabe. Violette mâchonnait son porte-plume, puis, dès que la maîtresse s'éloignait, elle se baissait, le livre sur ses genoux, sous le banc, le livre qui irritait les cuisses et le bas-ventre. Madame Gastaud se retournait : « Violette », la voix s'enfonçait, là.

— Mademoiselle ? disait-il.

Elle l'avait vu s'avancer, traverser la chaussée au milieu des groupes d'employés qui bavardaient, elle avait pris le bras de Madeleine, l'entraînant vers la place Masséna, mais il les avait rejointes sous les arcades, au moment où elles s'engageaient dans l'avenue de la Victoire, pour se mêler à la foule du soir, alors que, dans la demi-obscurité de l'automne, les silhouettes semblent multipliées et imprécises, discrètes aussi, avec leurs visages masqués par l'ombre des platanes ou des piliers des arcades.

Il marchait près d'elle.

— Vous vous souvenez, continuait-il, dimanche, Philippe, je vous avais dit que je viendrais.

Madeleine le dévisageait. Violette, au contraire, détournait la tête, s'efforçant de ne pas céder à la curiosité, à ce désir de le revoir de près, d'affronter son regard, de retrouver cet instant, quand il s'était penché vers elle, au *Bal des Pilotes,* et elle ne l'avait jamais vu avant, elle ne l'avait pas entendu s'approcher, écoutant Barnoin qui racontait : « J'ai crié : « À bas la guerre », et Merani, avec son discours, ça lui a coupé le sifflet. Mais les gendarmes... Salauds... » Barnoin montrait sa main dans le plâtre. Cet instant, cette voix : « Mademoiselle... » Elle avait sursauté et, levant la tête, elle avait rencontré son regard. Si rarement on voit les yeux... On n'ose pas, on regarde le bas du visage, ou ailleurs, loin derrière, ou bien on les voit sans les voir. Mais là, ce dimanche, cette surprise, les yeux, et il avait fallu qu'elle se reprenne, pour ne pas rester ainsi, avec l'envie de sourire, et peut-être souriait-elle pour répondre à la joie vert-bleu de ces yeux. Deux danses, l'une après l'autre, la voix d'ailleurs qui ressemblait à celle de cet acteur venu un dimanche matin, à l'école. Madame Gastaud avait rassemblé toutes les filles dans la cour. On avait sorti les bancs et décoré les platanes de guirlandes tricolores. 14 Juillet 1917. L'homme montait sur l'estrade après la distribution des prix, s'avançait, récitant d'une voix neuve, sans les rondeurs huilées et traînantes qu'on entendait ici : *Ô soldats de l'An II, volontaires, mourez pour délivrer tous les peuples, vos frères.* Et, depuis, d'autres rencontres avec ces voix hautes, un directeur de Paris qui entrait dans l'atelier, ces deux dames que Violette entendait au moment où elles sortaient de *Haute Couture :* « Charmantes, elles sont charmantes, mais quel accent, mon Dieu ! C'est vulgaire. »

Le soir, parfois, dans la cuisine, quand Violette prenait Lucien sur ses genoux, Louise faisait la vaisselle, se tournait vers son fils : « Sois sage avec ta tante. » Violette, pour le distraire — pour le distraire seulement ? — commençait à lui parler. La bouche, la bouche en cul-de-poule, disait Antoine. « Tu vois, mon cher Lucien, tu vois, disait Violette, je vais acheter une robe du soir, blanche, avec un décolleté, et puis je mettrai... »

Peu à peu, Violette se prenait au jeu, elle effaçait l'accent des origines, celui de la rue de la République, de Dante, de Louise, l'accent familier des receveurs du « tram », des cavaliers qui l'invitaient pour une danse au festin de Gairaut ou de Saint-Pancrace, son accent à elle, l'accent de Denise, des vendeuses et des couturières, mais pas l'accent du directeur, de madame le Chef du personnel qui venait de Paris. Pas l'accent de l'avenue de Verdun.

Françoise Clément, la veuve d'un ami de Dante qu'on avait fusillé pendant la guerre, avait aussi cet « accent pointu ». Une « prétentieuse », disait-on dans le quartier. « Pourquoi elle se donne des airs ? Qu'est-ce qu'elle est, une grue. » Maquillée, le dessus des paupières bleu, elle sortait tard, à l'heure où les hommes rentrent, quand les femmes ont déjà mis la table et qu'elles attendent, faisant dîner les enfants. Françoise, un renard blanc autour du cou, marchait jusqu'à la place Garibaldi, et, si elle rencontrait Violette, elle la prenait par le bras, la forçant à retourner sur ses pas, à l'accompagner jusqu'au fiacre. Elle était parfumée, elle embrassait Violette, elle dévisageait les passants, parlant fort, et cet accent, un signe, qui faisait qu'on la dévisageait, qui la mettait à part.

— Te montre pas avec elle, disait Dante. C'est une pauvre femme — il secouait la tête — c'est une victime. Seulement... continuait-il.

L'accent de Françoise, Violette l'imitait, et quand elle parlait ainsi, pour amuser Lucien, disait-elle, tout son corps lui paraissait se transformer. Elle se tenait plus droite, elle se cambrait, il lui semblait que ses seins gonflaient. « Mon petit Lucien, mon chou, nous allons sortir. Veux-tu m'inviter à danser à *La Grande Bleue,* après nous irons dîner à l'Hôtel Impérial, champagne, caviar et tu m'offriras une jolie robe à *Haute Couture,* peut-être même un bijou. Oui, c'est ça, un collier, tu veux ? »

Elle prolongeait la fable, enjouée, modifiant sa voix, apprenant à parler cette langue semblable et étrangère, chacun des mots qu'elle prononçait appartenait à une autre personne, son double, paré comme l'est Cendrillon avant que ne sonne minuit, comme l'étaient ces élégantes qui sortaient de *Haute Couture* ou que Violette et Denise Raybaut apercevaient Promenade des Anglais, devant le casino de la Jetée-Promenade, ou bien assises dans une de ces voitures automobiles, un long collier de grosses perles, un rang serré autour de leur cou et l'autre flottant sur leur poitrine comme une laisse.

Antoine ou Dante, quand ils l'entendaient parler ainsi, gueulaient. « T'as fini ? » Ils avaient la même violence. Antoine, plus rageur, prêt, semblait-il parfois à Violette, à bondir pour la gifler, et elle se dressait, quittait la cuisine, tirant derrière elle la porte avec le désir de les abandonner là, avec leurs discours, l'argent qui allait disparaître demain, quand la révolution... et le pain qui serait gratuit.

Mais un collier de perles, comment l'acheter ? Et ces vieilles couturières — et déjà Madeleine, qui n'avait même pas trente ans — qui donc effacerait la bosse qu'elles avaient toutes, le cou rentré, les omoplates saillantes à force d'avoir fait glisser l'étoffe à piquer sous l'aiguille de la machine à coudre, ou bien d'avoir surfilé, courbées sur leurs genoux ?

Dante criait aussi : « Tais-toi », mais sa voix était aiguë, le ton de ceux qui souffrent. Il se bouchait les oreilles, il ne la regardait pas, les yeux fixés sur *L'Humanité,* son journal qu'il avait étalé et dont, souvent, il lisait les passages à haute voix.

— *Les Russes,* écoute, écoute ce que dit Cachin, *les Russes ont eu le grand mérite d'agir, le mérite suprême de ne songer qu'au triomphe de la révolution mondiale qui nous libérera comme elle les a libérés.*

Quand, en décembre 1920, la majorité du parti socialiste avait voté l'adhésion à l'Internationale communiste, Dante et Barnoin avaient entraîné Lucien dans une course autour de la table, jouant comme des gosses. « On les a eus », criait Barnoin.

Dante saisissait Lucien, le soulevait à bout de bras : « Le grand bolchevik, Lucien Revelli », lançait-il.

Violette repassait sa jupe à volants, tête baissée, mouillant son doigt, touchant le fer chaud. Révolution, bolchevik. Même s'ils avaient raison, qu'est-ce qui changerait vraiment ? Comment était-ce possible ? La ville était séparée par une rivière, pile et face. Partout le même partage, et ils étaient du côté où l'on n'a que des restes. Dante rapportait, enveloppés dans du papier, des morceaux de tarte pour Lucien, il les posait sur la table en clignant de l'œil. « Elle est bonne, tu sais, ils l'ont servie ce soir, c'est le chef qui me l'a donnée. »

Pour d'autres le service de l'Hôtel Impérial, pour ceux qu'on apercevait l'été sur la terrasse, pendant que jouait l'orchestre tzigane. Le soir venu, au printemps, ils descendaient à *La Grande Bleue,* sur la plage, s'asseyaient au bar, et, de la Promenade des Anglais, Violette et Denise, en se penchant, les regardaient. Les femmes osaient montrer leurs jambes et leurs bras nus : les hommes portaient des pantalons blancs, si larges qu'ils couvraient toute la longueur de la chaussure.

Souvent, ils interpellaient Denise et Violette de la grève : « Venez, Mesdemoiselles, descendez. » Ils avaient cette voix différente, cet accent net comme le pli d'une jupe, bien repassée, toute neuve. La voix qui, dès la première danse, au *Bal des Pilotes,* lui avait dit :

— Qu'est-ce que vous faites, ce soir ? Je m'appelle Philippe. Je viens vous chercher, vous voulez bien ?

Le premier soir, Violette refusa. Il marchait près d'elle. Elle s'était déplacée, changeant de côté, prenant l'autre bras de Madeleine, mais il l'avait suivie, et il parlait cependant qu'elle baissait la tête, poussant parfois du pied les feuilles de platane rousses, luisantes d'une averse tombée dans l'après-midi.

— Laissez-nous, ne nous ennuyez pas, disait Madeleine.

Violette serrait son bras : « Accompagne-moi », chuchotait-elle pour qu'il n'entende pas.

— Vous savez, disait-il, je n'ai plus dansé depuis l'autre dimanche, vous n'êtes plus venue.

Il racontait avec l'accent de l'autre rive. Il employait un drôle de mot : « Marrant, non ? » disait-il. Un mot neuf que Violette répétait en elle et qui serait plus tard le visage de Philippe. Il levait une main blanche, doigts longs, ongles roses, une main neuve aussi comme le mot ou la voix ; si différente, cette main, de celle de Barnoin, une main que les gendarmes ne briseraient pas. Violette regardait la main, et il fallait qu'elle s'obstine pour ne pas suivre le bras, atteindre l'épaule, le cou, la bouche, les yeux, mais elle imaginait, au son de la voix : « Marrant, non ? » le mouvement des lèvres. Elle écoutait, elle noyait le mot dans la respiration et dans la gorge — « Marrant, marrant ».

Tout à coup, les lampadaires s'étaient allumés, les flaques devenant des miroirs ternis, et les vitrines, peu à peu, celles du salon de thé *Victoria,* s'éclairaient, rectangles jaunes, donnaient des visages aux passants.

— Je vous offre quelque chose ? demandait Philippe.

Violette d'un brusque mouvement lui fit face, voyant enfin ces yeux, cette bouche.

— Mais qu'est-ce que vous croyez ? dit-elle.

Tant de violence dans sa voix qu'il resta là, au milieu des passants, laissant s'éloigner Madeleine et Violette, la regardant.

Violette avait abandonné le bras de Madeleine, elle marchait seule, d'un pas assuré.

9

Il la vit qui venait vers lui, altière, marchant comme si elle avait été seule sur ce trottoir de l'avenue, devant le salon de thé *Victoria,* alors que la nuit tombait, que s'éclairaient une à une les vitrines, et cette jeune femme qui s'avançait, surgie de l'ombre, et, à quelques mètres derrière elle, cet homme jeune, au blouson de cuir ouvert, bras ballants, dont le visage marquait l'étonnement, cette scène de la rue, si anodine, ces deux jeunes inconnus qui se séparaient, voilà qu'ils achevaient de bouleverser Frédéric Karenberg.

Karenberg se retourna après avoir dépassé l'homme pour voir s'il allait rejoindre la jeune femme ou l'appeler, mais l'homme restait immobile, la regardant s'éloigner, s'enfoncer sous les arcades, se mêler à la foule dans la zone d'ombre. La vie était rupture.

Karenberg fit demi-tour, traversa de nouveau la place Masséna, puis les jardins, et se retrouva sur la promenade déserte, avec ces flaques d'eau, mer et pluie mêlées, et le rythme, respiration bruyante, ronflement tout à coup rageur de la mer frappant les poutrelles du casino de la Jetée. Depuis combien d'heures marchait-il ainsi, hésitant à rentrer, à retrouver Peggy, épouse perspicace ? « Qu'est-ce que tu as ? Frédéric, dis-moi ? » Tant de fois, déjà, qu'elle devinait, qu'elle ne le laissait pas avant que, couché sur le ventre et la tête enfouie sous les coussins, pour ne pas l'entendre et pour ne pas s'entendre, il se mit à parler. Peggy qui caressait sa nuque. « Qu'est-ce qu'il y a, Frédéric ? » Il commençait à raconter, par bribes, cet isolement dans lequel il était, les illusions des uns et des autres, ces jeunes — Barnoin, Revelli — presque tous qui croyaient qu'il suffisait de vouloir, de crier en chœur pour que le monde change, que la justice règne.

— Ils croient, Peggy.

Il s'asseyait sur le lit. Il remettait de l'ordre dans ses cheveux, honteux de ces pleurnicheries qui le secouaient parfois, quand un visage — celui du père ou d'Héléna — ou des mots — petite sœur, petite sœur — venaient le surprendre, et il imaginait la forêt, sa sœur seule, décidant, et le père déjà comme elle, d'étouffer l'angoisse par la mort.

— Je les vois si déçus, continuait-il, si aveugles.

Il parlait à Peggy, le visage dans les mains. Cette fatigue... S'il s'était laissé aller, il eût roulé au bord du lit, coudes contre les cuisses, tête dans les poings.

— Et Jean, interrogeait Peggy, il a, bien sûr, lui aussi...

Elle se mettait à rire, le visage rajeuni, si proche encore de la jeune fille enthousiaste qui réussissait à distraire Héléna, disait : « Le tennis, c'est... » Elle sautait sur la pointe des pieds, sa jupe blanche plissée volant autour d'elle.

Peggy prenait la main de son mari, continuait à rire.

— Tu voudrais que Jean, à dix-sept ans... Tu as quarante ans de plus, quarante, Frédéric, quarante.

Elle s'asseyait près de lui, sur le lit, lui passait le bras sur l'épaule, l'entraînant dans un mouvement lent, latéral, comme on berce un enfant.

— Bien sûr, il t'est hostile, ton fils. Il choisit les autres. Il ne t'écoute pas. Tu voudrais qu'il soit comment, vieux, raisonnable ?

— Ce n'est pas la jeunesse, seulement. Autre chose aussi.

Qu'il découvrait chaque jour, cette déchirure, espoir et réalité, vie et mort, raison et illusion. Chaque jour, chaque fois, deux faces, et comment les joindre, les mêler, alors qu'elles séparaient les êtres, que Karenberg les sentait au travail, antagonistes, en lui-même ? Aujourd'hui, après un long cheminement sourd depuis des mois, l'emportait la mort, le visage d'Héléna, petite sœur perdue, mon enfance dans les bois de Semitchasky, là-bas, près de Pétersbourg, et derrière elle celui du père, les arbres du parc de Semitchasky, et le père et la sœur s'étaient pendus.

Le besoin, alors, pour Frédéric Karenberg, de marcher, longtemps, pour que la fatigue vienne, pour que le bruit de la mer, l'effort physique qu'il fallait faire parfois pour avancer contre le vent, efface, soulève les voiles et les déchire. Il se retrouvait devant l'Hôtel Impérial, il rentrait. « Monsieur Hollenstein ? » Un groom le conduisait jusqu'à Gustav, dans le bureau que son beau-père s'était fait aménager au dernier étage de l'hôtel, au-dessous de la coupole de tuiles vertes.

— Frédéric.

Gustav venait à lui, ils s'asseyaient sur le divan de cuir noir, face à la mer qu'effleurait, le soir, le faisceau tournoyant du phare d'Antibes, se croisant au large avec celui de Cap-Ferrat.

— Vos petits communistes, commençait Gustav Hollenstein, Revelli, l'électricien, vous connaissez ? Il a conduit le bal, un meneur, Ritzen...

Gustav Hollenstein, le long fume-cigarette serré entre les dents, regardait devant lui, mais son épaule touchait celle de Frédéric. Héléna était morte, les laissant côte à côte, presque seuls à partager la langue commune du souvenir faite de silences.

— Ritzen ? dit Karenberg.

Au début de la guerre, Ritzen s'était présenté à la villa Karenberg, perquisitions, menaces, puis il s'était engagé, et l'un des fils, maintenant, était au lycée avec Jean. Héléna, Ritzen, Gustav, Merani, et moi, le même cercle, les quelques noms qui dans la ville plastronnent.

— Ritzen, reprit Gustav, il est venu l'autre jour, pour Revelli, m'inviter à...

Un geste de la main.

— Le renvoyer ?

— Mieux, dit Hollenstein, le surveiller, le prendre

en faute. Un vol... Dans un hôtel, on vole toujours, il suffirait...

Gustav se leva, prit une cigarette, la plaça délicatement dans le fume-cigarette.

— Un soupçon, le déconsidérer, ou mieux, lui donner une leçon.

— Et..., commençait Karenberg.

Mais le dégoût de nouveau, cette lassitude qui enveloppait Karenberg chaque fois qu'il découvrait le jeu, cartes retournées, et chacun triche, comme si la règle était de tricher.

— Que croyez-vous ? dit Gustav.

Il revenait s'asseoir.

— J'ai dit oui et je ne ferai rien. Il ne me dérange pas, Revelli, j'aime bien les meneurs, ils m'intéressent. Et puis — il tapota de la main gauche sur le genou de Frédéric — c'est un camarade à vous.

La porte s'ouvrait, Nathalie entrait, et chaque fois l'émotion, cette façon qu'elle avait de garder la tête penchée, pensive et grave, l'attitude d'Héléna et le même regard. Elle avait si peu connu sa mère, pourtant. Elle s'avançait, embrassait Karenberg. Regard plus tendre que celui d'Héléna ; si douce, sa peau, sa voix. Nathalie allait vers la fenêtre.

— Tous les deux, disait-elle en se retournant, papa, vous, on dirait deux frères.

— Presque, disait Hollenstein, presque.

Il se levait.

— Tu joues pour nous ? Un peu ? Ton oncle... — il prenait Karenberg par le bras. — Ton oncle, ce soir, si tu voulais, je crois que ce serait excellent pour lui.

Nathalie le regardait, et Karenberg, devant cette adolescente, double renaissant de la jeunesse, d'Héléna, à peine différente, se détournait, l'émotion dans sa gorge agrippant les mots. Il toussotait, se dirigeait vers la porte.

— Si tu veux, oui.

Ils descendaient d'un étage, Nathalie, devant eux,

esquissait un pas de danse sur les tapis rouges. Ils s'installaient dans le salon de l'appartement aménagé dans un des angles de l'hôtel, du côté de l'ouest. Nathalie sans partition, l'élan et la joie, c'étaient les mots qui venaient à Karenberg, ces derniers mots avant que, les yeux fermés, il se laissât dériver, amarres rompues. Et déjà...

— Voilà, disait Nathalie.

Et déjà il fallait ouvrir les yeux, la voir se lever, rabattre le couvercle du piano.

— J'ai manqué, commençait-elle.

Karenberg l'interrompait d'un geste, il allait vers elle, l'embrassait, serrait le bras de Gustav Hollenstein, tentait de garder en lui, longtemps, ce bonheur.

Il marchait jusqu'à la place Masséna, mais, peu à peu, le moteur d'une voiture, le cri d'un pêcheur appelant une autre barque — et la nuit la voix portait loin — ou bien l'air d'un tango, le refrain d'un chanteur venus du casino de la Jetée, et ne restait que la nostalgie, comme si la joie, l'élan, la ressemblance de Nathalie et de sa mère n'avaient été que manière d'aviver ce sentiment que la vie était perte, chaque moment plein, mirage pour donner la mesure du gouffre. Fils pour dire l'avenir qui se rétrécit, fils pour briser le miroir. Cette semaine encore, Jean, qui s'adressait à Barnoin, à Revelli, aux autres.

— Ce que dit le camarade Karenberg, moi, je ne suis pas d'accord. Camarades, moi, je dis non.

— Ton père..., interrompait Borello.

Mais Jean se levait, se dirigeait vers la porte du Café des Quatre-Avenues.

— Ici, on est entre camarades, seulement entre camarades.

La sécheresse de la voix de Jean, la violence de son mouvement quand il s'était dressé, repoussant la chaise, et il avait fallu que Barnoin le prenne par l'épaule, le reconduise à leur table dans l'arrière-salle.

— Il a raison, disait Barnoin, père, fils, ça passe après les idées justes.

— Je n'ai jamais rien dit d'autre, avait commencé Karenberg à voix basse, mais ce jeune camarade se trompe et vous vous trompez avec lui.

Jean détournait la tête, dédaigneux, et cette impossibilité de l'atteindre, cette certitude que son fils était rond, compact comme un galet que la vérité — ce que je sais, ce que je voudrais qu'il comprenne de moi — allait glisser sur lui, vague vite retirée, et les autres, Barnoin, Sauvan, Piget, Revelli, les mêmes convictions, le même refus de connaître. Alors, Frédéric Karenberg avait parlé de Prilenko, le vieil anarchiste qui s'était enfui de Petrograd par la Finlande. Il vivait maintenant dans une maison entourée de figuiers, au bord de la route de Saint-Paul-de-Vence. Prilenko assis sous le figuier, dans le jardin, et souvent s'écrasait à ses pieds ou sur la table une grosse figue noire à demi rongée par les oiseaux et les fourmis. Prilenko tapait avec un seul doigt sur une vieille machine à écrire, s'interrompait pour approcher ses yeux de la feuille. « Je vois mal, disait-il à Karenberg, mais je voudrais finir avant. »

Il racontait l'Ukraine, la cavalerie noire de Makhno, Makhno le buveur, l'anarchiste qui chargeait avec ses paysans les soldats tsaristes.

— Les vainqueurs de la Crimée, ce sont les anarchistes, répétait Prilenko à Karenberg.

Les paysans de Makhno-la-noire, traversaient les lignes des tsaristes, mains nues, et déterraient les fusils cachés quelques semaines auparavant. Puis, sur des charrettes lancées au galop, ils dispersaient les cadets du tsar. « Ces cadets, disait en riant Prilenko, ils ont couru jusqu'ici, à Nice. »

Mais, à la fin de l'hiver 1920, quand les villages brûlés dans les combats n'étaient plus que des mamelons blancs sous la neige, la Tchéka, la police des bolcheviks, avait arrêté les anarchistes vainqueurs. Prilenko tapait du doigt les noms.

— ... Il faut qu'on se souvienne, disait-il, Karetnik, Gaivrilenko, fusillés, trahis. Tu sais, Karenberg, ce que la victoire a fait des révolutionnaires ? Tu le sais ? Des policiers, des fusilleurs. Voilà, ça recommence là-bas, Danton, Robespierre, Saint-Just, ils vont se dévorer, ça recommence.

Cela, comment leur dire à ces hommes jeunes qui n'écoutaient qu'à peine le vieux Karenberg, le baron ? Comment leur raconter l'enterrement de Kropotkine ? Connaissaient-ils seulement cet anarchiste, l'auteur d'*Autour d'une vie*, que Karenberg lisait et relisait au temps où l'avenir était un rêve ?

Prilenko s'arrêtait, le doigt suspendu.

— ... Je te dis d'abord, Karenberg, après j'écrirai. C'était en février, un grand froid, la faim qui serre le cou, le cœur. Tu as sommeil, tu ne sais pas pourquoi, c'est parce que tu as faim, mais le soleil couleur argent sur le cimetière de Moscou, et Kropotkine, cercueil ouvert comme on le fait toujours chez nous, tu le sais, beau, noble. Une idée qui ne meurt pas, cela se voit sur le visage d'un mort, et, autour de nous, tous ces jeunes qui se tenaient par la main et, à quelques mètres, je les ai vus, les agents de la Tchéka, mais ils n'ont pas osé, on a sorti les drapeaux. « Mort à la tyrannie. » Noirs, nos drapeaux. On s'est mis en marche vers le cimetière de Novo Diévitchii. Les camarades commissaires Bolcheviks, continuait Prilenko, ils ont une veste de cuir. Le pistolet à la ceinture, ça rend fort. Le pouvoir les ronge déjà. Ils l'ont perdue, notre révolution, elle se noie.

— Il faut se défendre. Dante Revelli interrompait le récit de Karenberg. Les anarchistes, ça critique après. Avant la révolution, c'est chacun pour soi, comme des bourgeois. On les entend jamais. Des individualistes, c'est tout, et toi, Karenberg...

Souvent, Karenberg, alors qu'ils lui répondaient,

regardait à la dérobée le visage de Jean. Il se prenait à douter. Vaincre, c'était tuer. Peut-être. Pas de pitié, eux ou nous. Mon fils ou l'un des leurs. Quel est ton camp, camarade ?

Trop vieux pour avoir un camp ? Trop de mort dans le corps pour accepter qu'on tue ?

— Bien sûr, camarades, disait-il, bien sûr, il ne faut pas se laisser égorger, mais attention !

10

Le soir, c'était Carlo Revelli qui fermait le coffre.

Il entrait dans le bureau du caissier, Garino, qui s'attardait. « Tu continueras demain », disait Carlo. Parfois, Garino levait à peine la tête. « Y a les chantiers, aujourd'hui, patron, je termine. » Mais Revelli s'asseyait sur le bord de la table. « Demain, demain », répétait-il.

Garino comprenait, enlevait rapidement sa blouse. « Mais ça va, ça tourne bien », disait-il, boutonnant sa veste. Puis le rituel : « Vous fermez, patron ? » Un mouvement de tête de Revelli et Garino quittait le bureau.

Carlo allumait le dernier cigare de la journée, le meilleur avec celui du matin. Il allait d'un bureau à l'autre, vérifiant qu'ils avaient cadenassé la porte qui donnait sur le quai Lunel. Ses pas résonnaient dans l'entrepôt. Du pied, il repoussait une pelote de grosse ficelle qui avait roulé, il plongeait la main dans un sac de plâtre, laissant glisser la matière blanche comme de la belle farine entre ses doigts. Enfin, il rentrait dans le bureau du caissier et regardait le coffre. Volume vert qui avait presque la hauteur d'un homme. Il commençait à en pousser la porte, puis, au moment où il allait la fermer, il l'ouvrait grande, et il restait un long moment, le coude gauche appuyé à elle, le cigare se consumant lentement, parfois jusqu'à lui brûler les lèvres, et il écrasait le mégot contre le sol, frottant fort le talon. Alors, d'un seul coup, il fermait la porte, brouillant la combinaison du coffre, guettant à chaque tour de clef le déclic de la serrure. Se retournant avant de quitter le bureau, frottant la longue clef ronde, terminée par un cône à encoche, entre ses doigts et sa paume, d'un geste méticuleux. Jamais il ne touchait aux rouleaux de pièces, aux liasses disposées dans trois sacoches de cuir noir.

Le matin, bien qu'il arrivât le premier au bureau, il n'ouvrait pas. Il lançait le trousseau de clefs sur la table de Garino, s'approchait du coffre, formait rapidement la combinaison, puis s'écartait, laissant Garino donner les trois tours de clef, pousser la porte. « Tu as ton compte ? » Garino rapidement ouvrait les sacoches, comptait les rouleaux de pièces. « Ça a l'air. »

Revelli, alors, passait dans l'entrepôt. Les chauffeurs entraient. « Salut, patron », disaient-ils la bouche pleine, les lèvres huileuses, le pan-bagnat encore dans la main. « Oh », répondait Revelli, et d'un geste il les incitait à se dépêcher.

Giaume, le contremaître, un carnet à la main, se tenait à l'entrée de l'entrepôt. Il allait à la rencontre de Carlo Revelli.

— J'ai pas assez de camions, il en faudrait deux fois plus, on peut plus.

Il tendait le carnet.

— Comment, tu en as pas assez ?

Giaume gueulait. Il y avait le pavage de la nationale 7, à la Californie, et les travaux qui commençaient à Eze, sur la moyenne Corniche.

— Fais-les rouler plus vite, disait Carlo. Tu envoies rien sur la moyenne Corniche, aujourd'hui. Je monte voir, je te dirai pour demain.

Il prenait la voiture, allait inspecter le chantier, se baissait avec les carriers qui attendaient l'explosion de la mine, à genoux dans la poussière et les éclats de pierre. Puis, il marchait dans la caillasse à vif, arrachant une pelle à un terrassier. « T'as vu une pelle déjà dans ta vie ? »

Il appelait le chef d'équipe, qui, les cheveux, le visage, les avant-bras et les mains blancs, descendait le flanc de la falaise éventrée, sautant sur les éboulis, se laissant glisser. Un nouveau qu'il n'avait jamais vu encore.

— Qui c'est, toi ? demanda Carlo, quand l'autre, s'essuyant le front du revers de la main, était devant lui, fermant les yeux, le soleil, la poussière...

— Tu es depuis quand ici ?

Bougonnant, Carlo répétait.

— Un mois ? D'où tu sors, et Lombardo, qu'est-ce qu'il est devenu ?

L'autre faisait une moue d'ignorance. Carlo hurlait :

— Tu l'as vu travailler, celui-là !

Il avait encore la pelle à la main, il désignait l'ouvrier, un adolescent, les cheveux noirs ras sur une tête ronde.

— D'où il sort, lui aussi ?

Carlo lui jeta la pelle que l'autre laissa échapper.

— Dégourdi, cria Carlo.

Puis il se dirigea vers le tunnel que l'on creusait pour éviter un tournant trop raide au bord d'un à-pic. Les veines de la roche étaient rouge vif avec des filets roses, comme des nervures. Carlo posa sa main, la fit glisser, épousant les aspérités, ramassant des écailles tranchantes.

— Elle est saine, franche. Tu as même pas besoin d'étayer, tu vas droit.

— Je mets du bois, dit le chef d'équipe, parce que là-bas...

Il s'enfonça dans le tunnel. Il était de la même taille

que Carlo, et, le regardant sauter les blocs avec agilité, se tasser, Carlo se mit à sourire. Toi tu le connais, le métier. L'autre lui prit la main, la posa sur la voûte. Leurs doigts mêlés, ils raclèrent ensemble une roche grumeleuse et humide qui s'effritait sous l'ongle.

— Là, je mets du bois, patron.

Carlo sortit du tunnel, regardant les esquilles grises qu'il avait gardées dans la paume.

— C'est pourri, dit-il. Là, c'est pourri. Tu as raison. Mets du bois.

Il repassa devant l'adolescent qui enfonçait la pelle dans la caillasse et qui, les muscles des bras raidis, l'apportait jusqu'à une brouette. Carlo s'arrêta.

— Ta brouette, hurla-t-il, tu peux pas la rapprocher ?

— Il a pas l'habitude, dit le chef d'équipe. Il apprendra.

Il allumait calmement une cigarette, appuyant son pied sur le parapet, le coude sur le genou, et cette assurance désarma Carlo. Il regarda lui aussi vers la mer, les sinuosités de la côte. Cap-Ferrat que frangeait vers le large l'éclatement des vagues.

— C'est mon frère, continua le chef, plaçant son mégot dans sa poche. Il avait commencé pour être ingénieur.

Il s'interrompit, se redressant :

— Pour les bois, vous me les faites porter aujourd'hui, patron. Si on veut creuser faut s'assurer, sinon...

Carlo le regarda s'éloigner. Il montait le flanc de la falaise, s'agrippant avec les mains, ses chaussures à tige s'enfonçant dans la roche éclatée. Il donnait un ordre en italien, et des ouvriers le suivaient, mais là où il était passé, grimpant sans difficulté, à peine courbé, les autres s'arrêtaient, glissaient, lourds, malhabiles, cependant que, ayant atteint le faîte de la falaise, le chef d'équipe, les poings sur les hanches, les encourageait d'un geste.

Cette silhouette là-haut, en plein soleil, Carlo ne la quittait pas des yeux. Elle lui donnait un sentiment de paix, de joie, et, au moment de partir, il leva les deux bras au-dessus de sa tête, les mains nouées, comme il l'avait fait si souvent dans les chantiers, saluant un camarade.

Il secoua ses mains, serra ses doigts, cria :

— Je t'envoie les bois.

L'autre, sur le rebord de la falaise, les jambes écartées, répondit par le même geste, les bras haut levés.

Carlo se dirigea vers la voiture. Il trébucha sur une poutre qu'il n'avait pas vue, se redressa avec peine, sentant tout à coup la fatigue. Mais il y avait autre chose. L'envie de rester là, de s'asseoir à midi à l'ombre d'un figuier poussiéreux. Et le camarade ouvre sa gamelle, et l'on se penche... « Putana, elle t'en a fait un de ragoût, c'est du plâtre. » On se passe la bouteille de vin, on essuie le goulot entre le pouce et l'index ou bien avec le pan de la chemise, et puis on s'allonge, la casquette sur les yeux, une feuille de journal sur le visage, couché sur la terre, et l'on est mort de fatigue, la peau tendue. La poussière pèse, on est sale, sueur noirâtre comme une croûte de boue séchée, on voudrait dormir, et c'est le coup de sifflet, et l'on va, l'un derrière l'autre, et parfois en se tenant par l'épaule, reprendre la pelle ou la brouette.

Carlo croisa le frère du chef d'équipe qui passait sa brouette chargée, regardant le sol.

— Comment, c'est toi ? dit Carlo.

— Sori Rafaele.

— C'est toi, l'ingénieur ?

Sori continuait à pousser la brouette. Il avait la peau déjà noircie par le soleil, mais les mains qui tenaient les montants étaient encore fines, elles n'avaient pas — auraient-elles jamais, pouvait-on les acquérir si l'on commençait plus tard que l'enfance ? — ces marques du travail, doigts plats, comme écrasés, paumes épaisses.

Carlo l'arrêta en lui prenant le bras.

— D'où tu es ?

— Turin.

— Il est venu avec toi ?

Carlo montrait le chef d'équipe qui donnait la main aux ouvriers pour les aider à franchir les derniers mètres de la pente.

— Avant. Un an avant. Après, j'ai dû aussi.

Il ne trouvait le mot français qu'après avoir hésité, employé l'italien.

— Ça va, dit Carlo, ça va, sois plus dégourdi. Un po di nervo, acheva-t-il en italien.

Comme Sori le regardait, Carlo se mit à rire.

— Je suis venu aussi, avec des frères.

Il valait mieux ne pas dire le nombre d'années. Ne pas penser à ce temps-là, celui d'avant la frontière, quand ils marchaient sur la route, vers Nice, ou bien plus loin encore, au temps de la mère et du père, à Mondovi, Piemonte. Pourtant, alors que Revelli descendait vers Nice par la route crevée d'ornières qui, à chaque tournant, paraissait s'élancer sur la mer, c'étaient ces lointains paysages qui surgissaient de la brume, le matin, dans les chemins bordés de ronces, ou bien la pénombre des forêts quand Carlo marchait sous les châtaigniers et les chênes. Depuis, depuis, des choses qu'on fait, chaque jour plus nombreuses, mais chaque jour les efface, alors que ces moments-là... Ou bien, les premiers temps, sur les chantiers, ici, les bras levés au-dessus de la tête, saluant les camarades, comme si seules l'enfance, la pauvreté, laissaient des souvenirs...

— Alors, qu'est-ce que je fais avec les camions ? demandait Giaume dans l'entrepôt.

— Tu les envoies là-haut avec du bois, des étais pour le tunnel.

Revelli, les mains sur les reins, sortait de l'entrepôt, allait s'asseoir au Bar de la Corse, mangeait seul, mâchant lentement. Parfois, Garino entrait, se penchait : « Je le paie ? » demandait-il. « On a le temps, fais-les un peu attendre », répondait Carlo.

Il se servait un verre de vin, il le savourait, le gardant longtemps dans la bouche, et c'est alors qu'il réfléchissait le mieux, ou plutôt qu'il trouvait le mieux. Les décisions venaient sans qu'il sût comment. Il y avait les moments où Garino ou bien Giaume lui posaient une question. Devant Carlo, un trou, un noir, plus ou moins long, comme un tunnel, et puis il était franchi. Il répondait : « Paie » ou « Ne paie pas » ; « Envoie-les là-haut », ou bien : « Qu'ils aillent au pavage. » Et c'était la bonne décision.

— Comment faites-vous, Revelli ? demandait le député Merani, un soir, à l'une des réceptions de la mairie. Vous avez monté une affaire, puis une autre. Vous savez comment disent les Américains ?

Carlo le dominait de la tête, et il plissait les paupières comme si la lumière des lustres l'eût dérangé, cherchant à dissimuler son regard à ce politicien qu'on retrouvait partout, même au bordel.

— Vous ne savez pas ? interrogeait Merani. Un trust, un trust, mais oui, et quand je pense...

Merani prenait le bras de Carlo, l'entraînait vers Pierre Gauthier, le maire.

— Monsieur le Maire, vous savez que Revelli je l'ai connu anarchiste, ouvrier. J'avais ses frères chez moi, Luigi, le patron du *Castèu*.. L'autre, Vincente, je ne sais pas, mais son fils, Dante, alors là !

Merani se rengorgeait.

— Je l'ai vu naître. C'est le communiste. Il était sur leur liste aux élections, le neveu du capitaliste Revelli, mais oui !

Vieil arbre, Carlo. Il pouvait maintenant supporter

leurs mots, il allumait un cigare, il se voûtait un peu, fermait encore davantage les yeux, pensait : « Je vous le mets jusque-là », et il avait envie de faire un geste, de cracher grossièrement sur les parquets où se reflétaient les lustres de cristal. « Je vous emmerde, je vous le mets jusque-là. »

Il se dégageait de Merani, restait seul avec le maire, commençait à parler enfin sérieusement.

— Monsieur le Maire, pour le vélodrome, vous savez, on va dépasser. Le ciment, le bois, tout a augmenté, tout. Il faut...

Mais le ciment et le bois, ils étaient déjà dans les entrepôts, belles planches claires entassées jusqu'aux tôles du toit, sentant bon la résine de pin ; sacs de papier gris bourrés de cinquante kilos de ciment, s'écrasant les uns sur les autres. Il jouait des deux mains, Carlo. Entrepreneur. Transporteur. Il achetait, stockait et se revendait à lui-même. Il transportait ce qu'il utilisait, gagnant avec la droite et la gauche. Trust ? Qu'est-ce que ça voulait dire ?

L'argent, c'était comme les mûres ou les champignons. On pouvait chercher longtemps, sous les chênes et les châtaigniers, le long des chemins sableux. Et, tout à coup, une haie parmi d'autres, et là elles étaient noires, grosses, juteuses, par grappes lourdes et penchées. Il suffisait de tendre la main. Autour de la haie, un parfum sucré. À poignée rouge, plein la bouche, la main restait maculée et les joues étaient poisseuses. Les cèpes, on les découvrait en écartant les fougères dentelées. Si on en voyait un, on remplissait un panier.

L'argent, un coup de dés gagnant le premier, et ça venait. La couverture du Paillon, l'élargissement de la Promenade et de la Nationale 7, la moyenne Corniche. On connaissait Revelli à la mairie, pourquoi changer ? Avec lui, pas de surprise. Il avait les camions, les dragues, les bétonnières, comment le concurrencer ?

L'argent donnait la force qui donnait l'argent. Les terrains de Juan-les-Pins, achetés pour le sable avant la guerre, devenaient de la poudre d'or. Hollenstein avait demandé à voir Revelli. Dîner à l'Hôtel Impérial dans un des salons particuliers. On parlait des enfants.

— Vous avez une fille, je crois ? interrogeait Gustav Hollenstein.

C'étaient les manières de ces gens-là que n'aimait pas Carlo. Avant d'en venir au sable, aux sous, il fallait dire que la vie est belle. Ils traitaient les affaires comme ils mangeaient. De petites portions dans de petites assiettes, prendre de petites bouchées, fermer sa gueule. Du vin blanc — le vin, c'est rouge — du pain sans mie, et le café, à peine si l'on pouvait s'en humecter les lèvres. Tant de manières pour manger et pour boire, que Carlo se sentait entravé. La sauce autour de la viande était bonne, mais quoi, personne, ici, ne trempait son pain ?

— Quatorze ans ? Elle a l'âge de Nathalie, continuait Gustav.

Le bruit du pain qu'on brise, l'odeur, le toucher des doigts, mordre, et s'essuyer la bouche avec le dos de la main, ça, c'était manger. Carlo regardait Gustav. Comment il l'avait baisée, Héléna ? Du bout de la fourchette ? Pas étonnant qu'elle ait gueulé avec moi, qu'elle se soit mise en sueur sous moi.

— Je trouve Nathalie très seule. Pourquoi votre fille, comment...

— Mafalda.

— Tiens, le nom de la princesse du Piémont.

— C'est ça, c'est ça.

— Pourquoi nos deux filles...

— Ces terrains, coupait Carlo, ça vous intéresse vraiment ?

Gustav Hollenstein se mettait à rire.

— Vous êtes direct. Moi aussi. Oui, ça m'intéresse vraiment.

Il se levait, offrait un cigare, mais Carlo prenait un des siens.

— Vous allez être très cher, continuait Hollenstein.

L'argent. Ils y venaient comme tout le monde, mais avec des gants blancs. Ils faisaient ceux qui croient que ça se ramasse pas à pleines mains. Et, parfois, ça pue comme de la merde. Eux, les Merani, les autres, ceux qu'on invitait à l'auberge de Gairaut ou à Cantagalet, et à la fin du repas, après la branda, quand l'alcool fruité était encore sur leurs lèvres, Carlo entourait leurs épaules, leur disait en clignant de l'œil : « Je voulais vous remercier pour... » Ils avaient donné un coup de pouce au moment de la discussion des contrats, bien voté au conseil, téléphoné, un matin, qu'une entreprise de Paris, pour la moyenne Corniche, soumissionnait à...

Alors, sous les oliviers, pendant que le reste des convives jouaient aux boules — et on les voyait prendre leur élan, manches de chemise retroussées, ou bien accroupis, faisant rouler la boule sur le sable — Carlo choisissait l'un d'eux, l'entraînait à l'écart. Il commençait le geste. C'est facile, quand on est épaule contre épaule, ou mieux, quand on a le bras passé sur l'épaule de l'autre. De la main gauche, on sort l'enveloppe de la poche intérieure de sa veste. Ça se cache dans la paume, une enveloppe pliée, même si elle contient une liasse de billets. On la glisse dans la poche extérieure de celui qui est près de vous. Parfois, il ne s'en aperçoit même pas. Il parle des enfants. « Charles, dit Merani, il n'a que douze ans, mais ils ne sont plus comme nous, Revelli. Ils savent, ils entendent la radio. Le cinéma... »

Le lendemain, au téléphone, ils s'étonnent.

— Mais dites-moi, Revelli, l'autre jour, vous m'avez eu. Qu'est-ce que c'est ?

— Vous avez été malade ? Pourtant, Cantagalet, la cuisine...

On rit.

— Allons, Revelli, ne faites pas l'idiot.

On rit encore.

— Bon, cette fois, c'est fait, mais...

D'autres remarquent le geste. « Qu'est-ce que vous faites, monsieur Revelli ? » On leur tape sur l'épaule. « Ne dites rien. Après, chez vous, vous me téléphonerez. »

L'argent, comme l'eau quand, le matin, personne n'est encore levé, Carlo descend dans le jardin potager. Deux coups de magao, le tranchant de la bêche frappant les mottes qui bouchent la rigole, et l'eau, ce bruissement étoilé, qui se répand dans les fraisiers, miroitement qui couvre la terre. Et elle donne des fruits rouges, à la pulpe fraîche.

— Pour ces terrains, dit Revelli à Hollenstein, on peut trouver un moyen, je vous vends sans vous vendre.

Ne jamais vendre. Agrandir, arroser, cultiver. Mais garder.

— Tiens ? dit Hollenstein. Et moi, j'achète sans acheter.

— Vous achetez le droit de construire, on s'associe, en somme, et on partage après.

— Et si...

— Vous savez.

Carlo se lève, regarde le salon, les tableaux.

— Je suis pas pressé. On a toujours le temps de vendre. Moi, les enfants. Alors ?

— Bon, dit Hollenstein, bon, pourquoi pas une association ! Mais il faudrait...

Revelli a pris son chapeau qu'il porte droit, un feutre noir à large bord.

— Réfléchissez.

Hollenstein le raccompagne jusqu'au perron.

— On a le temps, répète Carlo Revelli.

Mais comme il descend l'escalier, traverse la chaussée, pour aller du côté de la mer, face à l'hôtel, là où il a garé la voiture, il serre les poings dans ses poches. Le temps, voilà ce que j'ai donné. Le temps pour leur merde. Mon temps pour être là comme eux, sortir de leur hôtel, bouffer à leur table. Merde. Ils me l'ont pris.

Il roule maintenant vers le port, remonte la rue Cassini, se gare place Garibaldi. Dans le Café de Turin où il entre comme autrefois, il aperçoit Rafaele Sori et son frère attablés, il s'avance vers eux.

— Ma tournée, dit-il en restant debout près de la table.

— On boit jamais le soir, dit Francesco Sori, le chef d'équipe, en montrant la carafe d'eau. On mange. Vous mangez un morceau, patron ?

Sauvan, le charpentier, ne buvait pas. Et au temps de sa jeunesse, Carlo non plus. La vieille logeuse — comment s'appelait-elle ? Oberti — répétait : « Un ouvrier, ça doit boire, sinon... » Carlo hésite. Il a une pièce dans son poing, il a envie de dire : « Buvez demain », et de faire tinter la pièce sur la table de marbre.

— Mais c'est moi qui invite, continue Sori.

Carlo ouvre son poing dans sa poche. La pièce glisse au bout de ses doigts. Il cligne de l'œil.

— Mangez les gars... Pas faim.

Carlo sort du Café de Turin, il traverse la place Garibaldi, se souvient de cette fontaine à laquelle il s'était lavé le visage, le soir de son arrivée à Nice, il y a... Il descend la rue Scaliero, entre dans le bordel de la place Pelligrini. Une fille est là, blonde et haute. Il tend un billet.

— Fais-moi jouir, dit-il.

La fille monte derrière lui, se penche vers la surveillante assise derrière sa caisse. « Un vieux, dit-elle à voix basse, qu'est-ce qu'il croit ? »

11

Le vent pénétrait dans la bouche de Violette Revelli qui avait le souffle coupé comme si elle avait avalé trop vite une boule glacée. Depuis qu'elle était montée dans le side-car de Philippe Roux, qu'il avait pris de la vitesse, et c'était la première fois que Violette voyait défiler sans qu'elle pût les lire les enseignes de l'avenue de Verdun, les passants sans qu'elle pût les reconnaître, la première fois qu'elle sortait seule avec Philippe, qu'elle allait si vite, déjà la Promenade, Magnan, la Californie et le pont du Var, déjà, et la distance franchie creusait le temps, comme si, depuis des heures, ils avaient quitté la sortie des Galeries Lafayette, alors qu'il n'y avait qu'une dizaine de minutes, mais comment savoir ? elle qui n'avait l'habitude que du tramway, du fiacre de Barnoin, et il fallait une heure au moins pour aller jusqu'au Var, depuis qu'elle était montée, depuis leur départ, Violette ne retrouvait pas le rythme régulier de sa respiration.

Elle se retournait pour échapper au vent, cette force brutale inconnue qui lui ouvrait les lèvres, elle regardait derrière la moto filer la chaussée. Mais elle voulait voir la route bondir vers elle, les platanes de la Nationale 7 et les courbes jaillir à leur rencontre, alors elle faisait face au vent qui s'infiltrait entre ses paupières, sous le corsage, saisissait les seins, la taille, et Violette était obligée de tenir sa robe qui se soulevait sur ses cuisses.

Elle n'entendait plus le moteur du side-car, un roulement simplement derrière la moto, comme un poursuivant qui s'approchait un instant quand, dans un tournant, Philippe Roux changeait de vitesse. Durant quelques secondes, après le creux inattendu du point mort, l'éclatement plus aigu ou plus sourd du moteur les rejoignait, mais le side-car s'élançait, et de nouveau le bruit s'éloignait.

Philippe se penchait parfois, ses cheveux blonds comme des algues couchées, ses yeux vert-bleu, loin derrière la surface des lunettes entourées de caoutchouc qui s'enfonçaient dans ses joues, zébraient son front. Il criait, décomposant les mots, ouvrant la bouche, montrant ses dents, sa gorge, comme s'il avait voulu désespérément respirer. « Ça va ? Vous n'avez pas peur ? » Elle n'entendait pas mais elle devinait, elle faisait oui-non de la tête, puis, les bras tendus, les mains accrochées à la coque du side-car, elle regardait droit devant elle, le corps parcouru de vibrations, régime du moteur, cahots de la route, et peut-être aussi ce tremblement, un frisson nerveux, qu'elle avait dominé jusqu'alors, et qui, la vitesse, le vent, ou bien le tressautement de la machine, la reprenait, maintenant qu'elle pouvait se laisser aller, que personne, même pas elle, ne saurait qu'elle avait tremblé d'émotion.

Elle avait décidé le matin, dans la cuisine, en les voyant, ceux de sa famille. Elle les aimait, qui pouvait comprendre à quel point elle les aimait ?

Vincente, le père, qui mangeait sa soupe debout, le visage amaigri, la barbe comme une fine pellicule blanche. « Tu te rases pas, papa ? » demandait-elle. Il se passait la main à rebrousse-poil, il haussait les épaules, levait les yeux vers elle. « Pour travailler, commençait-il, là où je suis, on est... » Il prenait une louche d'eau dans le seau, il lavait son assiette. Violette s'approchait de lui. « Fais un effort, papa. » Vincente avait un mouvement de repli et de gêne, se voûtant comme pour échapper à l'étreinte de sa fille ou bien pour susciter sa tendresse, l'apitoyer, même. Mais Violette s'écartait, se défendant contre l'angoisse, cette poigne qui serrait sa gorge, son ventre, doigts à l'intérieur, tirant la peau de l'estomac.

— Je te dis ça..., ajoutait-elle. Tu as même pas soixante ans, et si tu te laisses aller maintenant...

Louise rentrait, silencieuse. Elle surveillait le lait de

Lucien, qu'elle faisait chauffer sur la cuisinière à gaz qu'ils venaient d'acheter. Antoine, lors d'une permission, alors qu'il traînait dans la cuisine, la chemise ouverte sur la poitrine nue, *L'Humanité* à la main, tentait de prendre les uns et les autres à témoin : « Ils le disent, l'occupation, à quoi ça rime ? Dans la Ruhr, c'est tous des prolétaires, et moi, la mitrailleuse, je veux bien me coucher derrière, mais tirer sur des ouvriers, jamais, Boches ou pas, ça... Écoute... »

Il s'asseyait, lisait le manifeste imprimé en première page. Il lisait lentement, levant la tête après chaque mot pour s'assurer qu'on l'avait écouté, compris : *Travailleurs allemands, votre ennemi n'est ni le soldat, ni l'ouvrier, ni le petit paysan français. Votre ennemi commun c'est le capitalisme allemand et le capitalisme français.* Dante entrait, hésitait un moment sur le seuil de la cuisine.

— Tu veux du café ? demandait Louise.

Elle essayait d'allumer le gaz, mais l'appareil qu'avait fabriqué Dante l'inquiétait. Un morceau de tuyau avec un manche en bois, un cordon qui s'accrochait à l'ampoule, quelques fils de métal qui dépassaient à l'extrémité, il fallait les frotter contre l'acier de la cuisinière et des étincelles jaillissaient. Dante vit Louise qui prenait les allumettes, il vint vers elle : « Mais comprends ! dit-il. C'est rien, comprends. » Il frotta les fils sur la plaque, des étincelles... « Tu vois, le courant s'établit. »

— Ne donne pas toujours de leçon, dit Louise, d'une voix lasse, en frottant l'allumeur électrique.

Violette les aimait, et, en même temps, cette façon qu'ils avaient de rester eux-mêmes, de répéter les gestes, les phrases, l'irritait. Elle eût voulu qu'ils changent, et ils changeaient, mais pas comme elle l'eût espéré. Ils s'enfermaient, Louise serrant son fils contre elle :

— Che fas ? Fais attention, Lucien, ne cours pas, ne te penche pas !

Cette anxiété, l'attente du malheur, comme si, après la mort de Millo à la guerre, la vie ne pouvait plus être que tragédie.

— Sors un peu, disait Violette, tiens, regarde.

Elle plaçait devant elle une robe gaie, gris perle, un boléro sans ampleur, une petite veste de velours qu'elle achevait de bâtir.

— Ça t'irait si bien, essaie, continuait Violette.

Louise prenait la veste, la retournait, la présentait, la collant à sa poitrine.

— Tu crois ? demandait-elle, hésitante.

Au moment où Violette s'imaginait qu'enfin Louise allait céder au plaisir, sa sœur changeait de visage. « Pour toi, c'est bien », murmurait-elle. Si Violette insistait, Louise passait sur le balcon, appelait Lucien. « Qu'est-ce que tu fais ? Monte. »

Violette prenait avec colère ses vêtements, les lançait sur le lit, dans sa chambre, disait à mi-voix : « Qu'est-ce que ça change, idiote, que tu restes seule ? Il reviendra pas, Millo. Il est mort. »

Elle leur en voulait à tous. Son père, qui se laissait aller. À la brasserie, on l'avait déplacé. « Revelli, disait le chef des entrepôts, tu vas pas apprendre à conduire les camions maintenant. On est des vieux, c'est pour les jeunes... Mais les chevaux, qu'est-ce que tu veux ? non, on les enlève... Ils ont décidé de te mettre au lavage, ça te va ? »

Vincente rentrait, le soir, les mains rouges d'eau et de soude. Comment les autres, Antoine, Dante, Louise, ne remarquaient-ils pas sa nouvelle manière de monter l'escalier, traînant ses pas sur les marches d'ardoise, s'arrêtant à chaque palier, essoufflé, semblait-il, comme s'il avait eu du mal à lever le pied. Toute la journée il était debout, avec les manœuvres, les jeunes immigrés de Romagne ou des Abruzzes qui parlaient à peine l'italien, pour qui il était, comme Piémontais, comme Français naturalisé, un vieux déchu, contraint, comme eux ou comme les femmes, de laver les bouteilles dans ces longs éviers de grès qui ressemblaient à des auges. Les chauffeurs-livreurs déposaient les caisses de bouteilles vides. Ils arrivaient des villages et des rues, la chemise ouverte, les manches retroussées sur des bras brunis, ils parlaient entre eux, ignorant les laveurs, le vieux Revelli qui avait été des leurs. L'un d'eux, parfois, l'apercevant, le saluait, « Oh, Revelli, tu te reposes, ici, hein ? »

Violette avait tenté de parler à Dante :

— Papa, tu sais...

Mais Dante n'avait jamais le temps d'entendre. Changé, lui aussi, mais à la manière de Louise et de Vincente, ayant pris une fois pour toutes une attitude, nouvelle et pourtant déjà devenue habitude, clôture. Louise, la mère, la veuve. Vincente, le vieux, Antoine, l'imitateur exubérant du frère aîné, et Dante...

Dante rentrait tard. Violette l'entendait qui posait sa bicyclette contre le portemanteau, dans le couloir, au milieu de la nuit. Elle se levait, entrebâillait la porte de la cuisine. Dante lisait, des brochures rouges marquées de la faucille et du marteau, ou bien il lavait ses mains tachées de peinture blanche, les décapait à la soude au-dessus de la bassine.

— Demain matin, disait-il, ils vont avoir des surprises.

Sur les quais du port, ils avaient à quelques-uns, Barnoin, Jean Karenberg, le vieux Sauvan aussi, tracé du côté des docks une inscription en grandes lettres tremblées. *Vive les Soviets ! À bas le fascisme !*

D'autres nuits, il sentait la fumée, ses vêtements imprégnés de l'odeur de tabac froid, parce qu'il revenait du Café des Quatre-Avenues et qu'il avait parlé, parlé. Parfois elle le surprenait les mains ouvertes au-dessus de la flamme du gaz. Il avait tenu une réunion, à Drap, à la Trinité-Victor, à Spéracédès, au-delà de Grasse, et il était rentré à vélo, penché, la tête rentrée dans les épaules pour aller plus vite, la lumière jaune de la lanterne pendue au guidon s'éteignant souvent, le laissant dans l'obscurité redoublée, les arbres enveloppant la route, avec la rumeur proche du Paillon, de la Siagne ou du Loup. Il souriait à Violette, il allumait une cigarette. « Je t'ai réveillée, disait-il, reste un peu avec moi. »

Ils s'asseyaient de part et d'autre de la table, elle, un châle sur les épaules, les bras croisés sur la poitrine, lui, qui recommençait à parler, la voix rauque de l'avoir fait toute une soirée dans la fumée.

— Ça va, tu sais, ils comprennent, on recrute, ils sont forts, les autres, mais nous on a raison. Le fascisme...

Il souriait, saisissait le poignet de Violette :

— Dis-moi, tu m'écoutes ? Parce que si dans ma famille, ma sœur...

Violette hochait la tête.

— Le fascisme, continuait Dante, essaie de comprendre, c'est leur dernière arme, je leur donne trois mois. En Italie, ça repart, et après l'Italie, c'est nous.

— Papa, en ce moment..., disait Violette, l'interrompant.

Elle commençait à parler, mais l'attention de Dante s'effritait. Fatigue ou refus de savoir.

— Oui, oui, murmurait-il.

Elle attendait un conseil, une phrase qui la rassurerait. Dante allumait une autre cigarette.

— Tu vois, disait-il, dans une autre société, un homme comme lui, on en aurait fait, je sais pas, peut-être un ingénieur, tu comprends ? Le socialisme, c'est toi, si tu as les dons pour devenir artiste, eh bien, tu peux !

Il toussait, la voix éteinte, buvait un verre d'eau, reprenait :

— Et pour ceux qui peuvent pas, personne ne les méprise, pas d'humiliés. Et les sales boulots deux fois plus payés, deux fois moins d'heures, voilà le système.

Il toussait encore, disait, le visage tout à coup lisse comme celui d'un enfant qui s'étonne :

— Je parle trop, je parle, ça me saoule. Tu voudrais pas t'arrêter de parler parce que, après, c'est vide dedans. Tu ressens la fatigue seulement à ce moment-là.

Il aspirait une ou deux bouffées de sa cigarette, puis les joues de nouveau se creusaient, le menton avançait, il ajoutait :

— Ça plaît à tout le monde d'être servi à table, mais pourquoi y aurait des hommes qui feraient ça et d'autres qui seraient servis ? Pourquoi ?

Violette se levait.

— Ça va, toi ? interrogeait Dante.

Elle lui souriait, elle refermait avec précaution la porte de la cuisine, pour ne pas les réveiller, père, Louise, Lucien, Antoine s'il était là. Dans la chambre elle restait assise longtemps sur le bord du lit, appuyée des deux mains au matelas, la tête tombant sur la poitrine, les cuisses serrées, et parfois elle se laissait aller en arrière tout à coup, s'étirant bras ouverts, jambes écartées, saisissant l'un des coussins, l'attirant à elle, contre ses seins. Elle demeurait ainsi, alanguie, dans un demi-sommeil. La toux de Dante, dans la pièce voisine, ou bien un cri de Lucien et la voix de Louise qui chuchotait la réveillaient. Ils étaient là, près d'elle, comme autrefois, au temps où la mère les faisait asseoir autour de la table de la cuisine, quand elle servait, le père, Dante ; qu'elle savait si la journée de l'un ou de l'autre, Antoine, Louise ou Violette, avait été heureuse. « Qu'est-ce que tu as, toi ? » Elle posait la main sur le front de Violette. « Tu as couru, tu as pris froid. » Lisa, la mère, qui voyait. Depuis qu'elle était morte, ils étaient tous là, Louise revenue, faisant à son tour la cuisine, servant le père, Dante, mais qui voyait ? Elle n'existait plus, la famille Revelli.

Violette se tournait, se mettait sur le ventre, enfonçait son visage dans le coussin, étouffait sa tristesse et ses larmes. Seule, elle était seule, et chacun d'eux était seul, les bras de la mère étaient retombés.

Violette s'endormait et, souvent, c'était Louise qui la réveillait. « Tu es en retard. » Violette bondissait, choisissait une jupe à pli creux, la passait, l'enlevait, la remettait, la faisait tourner autour de sa taille, fouillait dans l'armoire, boléro, sweater, elle hésitait, le temps de penser que s'il revenait ce soir, si elle acceptait, si le vent, la vitesse... Elle mettait un corsage, se coiffait, criait : « Tu me fais chauffer du café ? » Louise venait avec un bol. Violette buvait debout, prenant son sac, et elle voyait Louise, dans l'embrasure de la porte, Louise en jupe grise, la poitrine lourde, la taille à peine dessinée, les cheveux rassemblés en chignon. Elle avait envie de secouer sa sœur par les bras, de la tirer devant la glace : « Louise, Louise, regarde-toi, change, tu te fais mal, tu me fais mal, et même pour Lucien, tu ne dois pas. »

Le père passait dans le couloir, il prenait sa casquette au portemanteau. « Je m'en vais », disait-il. Épaules voûtées, pas qui traînait.

Violette buvait, se brûlait la langue, la gorge, mais elle avalait vite. Partir. « Tu as le temps, maintenant », disait Louise. Partir. Déjà, Violette descendait l'escalier, croisait Dante qui, sa bicyclette sur l'épaule, rentrait de son service de nuit à l'Hôtel Impérial. Il l'embrassait, la retenait par le bras. « Où cours-tu ? Tu as un fiancé ? » Il riait, elle tentait de se dégager, nerveuse, ne supportant pas cette étreinte, criant presque : « Mais laisse-moi, laisse-moi ! » Dante la lâchait. « Ça va, disait-il, file. » Elle s'en voulait de sa violence, elle criait depuis le porche : « Je suis en retard. » Dante se penchait au-dessus de la rampe. « Syndiquez-vous, et faites changer vos horaires, gourdes. Mais ça veut jouer aux bourgeoises. »

Violette courait dans la rue de la République. Partir. Au coin de la rue Barla, elle retrouvait Denise Raybaud. Elles se prenaient par le bras. « Elle te va bien », disait Denise en regardant la jupe de Violette. Elles passaient le pont sur le Paillon, le soleil se fragmentait sur les façades du quai Gallieni, sur les vitres des grands hôtels de la rive droite, alors que l'autre rive, maisons recroquevillées de la vieille ville, était encore dans l'ombre.

— Il t'attendait ? questionnait Denise.

Philippe Roux était venu chaque soir. Il garait son side-car devant la sortie des Galeries Lafayette, il s'appuyait à la moto, les lunettes accrochées au guidon. Toutes les filles de l'atelier l'avaient vu. Elles se retournaient dans l'escalier de fer, elles riaient, interpellaient Violette : « Es mai aqui. » — Il est encore ici —, disaient les plus vieilles en niçois. « Il est beau, tu sais », chuchotait l'une en se penchant vers Violette.

— Tu veux que je lui parle ? demandait Madeleine Vial.

Violette descendait droite, la tête immobile. Ne pas le regarder, ne pas les entendre. Les premières marches étaient faciles à franchir, il était encore loin, de l'autre côté de la rue, elle n'apercevait que la roue avant de la moto, le bout de la coque du side-car, ses jambes, ses mains sur le guidon jouant avec les lunettes. Mais, bientôt, elle le voyait dans l'axe de la sortie, cheveux rejetés en arrière, indifférent aux filles qui le regardaient ironiquement, et Violette aimait qu'il fût ainsi prêt à les braver chaque soir, depuis...

— Ça fait une semaine qu'il vient, disait Denise, tu devrais savoir qui c'est, il te raconte rien ?

Il faisait quelques pas près d'elle, il disait : « C'est encore moi. » Puis, comme elle se taisait : « Si vous ne voulez pas, je m'en vais, mais je reviens demain. » Il l'accompagnait jusqu'à *Haute Couture,* où elle attendait Denise. Elle ne répondait pas. Peut-être parce qu'elle avait peur de ne pas savoir quoi dire, comment le dire... Cet accent qu'elle avait, qu'elle essayait de perdre mais qui était fort, comme une odeur de cuisine.

— Demain soir, je vous emmène, continuait-il. On

va jusqu'à Juan-les-Pins, vous connaissez ? Il faut un quart d'heure.

Elle acceptait sa présence, elle l'écoutait. « Tu es drôle, disait Madeleine Vial. Parle-lui, ou bien flanque-lui une claque, mais qu'est-ce que c'est ces manières ? Si ton frère te voit... »

Violette s'était écartée de Madeleine.

— Mon frère ? Qu'il essaie. Je fais ce que je veux, tu entends. Est-ce que je lui demande, moi ?

— C'est un homme, disait Madeleine.

— Je gagne ma vie, répondait Violette.

— Ça m'amuse de vous attendre, expliquait Philippe. Le soir, je n'ai pas grand-chose à faire, alors je passe ici. Marrant, de savoir si vous allez me parler ou pas. Et pourquoi ne me parlez-vous pas ? On n'est pas dans une forêt, je ne suis pas une bête sauvage. Je vous parle, vous me répondez, on s'assoit à une terrasse de café. Si on a des choses à se dire, on se revoit. Sinon, on se serre la main, poliment. Qu'est-ce que vous voyez d'extraordinaire à ça ? On dirait que vous vivez au Moyen Âge, ici, les femmes surtout. À quoi riment tous ces préjugés ? Vous ne croyez pas qu'il faut être plus simple ?

Pourquoi refusait-elle ? Quelle crainte ? À se taire, elle se sentait devenir ridicule.

— Vous ne voulez pas faire un tour, une demi-heure ? Vous êtes déjà montée dans un side-car ?

Peut-être avait-elle honte. De son accent. Des mots qui allaient lui manquer, de l'aveu qu'elle devait faire : je ne suis jamais montée dans une voiture, dans un side-car. Elle était humiliée de n'avoir rien d'autre que son corps, et ce ne pouvait être que pour cela qu'il venait, puisqu'elle ne possédait rien de plus.

Mais certains soirs, au contraire, quand elle enlevait sa jupe, son corsage, qu'elle restait en combinaison, allant et venant dans sa chambre, donnant délicatement un tour de clef pour que les autres n'entendent pas, qu'elle se regardait, elle était heureuse de faire glisser ses mains sur sa taille, de sentir sous la soie ses hanches, elle caressait son corps, prenant ses seins dans ses paumes, et, quand elle retirait sa combinaison, le grésillement de l'étoffe était comme un frisson, celui qu'elle éprouvait à se retrouver presque nue, à se regarder dans la glace de l'armoire, elle, Violette Revelli, dont Denise disait : « Si tu voulais, toi, à *Haute Couture,* ils te prennent comme mannequin, ils cherchent, tu sais. Les filles comme toi, grandes, bien faites, il n'y a que les Russes, et elles boivent. Alors, si tu voulais. »

Violette avait vu passer sur leurs chars, au Carnaval, à la bataille de fleurs de la Promenade des Anglais, les reines de beauté, dans leurs longues robes pailletées. « Tu es mieux faite, disait Denise. Regarde leur poitrine. »

Violette, seule dans sa chambre, se plaçait de profil, redressait un peu la tête, et, du doigt, suivait la ligne de ses seins. Elle se couchait, exaltée, puis rompue.

Reviendrait-il demain ? Allait-elle répondre ?

Allongée sur le dos, s'obligeant à ne pas bouger, les mains le long du corps, Violette répétait la scène à mi-voix : « Je viens, disait-elle, je veux bien faire un tour. »

Il fallait qu'elle sache chaque mot. Qu'elle ne se laisse pas entraîner. Qu'elle décide elle seule du moment. Car lui, un homme, un riche, sûrement, il était de ceux qui peuvent vivre plusieurs vies dans une. Il avait le loisir de venir chaque soir l'attendre. Elle, quand, tenant sa robe, elle se serait assise dans le side-car, sa vie serait jouée. Il fallait qu'elle le sache. Qu'elle soit prête. Si elle lui parlait, elle ne serait plus jamais Louise ou Madeleine, mais peut-être, un jour, une de ces femmes qui entraient, une cape de soie lamée sur les épaules, au casino de la Jetée-Promenade, ou bien Françoise Clément, paupières bleues, renard serré autour du cou, et qui riait fort dans la rue, la tête rejetée en arrière, la bouche ouverte cernée de rouge vif.

De tout cela qui se jouait elle avait peur. Elle était seule à savoir. À qui le dire ? Denise Raybaud ne comprendrait pas. « Oh, un tour en moto, dirait-elle, tu en fais des histoires ! » Madeleine secouerait la tête. « Moi, à ta place, je n'irais pas. Tu sais ce qu'ils cherchent, des hommes comme lui. Après, ils te laissent tomber. »

Seule à décider.

Et Violette décida un matin, dans la cuisine, en les voyant, ceux de sa famille. Parce qu'elle les aimait. Qu'elle souffrait de les voir tels qu'ils étaient, et qu'elle pensait qu'il faut une autre façon de vivre, vite, avant que le père soit trop vieux, avant qu'elle soit laide, comme Madeleine, et déjà Louise. Dante, Antoine, Barnoin, ils voulaient aussi une autre vie, mais qu'est-ce qu'ils savaient ? Des enfants qui croyaient qu'on peut changer le monde comme les mouches croient qu'on peut traverser la vitre.

Elle décida un matin. Et le soir elle fut la première à sortir dans la rue, à traverser la chaussée, la tête droite, à dire à Philippe qui la regardait venir :

— Je veux bien faire un tour, pas long.

Il lui tendait la main. Elle tenait sa jupe et elle enjambait la coque du side-car. Il mettait ses lunettes et il souriait, se déhanchant, donnant deux ou trois coups avec le pied gauche sur le démarreur.

Le side-car se mit à vibrer, faisant trembler le corps de Violette Revelli.

12

Maintenant, Vincente Revelli avait froid même l'été.

Il s'arrêtait place Arson, au terrain de boules, s'asseyait sur le muret, le dos contre le grillage, alors que la plupart des joueurs, ces longues soirées de juillet, quand le soleil d'après sept heures est encore chaud, qu'il colle à la peau comme un vêtement imprégné de sueur, se regroupaient sous les platanes, ne quittant l'ombre qu'au moment de tirer, ou bien quand il fallait, avec une ficelle, mesurer l'écart entre les boules et le « boucin ». Vincente, au contraire, les avant-bras sur les genoux, dans le bruit des voix, des boules heurtées, la casquette sur les yeux, laissait la chaleur entrer en lui, comme une jeunesse fugace, qu'un nuage ou un toit qui, brusquement, étendait sur la place sa forme polygonale, dissipait.

Il se levait, frottant l'une contre l'autre ses mains rougies, et il rentrait lentement rue de la République. Il choisissait souvent de faire un détour par ces rues, ainsi la rue Bonaparte, où le soleil semble pris entre les façades rapprochées, parce qu'une échancrure dans les collines de l'Ouest, l'orientation de la rue prolongent le jeu de la lumière. C'est ce poudroiement doré et tiède que Vincente recherchait.

Parfois, alors qu'il avait déjà atteint la place Garibaldi, que la rue de la République s'ouvrait devant lui, il s'en éloignait, allait vers le Paillon ou la mer, pour attendre — et l'été cela pouvait durer jusqu'à près de neuf heures — que le soleil disparaisse, se dissolvant dans un lavis couleur de brique. Il restait accoudé, guettant cet instant, attentif aux bruits, aux gestes des pêcheurs ou des lavandières, et peu à peu, de la chaleur, de la lumière qui l'éblouissait, le contraignant à fermer les yeux, naissait l'oubli.

S'estompait la rumeur des voitures automobiles recouverte par la cadence du ressac, ou bien, s'il se trouvait au bord du Paillon, par les voix des femmes qui pliaient les draps, appelaient leurs gosses. Revenait le temps où, avec Lisa et les enfants, ils marchaient, elle tenant son bras. Eux, Dante, Louise, plus tard Antoine et Violette, couraient le long de la grève, évitaient d'un saut l'écume de la vague, lançaient la pierre plate qui ricochait. Vincente en jetait une à son tour. Elle rasait la surface de la mer, s'y appuyant à peine, semblant ne jamais devoir cesser de rebondir, légère, jaillissante. Dante ou Antoine criait : « Bravo, pa. » Violette ou Louise cherchait les galets lisses, minces. « Tiens », disait Louise.

« Encore, encore, papa », murmurait Violette. Elle tirait son bras, glissait entre les doigts de Vincente un galet qu'il lançait, seulement pour elle, la plus petite, la plus belle. Puis, il la soulevait, et elle se mettait à califourchon sur ses épaules, ses mains croisées sur la bouche de Vincente, ou bien sur son front, et ils allaient, s'arrêtant souvent. Quand ils marchaient ainsi sur la grève, après les tempêtes d'équinoxe, Lisa disait aux fils de ramasser les bois noirs que les vagues avaient poussés loin sur le rivage. Ils regagnaient la rue de la République par la vieille ville, les bras chargés de branches humides qui sentaient la mer.

Avec le déclin du soleil, la chaleur se retirait lentement, Vincente se voûtait, se recroquevillait, comme parfois dans le lit, quand la couverture et le drap sont tombés, qu'on sent le froid, qu'on ne sait encore pourquoi, que le sommeil et le rêve peu à peu se fendent tels les troncs quand vient le gel.

La brise des hauteurs, vive et neuve, rejoignait la mer en même temps que la pénombre, et Vincente rentrait. Il entendait de nouveau les klaxons, les moteurs de voitures, il avait froid comme si l'eau glacée des longs éviers de grès de la brasserie, un instant retenue, recommençait à couler en lui. Il passait sous les arcades de la place Garibaldi, s'efforçant de ne pas regarder ce bord de trottoir où, il y a plusieurs mois déjà, il avait vu Violette, Violette-Viola, la plus petite, la plus belle, celle dont il lui semblait encore sentir les mains sur sa bouche quand il la portait sur les épaules, Violette qui descendait d'un side-car, et l'homme, ses lunettes relevées sur le front, la tenait par les bras. Elle restait devant lui grave, immobile, elle l'embrassait d'un mouvement rapide, se dégageait, et partait en courant vers la rue de la République, Vincente suivant des yeux sa silhouette de femme.

Vincente avait regardé l'homme, la machine qu'il mettait en route et, à chaque mouvement brutal de la jambe, répondait un éclatement qui envahissait la place, s'interrompait, explosait de nouveau, surprenant Vincent qui s'éloignait vite pour ne plus entendre.

Dans l'escalier, alors que Vincente montait lentement chez lui, d'autres bruits, les voix d'Antoine et celle plus aiguë de Dante, les mots à demi étouffés de Louise. La porte s'ouvrait, Violette, dont il apercevait le dos, le bras, et dont la voix haute et fière emplissait l'escalier comme un éclatement.

— Mais qu'est-ce que vous êtes ? Vous vous croyez où ? C'est la France, ici.

Et Dante, qui devait s'approcher d'elle.

— Tu les connais pas, disait-il, tu es gourde. Il couchera, et puis vlan, à la poubelle, une autre.

Et Antoine :

— Putain je le tue, je le tue ce type ?

Quelques marches à franchir pour les voir comme des chiens qui se battent dans la cour, Antoine qui, tout de suite, fermait le poing. Dante, dont la colère transformait la voix, Violette-Viola, la seule dont les yeux se remplissaient de larmes quand déjà, plusieurs fois depuis des mois, les frères s'étaient tournés vers elle. « Il t'épouse ou pas ? » demandait Antoine, et

Violette, méprisante, les larmes retenues au bord des paupières : « Vous ne pouvez pas comprendre que je ne veux pas. »

Le désir de Vincente de repartir, de ne pas les découvrir une nouvelle fois ainsi, debout aux angles de la cuisine, tendus comme les membres d'un corps écartelé, eux si longtemps assis côte à côte, que Lisa avait pris chacun à son tour contre elle, et maintenant si différents que Vincente ne les reconnaissait plus. Ils étaient là, si proches dans sa mémoire, ils couraient devant lui sur la route du pèlerinage de Laghet, Violette, fatiguée, s'accrochait à sa veste, Louise, Antoine... Si vite ils avaient changé, à peine le temps de lancer quelques pierres vers la mer, et la dernière ne ricochait plus.

Louise la grise se penchait sur son fils. « Che vouas, angelo ? » « Qu'est-ce que tu veux, mon ange ? » Antoine se laissait tomber sur une chaise, ramassait les miettes sur la table, une à une, puis, d'un revers de la main, balayait le bois. « Du boulot, ils m'en donneront pas », disait-il. Le service militaire fini, il avait cherché plus d'un mois. « Je suis le frère de Dante Revelli. » « Ah, c'est votre frère ! » Il buvait un verre de vin, se taisait, puis, se levant brusquement, marchait dans la cuisine. « Pour eux, je suis l'emmerdeur, continuait-il, frère communiste. Je vais foutre le bordel, alors boulot, macache. »

Un matin, Vincente avait entendu ses deux fils qui hurlaient dans la cuisine. Antoine, qui devait frapper du poing sur la table. « Je m'en fous d'être électricien. Je deviens manœuvre. Ton syndicat, qu'est-ce qu'ils ont fait depuis un mois ? Ils ont écrit trois lignes : "Nous protestons..." Mais les patrons, ils se le mettent au cul, votre communiqué, et moi, faut que je bouffe. »

Manœuvre, Antoine. Au chantier du monument aux morts. Terrassier. Maçon à Juan-les-Pins, sur les échafaudages du Grand Hôtel des Îles. « Je travaille pour l'oncle, le grand Revelli. Ça fait plaisir, non ? » disait-il le soir. Plâtrier ici et là.

Il revenait du travail, posait son vélo dans la cour, près de la pompe, il retroussait le col de sa chemise, et frottant ses cheveux, son visage, son cou, ses avant-bras, il arrachait les éclaboussures de plâtre, croûtes rondes comme des confetti. Souvent, Vincente l'apercevait et, s'approchant, il appuyait sur le levier de la pompe, regardait le cou, les épaules de son fils, que le mouvement des bras toujours levés, la truelle lourde dans la main, avaient musclés. Muscles noueux, comme des liens passés sur le haut du corps, des entraves qui semblaient avoir tassé Antoine, le contraignant, lui qui avait été un enfant vif, curieux — « Raconte papa, raconte », disait-il toujours — à la brutalité, comme s'il n'avait plus été libre de ses mouvements, ne pouvant bouger qu'à la condition de le faire par à-coups, avec violence. Peut-être aussi voulait-il oublier le métier perdu, celui du frère aîné, effaçant avec rage dans son corps même le souvenir des gestes mesurés et précis de l'électricien.

Vincente souffrait de les voir, Dante, le visage gonflé par le manque de sommeil, les yeux enfoncés dans une peau jaunie, lisant en mangeant, pris par cette politique comme d'autres par le vin ou le jeu de cartes. Antoine, qui se taisait d'abord, puis, poussant son assiette, se balançant sur sa chaise, les paumes appuyées au rebord de la table, disait :

— Dante, toi qui sais tout, explique-moi un peu votre politique. Parce que vous parlez, bravo ! Seulement, vos promesses...

Dante ne relevait pas la tête, mais Antoine continuait, malgré Louise — « Laisse-le », disait-elle — malgré Vincente qui prenait Lucien sur ses genoux, commençait à lui parler, lui montrait Antoine : « Ton oncle, demande-lui... »

— Sur le chantier, moi, reprenait Antoine, tiens, Sori, Rafaele Sori, tu veux que je te raconte ?

Des Turinois, les frères Sori. L'aîné, Francesco, était chef d'équipe chez Carlo Revelli. Rafaele avait quitté le chantier de la moyenne Corniche, trop dur, et il travaillait comme manœuvre avec Antoine.

— Presque un ingénieur, expliquait Antoine, un ingénieur, tu entends.

Il s'approchait de la table, Dante fermait son livre, levait enfin la tête, tirait une cigarette de la poche du bleu de travail, pendu à sa chaise.

— Et alors ?

— Les fascistes, à Turin, ils les ont pris et les ont traînés dans les rues par les cheveux, et des coups de manganello sur tout le corps. Il te les montre, si tu veux.

Dante fumait, regardant son frère. Vincente serrait son petit-fils contre lui. « On descend », demandait-il. Qu'avaient-ils donc ses fils à s'affronter ainsi ?

— On sait, disait Dante, on sait.

— Non, tu sais rien, tu parles.

Antoine se levait. Le bas du visage, parce que le cou était gonflé par les muscles, la colère aussi, était massif, lié à la poitrine.

— Tu parles, continuait Antoine, et le père de Sori, tu sais qu'ils l'ont tué, et vous dites que le fascisme va crever dans les trois mois. Ça fait cinq ans que vous dites ça, et quand on a un fusil, ah non ! faut le rendre, comme moi dans la Ruhr. Ce qui vous intéresse, c'est de vous faire un trou, qu'on vote pour toi et ton copain Barel.

Rageuse, la voix d'Antoine. Elle déchirait Vincente qui prenait Lucien par la main, l'entraînait dans le couloir. Il entendait Dante, qui criait :

— Pauvre petit con, qu'est-ce que tu comprends ?

Et Antoine repoussait sa chaise qui heurtait le buffet, criait aussi.

— Ce que vous voulez, c'est être les chefs, c'est commander à la place des autres. Tu sais ce qu'il dit, Sori ? Que vous voulez devenir les contremaîtres, les contremaîtres de la classe ouvrière, voilà ce que vous voulez être !

Violette rejoignait son père et Lucien qui s'étaient assis dans la cour, près de la fontaine.

— Je sors, disait-elle.

— Maintenant ?

Depuis qu'il l'avait vue, place Garibaldi, Vincente détournait les yeux quand elle s'approchait de lui. Elle l'embrassait.

— Je rentre, pa, je rentre.

Vincente l'accompagnait dans la rue. Il la voyait marcher vers la place Garibaldi, puis, au moment où les réverbères s'allumaient, il entendait la pétarade d'une moto et, sans regarder, il rentrait sous le porche, montait lentement l'escalier, Lucien courant devant lui.

Ce soir, les entendant, et la voix d'Antoine qui répétait : « Je le tue, ce type », Vincente s'arrêta. Ces cris, ces gestes d'étrangers qu'ils avaient l'un pour l'autre, ces silences aussi, entre eux, à table, et la voix de Lucien seule qui s'élevait, lui rappelant ce temps, quand Violette ou Antoine, Dante ou Louise, à la même place jouaient, et Lisa, Lisa perdue qui accordait leur voix.

Vincente s'était toujours tu, la regardant aller et venir dans la cuisine, servir Dante ou Antoine, dire : « Violette, ta récitation, relis. » Qu'est-ce qu'il avait été pour eux ? Il apportait l'argent. Et maintenant qu'ils en gagnaient plus que lui, ils allaient partir, quitter la rue de la République, la maison, comme autrefois, la mère morte, les frères Revelli avaient abandonné Mondovi, marché vers la ville nouvelle et la mer.

La porte claque sur le palier. Les pas de Violette. Elle le heurte dans l'obscurité.

— Je m'en vais, tu sais, pa, je peux plus.

Il la prend aux épaules, elle se laisse aller contre lui.

— Viola, dit-il.

— J'ai pas honte, c'est pas mal ce que je fais. Eux ils sont...

Il lui caresse la nuque.

— Laisse, dit-il, ça leur manque. Ils n'ont trouvé personne, tu comprends, alors ils savent pas, ils peuvent pas savoir.

— Ciao, pa.

Elle l'embrasse.

— Reste droite, dit-il, propre, comme...

— Je l'oublie pas.

Lisa, Lisa.

Violette descend, sautant les marches. Il l'entend qui court sous le porche. Vincente reste appuyé au mur, dans l'escalier. C'est l'été et il a froid.

13

Dante Revelli avait eu la tentation de regarder dans le parc.

— Vous serez là-bas pour une semaine, lui avait dit le chef du personnel. Jusqu'à l'inauguration.

Dante avait vérifié les moteurs, le câblage des projecteurs installés au faîte des palmiers ou dans les haies de cyprès. Vers midi, il descendait dans les rochers de Cap-d'Antibes, calait une canne à pêche dans une fissure remplie souvent d'eau saumâtre, se baignait, quelques brasses, mais l'eau de ce mois d'avril 1927 était encore froide. Au moment où il s'apprêtait à plonger, il devait vaincre une hésitation devant la transparence bleutée de la surface. Il faisait quelques brasses puis regagnait le rivage.

Il dormait dans une chambre inachevée, au dernier

étage du Grand Hôtel des Îles, avec, le matin, devant l'embrasement de la mer, les oiseaux de passage qui s'élançaient en un vol étoilé enveloppant les arbres du parc.

Dépaysement, intervalle. Dante ne lisait même plus les brochures que Barnoin ou Jean Karenberg avaient distribuées à la dernière réunion. Comment suivre les phrases violentes, le soir, alors que s'assombrissait peu à peu l'horizon, que, vu du parc, le Grand Hôtel des Îles devenait un rempart couronné de flèches digitales, et qu'une femme de chambre passait dans la lumière des salons, silhouette hésitante ? Les appels rouges à la guerre classe contre classe, à la bolchevisation du parti communiste, paraissaient pour la première fois à Dante des rumeurs lointaines et vaines. Il s'asseyait sur les marches de marbre, face aux îles décapées par le mistral, sa brochure ouverte posée sur le sol, et il rêvassait.

Parfois, il prenait sa bicyclette avec laquelle il était venu de Nice, économisant ainsi le prix du train payé par l'Hôtel Impérial, et il roulait le long du cap, vers Antibes ou Juan-les-Pins, par cette route qui suit les sinuosités de la côte. Criques, pins parasols. Un couple se tenant par la taille remontait d'une plage de sable, et, à les voir, Dante se retournait, sentait en lui s'ouvrir ce creux, comme si sa poitrine se repliait, peu à peu absorbée par un manque au centre, là, au-dessus de l'estomac. Il fallait alors qu'il s'arrête, qu'il fume pour que de nouveau se gonflent ses poumons, qu'ils se détendent. Mais le malaise demeurait, sensible, surtout depuis que Violette avait quitté la maison, qu'on savait — qui l'avait dit, peut-être Françoise Clément à Louise ? — qu'elle vivait avec quelqu'un, le fils du Dr Roux, un aviateur ou un type du cinéma, disait-on, qu'on remarquait souvent circulant à grande vitesse sur un side-car, le long de la Promenade des Anglais.

Un jour, Dante avait arrêté Denise Raybaud dans la rue de la République.

— Vous la voyez ? demandait-il.

Denise riait, provocante, le regardant droit dans les yeux. Dante baissait la tête.

— Et pourquoi je la verrais pas ? Vous voulez me l'interdire ?

Il haussait les épaules, marchait près d'elle.

— Comment elle va ?

— Bien, très bien depuis qu'elle vous entend plus, vous et votre frère, avec vos discours.

— Elle pourrait...

Denise s'arrêtait, le regardait.

— Pas de leçon, hein ? Qu'est-ce qu'elle vous doit ? Qu'est-ce que vous faites de si bien pour parler tout le temps comme si vous saviez tout ?

Antoine, un soir, avait dit à table, au moment où le père se levait, qu'il tournait le dos.

— Violette, tiens...

Il poussait vers eux une page intérieure de *L'Éclaireur,* et Dante, sans la prendre, apercevait une photographie, des femmes sur une scène, leurs longues robes, les cols de fourrure. Le père, près de la porte, n'avait pas bougé. Louise se penchait vers le journal. *Hier,* lisait-elle, *les mannequins de Haute Couture...*

— Tais-toi, disait Dante, on sait tous lire, ici.

Antoine tirait la feuille vers lui.

— Ben quoi ? Revelli, ça devient un nom célèbre, Revelli l'entrepreneur, Revelli le communiste, presque un député, et maintenant Revelli la femme qu'on voit dans les journaux, et puis nous, hein ? Louise, nous, les riens.

Vincente avait fermé la porte sans qu'on l'entende. Dante était sorti peu après, à pied, marchant jusqu'à la place Garibaldi, avec ce creux au-dessus de l'estomac, comme quand il avait dû monter réparer un des projecteurs de la vigie, au tiers du mât sur le cuirassé, en juin 14, et que la coque, la mer paraissaient si lointaines, lui en l'air, agrippé à ce mât qui oscillait, Dante avec la sensation que l'un après l'autre les points d'appui se dérobaient, parce qu'il fallait lâcher les mains, prendre le tournevis et le fil, faire cliqueter les volets devant le projecteur et se tenir seulement avec les genoux.

Violette vivait donc avec Philippe Roux qui habitait boulevard Victor-Hugo, dans un de ces immeubles de pierre grise construits en retrait, jardin privé les séparant de la chaussée, balcons ornés de statues. Elle était passée sur l'autre rive, elle manquait dans la cuisine de la rue de la République, et Dante découvrait qu'il avait trente-cinq ans et qu'il était seul. Alors qu'elle, Violette, la plus jeune d'entre eux, chaque nuit...

Dante ne pouvait aller au-delà de ce mot. Il allumait une cigarette, il revenait vers le Grand Hôtel des Îles, tenant la bicyclette par le guidon. Devant le portail, Gustav Hollenstein, qui saluait une voiture, s'approchait de Dante.

— Demain soir, l'inauguration, Revelli. Vous êtes prêt ? Il faut que ça brille comme en plein jour.

Il montrait la voiture qui s'éloignait sur la route du Cap.

— Dans la voiture, vous savez qui ? Revelli, l'entrepreneur, un parent, n'est-ce pas ? Ici, vous travaillez aussi pour lui, car le sol — il frappait du talon — la terre, comme il dit, c'est à lui, dessus — Hollenstein montrait la masse noire de l'hôtel — ça, c'est moi.

Le soir de l'inauguration, Dante avait regardé dans le parc. Il s'était approché du soupirail qui aérait la salle des moteurs et, grimpant sur l'un des bâtis de ciment qui portait les accumulateurs, saisissant les deux barreaux placés devant l'ouverture, il avait vu arriver les premières voitures. Torpédos noires, les flancs des pneus blancs, une femme qui tendait le doigt, le bras nu cerclé de bracelets sous la cape de fourrure fauve. Elle montrait, au-delà des palmiers, l'Esterel, zébrure noire sur fond rouge.

Dante resta ainsi quelques minutes, les yeux au niveau du sol, pendant que, devant l'escalier de marbre, se garaient les voitures, carapaces qui, dans la lumière rasante, prenaient des teintes feu ou émeraude. Il apercevait, au moment où les chauffeurs ouvraient les portières, les chevilles des femmes, puis la robe longue retombait, miroitement de soie sur le gravier blanc.

Gustav Hollenstein accueillait ses invités, disait, et Dante, sans le voir, reconnaissait la voix, l'accent :

— Soyez les bienvenus au Grand Hôtel des Îles.

Il embrassait la main d'Élisabeth d'Aspremont.

— Quel site ! disait-elle. Un palais des Mille et Une Nuits.

Merani, devant la façade, s'exclamait :

— Bravo, Hollenstein ! Votre architecte a réussi.

Il s'interrompait.

— Vous connaissez mon fils ? Charles.

Charles Merani était râblé, avec un visage brun où l'on apercevait d'abord les yeux très mobiles.

— J'ai un salon pour les jeunes gens, continuait Hollenstein, danses modernes, jazz... Tenez.

Il prenait Charles Merani par le bras, le présentait à Nathalie qui s'avançait. « Ma fille », disait-il, et il la regardait brusquement comme s'il la découvrait aussi — Nathalie, songeuse, la tête penchée, un large bandeau de velours noir serrant son cou, soulignant sa gracilité qu'accusaient aussi la robe blanche, le nu des bras et des épaules, le chignon qui la grandissait. Austère et douce, Nathalie souriait, s'éloignait avec Charles Merani, entrait dans le salon où des jeunes gens dansaient dans la seule lumière des projecteurs du parc. Leurs reflets violents ciselaient les cuivres des cymbales et des saxophones. Nathalie hésitait à quitter Charles Merani qu'elle dominait de la tête.

Elle s'approchait de Mafalda Revelli qui s'était assise avec son frère à l'une des tables donnant sur la terrasse.

— Vous ne dansez pas ? demandait-elle.

Mafalda, le visage poupin, les cheveux courts, ondulés, une fleur sur le côté gauche du front, deux grosses perles à ses oreilles, rougissait, mettant la main ouverte sur son cou.

— Si, si, répondait-elle.

Charles Merani l'invitait. Elle se levait, un peu forte dans sa robe mi-longue ornée de dentelles. L'orchestre commençait un charleston.

— Je ne danse pas, dit Alexandre Revelli.

Il hésita, puis, Nathalie Hollenstein restant debout près de la table, il se leva. Il se tenait un peu voûté, comme si sa taille le gênait ou bien qu'il voulût la dissimuler ; il se frottait les mains, puis croisait les bras, les plaçait derrière le dos. Nathalie se mit à rire. À deux ou trois reprises, Alexandre se passa rapidement la main dans ses cheveux qui bouclaient et qu'il portait assez longs.

— Qu'est-ce qu'il y a ? dit-il, en regardant autour de lui comme Nathalie continuait à rire.

— Rien, mais vous remuez toujours les bras.

— Moi ?

Il regarda ses mains, les enfonça dans ses poches, puis les en retira. Enfin il se mit à rire.

— Le massier, commença-t-il, vous ne savez pas ce que c'est ? Aux Beaux-Arts...

Il fit un geste d'indifférence.

— Je bouge encore les mains, dit-il. Oui, je fais de l'architecture. Alors, le massier, dans un atelier, recueille les fonds.

— Vous ne voulez pas ? interrogea Nathalie, l'interrompant.

Elle montrait les palmiers, les lauriers.

Ils passèrent sur la terrasse, puis descendirent dans le parc, suivant la grande allée éclairée. Ritzen, qui arrivait de Nice et cherchait à se garer parmi les voitures, vit ces deux jeunes gens, l'un gesticulant, l'autre, grande silhouette fière dans sa robe blanche, qui riait, portant la main à son chignon pour s'assurer qu'il ne se défaisait pas.

Ritzen monta les escaliers rapidement. Il était en retard. Les invités se pressaient devant les buffets, longs soubassements blancs d'où fusaient les lignes rouges et bleues des œillets et des iris.

— Excusez-moi, dit Ritzen à Hollenstein.

— Est-ce le commissaire principal ou l'adjoint au maire d'Antibes qui est en retard ? demanda Merani en prenant Hollenstein et Ritzen par les épaules.

— Le policier, le policier, dit Ritzen. Mais dans quelques mois, la retraite.

— Vous nous manquerez, continuait Merani. Vous nous reviendrez comme député. J'en suis sûr.

Hollenstein s'écartait, rejoignait Carlo Revelli et sa femme, qui, devant une baie vitrée, loin l'un de l'autre, se tenaient à l'écart du reste des invités.

— Cher Revelli, l'affaire n'est pas si mauvaise, n'est-ce pas ? Carlo, se retournant, fixa Hollenstein.

— Si elle avait été mauvaise, ni vous ni moi ne l'aurions faite. Mais en été, il faudra voir.

Carlo avait les mains dans les poches de sa veste, et comme il gardait les poings fermés, les poches paraissaient gonflées, donnant au vêtement noir, élégant, une allure rustique.

— L'été, ce sera extraordinaire, dit Hollenstein. Ils viendront d'abord l'été, et l'hiver sera bientôt notre morte-saison. Si vous avez peur, vendez vos terrains, je suis preneur. Je vous offre une coupe de champagne ?

Carlo sourit. Et il se tourna vers Anna.

— Offrez ça à ma femme, dit-il. Je n'aime que le vin rouge. Comme les maçons.

Il se mit à rire tout à coup, et Anna, qui, depuis des années, n'entendait plus cette sorte de respiration profonde, presque rauque, le rire de Carlo, regardait autour d'elle, gênée.

— Vous êtes un drôle de maçon, dit Hollenstein. Qu'est-ce qui vous fait rire ?

— Je pense à ma mère, dit Carlo, et son visage redevint dur, les rides du front creusées. Un endroit comme ici, je crois qu'elle ne savait même pas que ça existe.

Il recommença à rire, et c'était devenu une sorte de tremblement nerveux, musculaire. Anna ne pouvant détacher les yeux de la pomme d'Adam qui, sous la peau brune au grain épais, allait et venait au rythme des secousses.

— Et que moi, l'immigré, parce qu'on me l'a dit, macaroni, pipi, pinoto, ah ! j'en ai entendu, je sois ici... Vous ne pouvez pas comprendre ça, monsieur Hollenstein.

Avec une familiarité inattendue, il prit Gustav Hollenstein par l'épaule, et Anna retrouvait en elle cette crainte mêlée d'admiration qui l'avait saisie quand son père lui avait présenté Carlo : « Voilà l'homme que tu vas épouser. »

— Ça, vous ne pourrez jamais, jamais le comprendre, continuait Carlo. Et nous sommes tous les deux ici. Cet hôtel, c'est à moi et à vous. Mais il y a ça entre nous, un mur, ma mère, monsieur Hollenstein.

Il tendait le bras vers le buffet, il montrait les invités.

— Vous savez le proverbe que répétait ma mère ? Je vous le dis en français, monsieur Hollenstein : « Il n'y a pas une chemise sans... » Ma mère, elle, l'a lavée, et la lessive des autres, ça a une drôle d'odeur. On l'oublie pas, monsieur Hollenstein.

— Vous êtes bavard quand vous voulez, dit Hollenstein. Et intéressant.

Ils s'approchaient du buffet. Carlo remettait ses mains dans ses poches.

— Peggy, dit Hollenstein, je suis heureux que tu sois là. Et Frédéric ?

Peggy eut un mouvement de tête.

— J'ai réussi à le faire sortir, dit-elle, mais nous allons partir. Il déteste. Il hait.

Elle fit quelques pas, tira son mari par la manche.

— Ah, Frédéric le Rouge, dit Hollenstein. Vous voulez du champagne ?

Karenberg montra sa coupe pleine :

— Pour vous, dit-il, pour Nathalie, mais...

— Je sais, je sais, dit Hollenstein, vous allez partir.

Karenberg, tout à coup, aperçut Carlo, sourit :

— Vous êtes toujours vivant ? dit-il en lui serrant la main.

— Toujours, répondit Carlo, on essaie.

— Monsieur Revelli vient de me tenir le discours le plus révolutionnaire que j'aie..., commença Hollenstein.

— Allons, allons, fit Carlo.

— À votre manière, dit Karenberg, vous êtes un révolutionnaire. Vous avez pris le pouvoir. Ici, c'est votre Palais d'Hiver.

Karenberg montra les lustres, les salons qui s'ouvraient de part et d'autre du hall central où était dressé le buffet.

— Vous êtes toujours un parleur, monsieur Karenberg, moi — Carlo s'avançait vers Frédéric — moi, je sais rien de vos discours. La politique ? Je veux pas connaître. Seulement, quand j'étais gosse, y a des odeurs que j'ai pas aimées... Alors, je me suis débrouillé pour changer d'air, c'est tout, monsieur Karenberg.

Il se tourna vers Peggy :

— Excusez-moi, Madame, ma chemise, je la donne à laver à personne, parce que ça fait plaisir à personne. Vous, monsieur Karenberg... — Il touchait la poitrine de Frédéric avec son index — Avec tous vos discours, vos idées, votre communisme, la chemise, c'est toujours quelqu'un d'autre qui vous l'a lavée, mais, maintenant, c'est plus moi, alors...

Karenberg souriait. Il paraissait ne pas entendre Carlo Revelli et se frottait le menton du bout des doigts.

— Quelle sève, dit-il après que Carlo se fut éloigné.

Peggy avait pris le bras de son mari, et ils se dirigeaient tous les deux, lentement, vers le parc, marchant au même pas, avec la même inflexion du corps vers l'avant, et à les voir ainsi, de dos, lui, les rares cheveux blancs flottant sur sa nuque, elle, blanche aussi, tous les deux la tête levée comme s'ils observaient le ciel, on pouvait imaginer un frère et une sœur vieillis ensemble. Ils trébuchèrent, se mirent à rire en se serrant l'un contre l'autre, Frédéric nouant ses doigts à ceux de sa femme :

— Il n'y a qu'un homme du peuple, dit-il, pour garder, après toute une vie, une telle hargne, une force.

— Du peuple ? dit Peggy. Aujourd'hui...

Karenberg lui serra les doigts :

— Du peuple, Peggy. Bien plus que moi, il l'a bien dit : « Vos discours, vos idées... »

Elle haussa les épaules et, à son tour, lui serra la main.

— Tu dis toi-même, les origines, quelle importance, cela dépend de ce qu'on en fait. Revelli ? Un ambitieux, mais tu es fasciné, tu as honte d'être le baron Frédéric Karenberg.

Ils étaient arrivés au bout de l'allée bordée de palmiers. Ils revinrent lentement vers l'hôtel qui se découpait sur l'horizon, comme une avancée de la chaîne des Maures et de l'Esterel.

— Que voulais-tu qu'il fasse ? commença Karenberg. Qu'il se laisse écraser ? Il avait une force à employer, d'autres deviennent fous, boivent...

— Sauvan, dit Peggy, et l'autre Revelli, celui qui est avec vous, Dante, eux...

— Oui, d'autres, c'est vrai.

Karenberg s'arrêta. Peggy le sentait contre elle, s'abandonnant.

— Et si la révolution ne vient pas, continua-t-il, ou bien si, parfois je me demande, si elle ne change rien...

Elle retira son bras, s'écarta :

— Je n'aime pas, Frédéric. Tu joues avec les idées, contre toi, tu t'acharnes.

— Il faudrait se taire, alors ? dit-il en lui reprenant la main. S'aveugler ? Tu sais ce qui se passe là-bas ? Tu le sais, je t'ai lu...

Lénine mort, les autres qui se déchiraient, ce numéro 5 de la revue *Novy mir,* que Karenberg avait reçu en 1926, une longue chaîne de complicités et de hasards pour le faire parvenir jusqu'à lui, et cette courte nouvelle de l'écrivain Boris Pilniak qu'il lisait à Peggy, *Le Conte de la lune mal éteinte.* « Maintenant, ils assassinent », disait Karenberg à voix basse en terminant sa lecture. « Pilniak l'accuse, Peggy, continuait Karenberg, tu comprends, il accuse Staline d'avoir fait opérer Frounze pour le tuer, l'assassiner. C'est pour cela qu'ils ont saisi *Novy mir.* » Karenberg se prenait la tête à deux mains, relisait la nouvelle de Pilniak, s'interrompait, murmurait : « Ils ont bien tiré sur les marins de Cronstadt en 21, alors ? »

— Je l'ai lu, répétait-il dans le parc du Grand Hôtel des Îles.

— Si rien ne change jamais, dit Peggy.

Sa main se crispa sur celle de Frédéric, elle pensait à son fils.

— Ne dis rien à Jean, continua-t-elle d'une voix étouffée. Laisse-le découvrir s'il y a quelque chose à découvrir. Ne tue rien à sa place.

— Je ne dis rien, dit Frédéric. À toi, oui. Mais je sens. Je sais que ce n'est pas là-bas, plus là-bas.

— Ailleurs... ? commença Peggy.

— Ailleurs, dit-il, si tu veux.

Ils avaient repris leur marche, longeant le bord des rochers du Cap qui dominait la mer soulevée par une houle assoupie.

— Mais, reprit Karenberg, pourquoi ailleurs, puisque là-bas...

— Rentrons, dit Peggy.

Ils se dirigèrent vers l'hôtel que commençaient à quitter les invités. Comme ils approchaient du perron, ils aperçurent Nathalie Hollenstein, attentive, écoutant un jeune homme qui parlait, mains levées devant son visage. Elle ne les remarqua pas, et ils s'écartèrent, entendant seulement Alexandre Revelli qui disait : « La poésie aujourd'hui, la poésie... »

— Ailleurs, dit Karenberg.

Cette voix surprise, juvénile et inconnue, l'attention de Nathalie, cette façon grave, la tête penchée, qu'elle avait d'écouter. Le mot poésie, l'obscurité laiteuse, l'éclat des projecteurs et la diffuse blancheur des nuits méditerranéennes, l'enthousiasme de cette voix, « poésie », l'odeur aussi, algues et lauriers, âcre et sucrée, tout cela, comme une bouffée inattendue d'espoir.

— Ailleurs, répéta Karenberg, pourquoi pas ?

14

Ils avaient bondi hors de l'ombre. Ils devaient être cinq ou six, tapis là, au bord de la route, avant le tunnel, dissimulés derrière les rochers et les broussailles couvertes de poussière. Ils avaient attendu que Francesco Sori ouvre la porte de la baraque du chantier où il dormait. Il n'avait même pas eu le temps de se retourner, de lever l'avant-bras pour se défendre, ils avaient frappé sur les reins et la nuque, à coups de gourdin. Il était tombé, le visage en avant, heurtant le sol recouvert de caillasse, et quand, le matin, les premiers ouvriers l'avaient découvert, ils n'avaient d'abord vu que le visage tuméfié, lèvres fendues, nez écrasé. Le sang qui avait déjà séché formait autour de la bouche une croûte noire. Ils l'avaient transporté à Eze, couché sur la table d'un café. La patronne le connaissait, elle lui servait chaque soir son repas ; maintenant, elle lui lavait le visage avec un mouchoir blanc, geste doux comme une caresse, et le mouchoir rougissait tandis qu'elle répétait :

— Monsieur Sori, monsieur Sori, qu'est-ce qu'ils vous ont fait ? C'est pas juste.

Debout, leurs lourdes mains ouvertes, les ouvriers du chantier entouraient la table. L'un d'eux, parfois, avec le poignet, s'essuyait les lèvres ou le nez, un autre se penchait vers Sori au moment où la femme trempait le mouchoir dans une bassine d'eau tiède, rosie par un peu de vinaigre. Une large marque, violacée, éclatée sur la pommette, barrait le côté gauche du visage de Sori. Un ouvrier, ses yeux n'étaient qu'un pli, parce qu'il y a la réverbération du soleil sur les facettes blanches de la pierre et les éclats qui giclent sous la masse, ses yeux apparaissaient tout à coup, bleus. Il commençait à parler.

— Par terre, disait-il.

Sa voix, peut-être à cause de l'accent italien, du *r* qui avait un son grave, semblait naître profond dans le corps.

— Par terre, ils lui ont donné un coup de pied.

Il s'arrêta, puis dit encore :

— Nella faccia, dans la figure.

Comme s'il devait employer les deux langues pour prouver le fait. La femme, recommençant à laver le visage, se mit à pleurer.

— Cialtroni, dit quelqu'un.

Un ouvrier, cheveux et sourcils gris — était-ce la poussière ou l'âge — cracha sur le sol.

— Cialtroni — lâches —, murmura-t-il.

Le médecin.

Les gendarmes — « Allons, allons » — qui poussaient les ouvriers vers la route.

Ils sortaient lentement du village, s'arrêtant, et l'un d'eux répétait : « Cialtroni — lâches. » Ses camarades le forçaient à se taire, à marcher vers le tunnel. Ils traînaient leurs brodequins, bruit de fer sur la chaussée, croisant une ambulance, d'abord, puis, plus tard, une voiture noire.

Ritzen descendait de la voiture avec Renaudin, s'éloignait, pendant que son adjoint interrogeait les gendarmes, la patronne du café. Ritzen s'appuyait au parapet du pont, écoutait cette voix de femme que l'émotion altérait.

— Monsieur Sori, expliquait-elle à Renaudin, il venait presque tous les soirs, il buvait jamais, jamais. Il faisait un tour dans le village, il rentrait au chantier. Hier soir, comme les autres fois, je...

Au-dessous du pont, la roche tranchée par un coup de hache. Ritzen suivait la faille jusqu'à la mer, regardait ces flancs labourés, striés, où des broussailles épineuses, des ronces s'accrochaient pourtant, cherchant la terre dans les anfractuosités.

Il interrogea à son tour la patronne du café :

— Vous avez vu quelque chose ? Quelqu'un ? Il rencontrait des gens ?

La femme secouait la tête, pétrissait son mouchoir.

Comment pouvait-elle savoir qu'ici, depuis que les hommes avaient construit ces villages qui, de loin, ressemblaient à des pans plus abrupts de la roche, on s'était tué ? Corps jetés au bas de la falaise, dans les entailles de la crête. Ordre établi sur la mort.

Ritzen prit Renaudin par le bras et ils descendirent vers le chantier.

— Mort, Sori ? demanda Ritzen.

Ce serait une date, un lieu à inscrire sur une fiche : SORI *Francesco, né à Turin, mort le... à...* Puis il remettrait la fiche à sa place dans le dossier violet « MENÉES ANTIFASCISTES — IMMIGRÉS ».

— Coma, précisa Renaudin. S'il s'en tire, il pourra nous dire.

— Vous avez besoin de ses confidences ? demanda Ritzen.

Aveux, questions. Ce n'était pas avec les mots des victimes et des coupables que Ritzen reconstituait le puzzle. Tant de regards se croisaient sur eux. Tant de mouchards.

— Les Sori, monsieur le Commissaire, eux, ce sont des durs. Les autres les ont pas oubliés. Ils viendront les chercher ici, je vous le dis.

Quelques mois, déjà, que Luigi Revelli avait donné le renseignement, un matin.

— Je vous prépare un café, monsieur le Commissaire ?

Luigi posait la tasse de la main gauche sur le comptoir du *Castèu,* poussait le sucrier avec son crochet de fer.

Ritzen, une ou deux fois par mois, venait au *Castèu.*

— Je renifle, expliquait-il à Renaudin. Les dossiers — il montrait son bureau — oui, indispensable, mais il faut sentir, toucher.

Il quittait l'hôtel de police, traversait le Paillon, descendait par la Porte Fausse dans la vieille ville, entrait dans deux ou trois bars, n'échangeait que quelques mots, mais cette façon empressée des patrons de s'avancer vers lui, de lui serrer la main, de le raccompagner : « Quand vous voudrez, monsieur le Commissaire, on vous prépare la daube, ou le stockfish, prévenez-nous, vous verrez. » Ritzen paraissait tout à coup se souvenir : « Des Italiens, des vrais, de là-bas, avec de l'argent, ça ne te dit rien ? demandait-il. Tu n'as pas vu ça ici. Ils n'ont eu besoin de personne ? Si tu sais quelque chose, tu connais notre adresse, n'est-ce pas ? »

Le préfet téléphonait :

— Ces règlements de comptes entre étrangers, ces Italiens. Au ministère, ils s'inquiètent.

Ritzen aussi s'irritait.

À la cathédrale Sainte-Réparate, des Italiens avaient fait bénir le drapeau de la section niçoise du Fascio. Sur le parvis, des immigrés antifascistes. Courses dans les ruelles, coups de couteau, et Barnoin le communiste qu'on arrêtait, place Rossetti, qui niait, qu'on gardait en prison quelques jours, qu'on relâchait, faute de preuves.

Des fascistes s'étaient réfugiés au *Castèu.* Luigi avait menacé leurs poursuivants d'un revolver, disait-on, les forçant à reculer.

— Tu as le port d'armes, maintenant ? lui demandait Ritzen.

Luigi montrait son bras droit, levait le crochet.

— Voilà mon arme, monsieur le Commissaire, et c'est là-haut, près de Verdun, que je l'ai gagnée.

— On a vu autre chose.

Luigi souriait, se servait un verre de vin rouge, précis, redressant d'un mouvement sec la bouteille.

— Ils ont mal vu. Mais vous savez, ici, c'est chez moi, et les bolchos y entreront pas. Je les connais.

Ritzen s'asseyait. Rose Revelli nettoyait rapidement la table de marbre.

— Qu'est-ce que je vous sers ?

Ritzen refusait, disait :

— Tu fais de la politique, il paraît ? On t'a vu au consulat italien. Tu nous abandonnes ?

— J'ai encore des parents, là-bas, commençait Luigi, je demandais des nouvelles.

— Viens t'asseoir.

Revelli avait la même démarche qu'autrefois, quand il n'était qu'un gamin que le député Merani envoyait dans les bistrots écouter les conversations, ou bien apporter une enveloppe « pour qu'on vote bien ». Un jour, beau gosse aux joues déjà trop rondes, il s'était — comme ce matin — assis devant Ritzen.

— Dis-moi, commençait Ritzen, ça doit faire vingt-cinq ans qu'on travaille ensemble ?

Luigi riait, détendu, semblait-il, passif, mais, sous la bouffissure des traits, la vivacité de l'homme aux aguets.

— Pour les Italiens, reprenait Ritzen, tu as tort. Bistrot, bordel, petits coups, sans compter la fille, tu sais, celle qu'on a retrouvée dans ton hôtel, tu avais un alibi pas très solide. On t'a passé beaucoup de choses.

— J'ai toujours...

— Luigi Revelli se levait, prenait la bouteille sur le comptoir, la coinçait entre sa poitrine et son avant-bras, puis il saisissait le verre. Ritzen l'aida à poser la bouteille sur la table.

— C'est vrai, continua Ritzen, tu as toujours été régulier. Nous aussi. Mais attention, cette fois. Un pays étranger, espionnage...

Il fit le geste d'épauler un fusil :

— Mata Hari, acheva Ritzen. Et on peut, avant...

Il refit le même geste.

— Avant d'en arriver là, on peut te reprendre tout ça. Pas difficile, tu le sais bien.

Ritzen se levait, serrait la main de Rose :

— Dites-lui d'être sage, hein ? Pour vous aussi c'est mieux ?

Il parlait sans regarder Luigi.

On tire sur la laisse et ils viennent.

Luigi avait raconté, pendant que, debout devant la fenêtre de son bureau, Ritzen paraissait observer la rue, ne pas l'écouter. C'était plus facile pour eux de parler, comme ça, dans le vide, avec seulement une silhouette indifférente.

— Bon, bon, Revelli. Dis donc...

Ritzen se retournait enfin, prenait le dossier « PROSTITUTION », l'ouvrait :

— Cette fille-là, Nina, tu sais, celle que Merani, celle qu'il voit le plus souvent...

Ritzen clignait de l'œil.

— On sait ça aussi. Nina, ça t'arrangerait qu'on la laisse sortir ? Si elle passe devant le juge, elle en a pour six mois. Bon, bon, on verra.

Il raccompagnait Luigi Revelli, il lui mettait la main sur l'épaule :

— Tu reviens me voir.

Puis, Ritzen regagnait la fenêtre, apercevait Luigi qui montait dans sa voiture, et Zézé, un petit maquereau, fermait la portière du patron, faisait en courant le tour de la voiture, allait se mettre au volant.

Ritzen, regardant la voiture s'éloigner vers la place Masséna, restait un long moment ainsi, avec dans la bouche comme la brûlure d'une eau-de-vie. Chaque fois qu'il rencontrait Luigi ou un autre de ces voyous, mouchards, proxénètes, la même sensation, une jouissance du corps, dans la bouche, au bout des doigts qu'il frottait contre ses paumes qui se couvraient d'une fine sueur. Ils sentaient fort, les Luigi, la peur, la lâcheté, une odeur de femmes. La brillantine ou l'eau de Cologne. Ils laissaient un parfum quand ils quittaient le bureau de Ritzen, et Renaudin, en entrant, disait :

— Ça, c'est Revelli.

— Ouvrez, ouvrez la fenêtre, répondait Ritzen en s'asseyant à son bureau.

— Il a parlé ?

— Vous vous souvenez, commençait Ritzen, Livio, Livio Maurizio... J'avais voulu l'interroger personnellement, ce petit fasciste qui répétait : « Nous allons gagner. » Finalement...

Ils avaient gagné. L'Italie était noire. *Duce ! Duce ! Duce !* Les bras se levaient sur les places de Rome.

À Ventimiglia, les policiers italiens que Ritzen rencontrait disaient avec condescendance :

— Nizza, Nizza. Française, oui. Mais les Niçois, ils sont tous Italiens.

— Ces cons, continuait Renaudin, en 17, ils se sont échappés comme des lapins, et maintenant...

Les antifascistes passaient la frontière. Amendola, un ancien ministre libéral, venait mourir à Cannes parce que, sur une route du Piémont, quelques jeunes gens, à coups de gourdin, lui avaient donné, écrivait la presse fasciste, une leçon de patrimoine.

Ritzen avait assisté aux obsèques sur ordre de Paris. « Pas de manifestation, n'est-ce pas, Ritzen ? » répétait le préfet.

Comme il a fait ses sacrifices en silence, nous l'enterrons aujourd'hui, commençait le frère d'Amendola devant un groupe d'amis, chapeau à la main, le soleil jouant sur les pelles des fossoyeurs.

D'autres, comme les frères Sori, entraient en France par les chemins muletiers, se couchaient dans la neige pour éviter les patrouilles. Ils trouvaient du travail sur les chantiers, obtenaient un permis de séjour, et puis leur nom, un matin, dans un dossier. *SORI Francesco. SORI Rafaele. Antifascistes, anarchistes. Auraient participé à l'agression contre les membres du Fascio de Nice. Prépareraient un attentat contre le consulat italien.*

Et Luigi Revelli qui racontait :

— De Rome, ils ont envoyé quelqu'un, Livio, un avocat. Soi-disant, il s'occupe de conférences, d'une association, la Dante Alighieri.

— Tu connais Dante Alighieri, toi ? lançait Ritzen, sans se retourner ?

— Dante Alighieri ? J'ai appris à lire là-dedans, *La Divina.* À coups de poing, mon frère m'a appris à lire. Ça vous intéresse, mes histoires de conférences ?

— Bien sûr, bien sûr.

L'habitude, chez Ritzen, de ce ton d'indifférence qui les forçait à ajouter des détails.

— Livio, on l'appelle dottore, Avvocato, commendatore. Ils aiment ça, là-bas, continuait Luigi. Il m'a tenu un petit discours. Le fascisme, il a besoin de tous les Italiens, naturalisés ou pas, pour se débarrasser des types comme Sori, les frères. Si on pouvait l'aider, un coup de main, trouver des hommes, prêts à leur donner une leçon, pour qu'ils cherchent plus à créer le désordre, ici, là-bas.

— Il paie ?

Revelli hésitait.

— Il paie bien ? interrogeait de nouveau Ritzen.

— Pas mal, mais c'est pas ça, pas seulement ça. Nous, ici, on nous a toujours méprisés. Moi, je suis arrivé ici, qu'est-ce que j'avais ? Dix ans ? J'ai donné ça.

Ritzen ne regardait pas, il imaginait Revelli montrant son bras mutilé.

— Je suis français, je l'ai payée, ma naturalisation, et comment ! Je me plains pas, mais quand les Italiens montrent qu'ils ont des couilles comme tout le monde, merde, monsieur le Commissaire, je dis tant mieux.

Des couilles. Livio Maurizio, Avvocato, délégué pour la France de l'association culturelle Dante Alighieri, passait la frontière, très officiellement. Les guardie de Finanza se mettaient au garde-à-vous, sur le quai de la gare de Ventimiglia, saluaient le commendatore Livio. Chaque fois qu'un inspecteur téléphonait de Menton à Ritzen : « Votre client, monsieur le Commissaire, Livio, il est rentré », Ritzen savait qu'il y aurait quelque chose. Un restaurant qui brûlait à Cabris.

— Ils se réunissaient là-bas, vous comprenez, expliquait Luigi Revelli. Ce soir-là, ils ont manqué les frères Sori, mais ils reviendront, ça je le sais.

— Et toi, tu as marché avec eux ?

— Moi ? Je suis pas fou, monsieur Ritzen, je

voulais vous en parler, tout ce que j'ai fait, et ça je pouvais pas faire autrement, vous savez qu'à San Remo...

Luigi Revelli avait ouvert une boîte à l'entrée de San Remo, *La Costa azzura.*

— Je suis obligé. *La Costa azzura,* s'ils veulent, ils me la ferment. Moi, je l'ai payée. Je suis un commerçant, monsieur le Commissaire. Seulement, vous, eux, ce genre de commerce, vous le laissez pas tranquille. Mon frère, l'entrepreneur, celui-là, quand il construit le Grand Hôtel des Îles, personne l'emmerde, c'est un monsieur. Moi, j'ouvre une boîte, et hop ! j'ai les flics dessus, les fascistes là-bas, vous ici, et monsieur le Député Merani. Quoi, donner à boire, fournir des putes aux types, pourquoi c'est plus mal que de construire des chambres, et franchement, qu'est-ce qu'ils vont faire, les clients ?

Il s'interrompait, reprenait son souffle.

— Les milliardaires dans les chambres du Grand Hôtel ? Baiser avec des putes qui passent même pas la visite.

— Tu as marché, répétait Ritzen.

Il apercevait les employées qui sortaient des Galeries Lafayette, envahissaient la rue. Chaque jour, cette vie rythmée dont Ritzen, de la fenêtre, suivait le déroulement lointain, figuration d'un opéra dont le livret s'écrivait ici, dans ce bureau.

— Mais non, je vous dis non !

Luigi frappait avec son crochet sur le sol. Il devait être penché en avant, les yeux suivant les rainures du plancher, la main gauche serrée sur le crochet d'acier, comme pour le réchauffer.

— Alors ? interrogeait Ritzen. Il y a eu l'incendie du restaurant Sole à Cabris, le cambriolage des locaux de la Fratellanza antifasciste. Tu veux que je continue ? Cette bombe qui n'a pas explosé devant la porte des frères Sori, boulevard de la Madeleine.

— J'ai pas marché, monsieur le Commissaire, mais

je connaissais des gars qui, eux, étaient prêts, des clients du *Castèu,* de mon hôtel, et, ça vous étonnerait, même pas pour de l'argent, des purs, monsieur Ritzen, des gens comme il faut, qui en ont marre de ce qui se passe ici. Mussolini, il a pas que des ennemis.

Ritzen, plus tard, Revelli ayant quitté le bureau, mais son parfum trop fort prolongeait sa présence, reconnaissait cette sensation qu'il avait chaque fois qu'il tenait une nouvelle pièce du puzzle, comme si l'on pinçait sa peau, ou bien quand un fruit trop acide irritait les gencives, faisait naître un frisson.

Il notait sur une feuille, d'une écriture hachée, les noms, *DARNAND Joseph, transporteur. MERANI Charles, fils du député Joseph MERANI, étudiant en droit.* Ils avaient rencontré Livio à Menton, et ils étaient prêts, en échange de quelques armes et de fonds, à offrir leur concours.

— Darnand, c'est pas n'importe qui. Renseignez-vous. Il les a toutes, les décorations, et il y a les autres. Le fils Merani, c'est n'importe qui ? Le député, c'est votre ami. Interrogez-les ? Pourquoi vous les arrêtez pas ?

Ritzen regardait les noms. Renaudin entrait. Ritzen froissait la feuille de papier. Pas de rapport, pas encore.

— Quelle heure est-il ? demandait-il en se frottant les yeux.

Il était en retard pour l'inauguration du Grand Hôtel des Îles.

— Je vous expliquerai, disait-il à Renaudin, en sortant du bureau.

Quelques semaines plus tard, sur la route d'Eze, Ritzen prenait le bras de Renaudin, ils descendaient vers le chantier où Francesco Sori était chef d'équipe. Ils approchaient de la baraque où l'on avait retrouvé son corps.

— Coma, disait Renaudin, il pourra parler s'il s'en tire.

— Vous avez besoin des confidences de Sori pour savoir ? demandait Ritzen.

La falaise devant eux, béante, ouverte à coups de mines et de pic.

15

Ils avançaient, bras entrelacés à l'horizontale, les coudes contre la poitrine des camarades. Leur front mouvant occupait toute la largeur du boulevard, et quand ceux qui marchaient sur les trottoirs rencontraient le tronc d'un platane, ils lâchaient un instant les bras. L'arbre ouvrait un sillage dans la foule.

Ils surgissaient le long du Paillon après avoir couru dans les rues de la vieille ville, recouvrant le boulevard des Italiens aussi loin qu'on pouvait le suivre, vers la place Masséna. Ils criaient. Un *O,* un *I,* hurlés, aigus. Lettres lacérées. Mots lambeaux brandis, jetés. Les chevaux des gendarmes, entre les platanes de la place Garibaldi, se cabraient, le fourreau des sabres heurtant les éperons.

Barnoin et Jean Karenberg marchaient au premier rang, les noms, les pas, sonnant dans la tête, *Sacco Vanzetti, Sacco Vanzetti, Sacco Vanzetti,* emplissant la bouche. Jean se retournait, s'appuyait sur le bras de Barnoin et d'un camarade qu'il ne connaissait pas. Tout en marchant, il se haussait sur la pointe des pieds. « Tu vois loin ? » demandait Dante Revelli derrière lui, qui se retournait aussi. *Sacco Vanzetti, Sacco Vanzetti.* Les noms balayaient la réponse, couraient au-dessus, en avant du cortège.

— Comme si ça pouvait leur rendre la vie, dit Ritzen.

Il faisait les cent pas avec Renaudin au centre de la place Garibaldi, sa voiture garée sur le trottoir. Depuis une semaine, il prévoyait la manifestation, certain que, leur grâce rejetée par la cour de Boston, on exécuterait les deux anarchistes.

Communiqué de la préfecture.

Des événements regrettables s'étant produits dans plusieurs villes, la manifestation annoncée à Nice pour le 23 août 1927 est interdite. Les étrangers sont avertis que toute infraction de leur part sera sanctionnée par un arrêté d'expulsion dans les vingt-quatre heures.

Mobilisation de toutes les forces de police. Renforts venus de Marseille. Rondes d'agents cyclistes dès dix-sept heures sur l'esplanade du Paillon. Peloton de gendarmes à cheval, sabre au côté, mousqueton en bandoulière, prêts à charger.

— Ils ne plaisantent pas aux États-Unis, murmurait Renaudin en allumant une cigarette.

Nerveux, il tentait d'apercevoir la tête du cortège.

— Ils fêtent votre départ à la retraite, disait-il à Ritzen.

Ritzen appelait l'officier de police.

— Faites-les avancer. Dispersion.

Denise Raybaud, dans l'entrée d'un immeuble, au coin de la place, vit les chevaux des gendarmes s'ébranler, l'un d'eux se mettant en travers, refusant d'obéir. Elle apercevait la botte, la molette de l'éperon qui s'enfonçait dans les flancs. Elle se mordit les doigts, monta dans l'escalier pour ne plus entendre les noms qu'elle devinait, les sifflets, les vociférations de la foule, plus lointaine tout à coup. Elle redescendit, fit avec d'autres qui s'étaient réfugiés dans l'entrée quelques pas sur le trottoir, aperçut des manifestants qui, pour éviter les chevaux, sautaient le parapet, restaient en équilibre sur le décrochement du mur au-dessus du Paillon. Le poitrail des chevaux arrivant à hauteur de leur visage, les manifestants se baissaient, prêts à se laisser glisser, trois ou quatre mètres plus bas, sur les galets du lit de la rivière.

Antoine Revelli, lui, courait sur la chaussée, bousculait un agent cycliste, s'enfuyait, se retrouvait dans la vieille ville. Il s'arrêtait près d'une fontaine, rejoint par Rafaele Sori qui buvait dans ses paumes ouvertes.

— T'es fou, disait Antoine. Ils t'expulsent s'ils te prennent.

Rafaele haussait les épaules. Ils repartaient, se mêlant à des groupes d'une dizaine de manifestants auxquels s'agglutinaient des passants. Une voix, étincelle, *Sacco Vanzetti,* le cri prenait comme un feu par mistral, sautait un barrage de gendarmes, et Louise, rue de la République, tentant de retenir son fils, l'entendait. Lucien tirait sur la main de sa mère, il s'arrachait, traversait la rue Barla, et Louise, derrière lui : « Lucien, vien aqui, viens ici, Lucien. » Il se perdait sous les arcades dans la foule qui refluait. Deux manifestants — et Lucien reconnaissait Barnoin — saisissaient un gendarme par une botte, le soulevaient, le désarçonnaient. La foule hurlait. Les sabres que les gendarmes tiraient des fourreaux. La course. Lucien retrouvait la rue de la République, s'élançait vers sa mère qui le giflait à toute volée, le serrant contre elle. Il se débattait en larmes, regardant là-bas, vers la place, les chevaux flanc contre flanc, leurs queues rageuses battant la croupe. Au-delà, ces silhouettes, visages et poings clairs au-dessus des bleus de travail, les manifestants qui s'enfuyaient vers la rue Cassini, vers le port.

Carlo Revelli les vit qui se regroupaient devant l'église, certains passaient en courant devant les bureaux, lançant : « Ils les ont tués », et quelqu'un fit naître les noms de nouveau, *Sacco Vanzetti,* que les voix reprenaient. Carlo, fermant la porte de l'entrepôt, sentait dans la gorge la poussée de ces voix. Il regarda son fils qui l'attendait tête baissée, près de la voiture.

— Tu veux conduire ? demanda-t-il à Alexandre.

Alexandre, sans répondre, fit le tour de la voiture et s'assit à la place du passager.

Sur le parvis et les marches devant l'église, la foule s'était rassemblée. Un manifestant monté sur le socle d'une des colonnes, entourant le fût d'un bras, brandissant l'autre. Sa voix portait jusqu'à Carlo Revelli et son fils sans qu'ils pussent comprendre les mots. La foule clamait, noms, chant.

— Deux émigrés, dit Carlo en s'installant au volant. On est toujours bons. Tiens.

Il s'interrompit. Ces cris sur la place Garibaldi, il y a... Quand l'Italien, en 1894, avait assassiné le président Carnot et que des hommes étaient entrés, leur canne à la main, au Café de Turin. *À mort les Macaronis.* Ils s'étaient précipités sur Carlo, lui brisant la jambe.

— Tiens, moi, moi aussi ils ont essayé... Mais moi...

Un peloton de gendarmes à cheval débouchait de la rue Cassini et les manifestants se dispersaient, sautant les marches, gagnant les quais.

— Moi, continua Carlo, ils m'ont pas eu, pas fait griller, et tu sais pourquoi ? Parce que j'ai fait confiance à personne. Seul, je me suis battu.

Des manifestants passaient en courant autour de la voiture, se retournant vers les gendarmes. *Sacco Vanzetti.*

Alexandre releva la tête.

— Tu es toujours le plus fort, toi, dit-il.

La voix du fils, douleur en lui, comme ce coup dans la jambe, en 1894, quand les salauds criaient : *À la porte les Macaronis,* et qu'ils frappaient Carlo alors qu'il se protégeait la tête avec les poings.

— Tu es le plus fort, reprit Alexandre. Ça sert à qui ?

— À toi, à toi, dit Carlo.

Il parlait avec la gorge, la bouche presque fermée.

Silence. Les gendarmes étaient au bout du quai. Les manifestants avaient reflué à l'autre extrémité, la voiture était au centre du silence, de l'espace vide.

Alexandre fit un mouvement pour ouvrir la portière. Carlo lui prit le bras.

— Ne descends pas, dit-il.

Ses doigts durcis, ses doigts aux ongles courts, serraient le poignet d'Alexandre. Il se souvint d'un soir, à Mondovi, cette main qu'avait ouverte son père, et Carlo y avait placé la sienne, le défiant, avant-bras dressé sur le coude. Deux coqs qui s'affrontaient, et Carlo avait senti tout à coup que le père pliait. Il résistait encore, mais Carlo, ce flux de joie qui montait dans son poing. Carlo allait vaincre, coucher le bras sur la table.

Il desserra ses doigts.

— Fais ce que tu veux, dit-il à Alexandre.

Il mit la voiture en route, Alexandre ouvrit la portière.

Carlo vit dans le rétroviseur son fils qui s'en allait vers le bout du quai, voûté, passant la main dans ses cheveux, balançant le bras gauche.

Deuxième partie

LE FEU D'ARTIFICE

16

Un matin, Dante Revelli vit le père sortir.

Il faisait une chaleur brumeuse, sans un souffle, et Dante avait pédalé lentement le long de la mer qui n'était qu'une couche plus onctueuse gris et bleu, qu'un ciel plus dense. À la hauteur du monument aux morts, après la montée de Rauba-Capèu, alors qu'il commençait à se laisser aller en roue libre vers le port, un pneu avait crevé, et Dante avait continué à pied, avec cette brutale sensation d'injustice que donne la perte inattendue de la vitesse. Il marchait au bord du trottoir, poussant son vélo. Le blanc des dalles du monument aux morts renvoyait vers lui une réverbération insolente, dure, celle-là, qui heurtait Dante en plein visage, et il fermait à demi les yeux, se souvenant de ce pot de peinture qu'il avait jeté, comme on crache, contre ces murs coupés à angle droit, creusés de noms.

Immaculées, les dalles, effacée, la peinture. La surface était de nouveau lisse, avec seulement les stries des lettres gravées, à peine lisibles, blanches aussi, nervures qu'il fallait presque toucher du doigt pour reconnaître les noms. Et qui reconnaissait ? Qui s'approchait jusqu'à tendre la main, pour lire MILLO. Sur quelle pierre avait-on creusé le nom de Clément ?

Les deuils s'étaient déposés au fond de chaque vie. Françoise Clément traînait ses chaussures trop hautes, montrait ses lèvres rouges. Louise prenait Lucien contre elle, elle caressait les cheveux de l'enfant, et Dante la voyait fermer les yeux, se souvenir de Millo, sans doute. Au fond de chaque vie, les deuils. On a oublié les remous nés de ces morts. Grandes grèves de France, en 20. Ouvriers en armes devant la porte des usines, à Turin. Marins des rues de Kiel ou de Hambourg portant les bandes de mitrailleuses comme des couronnes autour de leur torse.

Puis, ici ou là, plus ou moins vite, ils avaient atteint le fond de chaque vie. Et la surface de nouveau blanche, immobile comme l'eau du port.

Souvent, le sentiment, chez Dante, que les tracts qu'il distribuait, ces phrases qu'il dévidait — « Oh, Revelli, tu nous fais une tête ! disait le cuisinier de l'Hôtel Impérial. Mais ça te rend malade, la politique ? Vis un peu. Tu bois un coup ? » — Ces mots, écrits, parlés, s'accumulaient au fond, et il faudrait des millénaires, pour que, peu à peu, deuil après deuil, révolte après révolte, change la surface.

Chaque fois, pourtant, Dante croyait que quelque chose allait naître, qu'une vague allait demeurer, haute, mais quoi ? Chaque fois, Sacco et Vanzetti grillaient sur leurs chaises de fer, comme ces souris que Dante électrocutait dans leur cage et qui n'avaient qu'un soubresaut avant de mourir. Alors, ces cris, *Sacco Vanzetti*, ces billes d'acier lancées sous les sabots des chevaux des gendarmes, qui glissaient et se couchaient sur le flanc, dans un hennissement, un bruit sourd, jambes brisées, ces camarades qu'on arrêtait, Barnoin condamné à huit jours de prison ferme, Jean Karenberg, qui avait le visage en sang, et même ce gendarme qu'on emportait couché sur une civière. Quand ? Quand donc déferlerait la vague ? La vraie, celle qui...

— Mais tu espères quoi ? demandait Lebrun.

Il buvait le lait par petites gorgées, recueillant avec l'index la crème qui restait collée à l'intérieur du bol. Parfois, quand Dante arrivait trop tôt à l'Hôtel Impérial, Lebrun restait un moment, l'écoutant qui s'indignait. « T'as lu ? T'as vu ce qu'il a dit, Sarraut ? Le commissaire, voilà l'ennemi. T'es pas du même camp que Sarraut ? »

— Écoute, Revelli...

Lebrun portait, été comme hiver, un gilet de laine. Il le passait lentement.

— Tu me gardes le lait ? continuait-il sur un autre ton.

Puis il regardait Revelli, soupirait :

— Tiens.

Il tendait la main vers la cigarette de Dante :

— J'ai pas le droit, mais une goulée...

Il aspirait longuement la fumée, la rejetait, les yeux fermés, le visage levé vers le ciel, et il commençait à parler ainsi sans changer d'attitude :

— Ah, Revelli, qu'est-ce que tu sais ? Écoute-moi. Un, on va crever, moi, j'ai ça dedans.

Lebrun frappait du bout des doigts son sternum.

— Tu entends, dedans, le cadeau de ces messieurs, Français, Allemands, Russes, messieurs les Chefs, une goulée d'ypérite pour le soldat Lebrun. Un, donc, on va crever, toi un peu plus tard.

Il se frottait les mains.

— Pour le lait, Revelli...

— Eh, merde, ton lait !

Lebrun prenait son vélo.

— Deux, Revelli, deux, il y a les gros et les petits, partout, avant, après, dans ta Russie, comme ici, il y a ceux qui commandent et les autres, tu comprends ? Un...

Il était assis sur la selle, boutonnant son gilet.

— Un, on crève. Deux, les chefs et les autres. Trois, conclusion, tire ton épingle du jeu. Un trou, tu l'as, une femme si ça t'amuse. Un, deux, trois, sorti de ça, tu fais le con, Revelli.

Dante marchait près de la bicyclette de Lebrun.

— Parce que, pour toi, rien n'a changé depuis ? Rien ?

Lebrun secouait la tête.

— Rien.

— Vraiment, continuait Dante, avançant plus vite, pendant que Lebrun commençait à pédaler, vraiment, depuis les cannibales, les progrès...

Lebrun s'arrêtait.

— Quatre ans de tranchées, Revelli... Cannibales ? Tu veux rire. Je t'ai dit, un, deux et trois, conclusion, y a des chefs partout, et reste à l'écart, démerde-toi.

Un bruit de lèvres, pour accentuer la dérision, avant de lancer :

— Mon lait, Revelli, tu oublies pas ?

Dante rentrait à l'hôtel, imaginait Lebrun montant vers Rimiez, l'une des plus hautes collines entourant Nice, couverte de serres pour les œillets, d'oliviers, de cultures maraîchères. Lebrun avait acheté mille mètres carrés de terrain, face à l'est. Il n'apercevait pas la mer, mais les flancs caillouteux, le « poudingue » jaunâtre de l'arrière-pays niçois, les villages ocre, Aspremont, Falicon ; au faîte des mamelons, dominant les vallons, fouillis de ronces et de pins maritimes, les planches d'oliviers. Lebrun, jour après jour, construisait sa maison. Il avait d'abord dormi dans une cabane, faite de cannisses, puis économisant chaque franc, se nourrissant de légumes « récupérés » dans les cuisines de l'hôtel, « empruntant » outil et matériel, il avait monté les murs, la toiture, une salle de bains. « Mon vieux, regarde », disait-il à Dante. Robinet, tuyauterie, baignoire, tout provenait de l'Hôtel Impérial. La maison terminée, il s'était marié, noces à Gairaut, sous les treilles, une grande fille blonde, Yvette, qui riait, montrant des dents noirâtres, renversant la tête, et disant à Dante : « Il paraît que je suis la fille d'un prince russe ruiné, à l'Assistance, qu'il m'a mise, le Prince, et depuis... — elle fait un geste — je repasse. »

— Marrante, non ? interrogeait Lebrun en entraînant Dante à l'écart. Je veux plus qu'elle travaille, on se fait un jardin, avec deux figuiers, les orangers et les oliviers, ce que je grappille à l'hôtel, on s'en sort comme des rois. Je crains plus rien, tranquille. Ça vaut la mine, non ?

Et quand Dante avait été invité la première fois chez eux, qu'ils avaient déjeuné dans le jardin, Lebrun s'était appuyé au tronc d'un olivier :

— Alors, Revelli, ma petite révolution, qu'est-ce que t'en dis ?

Yvette revenait avec le café.

— On est chez nous, ici, disait-elle.

Elle posait la cafetière, empoignait le tronc de l'olivier :

— Moi, avant, j'ai jamais rien eu à moi, lui non plus.

— Vous êtes des individualistes, avait commencé Dante.

— On fait de mal à qui ?

Yvette s'approchait de la table, y appuyait ses paumes :

— On l'a pas volé.

— Et même, disait Lebrun, tes Russes, qu'est-ce qu'ils ont fait ? Ils l'ont volé, le pouvoir, non ? Moi, je me suis pris ça.

Il montrait la maison, les arbres.

— Et je l'ai pas pris aux copains, ma petite révolution... Tiens, Revelli, j'en fume une.

Dante tendait le paquet. Lebrun attirait Yvette, la forçait à s'asseoir sur ses genoux, fumait.

— Depuis que je suis ici, chez moi, je respire

mieux. C'est drôle, cet air qu'on peut pas me prendre, les fruits...

Il embrassait Yvette, se levait, allait au milieu des plants de tomates, tâtait un fruit, l'arrachait soigneusement, le sentait, le montrait à Dante.

— Sens. C'est pas la même odeur que ceux que tu achètes, ils sont frais, ici. Comme je les vends pas, que c'est pour nous, pour nous seulement, ça doit se sentir, ils poussent en liberté, un parfum à part.

Lebrun riait.

— Qu'est-ce que tu attends, Revelli, pour la faire, ta révolution ? La tienne, personne la fera pour toi. T'attends quoi ? D'avoir crevé ?

Est-ce qu'on pense à ça ? Quand on roule, est-ce qu'on s'imagine qu'une pointe, un morceau de verre dans le pneu, et ça crève ?

Dante avait remonté la rue Cassini, traversé la place Garibaldi en poussant son vélo, puis, au coin de la rue Barla, il avait aperçu Denise Raybaud qui sortait de chez elle. Chapeau de paille blanc dont le bord dissimulait le haut du visage, robe blanche, et Dante se dit : « À quoi ça sert, tous ces volants, ce travail ? » Et, en même temps, il se sentit sale, avec son bleu taché, au bas des manches de la veste, de graisse noire. Il s'arrêta pour que Denise ne le vît pas, mais il eût pu continuer à pousser son vélo sans qu'elle le remarque. Elle allait, très fière, regardant devant elle, tenant de la main droite une ombrelle en tissu à fleurs, et, sous le bras gauche replié, un grand sac de cuir rouge. Elle tourna au coin de la rue, vers le Paillon, et Dante fit rapidement quelques pas pour l'apercevoir sur le pont, Denise qui marchait vers l'autre rive.

Il se remit en route. Trois volants de soie blanche, il les avait comptés. Quand il releva la tête, Dante était devant chez lui. Une silhouette à quelques mètres, la casquette, un bleu délavé, la musette de toile. Dante Revelli voyait son père partir. Et comme cela faisait des mois qu'ils ne se croisaient plus ainsi dans la rue, parce que les horaires, le voile que posent sur les yeux les habitudes, on ne distingue plus, Dante, en voyant cet homme qui s'éloignait, sut que le père était vieux. Que rien ne déferlait pour lui, qu'il allait vers le fond.

Dante posa son vélo sous le porche, ressortit, courut derrière son père qui se rendait à la brasserie. Il fut à sa hauteur. Vincente ne le voyait pas, avançant, tête inclinée, coude appuyé sur la musette. Dante lui mit la main sur l'épaule.

Le visage de Vincente. Le sourire plissait les joues, le coin des yeux, le front. Pourquoi regarde-t-on si rarement les visages ? Ils s'offrent, et les yeux passent, refusent de s'accrocher. La peur d'y lire ou l'habitude.

Dante marchait près de Vincente et regardait son profil, car à peine le temps, pour Dante, de dire : « Aloura, pa ? », « Alors, père ? », à peine le temps de voir le visage sourire, et Vincente avait détourné la tête. Il n'offrait que le profil, les rides des yeux.

— Va comme vouas ? Ça va comme tu veux ?

De nouveau le visage qui s'offrait. Vincente hochait la tête, puis, au lieu de baisser les yeux, fixait Dante, disait :

— Et toi ? C'est toi, moi...

— Ça va, disait Dante, ça va bien. T'as vu, pour Sacco et Vanzetti ? Ils disent cinq mille dans *Le Petit Niçois*, il y avait au moins dix mille, et les gendarmes...

Dante avait enlevé la main de l'épaule de son père, ne le regardant plus.

— Toi, répétait Vincente.

Il s'arrêtait, disait :

— Tu t'éloignes, rentre.

Et comme Dante restait devant lui, Vincente lui saisissait le bras.

— Fais des choses, maintenant, fils, disait-il. Vieux, on le devient vite.

Il s'approchait de Dante, et parce que, avec les

années, il s'était tassé, beaucoup plus petit que son fils, Vincente se haussait sur la pointe des pieds pour prendre le cou de Dante dans sa paume.

— Fais des choses, fils, répétait-il.

Il laissa sa main un instant, et ils restèrent l'un contre l'autre, sur le trottoir de la rue de la République, le père voûté, le cou qu'on devinait raide, le fils qui se voûtait aussi, les bras le long du corps, n'osant serrer son père contre lui.

Vincente ne dit plus rien et s'éloigna vers la brasserie. Dante le vit partir et répéta à mi-voix : « Ciao, pa, ciao, pa. »

Puis cette scène, les mots du père, sa silhouette et les rides des yeux de nouveau furent recouverts. Entre Vincente et Dante, ce fut l'esquive, un frôlement dans le couloir, des débuts de phrases échangés dans l'escalier quand Dante, parce qu'il avait des affiches à coller après son service de nuit à l'Hôtel Impérial, revenait plus tard, et qu'il croisait Vincente partant pour la brasserie. « Oh, pa, va ? » « Va. »

Les réunions dans l'arrière-pays que Dante assurait, parlant à trois ou quatre paysans, à un employé des postes, et il disait : « Camarades, si on nous attaque, c'est qu'on vise juste. S'ils attaquent l'U.R.S.S., c'est qu'elle a raison », l'empêchaient de prendre ses repas à la maison, avec les autres, Louise, Lucien, Antoine, le père. Alors, comment se souvenir, de cette main dans le cou, de la voix : « Fais des choses, maintenant, fils. »

Des choses, est-ce qu'il n'en réalisait pas avec Barnoin, Jean Karenberg, Barel, d'autres ?

Mais il y eut cet éclair. Dans les yeux de Dante des auréoles fauves se rassemblaient au centre de la pupille, comme aspirées, puis s'élargissaient de nouveau, se contractant encore comme les signes d'une impulsion. Dante, une nuit, avait ouvert une des chaudières à mazout que l'on venait d'installer dans les sous-sols de l'Hôtel Impérial. Le brûleur hoquetait, l'arc électrique qui allumait le mazout se produisait irrégulièrement, à contretemps, provoquant des pointes de chaleur qui rougissaient les plaques de fonte, ou, au contraire, la température tombait. « Le thermostat », murmurait Dante. Il vissait, la porte de la chaudière ouverte, rapprochant les électrodes de graphite, et tout à coup l'éclair, le coude qu'il portait d'instinct devant ses yeux, où se formaient ces taches fauves, ces sinuosités palpitantes, rousses. Le souffle de la détonation, la chaleur du retour de flamme. « Merde. Merde. » Dante ouvrait les yeux, et c'était la même couleur fauve. Il les fermait, les touchait du bout des doigts. Posant les paumes sur les murs, il trouvait la sonnerie d'alarme. « Merde. » Il se souvenait des lueurs rouges des feux d'artifice, l'éclat intermittent des fusées et les cris de la foule rassemblée sur la Promenade des Anglais. Il voyait aussi cette robe, trois volants de tissu blanc, Denise Raybaud qui passait le pont sur le Paillon, un matin, quelques semaines auparavant.

« Cécité temporaire. Pas de lésions durables. Peut-être une sensibilité plus grande à la lumière violente. Même pas certain. Vous avez eu de la chance. Quelques fractions de seconde de plus et... »

Dante, un bandeau sur les yeux, allongé sur le lit à l'écoute des bruits. La voix de Lucien. Dante l'appelle. « Qu'est-ce que tu fais, maintenant ? » « Elle veut que je continue, que je passe mon brevet. » Louise entre, elle chuchote. Dante se redresse, se met sur les coudes. « Mais quel âge il a, Lucien ? » « Presque treize. »

Dante de nouveau seul. Ils ont fermé la porte de sa chambre, ils mangent dans la cuisine. Ce rire, c'est Antoine, cette toux, c'est le père, dont le pas, maintenant, traîne dans le couloir. Des mois qu'il ne les entendait plus, ces voix, ces battements réguliers de la maison. Des années qu'il croyait voir loin, juste, précis, et il fallait ce bandeau, ce noir cerné de bistre et de jaune pour que Dante comprenne qu'il avait depuis longtemps perdu la vue, l'ouïe. Seulement des bruits de foule, des mots scandés : *Libérez Raffin, libérez Raffin,* ou bien : *Sacco Vanzetti.* Et mouraient les deux Italiens d'Amérique. Et parlait Raffin arraché au bagne, élu député. Raffin prenait Dante par les épaules. « Alors, Revelli, on monte sur la passerelle, on le tient, le gouvernail ? » Dante et quelques camarades accompagnaient Raffin, ils entraient dans un café. Raffin, vieilli, le visage empourpré, les veines du cou saillantes, écoutait à peine Barnoin. Il regardait une femme debout, appuyée au comptoir, il disait : « Camarades, je veux pas vous fatiguer, moi, je reste un peu. »

Cette scène revenait là, dans la mémoire close de Dante, sous le bandeau noir. Immobile, somnolent, les mains posées à plat sur la poitrine, Dante rapprend peu à peu à voir, à entendre. Il reconnaît le roulement du premier tramway qui quitte les entrepôts du boulevard Sainte-Agathe, ou, quand il s'éloigne, le bruit de l'eau dans la cour.

— Je te l'ai dit, je me marie.

Antoine s'est assis au pied du lit, et Dante imagine son frère tourné vers lui.

— T'écoute jamais rien. Tu te rappelles Sori ? L'Italien, Rafaele, je t'ai dit, sa sœur.

Giovanna, venue la dernière. Elle aussi enfuie de Turin. Dans les deux petites pièces du boulevard de la Madeleine, elle avait veillé Francesco à sa sortie de l'hôpital. Antoine disait à Rafaele : « Ta sœur, si elle veut... » Ils se mariaient dans un mois.

— Tu te maries, répétait Dante.

Zinoviev, Trotski, et ces rumeurs de foule en fuite dans les rues de Changhai, ou bien ces grandes lettres qu'il collait à l'aube sur les murs, en face de la caserne des chasseurs alpins, avenue des Diables-Bleus : *À bas la guerre du Maroc,* ou bien : *Poincaré misère.* Dante qui croyait s'être emparé du monde.

— Eh oui, je me marie ! Tu viens, j'espère ?

Antoine se lève, il fait quelques pas, il ouvre la porte.

— Et toi, qu'est-ce que tu attends ?

Dante ne dit rien. Il serre les poings. Le monde, il devrait être là, entre les doigts. Mais quand Barnoin entre dans la chambre, qu'il dit : « Tu sais qu'ils ont voté... », qu'il raconte : « Karenberg, le vieux, Frédéric, il nous a refait son numéro, Trotski, la liberté de parole en U.R.S.S., tu parles ! La liberté, la démocratie, il n'a que ça à la bouche. Les Russes, ils sont au pouvoir, maintenant. Oh, Dante, qu'est-ce que tu as ? Tu m'écoutes ? »

Envie de lui montrer les mains, de dire : « Elles sont vides. »

Dante ne répond pas à Barnoin. Il entend à peine. « À Changhai... mais il va reprendre... » Dante a ouvert les yeux sur ailleurs. Il ose rêver. Suivre l'ombre de cette femme, sa silhouette qu'entoure un halo, il écoute sa voix étouffée. Il croit reconnaître Violette, mais elle porte, comme Denise Raybaud, une robe à trois volants. Elle la lisse, doigts ouverts posés sur les cuisses, là, sur les volants. Dante se réveille au milieu de la nuit, le sexe douloureux. Il voudrait qu'éclate l'image de cette femme, que cesse le mouvement des mains sur la robe. Il faudrait qu'il puisse regarder, reconnaître les meubles, le portrait de la mère au-dessus de la commode, ou bien la photo de l'équipage du *Cavalier,* le jour de l'appareillage, à Toulon, en août 1914. Mais ses yeux ne voient que noir et stries orangées. Il faut accepter de rêver, marcher vers cette femme qui, tout à coup, se met à courir sur le pont du Paillon, ou bien tendre la main à ce gosse brun qui joue sous les arbres fruitiers, se perd entre des plants de tomates et revient chaque nuit. Dante s'imagine que ce gosse c'est Lucien, ou lui, Dante, mais l'enfant, chaque nuit, a un visage inconnu, il dit : « Ciao, pa... Ciao, pa. »

Dante se souvient. Sur le trottoir de la rue de la République, il disait à son père les mêmes mots. Il se réveille. Il est en sueur. Il déplace le bandeau sur les yeux, se lève pour toucher des objets, oublier la femme, l'enfant, s'assurer que la commode existe et que le verre d'eau est là, à portée de main. Il boit. Il parle à mi-voix, pour s'entendre : « Demain, je me rase, je sors, Lucien m'accompagne, je... » Voix, projets, on retrouve pied. Mais la nuit dure. Dante doit s'allonger, ne pas bouger, et les scènes brèves affleurent de nouveau, rêve, souvenir, comme ces taches mordorées à la surface de la mer quand le mazout s'est répandu.

Violette est venue le voir. Elle a tiré la chaise contre le lit.

— Tu fumes ? demande-t-il.

— Tu en veux une ? Mais elles sont douces.

Le claquement sec d'un boîtier, ouvert, fermé. Elle lui prend la main, y glisse une cigarette.

— Je te l'allume ?

Il refuse. Sent la chaleur de la flamme du briquet devant son visage.

— Tu es toujours..., demande-t-il.

— Mannequin ? Fini.

Elle doit croiser les jambes. Ses talons heurtent le bord du lit.

— Tu fais quoi ?

— À la Victorine, aux studios.

— Le cinéma ?

— Un peu.

— Ça va ?

— Oui, oui.

Ils se taisent. Elle ouvre son sac, le ferme.

— Je vais partir, dit-elle.

Et tout à coup les phrases, une poussée dans la poitrine qui oblige Dante à se redresser, à s'appuyer au dossier du lit.

— Tu sais, commence-t-il, tu peux pas vraiment savoir, tu...

Elle recule la chaise, se lève.

— Je ne suis pas venue ici..., dit-elle.

Il saisit la robe, puis son poignet.

— Reste, reste, c'est pas de toi, c'est moi.

Il dit :

— Depuis que tu es partie...

C'est à ce moment-là, il le sait maintenant, alors qu'il parle à Violette, qu'a commencé en lui ce lent travail, cette sensation, parfois, quand il rentrait d'une réunion, d'être un de ces ivrognes que les femmes ont quittés ou qu'elles n'ont jamais rejoints, et qui boivent parce qu'ils sont seuls.

— Depuis que tu es partie..., reprend-il.

Il s'interrompt.

— Tu ne vis pas seule ?

Elle hésite, elle doit répondre d'un mouvement de tête.

— Tu as raison, tu as raison. Mariée ou pas, qu'est-ce que ça change si on n'est pas seul ?

Violette lui prend la main, la serre.

— Tu comprends, dit-il, j'ai les camarades, mais au fond...

Devant les yeux de Dante, sous les arbres fruitiers, cet enfant brun qui se retourne : « Ciao, pa », dit-il.

— Antoine se marie, dit Dante.

— Je sais, dit Violette.

Elle a parlé lentement, sa main est restée posée sur celle de Dante.

— Tu vas guérir, ajoute-t-elle.

Cette voix le rassure.

— Oui, dit-il, oui, une semaine ou deux.

Elle se lève, il devine qu'elle se penche vers lui, il sent ses cheveux. Elle l'embrasse.

— Tu te rappelles, dit-il, quand je suis rentrée,

en 19 ? C'est toi qui es venue à la gare, la plus petite, tu avais combien ? Seize, presque dix-sept...

Violette l'embrasse de nouveau.

— Et si je me mariais ? dit Dante.

17

Plus tard, presque cinq ans après son mariage avec Dante, au moment où Denise commençait à grossir, qu'elle transformait ses robes, et même celle qu'elle aimait tant, avec ces trois volants, plus tard, Denise se demandait comment elle avait pu, elle qui, comment l'appelait-on ce fils d'une princesse russe ? Boris, Boris Kliouklanski, elle qui avait refusé avec ce Boris... Il venait chaque soir, il arrêtait la voiture devant *Haute Couture,* attendait que Denise ait baissé le rideau de fer, descendait de la voiture et disait : « Je vous conduis ? »

Elle haussait les épaules et partait à pied, traversant la place Masséna, prenant le long du Paillon. Là, un peu avant le pont, Dante Revelli s'était approché.

Elle avait dit, avant même qu'il parle :

— Votre sœur ? Si vous croyez que je la vois, Violette... Quand elle vient à *Haute Couture,* c'est comme cliente. On se dit deux mots... Qu'est-ce qu'on a encore à se dire ?

Violette achetait des vestes de velours de coton brodé, une robe à plis creux avec un nœud de tissu bleu. Elle embrassait Denise avant de sortir du magasin.

— Philippe m'attend. Comment ça va, toi ?

Philippe était appuyé au side-car, une chemise à manches courtes, un foulard de soie dont il rejetait l'une des extrémités dans le dos.

— Tu te maries pas ? demandait Denise.

— Pour quoi faire ?

Le soir, à table, entre le père et la mère, Denise disait :

— Violette, je l'ai vue, elle achète, mais il ne l'épousera pas.

Et la mère :

— Pourquoi veux-tu qu'il épouse ?

Et le père :

— Il a eu ce qu'il voulait, alors ? Mon directeur m'expliquait...

L'histoire, toujours la même, le directeur de la banque. « C'est une banque anglaise, précisait Monsieur Raybaud, la Barclays, les Anglais... »

Denise, dès que le père commençait à parler, s'efforçait de ne pas entendre. « Mon directeur... » Humiliée, elle avait envie de repousser sa chaise avec violence. « Ton directeur, qu'est-ce que tu attends pour être, toi, le directeur. »

Une fois, une seule fois elle avait osé. « Le directeur, le directeur, tu as si peur de lui ? Quoi, un employé c'est rien, rien. Pire qu'un ouvrier... »

Le père, pliant sa serviette, la dépliant, la plaçant dans le tiroir de la table, disait à sa femme : « Tu me donneras ta serviette ? », et elle la lui tendait. Il laissait le tiroir ouvert sans prendre la serviette de Denise, se levait sans regarder sa fille :

— Toi, on verra ce que tu trouveras... Peut-être même pas un employé.

Elle allait, Denise, avec cette malédiction sur les épaules, tentée de monter dans la voiture du Russe, le Prince. Elle le regardait tout en rangeant sur les rayons les boîtes à chapeau, les coupons de tissu. « Ce soir, j'accepte. Après tout, Violette, je suis aussi bien qu'elle. »

Elle passait dans un des salons d'essayage, elle tournait sur elle-même, légère, sur la pointe des pieds, elle imitait la démarche altière des mannequins, celle qu'elle avait vu prendre à Violette ou à Katia Lobanovski.

— Raybaud, mademoiselle Raybaud ?

La voix de la première vendeuse. « Celle-là, quand elle verra », murmurait Denise.

Mais elle se dépêchait.

— Voulez-vous vous occuper de Madame ?

Denise prenait un modèle, elle jetait un coup d'œil vers l'avenue de Verdun. Il était là. Ce soir, ce soir...

Puis, quand elle avait tiré le rideau de fer, qu'elle s'imaginait qu'ils allaient, avec la voiture, passer devant le siège de la *Barclays,* que le père, le directeur, tous, ils la verraient — « Raybaud, la fille de Raybaud, avec un type, en voiture » — elle baissait la tête, traversait la place Masséna, et, un peu avant le pont sur le Paillon, elle rencontrait Dante Revelli. Plus grand qu'elle, il avait l'air d'un ouvrier endimanché avec ses souliers noirs vernis trop pointus, ce nœud papillon, le col de la chemise serré par une épingle en or.

— Vous portez toujours ça ? demandait-elle.

Il marchait un demi-pas devant elle, légèrement sur le côté, comme s'il voulait la voir de face, et parfois, parce qu'il parlait vite, avec enthousiasme, il s'arrêtait et elle le heurtait. Ils restaient, quelques secondes à peine, immobiles, l'un contre l'autre, Dante se mettant à rire.

— Je parle, je parle, disait-il, je vous saoule.

Vrai. Il l'avait saoulée de paroles, de discours. Il avait à raconter, il était plus vieux, dix ans, ça compte, mais c'était surtout sa façon de parler qui avait surpris Denise. Elle rencontrait son premier diseur de fables.

Les autres, le père — « Mon directeur, ces clients, il les devine, il dit qu'en Angleterre... » La première vendeuse, la mère, tous parlaient le silence. Des mots qui tombaient en poussière, de vieux décors, la même récitation monocorde. « C'est une femme entretenue, elle est avec un type. » Ou bien l'argent. « Ils ont de l'argent ? » « Il n'a pas d'argent. » L'argent, Denise voulait sentir, toucher, et, en même temps, le mot lui donnait envie de vomir, comme la première fois, quand le sang avait coulé de son sexe. C'était poisseux, l'odeur était forte, Denise devait se retenir pour ne pas porter sa culotte tachée au visage, renifler. Elle avait eu un mouvement de répulsion. Chaque fois qu'elle les entendait, le père, la mère, « l'argent », elle était fascinée, dégoûtée. Ils échangeaient le mot comme si, bouche contre bouche, ils avaient fait glisser d'une langue à l'autre de la bouillie.

— L'argent, murmurait parfois Denise, l'argent, vous ne parlez que de ça.

Ils entendaient.

— Tu verras, disait le père, si tu as des enfants, un loyer, et si ton mari...

— Laisse-la d'abord se marier.

Ça, c'était la mère. Un autre de leurs mots. « Mariage. » À eux, aux voisins de la rue Barla, un couple, les Beltrandi, tous les deux employés au Comptoir d'escompte, place Masséna.

— Alors, elle se marie, votre fille ? Eh, tu as quel âge ? Vingt-quatre, vingt-cinq, non ? Tu ne vas pas fêter Catherinette, une belle fille comme toi ?

— Ah, elle est difficile, ma fille !

— S'il a de l'argent, on s'aime toujours, ajoutait en riant Madame Beltrandi.

— Elle est difficile.

Denise voulait leur échapper, mais seule, comment trouver la force ? Elle sentait bien qu'ils l'avaient nouée, qu'elle n'oserait sourire, le soir, à Boris, ou bien, comme Violette, marcher sur l'estrade, tourner devant ces dames pour que la longue robe à traîne s'évase, queue de paon qui fait la roue. D'où leur venait cette force, aux Revelli ? Cet enthousiasme dont elle était privée et qu'elle retrouvait chez Dante ?

— Je parle, je parle, répétait-il.

Ils arrivaient au coin de la rue Barla et de la rue de la République.

— Déjà ? Je me suis pas rendu compte, s'exclamait Denise.

Il riait, Dante.

— Je viens demain, un peu plus loin.

Elle se reprenait, elle faisait non, elle ne lui tendait pas la main, mais il l'attendait le jour suivant, près de la place Masséna. Quand elle l'apercevait avec ce costume qu'elle trouvait voyant, tissu clair, prince-de-Galles, elle avait envie de changer de trottoir ou bien de prendre par le boulevard des Italiens, sur l'autre rive du Paillon, et puis... Et puis, elle se trouvait à sa hauteur.

— Alors, cette journée ? demandait-il.

— Quoi, cette journée ? Toujours pareil, vous savez...

Elle était énervée, agressive, la chaleur dans le magasin, les clientes, rester debout aussi, alors que la boutique était vide, mais, n'est-ce pas ? une vendeuse, ça ne s'assoit pas, ça s'appuie au comptoir quand mademoiselle la Première a le dos tourné, qu'elle parle à la caissière.

— Pareil ? Mais non, vous avez l'air de vous ennuyer. Pas possible. Tenez, je vous raconte.

Mots frais, juteux, comme ces melons qu'on faisait tremper dans l'eau pour qu'ils ne prennent pas la chaleur, et l'on mordait dans la tranche, ouverte comme une bouche. Celle de Dante qui parlait une langue différente et vive, jamais entendue. Il touchait d'un mot, un platane, l'eau croupie du Paillon, ou bien ce soldat qui passait et ce charretier qui, debout, enroulait autour de sa taille une large ceinture de flanelle grise. Une fable naissait. Le galet devenait falaise et des hommes poussaient vers l'à-pic des chevaux sauvages.

— C'est comme ça qu'on chassait avant, continuait

Dante, et là — il montrait le rocher du château — là, où ils ont creusé le monument aux morts...

Il s'immobilisait, elle le heurtait.

— Votre père, demandait-il, il a fait la guerre ? Qu'est-ce qu'il en pense ?

Qui pensait, autour d'elle ? Elle haussait les épaules, elle faisait une moue.

— Il pense bien quelque chose ? interrogeait encore Dante.

Comme elle se taisait, s'écartant de lui, recommençant à marcher, il la prenait par l'avant-bras, et elle ne se dégageait pas.

— Vous savez, il faut penser quelque chose, sinon, qu'est-ce qu'on est ? Des animaux, des machines. Même pas. Parce que les machines, vous connaissez l'électricité ? Les machines, c'est plus parfait que nous si on pense pas.

Ils avaient ça, Violette et Dante, et peut-être aussi les autres Revelli, l'enthousiasme, la force, et Denise ne bougeait pas le bras. Les doigts de Dante, quand il parlait plus vite, plus fort, se serraient, et c'est comme s'il utilisait une autre voix, silencieuse, celle-là, mais tout aussi pressante.

Plus tard, alors qu'elle avait du mal à se reconnaître, quand elle se regardait dans le miroir, parce que — et pourtant elle n'était enceinte que depuis quatre mois — ses seins, son ventre avaient gonflé, qu'elle ne travaillait plus, qu'elle allait d'une pièce à l'autre dans l'appartement qu'ils avaient loué, au-dessus de l'appartement des Revelli où habitaient encore le père, Louise, Lucien ; qu'elle mordait dans une prune blanche, ou bien qu'elle se faisait une tasse de lait sucré avec du miel, Denise se demandait comment elle avait pu épouser Dante, un ouvrier, alors que ce Russe, même après le mariage, venait tous les soirs devant *Haute Couture*. Dante l'avait saoulée de paroles, il avait enjolivé, et elle avait suivi ce joueur de mots. Ça n'avait pas duré longtemps, le charme. L'eau glacée du jour le jour avait suffi. Mais comment changer ? Elle était noyée. Les autres, le père, la mère, qu'elle allait voir rue Barla — « C'est la porte à côté. Tu viendras ? », disait la mère en insistant — la tiraient vers le fond.

— On te l'avait dit. Tu voulais n'en faire qu'à ta tête, disait le père.

— Elle est mariée. Dante..., interrompait la mère.

Denise était assise entre eux, la table desservie. Dante assurait la permanence du dimanche à l'Hôtel Impérial.

— Des comme ce Revelli, disait le père, elle n'avait qu'à siffler.

Elle se cognait contre eux, leurs mots aigus, leurs silences.

— Ils ont de l'argent ?

— Elle est mariée, répétait la mère, et il travaille. Il gagne bien, Dante, non ?

— Il travaille, oui, reprenait le père, mais avec ses idées... Parce qu'il fait de la politique. Ça, tu le savais ?

Denise avait envie d'être grossière avec eux, de claquer la porte, de ne plus jamais revenir.

Le soir, quand Dante rentrait, tard, le plus souvent, une réunion qui se prolongeait, ou une panne à l'hôtel, elle avait déjà dîné, elle ne le regardait pas, honteuse d'avoir accepté qu'ils parlent de lui, coupable de les avoir écoutés.

— Tu as dîné ? demandait-il.

Il avait les mains encore noires de graisse de machine, il s'approchait d'elle. Elle sentait cette odeur d'huile chaude et de mazout. Elle s'écartait. Il essayait de l'enlacer, mais elle se dérobait, retardant l'instant où il lui faudrait admettre, au centre d'elle, qu'il était son mari, homme, et qu'il savait aussi lui faire perdre le souffle et oublier qu'il portait un bleu de travail taché de graisse.

Après, lorsque, couché sur le dos, Dante riait, qu'il mettait les mains sur la nuque, et que, les bras ainsi écartés, il la touchait du coude, elle se recroquevillait :

— Pousse-toi, disait-elle.

Il continuait à rire, il tentait de frotter l'une de ses jambes contre la sienne, mais elle la retirait.

— Denise, écoute-moi.

Il se tournait vers elle, il allait commencer à parler, et il aurait raison. Il dirait : « Laisse-toi aller, on est pas bien ? Dis-moi, tu veux quelque chose ? »

Elle l'interrompait après les premiers mots :

— Je veux dormir, tais-toi.

Mais c'était lui qui s'endormait d'abord, et cela faisait aussi partie du réquisitoire qu'elle dressait contre lui avec violence, parce que la nuit est longue, qu'il faut bien trouver des pensées, et qu'on prend celles qui sont là, toutes prêtes dans la tête.

Lui, il profitait d'elle, elle qui aurait pu avec l'un ou l'autre, le Russe, ce Boris Kliouklanski — « Ah, celui-là, pour vous qu'est-ce qu'il aurait fait ! » disait la caissière. Et des comme Dante, il suffisait de siffler.

Elle, qu'est-ce qu'elle avait gagné de plus ? Un mari. On l'appelait Madame Revelli à *Haute Couture,* et Denise, quand elle s'adressait à la première, insistait : « Mademoiselle. » Ça, elle ne l'était plus. Mais après, après ? Quatre ans elle avait continué à *Haute Couture.* En sortant du magasin, au lieu de prendre son temps, il fallait qu'elle se dépêche, qu'elle achète chez Millo l'épicier de quoi faire le repas du soir. Dante rentrait, s'asseyait parfois sans même se laver les mains, il commençait à raconter. « Tu comprends, avec la crise, Hollenstein, il veut en foutre dehors. Nous, pas question. Il n'a qu'à réduire ses bénéfices. Pas de licenciements. On n'acceptera pas. »

— C'est toi qu'on va licencier, disait-elle.

Il semblait ne pas l'entendre, continuant à parler,

expliquant, et, souvent, alors qu'elle lui tournait le dos, elle était prise par cette voix, elle comprenait, elle se laissait convaincre. Pourquoi toujours les riches ?

— Ces femmes que tu voyais à *Haute Couture,* tu les vaux pas ? Pourquoi tu accepterais de les servir ? Pourquoi toujours les mêmes ? Tu as le droit... Viens demain. Raffin, Barel, ils parlent contre la vie chère, au Palais des fêtes. Viens.

Elle lui faisait face tout à coup :

— Moi, à tes réunions ?

Deux ou trois fois il l'avait entraînée. Des hommes seulement, et, s'il y avait des femmes, elles parlaient comme des hommes. Elles leur ressemblaient. Depuis, elle refusait, elle se révoltait.

— Tu mets ta politique partout, disait-elle brusquement. Ces clientes, elles ont des hommes qui gagnent assez pour leur payer ce qu'elles veulent, l'argent...

Ce mot l'arrêtait. Dante se levait :

— Il te manque quelque chose ? disait-il.

— Ta politique partout... Tu veux toujours avoir raison.

Elle claquait la porte. Elle s'en voulait d'employer ce mot sale, l'argent, d'être injuste. Chaque fin de mois il lui donnait l'argent. Elle, qui achetait ce qu'elle voulait. Mais il avait trop, Dante. Trop d'assurance, trop souvent raison, et elle, qu'est-ce qui lui restait ? Il trouvait les repas faits, elle était là à l'attendre, elle, avec son corps, et il entrait en elle. « Je te dompte, hein ? disait-il parfois en riant, je te dompte. »

Non.

Il avait trop de choses à lui. Les camarades qui venaient, Barnoin, ou ce fils de baron russe, Karenberg. Celui-là encore, la politique, il pouvait en faire, puisque son père était riche. Mais Dante, avec quoi il se payait la politique ? Pourquoi, lui, il avait le droit d'avoir ces plaisirs en plus ? Il avait déjà le métier qu'il aimait, cette électricité dont, certains soirs, il lui parlait. « La panne, tu vois, je me suis dit, je la répare en vingt minutes, et je l'ai eue. » Et les souvenirs aussi, les pays d'au-delà de la mer qu'elle ne verrait jamais, les souks, les îles, le Bosphore et cette mer Noire qui revenait toujours, comme le grand moment de la guerre, de la vie. Et elle, est-ce qu'elle avait eu de grands moments ?

Pour moi quoi ? Être sa femme.

Alors, parce que, à la fin, c'était insupportable de le voir avec tout ça pour lui, et elle rien, Denise, lambeau par lambeau, essaya d'arracher la politique du corps de Dante Revelli.

Seule, elle n'y serait pas parvenue. Mais, en octobre 1931, déjà un temps d'hiver, les eaux du Paillon, brunes, hautes, avec ces pluies qui, depuis septembre, ne cessaient que pour laisser la place à un vent froid coulant de la montagne, et Dante et Denise rentraient à pied, un soir de cet octobre-là... Lui s'arrêtait sous les arcades de la place de la République, il allumait une cigarette, elle continuait seule, et quand il la rejoignait, il disait :

— Ce film, tu l'as aimé ?

Elle avait pleuré, se mordant les lèvres, elle avait ri, mais c'était Dante qui avait insisté pour qu'ils sortent.

— Tu sais, Charlot, dans ce film...

Denise haussait les épaules, bougonnait.

— Ces histoires, disait-elle, ça te plaît ? Moi...

Elle avait honte de ne pas dire : « J'ai pleuré, j'ai ri. » Il la prenait par le bras, murmurant, et il tentait de l'embrasser dans le cou :

— Toi, quand c'est moi, quand c'est mes idées, même si tu aimes, il faut que tu...

Elle se dégageait, montait devant lui dans l'escalier, devait attendre qu'il ouvre la porte, et quand il était dans le couloir, elle lançait sans le regarder :

— S'ils te mettent à la porte de l'hôtel, pour tes

idées, avec moi enceinte, bravo ! On ira revoir *Les Lumières de la ville.*

Et elle avait jeté ses chaussures dans un coin de la chambre, heureuse et triste parce qu'il ne savait que répéter :

— Enceinte, enceinte...

Elle pressentait qu'elle venait de s'emparer d'un pouvoir inconnu, peut-être sans limite, et qu'elle allait exercer autant qu'elle vivrait, elle, elle seule.

— Réfléchis maintenant avant de parler, dit-elle encore.

Et Dante se taisait.

Aux Actualités, avant le film, ils avaient montré les files de chômeurs à Paris, les locomotives qu'on détruisait à coups de masse dans les entrepôts de Chicago, et des hommes encore, là-bas, dans ces villes aux rues sans arbres, les mains dans les poches de leur pardessus, des hommes habillés comme des riches, avec un chapeau de feutre, et qui avaient faim.

Antoine était venu dîner, un soir, avec Giovanna, des tresses blondes comme on n'en portait plus, ramenées sur le devant.

— Pourquoi vous vous coiffez comme ça ? demandait Denise. Ça vous irait mieux, la permanente.

— On dirait une Russe, disait Dante, ça lui va bien.

— Les Russes, les Russes, s'exclamait Denise, qu'est-ce qu'ils ont ? Ils sont comme les autres, en pire.

Denise, cet amour de la Russie qu'ils avaient, Dante, Barnoin, Karenberg, elle ne le comprenait pas.

— Mais allez vivre là-bas ! disait-elle. Vous verrez, on meurt de faim... Hier, le journal...

Mais ils riaient. Ils croyaient tout savoir. Ils expliquaient tout. Barnoin donnait à Denise une brochure écrite par Barel, leur grand homme, un instituteur qui revenait d'un voyage en U.R.S.S. *À Moscou ! À Moscou !* c'était le titre. « Lisez, lisez, je vous la donne, disait Barnoin. Lisez seulement la préface, c'est Barbusse, l'écrivain. Vous savez ce qu'il dit ? Que là-bas c'est un autre monde, il le dit. »

Denise haussait les épaules. Elle n'avait pas besoin de lire. Quand ils parlaient de ce qui allait arriver, dans l'avenir, en Russie, ici, quand leurs idées auraient triomphé, que cette Révolution dont ils rêvaient se serait produite, elle était sûre qu'ils se trompaient, qu'ils étaient des naïfs, des enfants. Elle comptabilisait leurs erreurs, comme ça, sans le vouloir même, mais *Le Petit Niçois* racontait qu'on avait chassé Trotski, un de leurs chefs, et il disait que là-bas, en Russie, c'était la dictature d'un homme seul.

— Ils sont comme les autres, les Russes. Seulement, vous avez besoin de croire pour marcher, voilà !

— Toi..., commençait Dante.

— Quoi, moi ?

Elle lui faisait face, prête à l'affronter, mais Antoine les interrompait, parlait des chantiers qui fermaient à l'entrée de l'hiver, des ouvriers qu'on mettait en chômage.

— Rafaele, le frère de Giovanna, ils ont commencé par eux, les Italiens. Il cherche depuis trois semaines. Rien. Rien.

— À l'hôtel, disait Dante, on a pu empêcher...

— Pour le moment, coupait Denise. Pour le moment ils vous ont gardés, mais attends qu'il y ait moins de clients. Et mon père, à la banque, on le dit, les Anglais, cette année, ils restent chez eux.

Elle servait le ragoût de mouton avec des courgettes, paraissait se désintéresser de leur conversation.

— À l'hôtel, reprenait alors Dante, Hollenstein, il a compris, on est un bloc.

Denise, debout devant le réchaud, se retournait.

— Il commencera par toi. Les autres, ils te regarderont partir, trop contents de rester.

— Quand on est un bon ouvrier..., commençait Antoine.

— C'est ce que je dis.

Denise s'interrompait, portait les mains à son cou, s'adressait à Giovanna :

— Depuis, j'ai envie de vomir.

Dante lui tendait un verre d'eau.

— Ça me prend le matin, continuait Denise, et juste avant de manger... Les odeurs... Il paraît que ça dure un mois ou deux !

Elle s'asseyait, cependant qu'ils la regardaient, qu'ils l'écoutaient. Elle commençait à manger, il fallait qu'elle mange beaucoup, maintenant, qu'elle prenne pour lui qui devait commencer à dévorer dedans.

— S'il n'avait pas ces idées, disait-elle en regardant Dante, s'il ne se mettait pas en avant. On peut avoir des idées, mais alors, surtout maintenant, avec tout ça...

Sa voix était assurée, ample. Tout ça, c'étaient la crise, les réunions de chômeurs au Palais des Fêtes, et quand ils voulaient manifester dans l'avenue de la Victoire, la police, pèlerines levées, les forçait à reculer ; c'étaient les affichettes qui barraient les vitrines des magasins : *Achetez français !*

Lucien, qui s'occupait maintenant de l'épicerie de ses grands-parents Millo, disait : « Y a plus d'argent. Les gens hésitent, ils prennent un demi-kilo... »

Tout ça, c'était l'enfant qu'elle portait. Et le pouvoir qu'il lui donnait.

Quand Dante s'approchait d'elle et qu'il voulait, Denise repoussait sa main, son corps :

— Si tu crois que j'ai envie, disait-elle.

Et peu à peu, vraiment, au cours de l'hiver 32, elle perdit le désir, comme si elle voulait oublier que c'était du désir et de Dante que l'enfant avait surgi. Maintenant qu'il était en elle, accepter Dante encore, c'était comme si un homme, un étranger avait voulu prendre à l'enfant une place qui n'était qu'à lui, pour lui, dans son ventre à elle. Ou le salir, ou le blesser.

Parfois, parce que Dante devenait pressant, et que cela faisait longtemps qu'elle se refusait, Denise laissait Dante s'enfoncer en elle. Mais elle ne perdait plus le souffle. Elle était d'abord passive, elle se sentait lourde, plus grasse, et elle l'était devenue, pour protéger l'enfant, prévoir pour lui des réserves de nourriture, et aussi se défendre, elle, contre les vibrations du désir, les étouffer. Pourtant, au bout d'un moment elle les sentait, comme une ondulation venant du fond et qui allait bouleverser la surface, s'accorder aux mouvements de Dante, l'entraîner. Elle résistait, elle avait peur, là, où était l'enfant. Elle allait, si elle se laissait emporter, être comme avant, sans rien, dépossédée de ce qui n'était qu'à elle. Elle disait, tout à coup nerveuse, hostile : « Assez, assez. » Dante s'arrêtait brusquement. Elle devinait son inquiétude :

— Tu me fais mal, disait-elle.

Il la quittait, s'asseyait sur le bord du lit, puis, sans un mot, se couchait sur le côté et s'endormait. D'autres fois, rageusement, il la serrait contre lui, la main sous le dos, et quand il s'écartait d'elle, elle se tournait, hostile.

— Tu es un animal, disait-elle. Tu es brutal. Un ouvrier.

Mais, au fur et à mesure que les mois passaient, qu'elle grossissait, elle eut plus d'autorité, Dante devenait plus timide.

— Tu veux bien ? demandait-il.

Et, souveraine, elle lui accordait cette faveur.

De la nuit, elle étendit son pouvoir au jour.

En février 1932, Jean Karenberg vint les voir, un dimanche. Elle ne savait comment agir avec lui. Il avait les mains, les chemises d'un homme riche, de ceux qui, comme Philippe, l'ami de Violette, ou comme le directeur de la Barclays, savent s'habiller.

Jean Karenberg s'asseyait dans leur cuisine. Elle le regardait boire le café qu'elle avait servi, s'excusant de ne pouvoir mieux le recevoir, mais ils avaient transformé la petite salle à manger en chambre pour l'enfant qui allait naître.

— Laisse, disait dante. Karenberg, c'est un camarade, et il ne se formalise pas.

— Quand même, s'il m'avait prévenue, disait-elle à Karenberg.

Jean levait la main pour l'interrompre :

— C'est très bien, très bien.

Elle lui trouvait un air supérieur avec ses lunettes rondes, ces cheveux blonds soigneusement peignés, tirés en arrière, comme collés sur le crâne. Il répétait un geste, la main sur la nuque, et elle vit au coude de sa veste sport, toute simple, d'un tissu couleur feuille-morte, sûrement anglais, la pièce de cuir fauve. L'élégance. Elle eut une bouffée de colère contre Dante.

— Il ne me prévient jamais, répéta-t-elle.

— Je vous assure, c'est très bien, dit Jean Karenberg. Mais si vous avez encore une tasse de café... J'ai très peu dormi.

Le sans-gêne des riches. Ça, un camarade ? Dante, un naïf qu'on utilisait. Il en fallait. Tout en préparant le café, Denise enlevait son tablier, défroissait sa jupe, observait Karenberg. Une dizaine d'années de moins que Dante, le même âge qu'elle, elle qui trouvait ce Boris Kliouklanski trop vieux, qu'est-ce qu'il avait ? L'âge de Dante, quarante ans, et il savait s'habiller.

— C'est pour bientôt ? demanda Karenberg.

Elle eut honte de son ventre. Sans doute rougissait-elle. C'est comme si Karenberg avait été là, au bord du lit, quand elle avait soulevé sa chemise de nuit pour que Dante...

Cet enfant qu'elle allait avoir, ce fils, il fallait qu'ils l'envient tous, Philippe, Boris, ce Karenberg, le directeur de la banque Barclays, qu'ils le regardent tous.

— Pour bientôt, répondit-elle, en mai.

Quand, le soir, Dante lui dit qu'ils voulaient faire de lui l'un des candidats aux élections de mai 1932, qu'il avait accepté, que ce n'était pas la première fois, qu'il était connu, que..., elle se leva d'un bond, découvrant en elle une violence qu'elle ignorait, de la haine même, des cris. Elle brandissait ses mains, elle s'approchait de Dante, elle lui jetait au visage :

— Mais tu es fou ! Pourquoi tu t'es marié, alors ? Un homme comme toi, ça doit rester seul. Pas avec une femme, un enfant.

Il disait :

— Il y en a d'autres.

Elle marchait dans la chambre, elle était en sueur :

— Si tu fais ça..., commençait-elle.

Les gens qui allaient lire ce nom — le sien, maintenant — Revelli, sur les affiches, Revelli, le nom qu'allait porter le fils, comme si Dante avait voulu déjà, avant qu'il naisse, le lui prendre, le ligoter, comme elle avait été ligotée d'une autre manière.

— Je te jure..., dit-elle.

Elle revint vers Dante, alluma pour qu'il la vît, qu'il sût qu'elle était prête, parce que là, toute leur vie, à elle, au fils, se jouait :

— Je te jure, répéta-t-elle, penchée vers lui, si tu fais ça, je me tue !

Elle éteignit. Calmée tout à coup. Sûre d'avoir gagné. Et elle s'endormit.

18

Ce jour-là, assise au bout de la table recouverte d'une nappe blanche, Violette Revelli sut que le temps avait passé, qu'elle pouvait bien les aimer, se souvenir, mais qu'elle ne serait plus jamais comme eux, ceux de sa famille.

— Tu prends pas de pain ? demandait Vincente.

Le père était assis à la droite de Violette, il lui tendait une tranche de pain qu'elle refusait d'un mouvement de la tête, en souriant. Elle sentait le regard de tous les autres, de ce monsieur Raybaud qui lui faisait face, à l'autre bout de la table, et qu'elle s'était mise à haïr dès qu'elle l'avait vu. Cette façon de la dévisager, de détourner les yeux quand elle surprenait son regard.

— Tu ne manges rien, disait Denise, tu veux...

Heureusement, Roland criait dans le berceau, derrière la chaise de sa mère, et Denise se levait, prenait Roland dans ses bras, le berçait, disait, lui montrant Violette :

— Ta marraine, elle ne mange rien.

— Il faut qu'elle boive, alors, ajoutait Barnoin.

Mais le verre de Violette était encore plein. Barnoin s'exclamait. Elle devait dire :

— Je ne suis pas très bien aujourd'hui.

Cette nervosité depuis le matin, ces cheveux qu'elle n'arrivait pas à coiffer, la robe qu'elle ne savait pas choisir. « Qu'est-ce que je mets ? » Elle les jetait sur le lit. L'une trop ceci, l'autre qui n'allait pas pour un baptême, finalement, elle avait choisi une vieille robe dans laquelle elle se sentait mal à l'aise. Philippe l'accompagnait jusqu'au garage :

— Tu es déguisée, disait-il en riant.

Elle lui en voulait de cette remarque, parce qu'elle était juste.

Pour les rencontrer, elle se masquait toujours, comme si elle avait eu peur de leur regard. Elle les voyait rapidement, elle ne répondait pas à leurs questions, elle parlait, racontait, les faisait rire. « Merani, le fils, bien sûr, Charles, il m'a fait la cour. Ça n'a pas duré longtemps. On dirait un veau, il a la peau rose... Alors, il sort avec Mafalda, la fille de l'oncle Carlo.

On dit qu'ils vont se marier. Les Merani, ils ont besoin des Revelli, depuis... »

Elle restait debout dans la cuisine, refusant de s'asseoir. « Je vais partir », disait-elle. Elle posait sur la table un cadeau, du tabac pour le père, une jupe pour Louise, ou bien la montre le jour que Lucien avait eu dix-sept ans. Ils étaient gênés : « Tu n'aurais pas dû, Violette. » Elle se protégeait d'eux ainsi, plaçant devant elle ces objets qu'elle offrait, qui les empêchaient de l'atteindre. Elle disait : « Je n'ai pas arrêté le moteur, il faut que je parte. » Ils l'accompagnaient jusqu'à la rue.

— Tu reviens quand ? demandait Vincente.

— Je ne sais pas. Bientôt, pa.

Il lui tenait la portière, une voisine était à la fenêtre.

Violette embrassait encore son père, puis elle démarrait rapidement, roulant vite jusqu'à la Promenade des Anglais comme si elle avait craint qu'ils ne l'appellent, qu'ils ne la retiennent. Et elle étouffait, là-bas, dans le petit appartement de son enfance, rue de la République. Elle montait en courant les marches du Palais de la Méditerranée, ou bien traversait les salles du casino de la Jetée-Promenade, ou bien encore s'attardait dans le hall de l'Hôtel Impérial, retrouvait des copains de la Victorine, Rex, le patron, qui l'embrassait, disait avec son accent américain :

— Tu es toujours en retard quand tu viens me voir, comment veux-tu que je me souvienne de toi ?

On parlait du prochain film, et Philippe prenait Violette par l'épaule ou la taille, il chuchotait :

— Qu'est-ce que tu as ? Triste ?

Elle l'était. Cela tombait sur elle chaque fois qu'elle les avait vus, quittés, qu'elle avait cru d'abord se libérer, joyeuse, et Rex ou Philippe l'avait vue arriver, essoufflée, pressée de les rejoindre, semblait-il. Puis, après quelques phrases, un verre, elle cessait de parler, se laissant aller en arrière, se désintéressant, et Philippe, attentif, répétait : « Qu'est-ce que tu as ? »

Elle avait envie de retourner là-bas, avec eux, comme autrefois, s'asseoir à table, dîner d'une soupe épaisse, d'un morceau de pain et de fromage, entendre le père qui, parce que la soupe était trop chaude, aspirait, faisant un bruit fort avec ses lèvres, à chaque cuillerée avalée. Elle était prise de remords au souvenir de sa brève visite. Elle leur avait à peine parlé, elle n'avait pas vu Dante, Denise qui venait d'accoucher, et pourtant il suffisait de monter un étage. Roland, leur fils, Violette ne l'avait aperçu que quelques minutes.

Elle était là, avec Rex, Katia Lobanovski, Philippe, et peut-être était-ce ces chants du Sud, cette trompette, l'air des blues, elle se sentait coupable de leur donner toutes ces heures, sa vie, à ces copains, et même à Philippe qu'elle aimait bien.

Parfois, elle se levait, elle disait : « Je reviens dans une demi-heure. » Rex secouait la tête, faisait mine de la retenir. « Les Mystères de Violette, disait-il, les Surprises de Violette, premier épisode. »

Elle embrassait Philippe.

— Je reviens, répétait-elle. Tu m'attends ?

Il sortait avec elle :

— Quelque chose ? interrogeait-il.

Elle mentait :

— Mon père, disait-elle, un mois que je ne le vois pas.

De nouveau elle conduisait vite, mais, au fur et à mesure qu'elle approchait de la rue de la République, et déjà quand elle atteignait le port, elle ne savait plus pourquoi elle voulait les revoir. Il faudrait inventer une excuse. De nouveau se déguiser. Elle s'arrêtait devant le porche, montait en courant, sonnait. Ce pas traînant dans le couloir, elle s'énervait d'émotion et de colère. « Oh ! disait le père en la voyant. C'est toi ? » Cette façon qu'il avait, à la maison, d'être, semblait-il, habillé de loques, un vieux pantalon trop large, qu'il boutonnait mal, une chemise rapiécée, un uniforme de pauvreté et de vieillesse. Elle lui avait offert une robe de chambre, un costume.

— Celui que tu as, expliquait-elle, tu le mettras tous les jours, le neuf, tu le garderas pour le dimanche, non ?

— Moi, à mon âge, disait-il, j'ai pas l'habitude.

Il soupesait la robe de chambre :

— C'est beau. Ça t'ennuie si je la donne à Lucien, ou à Antoine ? Ça leur va, tu sais ?

Elle n'entrait pas. Le père était dans l'ombre. Seule la lumière venue de la cuisine éclairait une partie du couloir. Ils n'allumaient jamais, économes, avares, et l'électricité n'avait rien changé à leurs habitudes. Louise sortait de la cuisine. « Qui es ? » « Es Vioulettta », répondait le père. « Viouletta ? » Entre eux, ils parlaient niçois.

— J'ai cru..., commençait Violette. Mais je viens de le retrouver, ce foulard.

Elle tenait son foulard :

— Je le cherchais. Bien, je m'en vais.

— Tu rentres même pas ?

— Mais non, je n'ai pas que ça à faire, rentrer, venir, revenir...

— Tu as pas mangé, commençait Louise, tu veux que je...

Violette interrompait sa sœur, les quittait, reprenait la voiture. Manger. Elle haussait les épaules. Ils donnaient aux repas une importance, comme s'ils avaient peur de mourir de faim. Il fallait manger, préparer les plats longuement, gratins, farcis, civet, ravioli, la vie passait à cuisiner. Avec Philippe, au contraire, une tranche de jambon, un œuf, un fruit, on mangeait sur un coin de table. Ou alors le restaurant. Mais jamais ces grandes ripailles, comme ce repas, pour le baptême de Roland... Et comment Violette aurait-elle pu refuser l'invitation, puisqu'elle avait voulu être la marraine, pour Dante, et Denise aussi.

Maintenant, elle était assise au bout de la table, avec en face d'elle le père de Denise, et ils s'étonnaient tous qu'elle mange et boive si peu. Ses refus — elle ne reprenait pas de pâtes, même pas un morceau de lapin — elle voyait bien que Denise et même Dante les ressentaient comme une humiliation, alors qu'elle expliquait :

— Je ne suis pas très bien. Hier soir...

Elle racontait, s'animait, comme cela ils ne verraient que ses lèvres et les anecdotes qu'elle faisait surgir. Elle avait été invitée avec Philippe au Palais de la Méditerranée, elle avait vu le nouveau maire, Jean Médecin. « Il parle niçois, disait-elle, et on a comme ça, quelques minutes, parlé tous les deux. »

— Il y a plusieurs sortes de niçois — Monsieur Raybaud l'interrompait — un niçois pur, le vrai, et puis le niçois qu'on parle dans la rue, que les Italiens ont déformé, et ça, c'est pas le vrai. Médecin, lui, je le connais, il parle le vrai.

Il regardait sa femme, sa fille, il hésitait :

— Entre les Italiens et les Niçois, il y a une différence. Nous, les Raybaud, comme Médecin, on est niçois depuis toujours.

Antoine secouait la tête, soupirait, se penchait en avant :

— Niçois, Italiens, mais vous parlez sérieusement, monsieur Raybaud ? Vous y croyez à ce que vous dites ?

Madame Raybaud prenait le poignet de son mari, Lebrun se mettait à rire :

— Pour moi, commençait-il, mais je suis de Lille...

Violette les regardait, Giovanna, la femme d'Antoine, silencieuse, se retournant pour surveiller son fils Edmond, un gosse blond qui lui ressemblait et qui avait déjà quitté la table, Barnoin, dont Violette évitait les yeux. Il l'observait avec insistance, provocant, même, et elle connaissait ce regard des hommes sur elle. Pas mariée, trente ans, bonne à prendre pour une nuit ou une heure. Barnoin, lui aussi, donc, comme les autres, ceux qu'il dénonçait, « bourgeois, capitalistes, richards ». Comme tous ceux qu'elle côtoyait aux studios de la Victorine, qui l'arrêtaient dans un couloir : « Qu'est-ce que vous faites pour le week-end ? Je monte à Peïra-Cava. Vous avez déjà fait du ski ? Extraordinaire, on ne peut plus oublier, vous verrez. »

— Je passe mes week-ends avec Philippe Roux, répondait-elle, agressive.

Ils s'excusaient, ou bien, méprisants :

— Le cameraman ?

Et quelques-uns, qu'elle avait envie de gifler, mais elle se contentait de leur tourner le dos :

— Vous valez mieux que ça.

Barnoin, lui aussi. Il n'y avait que cet Italien, à la gauche de Violette, qui se désintéressait du repas, de la conversation, de Violette aussi, et elle était un peu dépitée, parce qu'elle aimait qu'on la remarque. « C'est mon beau-frère, avait dit Antoine, en présentant l'Italien, Rafaele Sori. »

Rafaele avait souri, puis commencé d'interroger le père de Violette, posant des questions précises :

— Racontez-moi. Comment c'était, Nice, quand vous êtes arrivé ? En 88, vous disiez ? Le travail ?

Vincente, d'abord d'une voix hésitante, puis parlant plus vite, expliquait : « On allait le matin, tous les trois, mes deux frères, Carlo, Luigi et moi. On s'asseyait sur la place Garibaldi, on attendait l'embauche, et si quelqu'un venait, on avait du travail, s'il voulait bien de nous. Ça, c'est surtout Carlo qui l'a connu. Moi et Luigi, on a été chez Merani, le député. »

— Vous étiez domestique ? interrogeait Monsieur Raybaud, à l'autre bout de la table.

Vincente levait la tête, le regardait longuement :

— Si on veut, disait-il, domestique, oui, et Lisa,

c'était la bonne, domestique aussi, hein ? Mais nos enfants, y a plus personne qui l'est.

Il baissait la tête. Silence autour de la table.

— Ce petit Roland, disait Madame Raybaud, en prenant le fils de Dante et de Denise dans les bras, qu'est-ce qu'il fera, lui, plus tard, qu'est-ce qu'il fera ?

Elle lui chatouillait le menton, elle écartait la dentelle blanche du cou, elle s'inquiétait : « J'ai peur qu'il ait chaud ? »

— Ni domestique ni ouvrier, dit Denise. Employé non plus.

Elle prenait Roland des bras de Madame Raybaud, elle s'éloignait de la table en embrassant son fils :

— Bien mieux, disait-elle, il sera bien mieux.

— D'ici là...

Barnoin avait un geste d'insouciance, il se balançait sur sa chaise, regardait Violette, Denise :

— D'ici là, ajoutait-il, mieux, ça voudra dire autre chose que mieux aujourd'hui. Ce ne seront plus les mêmes qui feront la loi, croyez-moi. Avec la crise, le capitalisme...

— Vous...

Denise revenait vers la table, berçant Roland, le tenant contre elle serré, le dissimulant presque entre ses bras.

— Vous, continuait-elle, votre politique, c'est fini, vous savez, avec Dante, fini. Je veux pas qu'il gâche notre vie. Tant qu'il était seul...

Violette ne l'écoutait plus. Elle en voulait à Dante, de ce visage qu'il baissait, de cette lassitude qu'on devinait, elle se souvenait de Dante, marin maigre et vif qui, un matin de novembre 1919, les yeux enfoncés dans les orbites, scintillants de paludisme et de colère, lui avait dit : « Ça commence, ça va venir. » Elle revoyait Dante rentrant le soir, la gorge prise, la voix éraillée d'avoir trop parlé. Il l'avait irritée par son aveuglement, ses certitudes, mais, aujourd'hui, elle était humiliée qu'il se laisse ainsi déposséder de ce qui avait été, avec tant de force et si longtemps, le ressort de sa vie. Une femme ne devait pas faire ça, plier un homme, lui faire payer le droit d'avoir un enfant, de coucher avec elle. Un homme ne devait pas accepter. Si un jour...

Autour de Violette, ils s'étaient tous mis à parler, Lebrun, Antoine, Barnoin, Monsieur Raybaud, et, près d'elle, Vincente murmurait : « À quoi ça sert de crier. »

Si, un jour, elle attendait un enfant, elle l'élèverait seule, pour ne rien devoir, ne rien demander.

— Qu'est-ce que vous pensez ? dit Sori en se penchant vers elle.

Il parlait à voix basse, la bouche à demi fermée, cachée encore par les doigts de la main droite, le menton dans la paume, le coude sur la table. Ils restèrent un moment les yeux immobiles, se regardant, et ce fut pour Violette l'impression que le silence s'établissait autour d'elle, l'enveloppait, les enfermait Rafaele Sori et elle. Puis, Rafaele baissa les yeux, et elle entendit Denise qui l'interpellait :

— Toi, tu les vois les gens importants, le maire. Tu es toujours avec eux ?

Denise tendait son fils à sa mère, s'asseyait :

— Qu'est-ce qu'ils disent ? Ils ont peur ?

Violette ouvrait son sac, cherchait son briquet, son porte-cigarettes, façon de prendre du temps pour ne pas répondre sur le même ton que Denise, agressif. Elle saisit une cigarette. Violette savait que tous la regardaient.

— Ils ne parlent pas de ça avec Mademoiselle, dit Monsieur Raybaud.

Il voulait l'insulter. Elle rougit, eut envie de crier. Mais elle vit Dante, le regard qu'il lui lançait. Elle se maîtrisa pour lui, parce que c'était le baptême de Roland. Elle alluma la cigarette, fit claquer le fermoir de son sac :

— Tu me prêtes un peu Roland ? demanda-t-elle

à Denise. Je suis sa marraine, et puis tu ne m'as pas fait visiter.

Elle se levait, Madame Raybaud lui tendait Roland, et Violette entrait dans la cuisine, disait : « C'est magnifique, ici. »

Dante et Denise avait occupé, en avril, un appartement au rez-de-chaussée, dans la cour de l'Hôtel Impérial, qui donnait rue de France. « Si vous voulez, avait dit le chef du personnel, j'ai besoin de quelqu'un en permanence, sur place. Lebrun continuera son service. Vous, vous habiterez ici. Pour les pannes, tout ce qu'il y a à faire, un horaire plus souple, vous seriez chez vous et toujours là. Monsieur Hollenstein est d'accord pour que ce soit vous. »

Dire ou ne pas dire à Denise ?

Dante avait hésité deux ou trois jours. L'appartement était grand, la Promenade des Anglais à cent mètres et la plage à un jet de pierre. Il suffisait de traverser. Il y avait le jardin Masséna, les magnolias et les palmiers. « Si vous attendez un enfant, c'est l'occasion. »

Des souvenirs, chez Dante, alors qu'il pédale vers la rue de la République et qu'il sait qu'il va raconter à Denise, qu'elle dira : « Tu as répondu oui, j'espère ? »

Elle n'a pas entendu la voix de Merani qui, dans la cour, au temps où ils vivaient sous son toit, rue Saint-François-de-Paule, criait : « Vincente, mais qu'est-ce que tu attends, tu dors ? Quel imbécile ! » Le père et la mère domestiques, et Dante, chaque jour, les avait vus se soumettre.

Quand ils habiteraient à l'Hôtel Impérial, que pourrait-il dire, Dante ?

— Il ne me restera qu'à me taire, expliquait-il à Denise.

Elle s'énervait, elle montrait la cour de la rue de la République : « Pour l'enfant, tu crois que la mer... Et tu refuserais par fierté, pour des idées auxquelles tu ne crois même plus vraiment... C'est comme une manie. »

Ils avaient déménagé trois jours après la naissance de Roland. Dante et Lebrun avaient repeint l'appartement, installé des placards dans la cuisine, et le repas de baptême, c'était aussi la pendaison de la crémaillère.

— Bien sûr, disait Denise à Violette, on a peu de soleil, mais c'est grand, et puis le quartier... Je n'ai jamais aimé la rue de la République, c'est très ouvrier. Ici, rue de France, c'est autre chose. Il y a beaucoup de rentiers, des Anglais. Je vais avec Roland sur la Promenade, à la plage, mais ton frère...

Elle fermait les yeux, soupirait :

— Il est drôle, il n'aime pas, il se sentait mieux là-bas. Dans cette famille, il n'y a que toi qui a de l'ambition. Dante...

Violette tendait Roland à Denise. Elle étouffait, elle se sentait couverte d'une sueur sale, et c'était de rester là, de parler avec eux, les uns, sordides, les autres, qui renonçaient. Elle rentra dans la salle à manger. Ils étaient tous debout, prêts à partir. Giovanna tenait Edmond par la main. Antoine parlait fort avec Lebrun. Les bras croisés, appuyé au buffet, Monsieur Raybaud les regardait avec hauteur. Le père de Violette faisait tourner sa casquette entre ses mains, se rapprochait de Louise et de Lucien.

Violette avait sa voiture. Elle eut l'intention de dire : « Venez, je vous ramène rue de la République. » Mais c'était plus fort qu'elle. Elle voulait rompre encore avec eux. Les laisser à leurs sables mouvants, leur dire à tous, à Barnoin, dont le regard insistant répétait : « Qu'est-ce que tu fais ce soir ? Pourquoi pas avec moi ? » À Dante, visage lisse, rond, qui souriait à Roland. Où était-il le marin de 1919 qui la prenait par la main... Et il pleuvait, ils couraient vers un fiacre, et Violette était fière de son frère, de cette passion qu'elle sentait en lui. Leur dire à tous qu'elle n'acceptait pas de se laisser plier comme eux. Qu'elle était d'une autre race. Qu'elle préférait mourir seule, s'il fallait payer la famille, la maternité d'une telle lâcheté.

Violette traversa la salle à manger. Elle embrassa son père. Puis elle fit face à Rafaele Sori, et de nouveau elle fut enveloppée par le silence. Elle prit Rafaele par le bras, se tourna vers les autres :

— Celui-là, je l'enlève, dit-elle.

Son bras tremblait un peu comme elle le passait sous le bras de Rafaele.

— Vous voulez bien ? demanda-t-elle. Je vous ramène.

Rafaele Sori se mit à rire, et il leva la main en guise d'au revoir pendant que Violette l'entraînait.

19

Ce vent qui lave. Violette Revelli roulait les glaces baissées, le long de la route du bord de mer, vers Antibes.

Rue de France, devant la voiture, Rafaele Sori avait retiré son bras :

— Je vous offrirais bien quelque chose, mais...

Il avait fait claquer ses mains sur les poches de sa veste :

— Pas un franc aujourd'hui. Chômeur.

— Je vous ramène ?

Violette ouvrait la portière, Sori secouait la tête.

— Vous vouliez leur montrer, disait-il.

Il s'appuyait des deux mains à la voiture, penché vers Violette. Elle mettait le moteur en marche.

— Un jour, continuait-il, il faudra qu'on parle, non ?

— Téléphonez.

Elle lui lançait un bref coup d'œil, il s'écartait, elle roulait, s'éloignait enfin. Philippe devait l'attendre, mais elle avait besoin d'être seule, et elle prit le bord de mer, la route qu'elle suivait souvent avec lui quand, le soir, ils partaient, en bande, Rex, Katia, Marcel, Liliane, pour Juan-les-Pins.

On dînait au *Viking,* sur la plage, harengs, crème fraîche, saumon, vin blanc sec. Rex levait son verre, demandait à l'orchestre de jouer *La Marseillaise,* puis tout le monde, à minuit, courait vers la mer. On finissait la soirée à *La Cage à poule,* Rex embrassait Mistinguett, s'asseyait un moment à la table de Chaplin, puis revenait, prenait Katia par le cou, disait : « On vit, on vit ! Tu sens la vie, Katia ? »

On rentrait à l'aube, roulant vite sur la ligne droite des plaines d'Antibes. Un café, au comptoir, dans un bar du port, alors que les dockers arrivaient, et Violette, dès qu'ils entraient, leurs bleus de travail raidis par la sueur, les sacs de jute taillés en forme de capuche posés sur les épaules, entraînait Philippe.

Elle avait loué le rez-de-chaussée d'une villa, à Cimiez. Ils garaient la voiture devant le portail, traversaient le parc en s'appuyant l'un à l'autre, reconnaissant leurs corps. Puis, sans un mot, dans la chambre aux persiennes closes, ils jetaient sur le tapis de laine blanche les vêtements de la nuit. Violette s'allongeait la première, écoutant les oiseaux qui pépiaient, voletaient d'un olivier à l'autre, et la vibration des ailes, le froissement des feuilles étaient perceptibles jusqu'au moment où le soleil noyait tous les bruits, éclatait, et blanchissait, à travers les fentes des persiennes, le plafond, au-dessus du lit. Ce lit où, bras écartés, aisselles humides, Violette se laissait aimer.

Ils dormaient jusqu'à la fin de la matinée. Violette se réveillait la première, regardait Philippe, nu, son bras qui tombait le long du lit. Elle partait souvent avant lui, une présentation de mode à Cannes, la préparation du concours d'élégance de Monte-Carlo. Elle le retrouvait plus tard, aux studios de la Victorine, sur le plateau, quand elle apparaissait dans une scène et que, derrière la caméra, il lui faisait un signe de reconnaissance.

Il était attentif à elle, doux, la voix égale, silencieux, et cela la changeait de Dante, d'Antoine ou de Barnoin, bavards, gueulards. Et pourtant, peu à peu, elle s'éloignait de lui, comme s'il n'avait été qu'un moment de sa vie, un rivage hospitalier qu'il faut quitter si l'on veut continuer la route.

À plusieurs reprises il avait essayé de la retenir. Il y avait deux ans pour la première fois. Ils revenaient du Palais de la Méditerranée. Elle était joyeuse, peut-être le champagne, ou cette rencontre inattendue, cet homme vieux, à peine voûté, le visage émacié, la peau brune sous les cheveux blancs ondulés, grand. Il s'approchait d'elle, et elle cherchait, il ressemblait à... Il s'arrêtait devant elle, ignorait Philippe, hochait la tête :

— Tu es le portrait de ta mère, disait-il, mieux.

Elle se tournait, surprise, vers Philippe, l'interrogeant du regard.

— Nous sommes deux Revelli, ici, deux, toi et moi, continuait le vieux.

Il montrait la foule des invités :

— C'est moi qu'on fête. Soixante-dix.

Le maire commençait à parler, célébrait les mérites de l'entreprise qui avait : « ... en un délai record, pour que la saison d'hiver ne soit pas gênée, et que la saison d'été, ce nouvel oxygène de notre région, puisse nous apporter un sang neuf en ces temps qui ne sont pas faciles, l'entreprise qui a réussi à ouvrir cette deuxième voie sur la plus belle des promenades du monde, notre concitoyen... ».

— Alors, tu es ici, toi aussi ? On m'a dit que tu étais ma nièce.

Quelqu'un prenait Carlo Revelli par le bras : « Il va falloir que vous disiez quelques mots. » Carlo secouait le doigt : « Pas moi, non, non, je parle pas. » Il clignait de l'œil à Violette :

— Dis à ton père que je suis vivant. Il va bien, Vincente ?

Il faisait quelques pas, se retournait :

— Viens me voir si tu as besoin.

Le champagne ou cette rencontre, Violette était joyeuse. Elle racontait à Philippe : « Cet oncle, c'est celui qu'on ne voit jamais, mais on en parle, on sait qu'il est riche, comme s'il était parti en Amérique. Il y a l'autre, aussi, Luigi. Lui, c'est le mauvais côté, un peu gangster. »

Elle riait. Philippe, sur la Promenade des Anglais, comme ils atteignaient la voiture, la prit par la taille, geste inattendu, et elle se laissait d'abord aller, riant, un gargouillis dans la poitrine, le ventre.

— Écoute, disait Philippe, tous les deux... — Il hésitait, reprenait... Pour moi, quelqu'un comme toi, tu ne sais pas ce que tu es, tu es neuve, tu comprends ? Vous êtes neufs, ton oncle, ton père, tes frères, même le gangster... Comment dire ça ? J'ai l'impression que nous on est vieux, usés, qu'il faudrait...

Peu à peu, Violette devenait attentive, grave.

— Quelqu'un comme ton oncle, dans ma famille, il y en a eu, sûrement, mais quand ? Peut-être il y a trois ou quatre siècles. Maintenant, on profite, on vit sur la lancée.

Violette retirait la main de Philippe de sa taille, lui prenait le bras.

— J'ai des choses que tu n'as pas, continuait-il, que tu ne peux pas avoir, parce qu'il faut des générations, et toi, tu me donnes...

— Le sang neuf, comme disait le maire ?

Elle l'avait interrompu, il ne réussissait pas à reprendre. Elle l'embrassa sur la joue.

— Qu'est-ce que tu voulais dire ?

— Je voudrais t'épouser, maintenant.

Il la forçait à s'arrêter.

— On vit ensemble depuis...

— On est bien comme ça, dit-elle.

— Les choses évoluent toujours.

Violette savait qu'il avait raison. À ne pas avancer, on recule.

— Qu'est-ce qu'il y a, demandait-il, si tu vis avec moi ?

Il lâchait son bras.

— Toutes les femmes accepteraient, disait-il.

— Justement, justement.

Ne pas devoir. Se marier ? Qu'apportait-elle ? Le sang neuf ? Cela ne pèse pas. Et puis une vie, c'est long, et faudrait-il qu'elle lui dise qu'elle n'aurait pas aimé qu'un fils né de lui lui ressemble. Trop doux, Philippe, pareil à ceux de son monde, aussi, la vie comme un jeu. On se couche tard, au moment où les autres se lèvent. On dîne à *La Pinède* ou au *Viking* ? « On file à Saint-Tropez, ce soir ? » disait Rex. Et tout le monde se retrouvait *À la Rascasse* pour une bouillabaisse. Un autre soir, c'était *Les Oliviers,* à Juan, ou *Michel et Max,* à Sainte-Maxime. Elle suivait, Violette, elle prenait sa part au jeu, mais elle savait qu'elle ne pourrait pas, toute sa vie, dilapider ainsi le temps, l'argent. Pour rien. Comment lui dire, à Philippe, qu'il n'était pas assez grave, qu'il ne voulait pas assez fort les choses, qu'il était d'une autre race ?

Voilà que l'expression lui revenait à la mémoire pendant qu'elle conduisait sur la route du bord de mer, parce qu'elle l'avait en elle depuis ce repas de baptême, qu'elle se sentait aussi tellement étrangère à ceux de sa famille, Dante, Antoine. Seule, alors ? Acceptant de l'être.

Dès qu'elle avait eu, aux studios de la Victorine, des honoraires réguliers, elle avait loué ce rez-de-chaussée à Cimiez, pour être chez elle. C'est elle qui accueillait Philippe. Et chaque fois que, après avoir tourné la clef dans la serrure de la porte blanche aux lisérés bleus, elle s'effaçait, disant à Philippe : « Entre, entre », elle avait une bouffée de joie.

Philippe n'avait pas compris ce désir d'indépendance.

— Tu veux me tromper, c'est ça, disait-il, la première fois qu'il était venu chez elle.

Il passait sur la terrasse, revenait dans le salon :

— C'est ça, n'est-ce pas ?

Il fallait le rassurer, lui passer la main dans les cheveux, lui dire :

— Pourquoi ? Tu ne peux pas comprendre que moi aussi, comme toi...

Il secouait la tête :

— Pas une femme, disait-il, pas une femme.

— Tu viendras ici quand tu voudras.

Mais elle ne lui avait pas donné de clef.

— Je ne veux pas être à la disposition de personne, tu comprends ? expliquait Violette à Katia Lobanovski. C'est chez moi. Pour la première fois, c'est chez moi.

Souvent, elles sortaient ensemble des studios. Katia, très blonde, Violette, brune, et les machinistes allongés sur la pelouse les sifflaient quand elles passaient, très droites, entre les palmiers.

— Mais Philippe, disait Katia, tu vis avec lui depuis des années ?

— Je vis chez moi.

Elles allaient s'asseoir à *La Grande Bleue*, un établissement de bains de la Promenade des Anglais, en face de l'Hôtel Impérial. Très vite elles étaient entourées, des Espagnols, des Italiens, entreprenants, des Anglais ou des Américains, plus timides en apparence, mais plus précis dans leurs propositions. Katia riait.

— Quels cons ! disait-elle. Mais que les hommes sont cons !

Violette s'appuyait sur le coude :

— Cons ?

Elle avait une moue de mépris.

— Ils nous prennent pour des marchandises à acheter. Des salauds, oui.

Katia allumait une cigarette, secouait ses cheveux :

— Tu exagères toujours. Ils ont envie, on leur plaît, ils essaient. Regarde celui-là.

Sans presque bouger les yeux elle montrait un homme d'une soixantaine d'années, le visage fin, habillé avec élégance.

— Il est là chaque fois que je viens.

— Fais-lui un signe, disait Violette, agressive.

Elle se levait, se penchait vers Katia :

— Tu veux que je lui dise qu'il t'intéresse ?

Elle laissait son amie sur la plage, apprenait quelques jours plus tard que Katia n'était plus avec Rex.

— Tu sais, cette fois-ci, expliquait Katia, c'est sérieux, il s'appelle Hollenstein — elle pouffait — un prénom marrant, Gustav, le propriétaire de l'Hôtel Impérial et du Grand Hôtel des Îles, au cap d'Antibes. D'une gentillesse ! Viennois. Avec lui, il me semble que je suis encore à Petrograd, avant.

— Quel âge ? demandait Violette.

Katia Lobanovski faisait un geste d'ignorance :

— Trente ou quarante de plus que toi ?

— Il est gentil, répondait Katia. Tu sais, je ne demande pas plus à un homme.

Le vent qui enveloppait le visage de Violette soulevait ses cheveux, et il fallait qu'elle tienne fermement le volant pour ne pas être déportée.

La mer, sur la longue plage de galets des plaines d'Antibes, roulait en une houle régulière et frontale, couronnée d'écume blanche. Violette coupa la route, se gara sur le terre-plein, à la limite de la plage.

Peut-être demandait-elle trop aux hommes ?

Elle sortit de la voiture, marcha sur la grève déserte. Le vent fort, venant du large, s'opposait à elle par souffles intermittents, la bousculant parfois, mais elle aimait cette avancée difficile et, au lieu de se courber un peu, elle se tenait épaules dégagées, tête levée, jambes tendues.

20

Peu à peu, alors qu'ils avaient tant de choses à se dire, ils ne parlèrent plus que de leurs pères :

— Depuis qu'il a rencontré cette Russe, une Russe, oui, mon père...

Nathalie s'interrompait, abandonnait le bras d'Alexandre Revelli, cherchait à voir entre les pins le village que l'ombre encerclait, recouvrant d'abord les terrasses de l'est en contrebas, gagnant les remparts, battant les premières fenêtres. Nathalie faisait quelques pas hors du sentier qu'ils avaient pris et qui montait entre les broussailles et les arbres sur la colline encore sauvage, séparant Saint-Paul de la route de Vence.

— Vous voyez la maison ? demandait Nathalie.

Jean Karenberg redescendait vers elle avec Alexandre, et ils apercevaient à l'une des proues des remparts, celle qui était la plus enfoncée déjà dans l'ombre, les trois fenêtres carrées du dernier étage, les linteaux de pierre rose.

— Vous êtes admirablement placés, disait Jean. Toute la montagne...

Il montrait la ligne des baous, falaises bleuissantes, presque blanches vers les sommets, et qu'on voyait depuis Saint-Paul.

Nathalie prenait de nouveau le bras d'Alexandre, elle s'appuyait à son épaule, et affectée, moqueuse :

— Demandez à Alexandre ce qu'il en pense. Il n'est pas du tout de cet avis.

— Il faudrait être fou, répondait-il avec un sourire.

Nathalie se tournait vers Jean Karenberg :

— Cadeau de mariage de mon père. À sa fille, pas à Alexandre Revelli. Mais Alexandre, susceptible comme son père, vous le connaissez ?

— Le trust Carlo Revelli, disait Jean.

Il secouait la tête, ironique :

— Puissance locale, capitaliste, le fils n'est pas si mal.

Il donnait une tape amicale sur l'épaule d'Alexandre :

— Tu tremblais, continuait Jean.

Il expliquait à Nathalie :

— Au lycée, on savait le père d'Alexandre pas facile. Alors, on laissait à Alexandre les prix d'excellence.

Jean racontait, pendant que tous les trois, côte à côte, montaient lentement. Chaleur, chant des cigales. Terre rouge recouverte d'aiguilles de pin. Souvent, la roche à vif formait des marches naturelles qui obligeaient à de grandes enjambées. Le sentier s'élevait vite, et, en se retournant, Alexandre apercevait Saint-Paul, nef de pierre dans le creux d'une ondulation figée.

— Tu sais..., dit-il.

Et ce qu'il croyait immobile en lui, comme les lignes de relief que le temps arase mais ne déplace plus, se remit brusquement à bouger, glissements lents, d'abord, qui faisaient apparaître le visage du père, dans la voiture, sur le port, quand Alexandre avait choisi d'aller vers ce groupe de manifestants qui se rassemblaient. La première rupture jamais effacée, leurs yeux qui s'évitaient, toute une stratégie de gestes et de mots, à table, dans le jardin de Gairaut, au moment du café, quand Mafalda venait avec les tasses, donnait le sucrier à son frère, et Alexandre, après s'être servi, au lieu de le tendre à son père, le rendait à Mafalda. Carlo Revelli buvait rapidement et ne fumait plus son cigare dans le jardin comme par le passé. Il rentrait sans dire un mot.

— Qu'est-ce que vous avez tous les deux ? demandait la mère. Qu'est-ce qu'il t'a fait ?

Alexandre se levait à son tour :

— Je dîne pas ici ce soir, disait-il.

Il sentait, quand il commençait à descendre la route de Gairaut, penché sur le guidon de sa bicyclette, le regard du père, ou bien l'imaginait, car il ne se retournait pas, pédalant vite, se refusant à freiner dans les tournants raides, et chaque coup de pédale était un défi lancé malgré la peur, pour que se brise cette vitre dressée entre eux, qu'éclatent en un cri leur douleur et leur colère.

Mais Alexandre n'avait jamais eu d'accident, et, en octobre 27, quand il était parti pour Paris, son père était absent, sur un chantier, du côté de Menton.

— Il t'a envoyé une voiture, disait Anna Revelli.

Elle pleurait comme à chacun des départs d'Alexandre, elle l'accompagnait jusqu'à la route :

— Avec ton père, disait-elle, vous auriez pu...

Pas de guerre ouverte entre eux, mais de savantes dérobades, tout un langage du silence pire que l'insulte. Quand Alexandre avait reçu le mandat, celui que, depuis son séjour à Paris, son père lui envoyait ponctuellement, il l'avait retourné à sa mère. « Je me débrouille. » Un autre mandat le mois suivant, qu'il renvoyait aussi.

Aux vacances 28, il n'avait séjourné que quelques jours à Nice. À table, Alexandre surprenait le regard de son père, mais dès que l'un et l'autre se sentaient découverts, ils baissaient la tête, et c'est Mafalda ou Anna qui interrogeait Alexandre :

— Tu ne restes pas ? disait sa mère. On ne te voit plus maintenant. Ce Paris, ce...

— Il est architecte. Nous..., commençait Mafalda.

— Tu es une idiote, répondait Alexandre à sa sœur.

Il avait décidé de visiter l'Italie, et quand il avait fait part du projet, à la fin d'un repas, Carlo, sans lever la tête :

— On est de Mondovi, nous autres. Il y a sûrement encore des Revelli, là-bas.

Répondre. Dire : « J'irai voir. » Mais les mots manquent. Pourquoi ?

Alexandre marche derrière Nathalie. Il s'arrête, sa femme se retourne. Ils regardent vers Saint-Paul. La perspective a changé. Fouillis d'arbustes, des chênes verts, quelques noisetiers, des ronces, des souches d'oliviers qui, parfois, sont couronnées d'un rejet vivace. Désordre du relief, des vallons, entailles étroites aux pentes abruptes sous un moutonnement crépu de végétation.

— Tu sais, reprend Alexandre, je me demande pourquoi, avec mon père, je n'ai jamais pu parler ? Pourtant...

Peut-être aurait-il suffi de dire : « Je vais passer par Mondovi. Je demanderai. J'aimerais connaître la ville d'où vous êtes partis, toi et tes frères. »

Au contraire, quand la mère interrogeait Alexandre :

— Tu iras au Piémont ? C'est beau, il y a des arbres comme on n'en voit pas ici.

Quand Carlo Revelli ajoutait, le visage tourné vers Mafalda, semblant ignorer son fils, alors qu'il ne parlait qu'à lui :

— Mon père, disait Carlo, ton grand-père, il était bûcheron, et moi aussi, j'ai commencé comme ça. On a peur, tu attends que ça craque, là, juste devant toi, à la base, et tu te demandes toujours de quel côté ça va tomber. Parce qu'on a beau être sûr...

Quand Alexandre avait pu parler, les phrases libérées enfin, lui aussi affectait de ne s'adresser qu'à sa mère :

— Oui, le Piémont, disait-il. Mais je n'aurai pas le temps. Ce qui m'intéresse, ce ne sont pas les arbres, ce sont les grands monuments, Rome, Florence.

Carlo Revelli se levait, prenait un cigare dans le tiroir du buffet. À ce moment, chez Alexandre, cette envie de dire : « Papa, je vais à Mondovi, tu le sais bien ! »

Pourquoi se taisait-il ?

Avant son départ pour l'Italie, il rencontrait Nathalie Hollenstein, se promenait sur les quais du port. Ils s'étaient vus souvent depuis l'inauguration du Grand Hôtel des Îles. Au château, ils s'accoudaient au parapet, et Alexandre disait :

— Je veux aller en Italie pour les monuments, bien sûr, les ancêtres...

Il passait la frontière, des carabiniers en uniforme noir et rouge faisaient les cent pas sur le quai de la gare de Vintimille. Des miliciens en chemise noire, le mousqueton en bandoulière, se tenaient aux extrémités du train. Parade grimaçante du régime qui irritait Alexandre. « Quels cons », pensait-il, penché à la portière. Quel pays de cons. Mais ces appels en italien, ces silhouettes, paysans au pantalon gris rayé, femmes en fichu, portant un panier d'osier, tout cela comme des souvenirs sans date.

Il voulait d'abord se rendre à Florence, et voilà qu'à Savone, alors que son train stationnait, il entendait un nom parmi d'autres : *Mondovi.* Il saisissait sa valise, sautait sur le quai, trouvait le train en partance pour *Mondovi, Cuneo, Torino.* Des paysans encore, tassés sur les banquettes de bois, une odeur de foin qui s'emparait de l'air au fur et à mesure que le train s'éloignait de la côte, atteignait, après avoir franchi les longs tunnels des Apennins, une plaine mamelonnée, ondulations douces, îles forestières au milieu des étendues cultivées ; cette minutie, cette dentelle, les vignes hautes dont les branches s'enroulaient sur des fils de fer tendus, d'un cep à l'autre, comme le brin majeur d'une trame.

Près d'Alexandre, appuyé lui aussi à la fenêtre dans le couloir du compartiment, un paysan fumait. Mains qui ressemblaient à celles du père, paume épaisse, veines comme de grosses nervures. L'émotion. Reconnaître un paysage et ses hommes sans les avoir jamais vus, sans n'y avoir jamais pensé, se sentir tout à coup de ce pays, alors qu'on se croit d'ailleurs, qu'on comprend à peine la langue, et pourtant la voici qui renaît, qu'on se souvient des mots que la mère prononçait, ou le grand-père Forzanengo, auquel ce paysan ressemble aussi. Mémoire d'avant la conscience.

Alexandre montait la rue en pente de Mondovi, découvrait l'église et la place en pans coupés, cette architecture théâtrale et naturelle. Il s'asseyait sur le mur et, face aux maisons nobles, regardait le café où péroraient des hommes en uniforme. Deux d'entre eux s'étaient dirigés vers lui, l'interpellant, lui demandant : *I documenti, prego,* feuilletant le passeport, répétant le nom : *Revelli, Revelli, Italiano ? Piemontese ?*

Alexandre secouait la tête : « Français », disait-il, accentuant encore cette prononciation parisienne qu'il avait acquise depuis qu'il était aux Beaux-Arts. Les deux miliciens fascistes riaient, suffisants : *Nizza, nato a Nizza, la città di Garibaldi.* « Né à Nice ? La ville de Garibaldi. Français ? »

Il avait fallu les suivre jusqu'à la « Questura », découvrir la prétention grotesque de ces fonctionnaires provinciaux, l'un d'eux parlant français, disant à Alexandre :

— Revelli ? Mais vous êtes d'ici. Nice, c'est les Piémontais qui l'ont faite. Elle a toujours été italienne. Pour nous, vous êtes italien, votre père sûrement...

Alexandre entouré de jeunes gens en uniforme qui

se saluaient. Grands coups de talons. Bras levés. Il répétait : « Je suis français ! » Manière de se protéger, de refuser le fascisme.

— En tout cas, lui expliquait-on, vous le serez plus longtemps.

Ils s'esclaffaient, lui donnaient des claques amicales sur l'épaule : « Italiano, ma si, Italiano, Mussolini... »

Ils le laissaient enfin partir, lui faisant la morale :

— Vous, un fils d'Italien, vous êtes italien. Vous devriez être fier, maintenant. Plus personne n'a besoin de s'expatrier, plus personne. Mussolini...

Ils le menaçaient parce qu'il ne pouvait s'empêcher de sourire : « Zona militare qui, ici... », disaient-ils.

Alexandre quittait Mondovi peu après. Il se souvenait. Par quels détours cette phrase apparaissait-elle, quels mouvements profonds en lui faisaient glisser les couches entassées qui la dissimulaient : « On avait un oncle. » C'est le père, un soir, dans le jardin, à Gairaut, qui s'était mis tout à coup à parler, parce que Luigi, son frère, était passé dans la journée, sans prévenir, avec une femme qui s'appelait Rose, et qui portait, chemins inattendus de la mémoire, une robe avec des fleurs rouges. « Un oncle, à Ceva, on l'appelait le Bel Cantante, le beau chanteur, et Luigi, quand il est revenu de chez l'oncle, il chantait. »

Alexandre prit un omnibus pour Ceva. Assis au milieu des paysans et des maçons, des vieilles, il était de ce pays. Oublié le fascisme.

Il s'installa dans un hôtel simple, sur une place du quartier ouvrier, prenant ses repas dans une auberge sombre où les consommateurs restaient immobiles, chapeau de feutre gris, coudes écartés posés sur la table, un verre de vin devant eux, silencieux, paraissant rêver, les yeux ne cillant pas. Certains fumaient les mêmes cigares que le père, et leur visage ne s'animait, leurs yeux ne se plissaient qu'au moment où ils aspiraient la fumée, puis la rejetaient, retrouvant enfin l'impassibilité.

Alexandre allait dans les rues, cherchant un Revelli au hasard, interrogeant la serveuse. On l'envoyait à un charcutier, chez un médecin. Puis la police, encore l'interrogatoire, et l'un des miliciens disait : « Forse é... » Peut-être est-ce Nono Revelli ?

L'oncle de Carlo Revelli était mort, mais il avait un fils qui possédait une papeterie dans une des rues proches de la piazza Cavour. Même visage, pommettes marquées, maigreur du corps, sécheresse des gestes, cheveux blancs ondulés, et un fils d'à peine vingt-cinq ans, l'âge d'Alexandre, lieutenant d'*alpini*, les chasseurs alpins italiens.

Quand Alexandre était entré dans la papeterie avec le milicien, Nono Revelli avait eu une expression inquiète, puis, le fasciste parti, il prenait le bras d'Alexandre : « Le fils de Carlo ! Tanti anni, tant d'années », disait-il. Il s'exclamait. Giuseppe, le lieutenant, devait venir le lendemain.

Nono ouvrait une bouteille d'asti, mais, peut-être le vin doux, ou bien la chaleur orageuse, Alexandre se sentait mal à l'aise. Une vie possible ici pour les Revelli, comme si devant ses yeux se déroulait un destin qui aurait pu être celui du père, puis le sien. L'image de la vie tout à coup se dédoublait. Là-bas. Ici. Un hasard qui avait décidé. D'où était-il, Alexandre ? Qui était-il ? Il avait hâte de repasser la frontière pour retrouver la terre ferme.

— Tu ne m'as jamais raconté cette histoire, disait Nathalie.

Elle s'était assise près de son mari, le dos appuyé à un rocher. Alexandre se tenait penché en avant, essayant de nouer des aiguilles de pin qui se brisaient entre ses doigts. Jean Karenberg, assis plus loin sur une souche, essuyait le verre de ses lunettes que la sueur et la chaleur avaient embué.

— Je suis rentré à Nice, concluait Alexandre. Pas

vu Florence, pas vu Rome, et je n'ai rien dit à mon père.

Ils restaient tous les trois silencieux. Pas un souffle encore sur les collines. La chaleur retirée, le soleil bas à l'ouest. Un moment d'accalmie, avant les bruissements du crépuscule et la brise.

— Il faut redescendre, dit Nathalie.

Sur le sentier, elle sautait de pierre en pierre, s'arrêtant pour attendre Alexandre et Jean Karenberg. Quand ils la rejoignaient, elle commençait à parler sans les regarder :

— C'est drôle les relations avec ton père. Peut-être, quand il y a deux hommes, c'est toujours la guerre. Entre mon père et moi...

— Elle riait. — Depuis qu'il a rencontré cette Russe, Katia, la fille d'un général, un blanc, bien sûr.

Elle les attendait de nouveau.

— Elle est à peine plus âgée que moi. Vingt-neuf, je crois.

— Et votre père ? demanda Karenberg.

— Soixante-cinq. Pas mal, non ?

Elle rit encore, s'appuya au bras de Karenberg :

— Vous trouvez ça immoral, Jean ?

Il eut un mouvement de tête, méditatif :

— Si votre père n'était pas...

Nathalie l'interrompit :

— Mais il n'est pas dupe, dit-elle. Ni lui ni Katia. Lui, il a de l'argent ; elle, vingt-neuf ans. Ils échangent.

— Précisément, dit Jean, c'est là...

— Si vous voulez, reprit Nathalie, mais alors il faut tout bouleverser, changer toutes les règles. Pourquoi pas ? Mon père n'est pas loin d'être d'accord.

Parfois, Gustav Hollenstein, quand Nathalie avait terminé de jouer, s'appuyait au piano. Elle laissait aller une de ses mains le long des touches, émiettement songeur, pour se protéger du vide qui s'abattrait sur eux quand elle aurait refermé le piano, ce silence opaque du salon aux colonnes de l'Hôtel Impérial où Nathalie avait l'habitude de jouer pour son père.

Gustav Hollenstein attendait pour parler qu'ait pris fin l'immobilité mouvante de la musique.

— C'est ridicule, disait-il alors, ridicule toutes ces activités. Je multiplie, pourquoi ? Ce Grand Hôtel des Îles, maintenant, et je ne m'intéresse qu'à la musique.

Il faisait le tour du piano, embrassait sa fille :

— Tu es finalement mon seul instant de vie, de vraie vie. Le reste...

Il se redressait, regardait les tapisseries, les colonnes de marbre rose :

— Le reste, manière d'occuper le temps.

Nathalie riait, ou bien, si elle avait l'impression que ses mains n'avaient su tenir le rythme, dévorant un intervalle, ce silence comme une autre note éclatant entre les notes, elle s'emportait :

— Tu mens, papa. Quel théâtre ! Tu adores ce que tu fais. À ta manière, tu composes, tu jongles. Tu joues et tu veux gagner.

Elle se levait :

— Tu aimes le succès. Tu es heureux d'avoir eu raison.

Gustav Hollenstein, l'un des premiers, avait eu l'intuition de la saison d'été, de la vogue des bains de mer. De Saint-Tropez à Monte-Carlo il avait continué d'acheter des terrains proches du rivage. Le Grand Hôtel des Îles était devenu en moins de trois ans le lieu de rencontre des milliardaires. Ils amarraient leur yacht à Cannes ou bien l'embossaient entre les îles de Lérins et la côte, leurs canots faisant la navette des navires au débarcadère de l'hôtel. Ils sautaient sur le quai, peignoir de bain blanc, peau hâlée. Ils nageaient dans la piscine taillée au ras des vagues, dans les rochers battus par l'écume.

À Nice, ils traversaient la Promenade des Anglais en tenue de plage, descendaient à *La Grande Bleue,* faisaient la cour aux quelques filles, des mannequins, des figurantes venues des studios de la Victorine.

Nathalie, s'ils s'approchaient d'elle, les décourageait vite. Elle se levait pour regagner l'hôtel.

— Tu rentres déjà ?

Gustav Hollenstein croisait sa fille dans le hall.

— Tes milliardaires, répondait-elle. Je vais choisir une île déserte !

Il la suivait, plaisantait :

— Évidemment, évidemment. Maintenant, tu es une femme.

Puis, comme il devinait sa colère :

— C'est ainsi, disait-il. Tu t'insurges, bien sûr, mais regarde.

Ils s'installaient l'un près de l'autre sur le balcon de leur appartement. Devant eux, la baie, voiliers sur fond bleu pâle, va-et-vient des voitures le long des deux voies de la Promenade des Anglais. Des grooms en costume bleu à parements rouges couraient vers la station de taxis proche, et la foule massée sur les trottoirs, face à l'entrée de l'hôtel, espérait apercevoir l'acteur célèbre dont *L'Éclaireur de Nice et du Sud-Est* avait annoncé l'arrivée. Il descendait les marches de l'hôtel, souriant, mince dans son costume d'alpaga blanc. Applaudissements, quelques bravos de femmes.

— Je me souviens, continuait Hollenstein, j'étais correspondant à Paris pour un journal de Vienne, à ce moment-là. Avant la guerre, bien sûr, je m'imaginais qu'on pouvait tout changer. Je croyais.

Il prenait son long porte-cigarette, y plaçait lentement une cigarette. Il le portait à sa bouche, parlant avec les dents serrées, et cela donnait à sa voix une rugosité qui retenait Nathalie. Elle était émue de l'accent allemand de son père, de cette difficulté qu'il semblait avoir tout à coup à trouver ses mots, à les arracher au passé. Nathalie, certaine alors que son père ne mentait pas.

— Je croyais, reprenait-il.

Il s'interrompait.

— Quoi, papa ?

Elle approchait son fauteuil du sien, posait la main sur le bras de son père.

— Je n'imaginais pas, continuait-il. Je croyais que nous étions, ici en Europe — un silence — Vienne, Paris, comprends-tu ? Je pouvais croire que la civilisation ici... Mais j'ai suivi l'affaire Dreyfus pour mon journal.

Il souriait, allumait enfin la cigarette :

— Je comprends vite. Qualité, défaut ? Ton oncle Karenberg, lui, croyait encore. Moi, j'ai senti la guerre. Je suis parti avec toi en Suisse, tu te souviens ?

Demeurer un instant silencieux, se souvenir ensemble des bords du lac, Genève au loin, et les teintes rousses de la rive.

— Tous les deux, disait Nathalie.

— On est tous les deux, toujours.

La rumeur de la circulation, et, dans un creux, un martèlement distinct, le trot d'un cheval. Prétexte à Nathalie pour se lever, afin de cacher son émotion. Elle se penchait vers la chaussée, disait : « Ces fiacres, un jour... »

Une tente de toile écrue protégeait les sièges, et le cocher, le fouet à la main, un chapeau de paille sur la tête, se retournait. Un fiacre, quand Nathalie, au début du mois de juillet 31, dit à son père, sur le balcon de leur appartement, et trois voiliers sortaient du port, comme des mouettes posées sur l'eau, qu'elle voulait se marier avec Alexandre Revelli.

Elle n'osait le regarder. Ses yeux allaient du fiacre aux voiliers, et elle ne bougea pas quand il lui entoura les épaules de son bras. Ils demeurèrent ainsi un long moment. Nathalie devinait son père si bienveillant dans sa détresse, qu'elle put parler, enfin :

— Tu..., commença-t-elle.

Un mot. Il l'interrompait, pressait son épaule :

— Bien sûr, dit-il, tu dois. Si tu veux.

Il se reprit :

— Si vous voulez, la maison de Saint-Paul, celle que tu aimes, je te la donne.

Il s'écarta, fit quelques pas dans l'appartement, revint. Simulait-il l'enthousiasme ?

— Vous ne me verrez pas là-bas, ne craignez rien. À moins que vous n'y teniez.

Il riait :

— Alexandre Revelli. Tu es parfaite, Nathalie.

Il allait et venait :

— Tu simplifies mes affaires. Sais-tu ce qu'on va dire ? Tu t'en moques ? On va dire que les deux vieux, le juif Hollenstein et l'Italien Carlo Revelli, deux métèques, ont manigancé le mariage de leurs enfants pour associer leurs intérêts. Trop drôle, tout ça. Dis-moi...

Le visage de Gustav Hollenstein se tendait :

— Tu es sûre ? Sûre ?

Elle avait envie de sauter à son cou, elle amorçait le geste, et lui, prêt à la serrer. Puis, pudeur nouvelle, ils hésitaient, s'écartaient.

Elle regardait de nouveau les voiliers qui longeaient maintenant la côte, l'un d'eux mât oblique dont l'étrave déchirait la vague par le travers.

— Son père..., commença Hollenstein.

Il se laissa tomber dans le fauteuil, le menton sur la poitrine, soudain abattu, las.

— Papa ?

Il leva la tête, cligna des yeux :

— Je trouve que cela vient vite, dit-il.

Mariage discret. Pas de repas de noces. Un écho, pourtant, dans *Le Petit Niçois.*

Quand les fortunes se marient.

Nathalie Hollenstein, la fille unique de M. Gustav Hollenstein, a épousé hier l'architecte Alexandre Revelli, le fils de l'un des plus grands entrepreneurs du Sud-Est, Carlo Revelli. Les deux familles s'étaient déjà associées pour la construction du « Grand Hôtel des Îles », au cap d'Antibes. Voilà les liens d'affaires consolidés par les liens du cœur. M. Carlo Revelli a décidément de la chance : sa fille Mafalda devrait épouser, dans quelques semaines, le fils de monsieur le député Joseph Merani, maître Charles Merani, du barreau de Nice. Voilà une manière élégante de lutter contre la crise. Félicitations à l'heureux père.

Quand Mafalda s'était mariée avec Charles Merani, le maire de Nice, le préfet et le nouveau député des Alpes-Maritimes, Ritzen, élu en 1928, avaient été invités, à titre privé, au repas, dans la salle à manger du Grand Hôtel des Îles. Alexandre et Nathalie voyageaient alors en Italie, gagnant le Sud. Ils s'enfonçaient dans les ruelles fétides, longues comme des coupures douloureuses. Les enfants, nu-pieds, couraient autour d'eux, les mouches collées à leurs yeux. Les villages perchés, constructions arrogantes — et parfois une maxime mussolinienne, hautes majuscules noires sur un mur crépi, avait été tracée le long du chemin, anachronique et dérisoire — se décomposaient en masures dominées par le clocher d'une église baroque ou les ruines d'un donjon qu'on confondait, de loin, avec les pentes pierreuses enveloppées par la brume grise de la chaleur.

Des carabiniers contrôlaient leurs papiers, s'étonnaient de leur présence : « Ici, ce n'est pas une Italie pour vous, pour les étrangers, disaient-ils. Ce n'est pas la vraie Italie. Revelli ? Italien ? »

— Français... Architetto, architecte français, répétait Alexandre.

Retrouvant les villes, les parades du régime, ils se souvenaient du visage brun des enfants, leurs paupières comme un liséré noir, vibrant.

Ils rentrèrent à Nice plus vite qu'ils ne l'avaient

prévu. Nathalie, alors qu'ils dînaient avec son père, tentait de lui expliquer :

— Cette misère, disait-elle, ces gosses. La terre, des pierres, l'eau manque. Et le fascisme, rien, il ne fait rien.

Gustav Hollenstein avait un geste de la main. Fatalisme. Indifférence.

— La misère ? Il y a toujours deux faces, partout, en Italie. Ici.

Alexandre avait touché le genou de Nathalie pour qu'elle se taise, mais elle avait un mouvement de révolte :

— Accepter, toujours ! disait-elle.

Gustav Hollenstein ne répondait pas à sa fille, laissait un silence, puis, tourné vers Alexandre :

— Ce mariage de votre sœur, Mafalda, grandiose. Votre père a le sens de l'opéra. Le repas, un premier acte, quand le chœur entre en scène. J'observais votre père — Gustav Hollenstein s'interrompait. Ne croyez pas, continuait-il, que j'y mets de l'ironie. Au contraire. J'ai beaucoup d'admiration pour Carlo Revelli. Il faut imaginer. Mon beau-frère Karenberg m'a raconté par bribes cette vie. Au début, quand votre père est arrivé ici, sans rien, je trouve ça... Cela vaut la conquête des Indes, vous savez ? Il faut de l'héroïsme aussi. Alors, l'opéra, pourquoi pas ?

Alexandre faisait une moue.

— Je comprends, disait Hollenstein. Nathalie, elle aussi, me reproche de ne pas avoir changé le monde, mais si, mais si.

Gustav prenait le poignet de Nathalie :

— Tu es l'accusation. Je plaide les circonstances atténuantes. Après, après seulement, verdict — Hollenstein se tait longtemps, reprend — Changer ? Je suis prêt à accepter que le monde change, mais encore faut-il que ce soit possible. Qui vous dit que vos pères n'ont pas essayé ?

Alexandre mal à l'aise. Et Nathalie le sent :

— Et cette Katia Lobanovski, papa, tu vas vivre avec elle ?

— Tu m'y autorises ?

Elle hausse les épaules, le regarde. Il semble ne plaisanter qu'à demi :

— Moi ? Mais je suis heureuse.

— Voyez-vous, Alexandre, dit Gustav Hollenstein en se levant, la richesse, quel plaisir et quelle duperie ! Ma fille s'en va, je suis seul. Il me faut une autre fille, n'est-ce pas ?

Nathalie se lève à son tour. Elle voudrait qu'il cesse de parler. Quelque chose glisse avec les mots anodins, qui ne l'est pas, qui la trouble.

— La richesse, un plaisir pour les vieux, ajoute Gustav Hollenstein.

Il sort de la salle à manger, se dirige vers le salon.

Nathalie prend Alexandre par la main, l'entraîne vers le balcon. Elle a besoin de rester seule avec son mari, ne fût-ce qu'un instant, pour entendre battre avec lui la mer.

21

La lampe, sur la façade plongée dans l'ombre, creusait une cavité claire vers laquelle marchait Jean Karenberg.

Il imaginait son père, écrivant quelques mots sous la lampe au socle de bronze, se levant, passant sur la terrasse. Et peut-être, en ce moment, accoudé à la balustrade, guettait-il son fils, ayant entendu le moteur de la moto, ne veillant peut-être que pour cela, ces conversations du milieu de la nuit qu'ils avaient, passionnées, souvent vaines, Jean, toujours surpris de la vivacité de cet homme de soixante-dix ans, de sa vigueur. Mais, brusquement, Frédéric Karenberg le plus souvent, comme s'il avait craint de l'emporter, et il disait à Jean : « Peut-être as-tu raison ? »

— Tu ne te couches pas ? interrogeait Jean, voyant que son père allumait un nouveau cigare.

— Les vieillards ne doivent pas dormir, pas tout de suite.

Jean montait dans sa chambre. Il s'endormait souvent sans avoir la force de se dévêtir complètement. Étouffé de fatigue. Chaque jour il se promettait de refuser ces tâches politiques nouvelles qu'on lui confiait. Puis, Barel ou Barnoin, eux-mêmes épuisés, l'un, instituteur, l'autre, chauffeur de taxi, s'adressaient à lui : « Jean, toi, tu... » Cela signifiait : toi qui n'as pas besoin de gagner ta vie, tu peux, c'est-à-dire tu dois. Jean Karenberg acceptait. Il limait le sommeil, une heure ici, une heure là. Son corps grinçait comme une dent qu'on use. Ça résonne jusque dans la tête, et le regard se trouble.

Le matin, il s'imposait de travailler pour lui. Un roman commencé qui n'était qu'une manière de rêver à l'histoire des Karenberg, à Héléna, la sœur de son père, Héléna, dont il se souvenait si bien, altière, nerveuse. Les yeux dilatés, elle regardait Jean, l'attirait contre elle, disait : « Ce n'est pas facile de s'appeler Karenberg... J'espère pour toi... »

Il la retrouvait, Héléna, ce même profil, le front bombé, le menton accusé, quand il regardait Nathalie. Tant de fois ils avaient décidé de se tutoyer. « Nous sommes cousins germains, n'est-ce pas ? » commençait Nathalie. Mais Jean n'y parvenait pas, et, aujourd'hui encore, alors qu'ils avaient passé la journée ensemble, cette gêne entre eux. Le souvenir d'Héléna ? Jean savait qu'elle s'était suicidée. Nathalie qui, si rarement, évoquait sa mère, le savait-elle ?

Elle avait parlé de son père, avec complaisance,

tout au long de cette promenade sur la colline, vers Vence, dans la chaleur. Alexandre et Nathalie avaient entraîné Jean. Une journée gâchée. Eux avaient le temps de vivre les anecdotes de la vie, de s'attarder dans les villages du sud de l'Italie, d'y découvrir que le fascisme n'effaçait pas la misère. Une jouissance touristique de plus. Il avait envie de leur dire : « Que faites-vous pour que cela cesse ? Vous n'acceptez même pas de signer ce manifeste anodin. »

Barnoin avait chargé Jean Karenberg de recueillir des signatures, de créer un *Comité local des intellectuels pour la paix, contre le fascisme.* « Vois un peu, disait-il, dans ton milieu. »

Jean avait pensé à Alexandre Revelli. Ce camarade de lycée devenu architecte semblait avoir des sympathies pour la gauche. En août 27, Jean l'avait aperçu sur le quai du port, manifestant contre l'exécution de Sacco et de Vanzetti. Et Nathalie, après tout, pianiste, ce pouvait être aussi une recrue. Mais l'un et l'autre s'étaient dérobés. « Un comité local, expliquait Jean. À Paris, Romain Rolland et Barbusse. Ici, tu... »

— Bien sûr, disait Alexandre, il faut faire quelque chose. Mais je ne suis pas écrivain. Intellectuel, qu'est-ce que ça veut dire ? Je suis plus proche des maçons que d'un de tes poètes.

Jean n'avait pas insisté. La fatigue, peut-être. Cette chaleur dans la montée vers Vence, sous les arbres, la sueur qui lui couvrait le visage, les gouttes sur les verres des lunettes, le sentiment, aussi, qu'il ne réussirait pas, un fossé entre eux et lui. Ils montraient leur maison sur les remparts de Saint-Paul. Ils faisaient visiter l'atelier d'Alexandre. Nathalie faisait pivoter une sorte de totem sculpté dans le cœur d'un tronc.

— C'est étonnant, n'est-ce pas ? commentait Nathalie. Taillé à la serpe. Un art primitif.

Puis, ils avaient commencé de raconter leurs histoires privées. Cette indulgence de Nathalie pour son père.

Primitifs, ils l'étaient avec ce souci qu'ils avaient d'eux-mêmes, de leurs sentiments, cette réduction qu'ils opéraient et qui transformait tout en anecdotes. Alors qu'il fallait voir large, s'ouvrir sur les principes, lier le détail à l'ensemble. Ne pas oublier la totalité. Le révolutionnaire savait d'un seul coup d'œil rassembler le puzzle.

Nathalie et Alexandre avaient raccompagné Jean jusqu'à la place, au delà des remparts de Saint-Paul. Là, contre un platane, Jean avait déposé sa moto.

— Vous, Jean, commençait Nathalie, comme d'habitude, vous n'avez fait aucune confidence.

Alexandre Revelli la tenait par l'épaule :

— Il n'est pas venu pour ça, disait-il. Karenberg, c'est le missionnaire. Le destin privé, le sien ou le sort de M. Trotski, des paysans russes expédiés en Sibérie, détail. Des œufs qu'on casse pour l'omelette. C'est comme ça qu'on dit ?

Jean souriait. De cela, il voulait bien parler avec son père, mais pas avec eux, ces dilettantes.

Il avait roulé jusqu'à Nice. Routes du milieu de la nuit qui paraissaient ne s'ouvrir que pour lui, arbres et villages enfouis dont le phare ne décapait que la surface, le temps d'apercevoir un tronc, l'angle d'un mur, et de nouveau le cône de lumière comme un coin s'enfonçant dans la chaussée. Les hommes, sauf quelques-uns, ignoraient les bas-côtés de la route. Ils parcouraient un trajet solitaires : autour de soi la nuit où d'autres poursuivent aussi, plus ou moins vite, leur trajectoire. Si l'on tente de leur dire : « Regardez, il faut connaître, apprenez à voir », ils refusent, comme Alexandre et Nathalie.

À Cimiez, chez lui, Jean plaça sa moto sous l'auvent construit près du portail. Il prit l'allée centrale bordée de statues romaines, bustes glabres absorbant la lumière de la lampe qui, par intermittence, quand les branches de l'eucalyptus balancées par la brise ne la masquaient pas, inondait le parc de la villa Karenberg.

Quand il fut au milieu de l'allée, Jean vit son père, assis sur la balustrade, autre buste qui se dressait, se découpant sur la lumière.

L'été, souvent, ils se rencontraient là. Ils éteignaient la lampe de la bibliothèque, s'asseyaient sur les marches, et commençaient à parler, à voix basse, d'abord, puis le ton montait. Peggy se mettait à la fenêtre au premier étage :

— Frédéric, appelait-elle.

Le père et le fils se taisaient.

— Je parle avec ton fils, répondait parfois Frédéric, quand Peggy insistait.

— Dis à ton fils d'aller se coucher.

Elle descendait, s'asseyait dans la bibliothèque, et, bientôt, ils oubliaient sa présence, recommençant à s'affronter.

Entre le père et le fils, depuis 1928, la guerre des idées. Frédéric marquant point après point. Échec de la révolution partout, démontrait-il. Trotski chassé. Changhai, Berlin perdus.

— Trotski, je me moque du bonhomme, disait Frédéric, quoi qu'un homme ce soit toujours important. Mais cet exil, tu comprends ce que cela signifie ? J'ai tiré mes conclusions.

Frédéric avait démissionné sans éclat du parti communiste.

— Tu es d'une autre génération, disait Jean. Excuse-moi, père, mais le temps est une donnée politique.

Cette phrase, l'une des armes perfides de Jean, Frédéric ne l'admettait jamais :

— Une autre génération ?

Il s'animait, le visage rajeunissait, les yeux devenaient bleu-gris, plus clairs encore :

— L'âge n'a rien à voir. C'est un échec. Un drame et un échec.

Il apportait des preuves. La famine, comme l'ombre d'une bourrasque sur les villages de Russie. Les trains chargés de paysans déportés. Les poètes qui, là-bas, se suicidaient. Maïakovski. Essenine.

— Ce sont des faits, criait-il, des faits. Et votre brochure ridicule, la Russie, un paradis en construction ? C'est avec cela que vous comptez comprendre la réalité, ces sornettes ? Mais je suis russe, tu es russe, c'est notre pays.

Jean faisait face. Il s'adossait à la crise économique ici, aux injustices. Le gouvernement arrêtait des députés communistes, Cachin, Marty, Raffin, Thorez. Les scandales financiers se multipliaient, les chômeurs le matin se rassemblaient devant le portail des usines.

— Qui défend ce système, qui ? interrogeait Frédéric.

Bientôt, ce fut l'Allemagne entre eux comme un drapeau que l'on s'arrache, Frédéric Karenberg interpellait son fils :

— Avec qui combattez-vous les nazis ? Pour vous, les socialistes ce sont des fascistes, donc vous êtes seuls. Et, seuls, les communistes allemands seront écrasés.

Il s'approchait de Jean, il le prenait par les poignets :

— Peux-tu ne pas être fanatique ? Peux-tu comprendre que vous allez perdre. Vos militants vont vous quitter parce que vous avez tort.

Jean s'insurgeait, se dégageait :

— Nos militants ? Le système les écrase. Dante, Dante Revelli, tu te souviens ?

Dante refusait de se présenter aux élections. Il choisissait, lui aussi, de se retirer. L'épouse, l'enfant.

— Une femme, un enfant..., commençait Frédéric.

Puis, pudeur, il s'interrompait, ne reprenant qu'après un silence :

— La révolution, à vous entendre, elle était là, à portée de main. À chaque élection vous avez dit : « Nous allons gagner. »

Mais Ritzen, le flic à la retraite, était élu contre

Barnoin en 1928, réélu en mai 1932. Et Hitler l'emportait.

Pourtant, ce frémissement dans les rues, ce sentiment que ça ne pouvait plus durer, les chômeurs, les escrocs, que le monde était gros de quelque chose. Les fascistes qui s'organisaient, Darnand, le fils Merani, avec l'aide de quelques gangsters, leurs liaisons avec l'Italie.

— En ce moment, disait Jean, même si je te donnais raison, comment veux-tu déserter ? C'est une guerre, comprends, une guerre. Nous, eux.

Cent fois, cette phrase, le dernier argument de Jean qui faisait reculer Frédéric Karenberg.

— Tu as peut-être raison, disait-il, peut-être. Va dormir, va. Je te trouve un visage fatigué.

Au moment où Jean ouvrait la porte de la bibliothèque :

— Et ton travail personnel ?

Jean avait un geste de la main :

— J'essaie, disait-il, j'essaie.

Frédéric Karenberg s'approchait de son fils :

— Tu sais, rêver est peut-être aussi nécessaire que changer le monde. Si tu es capable d'apporter ce rêve, laisse à d'autres, à Barnoin, à Barel, à d'autres cette politique de chaque jour.

La phrase atteignait Jean. Il tentait de sourire avec désinvolture, de répondre :

— Le rêve est un privilège aussi, disait-il.

Mais Frédéric Karenberg semblait ne pas entendre, il fermait les yeux comme s'il voulait que sa pensée soit pure de toute influence extérieure :

— Jean, si tu as ce rêve à donner, donne-le, n'hésite pas.

Frédéric repoussait la porte de la bibliothèque, s'asseyait dans un des fauteuils, et Jean s'appuyait au bureau de son père. Lampe éteinte. Obscurité blanchâtre qui venait du parc.

— Parce que, reprenait Frédéric, quand on regarde

sa vie, au moment où, enfin, quand on arrive, comme moi, à quelques instants, à quelques pas de la fin, qu'est-ce qu'il reste ? Des affections. Le souvenir des affections. Finalement, le rêve, ce qu'on a fait à partir du rêve. Le reste, ces grands changements, s'il n'y a plus de rêve...

Frédéric secouait la tête, faisait un bruit avec les lèvres :

— Il ne restera rien, c'est le rêve qui donne un sens.

Il se levait.

— Je crois qu'il faut dormir.

Jean ouvrait la porte.

— Et là-bas, dans notre Russie, je crois que le rêve, fini, fini, ajoutait Frédéric Karenberg.

Ce soir, rentrant de Saint-Paul, atteignant l'escalier de la villa au sommet duquel son père l'attendait, Jean se souvenait de cette conversation d'il y avait quelques semaines.

— J'ai vu Nathalie, commençait-il, pour interrompre le déroulement des souvenirs.

Mais Frédéric ne répondait pas.

— Je t'attendais, disait-il. Il faut que tu lises. Tu auras le droit de continuer, de choisir. Mais il faut que tu saches d'abord.

Il entrait dans la bibliothèque, écartait les papiers en désordre sur son bureau, retournait des feuilles, prenait des pages dactylographiées.

— Lis, disait-il. Ça vient de Russie, et ce n'est pas n'importe qui, Victor Serge.

— Un opposant, disait Jean, encore un.

Frédéric agitait les papiers devant le visage de son fils :

— Un opposant ! criait-il. Et tu crois, toi, un Karenberg, que c'est une réponse suffisante ? C'est d'il y a sept mois, de décembre 1932, écoute.

Il se mit à lire d'une voix aiguë, indignée et solennelle : *Nous sommes de plus en plus en présence d'un*

État totalitaire divisé en castes, absolu, grisé de puissance, pour lequel l'homme ne compte pas... Ce régime repose sur une double assise...

— Jean, comprends-tu ?

Frédéric levait les yeux sur son fils, il montrait les pages :

— C'est capital, parce que c'est la première analyse qui vient de là-bas, la première.

Il reprenait sa lecture : ... *une double assise : une Sûreté toute-puissante et un ordre au sens clérical du mot... Ce régime est en contradiction avec tout ce qui a été dit, proclamé, voulu, pensé pendant la révolution même.*

Jean avait envie de se boucher les oreilles ou bien de hurler pour couvrir la voix de son père :

— Victor Serge, répétait Frédéric Karenberg, un vrai révolutionnaire. Alors ? Je t'écoute.

Jean traversait la bibliothèque, ouvrait la porte suivi par son père, qui, les feuillets à la main, continuait à lire, s'interrompait, criait presque :

— Il faut savoir cela, parce que c'est vrai, vrai. Écoute, écoute le programme de Serge.

Il se remit à lire : *Défense de l'homme. Respect de l'homme. Il faut lui rendre une valeur. Sans cela, pas de socialisme. Sans cela, tout est faux, raté, vicié... L'homme quel qu'il soit, fût-ce le dernier des hommes.*

Jean Karenberg avait atteint le palier. Il restait le front appuyé contre la porte de sa chambre, sûr de ne pas entendre, et pourtant se refusant à ouvrir la porte. Son père se tut enfin.

Jean entra dans sa chambre. La fatigue. Comme s'il avait trop bu. Les jambes douloureuses. Il enleva ses lunettes, mit les paumes sur ses yeux. Une phrase venait comme le début d'un roman à écrire. Il voyait sa main tracer les lettres : *J'écris pour le dernier des hommes...*

22

Si difficile de s'arracher à ce que l'on croit, quel long chemin, toute une vie, parfois, pour comprendre. D'autres ont suivi votre trace, et quand vous leur criez de s'arrêter, que c'est mirage, qu'ici continue l'enlisement, ils vont, sûrs de vos certitudes passées, ils s'enfoncent plus avant, et, si on les retient, ils vous accusent, plus aveugles que vous, et ils devront, eux aussi, marcher si longtemps, et peut-être ne trouveront-ils jamais l'issue.

Frédéric Karenberg, assis dans la bibliothèque, la lettre de Victor Serge posée sur ses genoux, respire difficilement. Deux mains s'appuient à la hauteur du cœur, de part et d'autre de la poitrine. Porter ses doigts à sa gorge comme le faisait si souvent Héléna, anxieuse, perdant son souffle. Frédéric Karenberg s'oblige à l'immobilité. Il ferme les yeux, tente de ne laisser venir au jour que des pensées apaisantes, la forêt autour de Semitchasky, au temps de l'enfance, le lac non loin du château, les bronzes de l'automne, ou bien, dernier recours, la neige duveteuse. Il s'y enfonce, il s'y endort, mais voici qu'elle le recouvre, le nez, d'abord, la bouche, la gorge. Il étouffe à nouveau. Fait quelques pas sur la terrasse, et souvent le mieux vient quand il accepte d'étouffer, qu'il dit : « Je vais mourir », qu'il se laisse aller comme un tronc rompu, à demi submergé, gorgé d'eau, et que le courant entraîne.

Peggy s'inquiète, descend une fois encore, pose un plaid sur les épaules de son mari, lui prend la main, le force à s'asseoir près d'elle sur la banquette, contre la façade. Sa présence rassure Frédéric. Il respire bien, comme quand il discute avec Jean et qu'il s'emporte, criant, gesticulant, et le souffle est là.

Les mains ne compriment la poitrine que s'il est seul. Quand Jean s'est couché. Que Peggy dort. Qu'il faut se dire : « Je vais les perdre, je vais mourir. » Ce n'est pas la peur, simplement une tristesse si profonde de ne plus les voir, de ne plus pouvoir les aimer, être aimé d'eux. Les laisser seuls et être seul. Peut-être est-ce pour cela qu'il attend Jean, presque tous les soirs, pour retenir sa présence, prendre sa voix, ses yeux, le guider encore, lui faire comprendre qu'il s'aveugle.

— Je t'entendais crier, murmure Peggy.

Elle serre la main de Frédéric :

— Que lui as-tu dit encore ? À trente ans, il pense seul. Tu cherches toujours à l'influencer, dans un autre sens, maintenant. Tu ne veux pas accepter...

Peggy s'interrompt, pose sa tête contre l'épaule de Frédéric :

— Quel adolescent, dit-elle, tu ne changeras pas.

Frédéric se lève, se penche :

— Veux-tu que je te lise cette lettre ? Tu me diras si je dois taire cela à mon fils.

Elle le retient, le contraint à s'asseoir de nouveau :

— Et s'il fallait que les hommes se trompent ? dit-elle. Un moment dans leur vie, pour faire des choses.

Ils se taisent. Silence et fraîcheur de la nuit. Autrefois, quand ils étaient ainsi sur la terrasse, elle, qui se pelotonnait, lui, qui la prenait par le cou, et sa main allait là, entre ses seins, autrefois, ils se levaient ensemble et montaient, hanche contre hanche, les escaliers, jusqu'à leur chambre, et l'un et l'autre nus, si vite, tant de hâte en eux.

— Tu devrais, dit Peggy.

— Pas encore, je veux relire.

Elle l'embrasse.

— Rentre alors, c'est humide.

Ils traversent la bibliothèque en se tenant par la main.

— Tu montes, bientôt ? demande-t-elle.

Frédéric lui caresse les cheveux, l'accompagne jusqu'à l'escalier.

— Jean, ajoute-t-elle en se retournant, tu n'as pas été trop dur ?

— Si.

— Ça ne change rien.

— Crois-tu ?

— Veux-tu vraiment qu'il change, qu'il pense comme toi, aujourd'hui ? En es-tu sûr ?

Frédéric rentre dans la bibliothèque, s'assied à son bureau, prend, dans le dernier tiroir, le cahier de l'année 1933. Déjà sept mois. Il feuillette. Chaque fois il s'étonne, ces mots-traces, si nombreux, qu'après quelques phrases il renonce à les relire, à se souvenir. Un nom l'accroche parfois.

Vu Gustav Hollenstein, hier. Me parle d'Alexandre Revelli, son beau-fils. Architecte, du talent, mais peut-être pas assez d'ambition. Curieuses et classiques mutations d'une génération à l'autre. Le père, Carlo Revelli, était une force dévorante, il l'est encore. Un boulimique. Entreprises, terrains. Le fils qui, déjà, si j'en crois Gustav, semble avoir perdu le goût de la guerre. Entre moi et Jean, où se situe la différence ? J'écris. Il écrit. Peut-être, à un certain moment de l'évolution, n'y a-t-il plus entre les individus que des nuances ? Les contrastes sont marqués quand un homme fait la percée, traverse en une vie toutes les couches. J'ai vu Carlo Revelli dans ce parc, le pic à la main, creuser une tranchée pour moi. Le fils de ce terrassier épouse Nathalie Hollenstein, ma nièce. Sa fille devient Madame Charles Merani. Ce mécanisme d'aspiration des hommes les plus entreprenants, voilà l'un des secrets de la vitalité d'une société. La transfusion s'opère. Si elle est suffisante, la société dure. Si elle cesse, la société meurt. Simplet, dirait Jean.

Frédéric tourne les pages. Hitler au pouvoir. Incendie du Reichstag.

J'essaie d'expliquer à Jean que l'Internationale communiste vient de subir, en Allemagne, la plus dure défaite de son histoire. Il ne comprend pas. M'assure que le nazisme va être balayé. Il n'a pas saisi, ils n'ont pas saisi que, une fois l'État conquis, un régime peut durer des siècles. Il s'est moqué. Comment pourrait-il savoir que quelques années cela représente, dans le cours d'une vie d'homme, une part immense, des siècles, des millénaires ?

Il faut écrire. Recopier la lettre de Victor Serge. Pour Jean, plus tard. Qu'il trouve un jour ce témoignage, que le fil ne se brise pas.

C'est cela qui pousse Frédéric Karenberg, chaque soir, à ouvrir son cahier, à noter. Parfois, sa plume s'arrête.

Je m'illusionne. J'essaie de croire que je vais demeurer présent, en lui. Dans les enfants qu'il aura.

Frédéric s'étouffe alors. Il doit se lever, aller sur la terrasse. Fermer les yeux, prendre ces pastilles qui sont censées régulariser le rythme respiratoire. Comme si la pensée était un muscle. Et c'est d'elle que tout dépend.

Pourtant, le médicament agit. Ou bien est-ce le fait d'avoir recommencé à écrire, la joie d'une idée nouvelle, cette exaltation juvénile qui monte, les mots qui entraînent la main, le souffle qui revient.

Ce siècle est despotique, écrit-il. *La révolution russe n'est peut-être qu'une des faces du despotisme. Le fascisme en est l'autre face. La liberté individuelle n'aura été qu'un moment de l'histoire, limité à une partie de l'Europe, et, dans l'Europe, à une infime partie des hommes, les aristocrates comme nous, les Karenberg, les grands bourgeois comme Hollenstein. Tout cela se termine. Les foules s'agglutinent dans les villes. Dès lors, il faut les tenir. Quand Mussolini dit : « Le XX*e *siècle sera le siècle du fascisme », il ne se trompe pas. Je dirai : le siècle du despotisme et de l'État.*

Écrire, tendre vers Jean cette pensée, qu'il s'en empare un jour, pour la détruire ou pour la donner à son tour, qu'importe, mais échapper à cette solitude d'après. Laisser sa voix, fût-elle à peine perceptible. Cette transmission raisonnée, délibérée, voilà l'histoire des hommes.

Des signets dans les livres sur le bureau de Frédéric Karenberg. Il ouvre l'un d'eux, il recopie.

Le socialisme est le frère cadet et fantasque du despotisme agonisant dont il veut recueillir l'héritage. Ses aspirations sont donc réactionnaires au sens le plus profond, car il désire la puissance étatique à ce degré de plénitude que seul le despotisme a jamais possédée...

Karenberg hésite, il voudrait retranscrire toute la page de Nietzsche. Mais, tout à coup, il barre les lignes qu'il a déjà notées. Il rature soigneusement pour qu'on ne réussisse pas à lire.

Il ferme le cahier, éteint la lumière, sort sur la terrasse. Liséré clair à l'est, au-dessus de Cap-Ferrat qui reste une trace d'ombre. Frédéric respire profondément, calmement, retourne à son bureau, rouvre le cahier, écrit :

J'avais, ici, cité une page capitale de Nietzsche, l'une des plus dures pour le socialisme. À la lumière de ce qui se passe en Russie, cette analyse semble se vérifier. J'ai pourtant eu peur de la laisser, nue, dans ce journal. Maintenant, je pourrais la reprendre. Mais ce noir est plus précieux encore, il témoigne du mal que j'ai à regarder la vérité en face.

J'ai plus de soixante-dix ans, pourtant. Et quelque chose se révolte en moi, une espérance s'obstine malgré tout, forte, tenace.

Il est si difficile de s'arracher à ce que l'on croit.

23

Un vallon.

Antoine Revelli ouvrait la fenêtre de la cuisine et il voyait la paroi du vallon, terreuse comme une vieille carrière. La voix, dans le dos d'Antoine :

— Il croyait mon frère, il croyait Francesco, tu comprends ?

Antoine ne se retournait pas, la chaleur de l'appartement et la voix de Rafaele Sori pareille aux ronces qui poussent sur les pentes du vallon. Antoine se penchait à la fenêtre.

— Oh, Revelli ?

Un voisin, torse nu, interpellait Antoine.

— Che calou ! continuait-il. Quelle chaleur !

Antoine faisait un signe, fermait la fenêtre.

— Francesco, expliquait Rafaele assis dans la cuisine, qu'est-ce que tu veux ? Il croyait mon frère.

Antoine s'approchait de l'évier. L'eau sur la nuque, glissant dans le cou.

— On peut plus, disait-il, on peut plus accepter.

Il s'essuyait le visage, ouvrait la fenêtre d'un geste violent. Tourbillon poussiéreux qui soulevait les feuilles des platanes, faisait battre les portes. Quelqu'un criait dans la rue : « Alberto ! Alberto ! » L'averse, des bruits de course. Giovanna entrait dans la cuisine, regardait son frère et Antoine :

— Il faut fermer, disait-elle, sinon...

Elle écartait Antoine, poussait la fenêtre.

— Quartier de merde, murmurait Antoine.

Il habitait là depuis son mariage. Adieu, les quais du port, adieu, la rue de la République, le Paillon, la place Garibaldi. Antoine traversait la ville, quittait les quartiers de l'est, s'enfonçait dans le vallon de la Madeleine, un brouillon de quartier. Les frères de Giovanna, les Sori, y vivaient. Et puis merde, j'en ai marre de la famille, des Revelli, de Dante, de tous.

Adieu, les Piémontais, ceux des années 80, et leurs fils, qui, comme Dante, avaient fait la guerre, étaient niçois, français. Ici, dans le vallon, à l'Ouest, s'installaient les Siciliens, les Romagnols, les Calabrais, ceux d'après 1920. Durs à la tâche. Quatre sous, et ils achetaient un morceau de terre. À peine si un arbre pouvait y tenir debout tant la pente était forte. Mais ils construisaient quand même une maison.

Antoine, au début, était resté à l'écart. Des paysans, ces émigrants du Sud, des bergers, même, qui travaillaient pour rien. Antoine, plus grand, plus vif, se sentait différent. Il était de ce pays, de la ville, du Nord. Peu à peu, pourtant, les observant, cette mère : « Alberto, Alberto », elle courait après son fils, ces vieilles terrées, portées de leur village jusqu'ici par les enfants, et qui s'asseyaient, craintives, devant les portes, seules, égrenant un chapelet, Antoine avait commencé à les comprendre.

Souvent, des flics à bicyclette patrouillaient dans le quartier, tutoyant, méprisant. Antoine s'avançait. La République, quoi, Liberté, Égalité, Fraternité, je suis français.

— Vous le ramenez, alors ? demandaient les flics.

Antoine prenait par le bras le type un peu ivre qui maudissait la misère, les femmes, invoquait la Madona. Une vieille ouvrait à Antoine, il montrait l'homme. Une vieille ? Ces femmes noires se ressemblaient toutes avec leurs minuscules boucles d'oreilles, le bas du visage autour de la bouche, creusé de rides. Elles se souvenaient d'Antoine. Les hommes, bientôt, venaient le voir, Revelli, le Français. Ils lui tendaient un papier, une convocation. Ils disaient :

— Lei che sa, vous qui savez.

Antoine n'avait jamais parlé italien. Quand, à l'armée, quelqu'un lançait : « Eh, toi, Revelli, t'es un peu italien, non ? À Nice, vous êtes de drôles de Français », Antoine gueulait. Une légende courait dans les régiments. Les Niçois du XVe corps avaient lâché pied, pendant la guerre. « Sûr, vous êtes tous italiens là-bas, alors, pour la décampe... » Antoine s'était battu. Corps qui roulent entre les lits. Dix jours de prison. « Je suis français, sergent », expliquait-il. C'était en 23, au temps où on occupait la Ruhr. Maintenant, italien, français ?

Antoine redécouvrait la langue du père, les plats de la mère, parce que Giovanna cuisinait comme elle, le risotto et la polenta l'hiver ; rare, la viande rouge, une ou deux fois par mois ; elle est chère, et puis sans goût. Antoine préférait le lapin, un poulet, des ragoûts. Alors, quand un voisin pour lequel il avait traduit une pièce officielle lui disait :

— In somma, anche tu sei italiano, toi aussi, tu es italien.

— Si tu veux.

Sur les chantiers, il s'était lié d'amitié avec Rafaele Sori, un Turinois qui connaissait mal le métier. Ils avaient fait équipe ensemble, Antoine préférant cet Italien hésitant, maladroit, à des Parisiens, compagnons habiles, qui couvraient un mur en quelques heures, en gouaillant, pleins d'assurance.

— Vous, les Parigots..., commençait Antoine.

Comme il avait la colère facile, on le laissait expliquer à Rafaele. « Le plâtre, disait Antoine, au début, j'aimais pas, je me sentais inférieur, parce que, avant, électricien, comme mon frère, j'aurais voulu ça. Électricien, c'est propre, on est presque un ingénieur, mais maintenant... »

Il faisait couler le plâtre, le pétrissant avec sa truelle.

— J'aime l'odeur.

Il se mettait à rire, chantonnait :

— Il faut savoir quand ça prend, c'est un vrai métier.

Rafaele Sori l'avait appris, et Francesco, son frère, disait à Antoine :

— Toi, tu as quelque chose. Parce que celui-là — il désignait Rafaele — je lui ai tout dit, mais il voulait les bureaux, ingénieur, dessinateur. Sur un chantier, on est à l'air, non ?

Le mariage d'Antoine avec leur sœur Giovanna les avait encore rapprochés. Ils habitaient le même quartier de la Madeleine.

Quand, du côté d'Eze, dans la nuit, des hommes avaient bondi, barre de fer à la main, l'abattant sur Francesco, le frappant encore alors qu'il était à terre, Antoine avait été voir Dante :

— Qu'est-ce que vous faites, pour ça ? Vous, avec votre parti ?

— Écoute, ton copain Sori, je me suis renseigné.

Antoine se levait déjà :

— Bon, parce qu'ils sont pas de chez vous, ça vous fait rien qu'on les descende ?

Francesco, à sa sortie de l'hôpital, s'était installé chez Antoine pour près d'un mois, Giovanna le soignait.

On n'avait jamais retrouvé ses agresseurs.

Antoine accompagnait Francesco à l'hôtel de police. Il l'attendait, faisant les cent pas devant l'entrée, pendant que Francesco était interrogé par Renaudin, le successeur de Ritzen. Puis ils rentraient à pied, retrouvaient Rafaele, et Francesco racontait. Renaudin, derrière le bureau, montrant les dossiers aux couleurs différentes, disant :

— Vous autres, Italiens, je vous mets tous dans le même sac. Vous nous emmerdez. Mussolini, les Italiens l'ont voulu, non ? Alors, quoi, vous ne pouvez pas faire ça chez vous ? Pas une semaine sans qu'en ville...

Devant le consulat, une bagarre entre immigrés et fonctionnaires fascistes. Des espions qu'il fallait expulser, ce Dottore Maurizio Livio qui tenait des conférences politiques à l'abri de l'immunité diplomatique, ces rassemblements de pauvres bougres qu'il organisait dans la cour du consulat. Et l'un d'eux, un Sicilien, expliquait à Antoine :

— La famiglia, la famille, je l'ai là-bas. Si je veux envoyer l'argent, il consolato, les gens du consulat...

Tous les deux ou trois ans, ces immigrés passaient une semaine au pays. Ils voulaient être sûrs de pouvoir rentrer en France, après, de ne pas être retenus, à L'Aquila ou à Città di Castello, à Bari ou à Syracuse. Parce qu'on crevait de faim. Quand ils revenaient, ils tendaient à Antoine une bouteille de vin. « Forte, buono. » Un fromage de chèvre, sec comme du vieux bois.

— Ce qu'il faudrait, avait expliqué Francesco Sori à Antoine, c'est qu'un de ceux-là — d'un mouvement de la tête il montrait la rue, le quartier — nous aide. Si, une fois, j'avais son passeport...

Francesco clignait de l'œil :

— Là-bas, continuait-il, je m'arrange. Essaie d'en trouver un, comme ça, en parlant.

Giovanna craignait cette obsession qui avait repris ses frères.

— Le père, commençait-elle, déjà lui, à Turin, ils l'ont tué, et Francesco...

Elle prenait son fils sur ses genoux, elle le serrait contre elle, elle soupirait. Edmond se dégageait, repoussait les bras de sa mère, courait vers Antoine :

— Enfin, disait Giovanna, si vous croyez.

— Il croyait, tu comprends, répétait Rafaele Sori en ce soir du mois d'août 1933.

Antoine Revelli ouvrait la fenêtre que heurtaient des gouttes rares, épaisses, presque grasses.

— C'est moi, disait Antoine, c'est à cause de moi.

Giovanna se levait, haussait les épaules :

— Qu'est-ce que tu dis ? Qu'est-ce que tu dis ?

Antoine avait trouvé l'homme, Pietro, un Calabrais aux sourcils broussailleux, touffes noires dans un visage ridé, à la peau jaune. Il souriait, montrant des dents cassées. Il était d'accord. « Mon passeport ? Si vous me le rendez, moi, j'ai plus personne, là-bas. Et même si vous me le rendez pas. Moi je retourne plus. »

— Tu es sûr de lui ? demandait Francesco.

Pietro travaillait comme maçon. Sobre, régulier sur le chantier. Il vivait seul, mangeait le soir dans une des auberges du vallon. « Pas riche, disait Antoine. Un plat de pâtes, un morceau de fromage, chaque jour la même chose. »

— On pouvait pas se douter, dit Antoine à Rafaele.

Edmond appelait sa mère depuis la chambre. Giovanna embrassait Antoine et son frère :

— Ne restez pas tard ! disait-elle.

Elle portait à sa bouche un mouchoir serré dans sa main qu'elle paraissait mordre. Antoine rouvrait la fenêtre. Les feuilles étaient à peine luisantes, le vent et la pluie avaient déjà cessé.

— Il y a dix jours, commença Rafaele, comme les autres...

Francesco avait passé la frontière à Modane. « Par là, je serai sûr, je veux pas prendre de risques. » Il expliquait à son frère et à Antoine, feuilletait le passeport de Pietro. « Ils remarqueront rien », disait-il. Il tendait le passeport à Antoine. Le tampon sur la photo de Francesco avait été habilement reproduit.

— Cette fois-ci, continuait Francesco, je vois un peu, trois jours pour voir, mais je suis sûr...

Il se frottait les paumes, le bout des doigts, comme s'il s'agissait déjà de préparer la mèche et qu'il eût peur de la mouiller de sueur.

— Je suis sûr que c'est plus facile que de miner une carrière.

Et puis, comme les autres.

Une tante avait écrit à Rafaele. Elle avait reçu l'avis officiel.

Francesco, comme Schirru l'anarchiste qui était arrivé de New York, qui voulait abattre Mussolini, et qu'on avait fusillé dans le dos, le 29 mai 1931, à 4 h 27 du matin. *Mon geste ne sera pas un délit,* avait écrit Schirru, *mais si je tombe sans avoir atteint le but que depuis tant d'années j'espère atteindre, je suis sûr qu'un autre prendra ma place.*

— Il croyait mon frère, tu comprends, disait Rafaele.

Il y a deux semaines, Pietro avait quitté le quartier, sans prévenir au chantier, à l'auberge. Peut-être un mouchard, avait pensé Antoine. Chaque jour plus fort le mot battait, pendant qu'il jetait le plâtre sur le mur. « Nouvelles ? » demandait-il à Rafaele pendant qu'ils gâchaient le plâtre, accroupis, l'un en face de l'autre, la tête baissée, les mains déjà blanches. Rafaele ne répondait pas. Alors l'idée, chez Antoine. Un soir, en sortant du chantier, l'un de ces immeubles qu'on construisait, après Magnan, sur la Promenade des Anglais prolongée, il entraînait Rafaele. « Tu m'attendras », disait-il.

Ils pédalaient côte à côte sur la chaussée du bord de mer. Tribunes, fleurs, guirlandes, chandelles sur les terrasses de l'Hôtel Impérial, du Negresco. Les badauds tentaient d'approcher des tables, et les violons de l'orchestre de femmes du Palais de la Méditerranée accompagnaient Antoine et Rafaele cependant qu'ils roulaient vers le port. *La Grande Bleue, le Beau Rivage* avaient hissé le grand pavois. Badauds, encore. Penchés au-dessus des barrières, ils regardaient la plage où, échangeant quelques mots, d'une chaise longue à l'autre, les femmes commençaient à se préparer pour rentrer à l'hôtel. Des spectateurs, contre les tribunes, attendaient le début du défilé des chars fleuris. Voitures automobiles du concours d'élégance, plus loin, devant le jardin Albert-Ier, les numéros, chiffres noirs sur carré blanc, accrochés à leur pare-brise.

Antoine et Rafaele avaient ralenti. Cela faisait longtemps qu'Antoine ne longeait pas la Promenade dans sa partie noble, entre le boulevard Gambetta et le Paillon. Son trajet, toujours le même : le vallon de la Madeleine, route mal goudronnée, arbres couverts de poussière parce qu'il y avait, à flanc de colline, des carrières abandonnées où le vent tournoyait avant de s'abattre sur les platanes, les potagers des Romagnols et les façades vite devenues grises de leurs maisons.

— La crise, dit Antoine à Rafaele, merde, tu la vois ?

Cela faisait à peine un mois que Rafaele avait trouvé du travail après plusieurs semaines de chômage. « Je te garde, toi, avait dit le patron à Antoine. Lui, qu'est-ce que tu veux ? C'est pas un Français. » Des jours et des jours sans un franc dans les poches de Rafaele Sori.

De nombreux chantiers avaient été arrêtés au début de l'hiver 31. Les poutrelles de béton restaient dressées, nues, et ça faisait mal au cœur de voir la pluie tomber là-dessus, les planches des échafaudages pourrir.

Seules, quelques entreprises tenaient le coup. Celle de Carlo Revelli où avait travaillé Francesco Sori. Elle procédait à l'agrandissement du port.

Un dimanche matin, Antoine avait été pêcher au bout de la nouvelle jetée protégée par des cubes de ciment jetés comme de gros rochers pour briser la mer. Il avait vu les lourdes bennes marquées du nom de Revelli faire la noria, des quais aux entrepôts, revenir chargées de gravier. Il lançait sa ligne, Edmond, près de lui, jouant avec les « tremoline », longs vers roses que l'on vendait, mêlés à des algues, et qu'Antoine plaçait dans un vieux feutre délavé, les déchirant pour les enfiler dans l'hameçon. Giovanna tricotait, surveillant son fils.

— C'est l'oncle, disait Antoine, en montrant les camions.

Les doigts de Giovanna s'immobilisaient. Elle jetait

un coup d'œil, elle recommençait ses mouvements rapides, approchait le tricot de l'épaule d'Edmond.

— Lui, continuait Antoine, la crise, il s'en fout. L'argent, il doit même plus savoir.

Il retirait sa ligne, un poisson avait mordu, décrochant la tremoline. Il recouvrait l'hameçon d'un nouveau vers.

— Lui, l'oncle, s'il en donnait un peu pour Edmond, plus tard, hein ?

Il regardait Giovanna tout en jetant la ligne à l'eau. Elle continuait de tricoter.

— On fera sans lui, comme tu as fait, comme on a fait, disait-elle.

C'était aussi l'entreprise Revelli qui terminait la couverture du Paillon, à l'est, réunissant ainsi les deux rives par une vaste esplanade, et, lors de l'inauguration, le préfet ou le maire, Antoine ne se souvenait plus à qui *L'Éclaireur* attribuait le propos, avait déclaré : *Entre les deux parties de la ville, la vieille Nice traditionnelle, la populaire, et la moderne plus ouverte sur les nouvelles manières de vivre, c'est désormais la réunion. Une seule ville, bonne pour tous, Niçois et étrangers, travailleurs et commerçants.*

— Tu parles, murmurait Antoine.

Il descendait avec Rafaele l'avenue de l'Opéra qui conduit du bord de mer à la rue Saint-François-de-Paule, apercevait des femmes debout sur des escabeaux ou bien agenouillées sur la chaussée. Elles décoraient les voitures pour la bataille de fleurs, accrochaient les œillets aux rayons des roues, aux bras du fiacre, le long des garde-boue. Un œillet blanc, un œillet rouge, la tige enroulée de fil de fer qu'on nouait à d'autres brins, ceinturant la voiture.

Antoine attendait Rafaele et ils roulaient de front :

— Ce sera toujours les mêmes, tu crois ?

— Ma.

Un geste de la main de Rafaele pour dire : « Chi lo sa. » Peut-on savoir ? Place Rossetti, devant la cathédrale, Antoine sautait de vélo, le tendait à Rafaele qui freinait. « Je reviens », disait Antoine.

Il entrait au *Castèu,* reconnaissait son oncle Luigi qui avait maigri, ne portait plus ce crochet de fer au bout du bras droit, mais une main de cuir ou de bois qu'Antoine distinguait mal parce que Luigi se tenait au bout du comptoir, dans la demi-obscurité, lançant machinalement des dés de la main gauche, les ramassant comme on prend une mouche, les envoyant rouler, et il les arrêtait de sa main raide. Antoine s'approchait, et il sentait que, de la salle, la femme là-bas, Rose Revelli, sans doute, le visage bouffi des alcooliques, les joues qui écrasaient le nez, le cou gonflé, et deux jeunes gens qui se levaient, ne le quittaient pas des yeux.

— Oncle, disait Antoine.

Luigi arrêtait les dés de sa main gauche à plat, les écrasant sur le comptoir. Il plissait les yeux, sautait du tabouret, cherchait à reconnaître ce visage dans son souvenir. Mais Antoine n'avait que les traits d'un ouvrier, du plâtre sur la peau, dans les sourcils, la casquette un peu penchée comme c'était la mode :

— Oncle.

— Tu es Antoine, toi ?

Luigi prenait Antoine par le bras :

— Tu m'annonces encore la mort ? Tu ne viens que pour ça.

— Je voudrais savoir, dit Antoine, vous, je suis sûr que vous pouvez, et moi, ça me rendrait service.

— Viens par là.

Antoine le suivait, descendait quelques marches, entrait dans une cave. Des fauteuils, des cartes sur une table, une porte au fond.

— D'ici, tu vois...

Luigi montrait la porte, riait, s'asseyait, serrait sa main gauche sur sa main de bois :

— Si on a besoin d'air, continuait-il.

Il jetait un paquet de cigarettes à Antoine :

— Ton père, quel âge ça lui fait ? Attends, moi cinquante-cinq, hé soixante-cinq Vincente, et le vieux salaud, le grand frère, soixante-treize donc. Ils ont la peau dure.

Il prenait les cartes, les faisait glisser entre les doigts de la main gauche, les étalait, en retournait une :

— As de pique. Merde !

Luigi recommençait, sortait du trèfle, du pique encore, s'énervait, pique toujours, s'arrêtait tout à coup, remettant les cartes en tas :

— Qu'est-ce que tu veux ? Pas d'argent ? Tu m'inquiètes. L'argent, c'est facile. Tu trouves pas, je parie ? Ça, c'est ton père et ton con de frère.

Un silence.

— Y a Violette, continuait Luigi. Celle-là, on m'en parle. Carlo, moi, elle. Les vrais Revelli, non ?

Le premier geste après qu'Antoine eut expliqué pour Francesco Sori, pour Pietro le Calabrais, ce fut un coup de la main de bois sur la table. Les cartes se répandaient. Puis deux mots :

— Pauvre con.

Luigi se levait, gueulait en marchant autour de la table :

— Mais qu'est-ce que vous croyez ? Qu'ils vous connaissent pas, toi et tes deux cons ? Tu veux savoir les types qui l'ont tabassé, ton Sori, tu veux vraiment les connaître ?

Il crachait par terre :

— Mais qu'est-ce que tu as appris ? Et vous êtes, ton frère et toi, allés à l'école ? Et vous savez pas qu'un type est toujours un mouchard, vous le savez pas, qu'on les tient tous ?

Il tendait vers Antoine cette main droite, morte, fausse :

— Toi, on te tient quand on veut. T'as faim ? T'as envie de le voir ton gosse ? Avec ça, pauvre con, tu fais les pieds au mur. Tous, pas un. Alors, ton Calabrais ? Sûrement un mouchard. Ils en ont partout. Ils savent tout.

Il se laissait tomber dans un fauteuil, il lançait sa main gauche devant le visage d'Antoine :

— Ils paient, tu comprends ? Ils paient.

Il se levait, haussait le ton, de nouveau :

— Quand tu paies, tu as n'importe qui — Luigi détachait les syllabes. Ils ont l'argent du gouvernement, d'en haut. Tu vois ce que ça représente ? Moi — il se frappait la poitrine avec l'avant-bras droit — moi, je paie. Tu peux pas savoir combien de types je paie. Alors, eux, s'ils veulent, ils m'achètent, quand ils veulent, ils n'ont qu'à mettre le prix.

Ils t'ont acheté, salaud.

Et cela se lisait dans les yeux d'Antoine qui commençait à repousser son fauteuil.

Luigi Revelli baissait le ton, reprenait :

— Reste là. T'es venu, t'as voulu savoir ? Moi, la politique, je m'en fous. Je suis un commerçant, c'est tout.

Ils t'ont acheté, salaud. Antoine ne bougeait plus, mais il laissait la phrase dans sa tête pour que Luigi l'entende, pour qu'il se disculpe en accusant les autres.

— Mais je vais te dire. Darnand, tu connais pas ? Un petit camionneur, un héros, mets-toi son nom dans la tête, et le fils Merani, Charles, l'avocat.

Il serrait sa main de bois avec sa main gauche.

— La main dans la main avec les autres, ceux d'Italie. Tu comprends ? Sans compter tous les autres, ceux qui savent et qui la bouclent, parce que vous les emmerdez. Alors, ton Sori, il avait eu de la chance une fois, et il a cru...

Luigi se levait, ouvrait la porte :

— Pauvre con.

Au moment où Antoine s'engageait dans l'escalier, Luigi le coinçait contre le mur, la main dure dans l'estomac :

— Toi, je te donne un conseil : t'es ouvrier, alors, travaille. Mets-toi à ton compte. Je peux te prêter, tu me rembourseras, je te fais confiance.

Il baissait le bras, poussait Antoine pour qu'il passe le premier.

— On est des Revelli, non ?

Il s'asseyait de nouveau au comptoir, reprenait les dés, les secouait dans sa main :

— Tu vois, je sais rien, disait-il.

Il clignait de l'œil.

— Tu veux boire ?

Antoine refusait, sortait.

Bientôt, il roulait avec Rafaele dans la pénombre des rues de la vieille ville. Les journées, en août, finissent brutalement. Déjà, rue Saint-François-de-Paule, les femmes achevaient de garnir les voitures en s'éclairant avec des lanternes, ou bien on avait poussé les fiacres sous un lampadaire. Les chevaux étaient attelés, et peut-être le son des cuivres, les roulements de tambours des fanfares municipales qui défilaient sur la Promenade, ils frappaient la chaussée de leurs sabots, urinaient, et la rue sentait le crottin. En robe du soir blanche, les épaules nues, la poitrine barrée d'écharpes de soie aux couleurs vives, un diadème dans leurs cheveux, les reines des quartiers étaient prêtes, debout sur les chars, dans les fiacres, pour ne pas froisser leurs robes. Au bout de la rue, le jardin Albert-Ier illuminé. Les palmiers, au fur et à mesure que la nuit couvrait le ciel, se dressaient dans la lueur. Un barrage de policiers débonnaires interdisaient l'entrée de la Promenade. Ils arrêtèrent Antoine et Rafaele : « Pas par ici, fini ! » Comme Antoine insistait, un gradé s'approcha : « On passe pas, répéta-t-il, prenez la rue de France. » Le ton changeait. « Vous avez des lumières ? »

— On va à pied, dit Antoine.

Il descendit de vélo, commença de le pousser par le guidon, et Rafaele l'imita. Puis, quand ils furent place Masséna, ils remontèrent, prirent la rue de France vers Magnan, roulant lentement parce que la foule se pressait sur la chaussée, se dirigeant vers la Promenade.

— Il m'a rien dit, avait dit Antoine à Rafaele quand celui-ci l'avait interrogé. Il sait rien, mon oncle.

Mais, maintenant qu'on avait appris que là-bas, dans la caserne de la Milice fasciste de Rome, les Chemises noires avaient poussé Francesco Sori le visage contre le mur, les mains liées dans le dos... Comme d'autres avant lui, Schirru, Sbardellotto, Bovone, tous plus ou moins anarchistes, accusés d'attentats, de préparation d'attentats contre le régime ou contre le Duce, maintenant, Antoine, chaque fois que Rafaele répétait : « Francesco, il croyait... », se mettait à transpirer de colère.

— On va sortir, dit-il.

Ils descendaient en silence, prenaient leurs vélos dans le jardin. Comme ils allaient franchir le portail, Giovanna les appela, mais Antoine se mit à pédaler.

On pouvait, jusqu'à la mer, descendre en roue libre sous les platanes. Antoine, qui allait vite, s'arrêta brusquement.

— On peut pas toujours rien dire, rien faire, dit-il à Rafaele. On peut plus accepter.

Puis ils repartirent.

Ils lancèrent d'un même geste les pavés contre les vitres du magasin de transport et d'import-export de Joseph Darnand, puis contre l'étude de maître Charles Merani, avocat au barreau de Nice.

Et le bruit de l'éclatement du verre les accompagna comme un cri bref de rage, pendant que, debout sur le pédalier, ils s'éloignaient en zigzaguant.

Oui, quelque chose, quoi ? comment ? dans ce monde, dans sa vie, devait, allait changer.

Violette était seule chez elle, allongée sur le lit, après un bain. Bien. Si bien d'être seule. Elle jouait avec les boutons de la radio, modifiant la longueur d'ondes, une voix, des rires, une chanson, un amateur qui tentait sa chance au micro et que le crochet allait interrompre. « Celui-là », murmurait Violette.

Elle se mettait sur le ventre, elle reprenait sa leçon d'anglais, répétait les phrases et, oui, quelque chose allait éclater. Elle se souvenait, ces bulles, dans la cour de la rue de la République, quand, un verre d'eau savonneuse à la main, quel âge alors ? on n'arrive jamais à savoir, elle les regardait tourner sur elles-mêmes, prendre la couleur du ciel ou des façades. « Maintenant, maintenant », disait-elle, et la bulle éclatait.

La même attente, comme autrefois dans la cour, aux aguets d'elle-même qui se lassait de Philippe.

— Vraiment, Philippe, ce soir, je suis trop...

Ils étaient face à face devant l'entrée des studios de la Victorine. Violette cherchait dans son sac une cigarette pour ne pas avoir à regarder Philippe, mais il lui tendait le briquet, et elle était contrainte d'apercevoir, par-delà la flamme, ce sourire, ironie et tristesse :

— C'est moi qui suis de trop, disait-il.

Elle s'irritait de ce qu'il vît juste, avait un mouvement de colère, ne réussissait pas à ouvrir la portière de sa voiture. Il lui prenait la main, la clef :

— Laisse, laisse, murmurait-il, en tournant la clef.

Violette s'asseyait, et de savoir que c'était fait, qu'elle lui avait dit, qu'elle serait seule, ce soir, elle se sentait joyeuse, détendue. Elle l'embrassait sur la joue, presque au coin des lèvres, comme il se penchait :

— Tu me téléphones ? demandait-il.

De nouveau elle lui était hostile :

— Je ne sais pas, disait-elle d'un ton brusque. Après cette journée, j'ai besoin...

Il ne comprenait pas. Elle croyait chaque fois qu'il n'avancerait plus la main, qu'il attendrait qu'elle fasse le premier geste. L'orgueil, cela compte, non ?

— Tu ne sais pas ce que c'est, disait Katia. Moi, tu te souviens quand Jacques m'a quittée ?

En rentrant des studios, Violette s'arrêtait parfois devant l'Hôtel Impérial. Katia, depuis son mariage avec Gustav Hollenstein, s'y était installée, renouvelant le mobilier de l'appartement, faisant abattre une cloison pour créer une pièce comme on en voyait dans les magazines américains, vaste, avec des baies vitrées.

— Tu te souviens ? interrogeait Katia.

Une histoire avec un acteur.

— Maintenant — Katia riait — ce sont des souvenirs. Tiens, j'ai trouvé des lettres de la première femme de Gustav, une Russe, elle aussi, une Karenberg. Elle s'est suicidée — elle soupirait un peu — il était fou d'elle, ça se sent. Moi et lui, c'est une bonne entente, comme ça, ça dure.

Katia avait retrouvé à l'Hôtel Impérial le monde des grandes réceptions, celui de son adolescence à Pétersbourg. La révolution, l'exil des Lobanovski, les présentations de mode, un intermède. Elle rentrait dans l'ordre avec quelques souvenirs.

Quel est mon ordre ?

La question de Violette. Parfois, elle était prise d'une colère brève, quand elle quittait Katia, qu'elle longeait l'Hôtel Impérial pour entrer dans la cour, frapper à la porte de Dante, le voir jouant avec son fils. Elle s'asseyait un instant. « Antoine, tu as appris, disait Dante, Antoine, ils l'ont arrêté, avec son copain, l'Italien, celui, il y a deux ans, au baptême, Sori. Ils les ont gardés une semaine. Ce qu'ils avaient fait ? Ils se croient malins, s'ils imaginent que la classe ouvrière... »

Quel ordre pour elle ?

Ni celui que lui proposait Philippe ni celui de Dante ou d'Antoine. Personne pour lui dire voici ton chemin. Alors, elle vivait d'intuitions, d'orgueil. Refuser, pour elle, c'était manière d'accepter autre chose qui ne viendrait peut-être jamais. Refuser d'être Madame Philippe Roux, et Philippe l'avait proposé de nouveau parce qu'il sentait la fin.

— Voyons, Philippe, disait Violette, voyons.

— Alors, entre nous ?

Elle aussi évita le mot, peur de dire un jour comme Katia le disait d'épisodes de sa vie : « Tu te souviens, cette histoire que j'ai eue avec Philippe, le cameraman, le type qui avait le side-car... »

Elle ne rompait pas nettement avec Philippe, mais elle laissait entre leurs rencontres le temps s'étirer chaque fois davantage.

Elle refusait de sortir avec Rex. Depuis que Katia l'avait quitté, Rex allait de fille en fille, une girl de *La Cage à poule,* à Juan, une chanteuse américaine, et puis des gamines près desquelles il roulait lentement sur la Promenade des Anglais. Elles le reconnaissaient, cheveux blonds, chemises à col ouvert, cette ressemblance avec Douglas Fairbanks. Il ouvrait la portière. Elles montaient. Il les gardait deux ou trois jours dans sa propriété du cap d'Antibes, il dînait avec elles au Grand Hôtel des Îles, il buvait, déclenchant des bagarres, les jouant au poker avec des Américains de passage. Quand il retournait au studio, il prenait le poignet de Violette, le serrait :

— Je ne suis pas heureux, Violette, et toi, si tu voulais, tu pourrais...

Elle se dégageait avec peine. Il la regardait avec mépris.

— Tu es une imbécile, crève.

Dépendre de types comme ça. Un jour, ça exploserait. Il la jetterait dehors, il refuserait de l'employer, peut-être simplement parce qu'elle serait trop vieille. Trente ans, bonne à jeter si l'on n'a que ses jambes à montrer. Il fallait faire vite, avant l'explosion. Elle lisait, elle apprenait l'anglais, seule, d'abord, puis avec la propriétaire, une vieille dame qui habitait la villa, au-dessus de chez Violette. Une Écossaise, presque aveugle, qui portait encore autour du cou un ruban noir, et qui, d'abord en français, puis peu à peu en anglais, racontait à Violette sa vie, ces feuilletons qu'elle écrivait pour les journaux d'Édimbourg et de Londres, son père qui avait vendu pièce par pièce l'héritage avant de mourir, ne lui laissant que cette villa de Cimiez.

— Les hommes, ah ! Violette, attention, attention.

Puis, miss Russel riait, et le visage devenait comme ceux des petites filles, lisse, mutin.

— Mais, quand même, ce n'est pas toujours mauvais.

Elle entraînait Violette dans sa bibliothèque, s'appuyait sur sa canne :

— Tout ça, disait-elle, si je pouvais...

Violette choisissait un livre français, et, les volets clos, elle commençait à lire à haute voix pour miss Russel. Souvent elle s'interrompait et, elle qui ne s'était jamais confiée, voici qu'elle se mettait à parler, Philippe, Katia, Dante. L'avenir qui l'inquiétait.

— Quelque chose, commençait-elle, ça ne peut pas comme ça longtemps. Pas seulement pour moi, mais partout, le monde...

Aux studios, on licenciait des machinistes. Des acteurs, qui ne réussissaient pas à s'adapter au parlant, ne trouvaient plus d'emploi. « Apprends à parler, criait Rex à une fille qui pleurait. Ta bouche, c'est pas un cul. » Il riait agressivement, mais cédait une partie de ses studios à la société Gaumont.

— Ils me proposent, disait Philippe à Violette.

Ils s'étaient retrouvés à *La Grande Bleue.* Elle fermait les yeux, se passait d'un mouvement lent de la crème sur le visage. Le soleil l'engourdissait, et elle était apaisée comme si la chaleur était une berceuse monocorde.

— Tu m'entends ? interrogeait Philippe.

Oui, de la tête.

— Gaumont, ils me proposent pour les Actualités, si je voulais, le Japon ou la Chine. Ils ont besoin d'un cameraman, tout de suite, avec les événements là-bas.

Immobile, Violette. Les choses arrivent d'une façon qu'on n'attend jamais. Comme au jeu de dames. Dante le lui avait appris quand il était rentré de la guerre. Elle surveillait un pion et, au bout du damier, il lui en prenait cinq d'un coup, doigt sautillant de case en case.

— Tout de suite, répéta Philippe.

— Il faut que tu acceptes, dit-elle, c'est important. Ici, pour toi, tu ne peux rien faire.

Ne pas ouvrir les yeux, ne pas le voir. Ne plus parler.

— Si, toi et moi, ici, si on avait pu...

Ne pas bouger.

Il était parti une dizaine de jours plus tard.

— Il m'a écrit de Changhai, disait Violette à miss Russel, ce qu'il voit, cette misère, et les gens qu'on tue dans les rues.

Violette posait le livre ouvert sur ses genoux, elle offrait une cigarette à la vieille dame :

— Fumer, disait miss Russel. La première fois, quand je me suis mise à fumer, vous savez qu'ils ont failli me lyncher ?

Elle fumait en toussotant, les paupières tremblantes comme si la lumière la gênait, si elle ne pouvait regarder hors d'elle que par brèves séquences vite interrompues.

— Vous croyez, interrogea Violette, que ça peut

durer longtemps, le monde, comme ça, sans qu'il se passe quelque chose ? Tous ces scandales, ces...

Violette, depuis quelques mois, découvrait en traversant Nice d'est en ouest, de Cimiez aux studios de la Victorine, comme une mer tout à coup levée dont les embruns vous frappent. Sur le boulevard Victor-Hugo qu'elle prenait souvent, c'était, presque chaque jour, devant le Palais des Fêtes — une sorte de grand hangar de béton armé qui servait aux réunions, aux foires — des groupes qui discutaient, envahissant parfois la chaussée, sortant d'un meeting, voulant en empêcher un autre. Violette, à deux reprises, s'était trouvée entourée par les manifestants, qui se penchaient, visages collés aux portières, certains donnant des coups dans la carrosserie, hurlant, et elle se souvenait d'une voix qui répétait : « C'est une youpine, une youpine, ou elle couche avec un youpin. »

Elle avait réussi à se dégager, à prendre par la Promenade des Anglais où tout était calme, comme s'il s'agissait d'une autre ville, ou bien, plutôt, de la surface fragile que la lave allait crever. Elle s'arrêtait, rencontrait Katia à l'Hôtel Impérial, commençait à se remettre :

— Youpine, répétait-elle, ils sont fous.

Elle racontait à Hollenstein, assis sur un bras de fauteuil.

— L'antisémitisme, je connais, disait-il. Je connais — il avait un hochement de tête. Pendant l'affaire Dreyfus, mais pour vous, Dreyfus, c'est un nom, même pas, peut-être...

Il riait.

— J'oublie toujours que je suis vieux, n'est-ce pas, Katia ?

Katia somnolait, enfoncée dans le fauteuil, indifférente. Hollenstien se tournait vers Violette :

— J'ai vu ça à Vienne aussi, continuait-il. Une lèpre, et maintenant, après l'Allemagne, ça s'étend avec cette affaire.

On ne parlait que de Stavisky, l'escroc génial, le corrompu corrupteur, le juif qui achetait les députés. La haine, la peur. La foule faisait la queue, place Masséna, devant les bureaux de la Caisse d'épargne. « Tu n'as rien à la Caisse d'épargne ? demandait-on à Violette. Tu sais qu'ils n'ont plus un sou, ils se sont fait avoir par Stavisky. »

Elle voulut voir. Les gens se bousculaient devant l'entrée de la Caisse, la police chargeait. Les visages, les bouches déformées pour crier, les mâchoires qui se crispaient, les gestes du poing, les hurlements. Quelque chose allait exploser, elle en était sûre, elle cherchait à se souvenir... Ces courses dans les rues, ces voix, les uniformes... Un autre jour, c'était le meeting des contribuables, puis une contre-manifestation. Violette avait dû abandonner sa voiture avenue de Verdun.

Barrage de police empêchant de traverser la place Masséna, des femmes qui débouchaient de la rue Gioffredo, brandissant le drapeau rouge, et un cri qui se répétait dans la foule : *Les cigarières, les cigarières.*

Violette, sur le trottoir, sous les arcades des Galeries Lafayette, les voyait, ces femmes en blouse grise qui se battaient avec les policiers. Ils reculaient et, entre les mailles déchirées, la course des femmes vers l'avenue de la Victoire, *L'Internationale,* les gendarmes à cheval qui s'engageaient sur la place, Violette poussée par la foule, les becs de gaz qui s'éteignaient l'un après l'autre, des manifestants lançant des pierres sur les globes, puis les vitrines brisées, les mannequins de cire ou de bois brandis comme des corps nus, et plus loin, sur l'avenue, devant les bureaux de *L'Éclaireur, La Marseillaise,* des hurlements, *L'Internationale. Les Camelots du roi, les fascistes,* crie quelqu'un près de Violette. Elle est écrasée contre les grilles de fer tirées devant l'entrée des Galeries, des visages, là, qu'il lui semble reconnaître. « Laissez-moi entrer, dit-elle, j'ai été employée. » On entrouvre, elle passe, on cadenasse derrière elle. Des clients bloqués dans les rayons, les vendeuses qui parlent entre elles. Violette retrouve le chemin des ateliers, il lui semble qu'elle est à peine sortie un moment, échappant à la surveillance de la chef, qu'elle va s'asseoir à sa place, derrière la machine, reprendre la couture, à peine quelques points qu'elle n'a pas eu le temps de faire. Devant la porte, *interdit au public,* elle s'arrête. Quelqu'un pousse les deux battants.

Le temps, le voici, gravé dans un visage, Madeleine Vial, maigre, les joues coupées de rides, les cheveux blancs :

— Qu'est-ce que tu fais ?

— Je te cherchais, dit Violette, je suis entrée là, avec cette manifestation, et je voulais...

Madeleine se retourne, prend Violette par le bras :

— Pas longtemps, dit-elle, c'est toujours pareil... Qu'est-ce que tu deviens ? Fais-toi voir...

Elle s'écarte.

Vieillir un instant, s'enlaidir, changer cette robe *Haute Couture,* cacher ce sac, cette bague, pour que Madeleine...

— On m'avait dit... Attends, Barnoin, tu sais, l'ami de Dante, le communiste... Je le vois, parce que...

Elle baisse la voix :

— Ici, il faut pas parler, mais on essaie, avec le syndicat...

Vers dix-neuf heures, Violette a pu quitter les Galeries. L'obscurité des rues autour de la place Masséna, des groupes qui se forment, bruits de voix, mains levées, Violette va de l'un à l'autre, marchant sur du verre qui crisse, les mots qu'on se renvoie : *Mort aux Juifs, À bas les voleurs,* qui grossissent, explosent. *Stavisky, Fascistes, À bas les voleurs,* s'élèvent de nouveau. *Unité.* Brusquement, le silence, des gendarmes tenant le mousqueton par le canon, à deux mains, casques, jugulaires, se mettent à courir.

On saute les bancs arrachés, les platanes déracinés, Violette s'engouffre dans une porte, monte jusqu'au premier étage, elle est seule avec ces cris : *Assassins, salauds, fascistes, salauds.* Silence. Elle redescend. Au milieu de la chaussée, une silhouette tassée, quelqu'un a glissé, et un gendarme crosse levée. Elle hurle, remonte en courant l'avenue, se calme peu à peu.

Elle oublie sa voiture, elle se souvient, les défilés pour le départ des troupes en 1914, les uniformes, la foule, et elle accompagnait Louise, plus tard, quand Millo partait. Puis c'était en novembre 1919, les clairons et les tambours, le cortège officiel, et Violette qui courait vers la gare où devait arriver Dante, et l'on applaudissait après les discours ; on changeait le nom des rues, Victoire, Verdun, Déroulède, pour le premier anniversaire de la guerre.

— Vous ne croyez pas, demande Violette à miss Russel, qu'il va bientôt y avoir la guerre, comme en 14 ?

Voix douce et distraite de miss Russel : « Oui, oui », dit-elle. Elle s'interrompt, reprend :

— J'étais une belle femme encore, en 1914, j'avais...

Elle hésite :

— Soixante. Une belle femme, je crois.

— Soixante, répétait Violette.

Elle regardait miss Russel, elle tentait d'imaginer, elle disait : « Je suis en retard. »

Il fallait qu'elle fasse tout de suite, avant...

— On change, ajoutait miss Russel en s'appuyant au bras de Violette. C'est difficile, on n'aime pas.

Violette devant son miroir, qui se maquille, se coiffe. Avant que le monde explose, que cette gangrène contagieuse, l'âge, vienne à fleur de peau... Elle tire un peu sur ses joues, soulève le menton, passe les doigts sous sa gorge. Il faut qu'elle fasse, tout de suite. Elle laissait retomber la main sur la coiffeuse... quoi ?

Depuis que Philippe était parti, dans la paix venue

et la joie d'être seule se levaient, le soir, de courtes et dures bourrasques qui laissaient Violette inquiète, comme si le silence dans l'appartement, et autour le vide de la ville, puisque Philippe ne téléphonerait pas, l'oppressaient.

— Tu ne peux pas rester seule, disait Katia, tu es folle. Philippe, malgré tout, c'était Philippe.

Des années Violette avait voulu dégager ses mains, maintenant elles étaient libres. Elle n'avait plus d'excuses, il fallait donc qu'elle fasse. Lire, apprendre. Violette s'installait, le dos contre les oreillers, dictionnaire, romans anglais. Elle allumait une cigarette, elle lisait à haute voix, cherchait à la radio, Londres, puis elle perdait le sens de la phrase, se mettait à rêver. Prendre en gérance un magasin, parfumerie, salon de coiffure, ou bien une boutique de mode. Elle cherchait un nom *Modern Chic,* ou, pourquoi pas *Back Street.* Elle mordait le bout de ses doigts, arrachait de fines lamelles de peau, allumait une autre cigarette, ouvrait le journal, les annonces... Mais la première page était là : *L'ordre de grève générale de la C.G.T. a été suivi à Nice par tous les travailleurs. Devant la Bourse du travail...*

Violette rejetait le journal, éteignait. Une boutique, en ce moment... Elle écoutait le silence qui l'empêchait de s'endormir et si, sur le boulevard de Cimiez, une voiture passait, Violette était sûre, alors, de rester longtemps éveillée, allant d'un côté du lit à l'autre, nerveuse, enlevant une couverture, se pelotonnant, impatiente. Cette bulle savonneuse où se prenait le ciel, encore un instant, si bref, et elle allait crever, trop vite. Il fallait qu'elle fasse, avant avant... Elle se mettait sur le ventre. Tous ces types autour d'elle, ces nouveaux venus, ingénieurs du son qui arrivaient de Paris, qui l'invitaient à prendre un verre, et ce serait si facile, et c'était si bête de laisser la gangrène venir, de ne pas vouloir, de ne pouvoir accepter.

Katia téléphonait :

— Viens dîner demain, pour moi.

Dans un des salons de l'Hôtel Impérial, Katia reçoit, cheveux blonds courts, robe noire dont le drapé lui enveloppe les bras. Les officiers qui participent au XIVe Concours hippique international, capitaine Russo, un Italien, à la gauche de Violette, commandant Pierre Ritzen à sa droite. Face à Katia, la colonel Bertaud, qui dirige l'équipe française ; d'autres dont les noms, les visages se confondent ; Gustav Hollenstein silencieux, comme en retrait.

— Ce matin, dit Pierre Ritzen en se penchant vers Violette, c'était très émouvant, cette cérémonie aux monuments aux morts, les officiers de toutes les nationalités, n'est-ce pas ?

Russo approuve.

— Fraternité d'armes, dit-il, au-dessus des frontières.

— Pourquoi vous tuez-vous, alors ? demande Violette.

Ces hommes sanglés, le colonel Bertaud qui parle à l'officier allemand.

— Les civils, dit Ritzen, les civils, Mademoiselle, ce sont eux. Nous...

Suffisance.

— Et le fascisme, dit-elle en souriant à l'Italien. Qu'est-ce que c'est, en somme ?

Katia l'interrompt :

— Commandant, demande-t-elle à Ritzen, vous êtes bien le fils de notre député ?

— C'est le fils, dit le colonel Bertaud, le fils de mon camarade Ritzen. Il est chez lui, à Nice, j'espère qu'il va l'emporter. Vous permettez ? Un peu de chauvinisme...

Le colonel lève son verre :

— Au succès du commandant Ritzen mais, surtout, à la meilleure équipe, celle qui gagnera.

Ils se lèvent, s'installent au fumoir, Ritzen s'assied près de Violette :

— Le fascisme, dit-il, ce n'est pas un officier italien qui pourra vous répondre, les Italiens... Demandez au colonel, il était attaché militaire à Rome.

Ces hommes-là, qui avaient commandé à Millo, à Dante, à Clément, celui qu'on avait fusillé, et dont la veuve, les lèvres si rouges... Qu'était-elle devenue ?

Violette traversait le salon, le hall de l'hôtel. Gustav Hollenstein la rejoignait comme elle entrait au bar :

— Vous n'aimez guère, n'est-ce pas ? Moi non plus. Ces uniformes.

Il a une grimace de dégoût, prend son porte-cigarettes :

— Et ces nazis à ma table. Mais l'Allemagne est invitée au Concours, n'est-ce pas ? Alors ?

Ils fument tous les deux.

— Comment allez-vous, Violette ?

Elle se tait. Il pose la main sur son poignet :

— Ce qui est difficile, dit-il, c'est de trouver quelqu'un à qui parler. Il arrive un moment, oui, où l'on s'en passe très bien, mais à votre âge... Et vous n'êtes pas Katia. On croirait, pourtant, que vous êtes comme Katia. Ce n'est pas facile pour vous, vous devriez voir d'autres gens, pas...

Il a un mouvement dédaigneux de la main :

— Pas ce monde du cinéma, votre Rex. Je vais organiser ça, dit-il, venez.

Il la prend par le bras et ils rentrent au salon. Le colonel Bertaud, debout avec les officiers allemands et italiens : « Vos régimes, je constate seulement — Bertaud parle haut, ses yeux font le tour de la pièce — créent entre l'armée et la population un climat de confiance. Ce devrait être une leçon. »

Gustav vint un jour, seul, chercher Violette, un dimanche, à la mi-novembre 1934.

— Katia, expliquait-il, pendant qu'ils abandonnaient la route du bord de mer, et, par la route des serres, entre les oliviers et les plants d'œillets, gagnaient Saint-Paul, Katia, je ne tiens pas trop à la mettre en présence de ma fille. Vous ne connaissez pas Nathalie ?

Elle les accueillait sur la place de Saint-Paul, un pull-over d'homme jeté sur les épaules, les cheveux noirs relevés en chignon, Alexandre Revelli s'avançant derrière elle.

— Celui-ci, disait Hollenstein, en montrant Alexandre à Violette, regardez-le bien.

Quand Violette sut qu'il s'agissait du fils de l'oncle Carlo, l'envie de rire, comme si, enfin, elle avait trouvé parmi les Revelli quelqu'un vers qui elle pouvait aller sans déguisement, telle qu'elle était devenue. Elle se mit à parler, vive, confiante, avec le désir de surprendre.

— Je suis allé à Mondovi, à Ceva, dit Alexandre, ils sont partis de là-bas, nos pères, à pied.

Il racontait à son tour, s'animant aussi, se tournant vers Gustav Hollenstein :

— Les Revelli, ils vous étonnent, n'est-ce pas ?

On appelait Nathalie du chemin des remparts, elle faisait des signes, présentait Sam Lasky, juif, polonais, peintre, sculpteur, un homme d'une cinquantaine d'années, chauve, le visage mobile, presque grimaçant.

— Encore un Français, dit Alexandre en riant.

— Français, dit Sam Lasky — il ouvrait sa chemise, montrait sa poitrine cisaillée d'une large cicatrice. Ça, c'est ma naturalisation, en 1916. On plaisante, on plaisante, et...

Il avait assisté, au début du mois, à une réunion au Palais des Fêtes. « Pour voir », expliquait-il. Drapeaux tricolores. Jeunes gens en imperméable bleu. « Un uniforme, expliquait Lasky. Ce sont des signes comme les fascistes. » Ils crient : *Jeunes patriotes, jeunes patriotes, la France aux Français, la France aux Français.* Ils se prennent par le bras, occupent toute la largeur du boulevard Victor-Hugo. *À bas les voleurs, la France aux Français.* Ils courent, bousculent un cordon de policiers, lançant des pierres contre les vitrines du fourreur Nathan.

— Vous voyez une différence d'avec les nazis ? continuait Lasky.

Il s'étirait, semblait découvrir Violette :

— Et vous, demandait-il, vous êtes quoi ?

Il plissait le front, posait ses paumes ouvertes sur ses cuisses. Il avançait les lèvres. Laid, vraiment. Vieux ? Sans âge, comme taillé dans un bois sur lequel le temps ne mord plus.

— Française, dit Violette.

Et elle fut prise d'un fou rire qui, peu à peu, gagna tous les autres.

25

Carlo Revelli avait posé ses mains à plat sur la table, et pendant que les autres, Mafalda, Charles Merani, Anna, le vieux Joseph Merani et sa femme Elisabeth d'Aspremont, parlaient — c'était un bruit lointain que Carlo ne cherchait pas à saisir — il regardait ses mains.

Il avait envie de les retourner, pour voir la peau de la paume, cette corne comme une écorce où se serait gravé chaque coup de pioche ou de pelle, et même le premier coup de hache quand le père lui avait dit : « Elle est plus lourde que toi, essaie. » Carlo avait pris l'outil au manche lisse plus haut que lui. Mais Carlo se contentait de soulever un peu les doigts, les paumes collées à la table, comme s'il avait peur, les retournant, de s'apercevoir qu'elles étaient vides. Il bougeait un peu le pouce, l'index, et là, à la base des doigts, ces marbrures bistre, pétales fleuris, séchés, apparues il ne savait plus quand. Un jour, il les avait vues, irrégulières, marques vénéneuses. Autrefois, quand il était encore bûcheron de la forêt piémontaise, qu'en deux coups de hache, en biais, il creusait dans l'arbre une coupure mortelle, il avait remarqué parfois, au pied des chênes, ces champignons tachés de brun, malades, empoisonnés.

Qui, en ce temps-là, pouvait s'imaginer qu'un jour, ses mains à lui, comme des plantes pourrissant lentement...

— Tu ne manges plus ? demanda Mafalda à son père.

Elle était assise à la droite de Carlo Revelli, et son regard allait de son père à son mari qui, près d'elle, paraissait dévorer avec avidité, boire sans retenue. Elle avait envie de lui saisir le bras, mais devant son père elle n'osait pas. Charles aurait dû s'arrêter. Cette façon qu'avait Carlo Revelli de ne plus manger était manière d'exprimer son mépris. Elle en voulait à Charles de son insouciance, de sa désinvolture, même, comme si Carlo Revelli avait été n'importe qui, alors que c'était son père à elle, et qu'il suffisait de les voir côte à côte, Charles sans cou, le visage engoncé, lourd, avec cette courte moustache, les cheveux noirs collés, la raie blanche sur le côté, Carlo, maigre, plus grand de toute sa tête, les cheveux blancs qui ondulaient, et Mafalda, chaque fois qu'elle faisait cette comparaison, en voulait à Charles, à son père. Elle avait envie de disparaître, elle avait honte.

— À nos âges, dit Joseph Merani, on picore.

Lui aussi, comme son fils, était lourd, le gilet accusant son embonpoint. De temps en temps il se taisait et il aspirait bruyamment par la bouche comme si l'air lui manquait.

— Il faut laisser la place à ceux qui ont de l'appétit, n'est-ce pas ? ajouta-t-il.

Il regardait son fils, interrogeait Carlo qui ne bougeait pas.

— Carlo, dit Anna, Carlo ?

Elle avait parlé plus fort. Carlo leva la tête vers sa femme. Il vit la main potelée, maladroite, qui s'efforçait de saisir le collier d'Anna, doigts courts, peau si rose creusée de fossettes, Robert, le petit-fils, que sa grand-mère avait pris sur ses genoux.

— J'entends mal, dit Carlo.

Manière de ne pas répondre, habitude qu'il prenait de se donner le temps de réfléchir, de les forcer à répéter, de lui donner cette preuve nouvelle du pouvoir qu'il avait sur eux, cette surdité qu'il s'attribuait, fausse faiblesse pour masquer la force. Mais, parfois, un instant, l'inquiétude. Peut-être était-il vraiment devenu sourd ?

— Ça, dit Merani, j'entends encore très bien. Vous êtes plus jeune que moi, mon cher Revelli. Voilà...

Il aspirait, soulevant le menton, les paupières à demi baissées, noyé qui se débat.

— Voilà, reprit-il, pas mal d'années que... Vous vous souvenez ? La première fois, c'était chez moi, dans la cour, rue Saint-François-de-Paule... Qui aurait dit ?

Il montrait la ville au pied de Gairaut, les planches de la propriété Revelli, les orangers et les mandariniers, leurs troncs serrés par des bottes de paille pour les protéger du froid. Il y avait eu, en janvier, un coup de gel, mais, depuis un mois, le temps s'était adouci. Il avait fait très beau pour Mardi gras, et de Gairaut, dans la nuit sans nuages, on avait aperçu les illuminations du Carnaval, la longue traînée rouge de l'avenue de la Victoire, la boule incandescente de la place Masséna, et parfois, l'imagination peut-être, ou le vent, on avait pu entendre ces airs criards hurlés par les haut-parleurs accrochés à chaque platane de l'avenue.

Ce dimanche de la fin de février 36, le soleil était si chaud qu'Anna avait décidé de faire dresser la table dans le jardin, contre la façade qui renvoyait le soleil et protégeait du vent. Depuis le mariage de Mafalda et de Charles Merani, ce repas au Grand Hôtel des Îles, une sorte de coup de folie qu'avait eu Carlo, et Anna ne comprenait pas, lui qui était si renfermé, secret, refusant les invitations, voici que tout à coup il avait voulu l'éclat, la grand robe à traîne pour Mafalda, le mariage à la cathédrale et le long cortège de voitures vers le cap d'Antibes. Le soir, quand ils s'étaient retrouvés seuls à Gairaut, Carlo s'était assis dans la cuisine, le visage caché dans ses mains, la veste du smoking tombée par terre, les manches de la chemise empesée relevées. Il était resté ainsi longtemps. Au milieu de la nuit, Anna avait entendu des bruits, elle était descendue, Carlo sciait du bois, un cigare éteint serré entre ses dents. Depuis ce mariage, ils n'avaient revu les beaux-parents de Mafalda qu'à deux reprises, pour la naissance de Robert et son baptême. Il y avait une semaine, Mafalda avait téléphoné à sa mère : « Tu devrais les inviter, disait-elle. C'est Charles, son père, peut-être qu'ils veulent parler à papa. » « S'ils veulent, avait dit Carlo, si ça les amuse. »

— Qui aurait dit, répétait Joseph Merani.

Il appuyait sa nuque contre la façade, paraissait vouloir, les paumes sur le gilet, se masser la poitrine, aider le mouvement des poumons :

— J'ai quatre-vingt-deux, disait-il, quatre-vingt-deux, Madame Revelli, pas si mal ?

— Il n'est pas loin, Carlo, disait Anna.

Elle frottait son nez contre le visage de Robert. Le bébé secouait la tête, avait un cri clair, comme l'esquisse d'un rire. Anna regardait Carlo :

— Soixante-seize, n'est-ce pas ? demandait-elle.

— Pas si mal non plus, disait Merani. Mais...

Il désignait Charles, Mafalda :

— C'est eux, maintenant. Moi...

Élisabeth d'Aspremont se levait, disait qu'elle

voulait faire quelques pas. « Si nous laissions ces messieurs ? »

Mafalda, Anna la rejoignaient, et elles descendaient toutes les trois l'allée entre les terrasses, Carlo entendant distinctement la voix de Robert, et sans que son visage bouge, Carlo riait. « Je suis pas si sourd que ça, tu peux toujours venir. » Il prenait un cigare, en offrait un à Joseph Merani qui refusait :

— Vous ne pouvez plus fumer ? demandait Carlo.

Merani se touchait la poitrine :

— Je préfère, je préfère pour ma respiration, c'est...

Charles en acceptait un, déplaçait sa chaise, essuyant les gouttes de sueur qui commençaient à perler sur son front.

— Vous savez, commençait Joseph Merani, tout le monde sait. Donc, j'ai décidé de ne pas me représenter en avril. J'aurais été réélu, bien sûr, mais, à quatre-vingt-deux ans, la campagne électorale est dure, surtout en ce moment.

Quelque chose changeait que Carlo percevait, sur les chantiers, dans ses entrepôts, sur le port. Une façon qu'avaient les ouvriers de se rassembler à la pause au lieu de rester par deux ou trois à manger en silence. Ils parlaient fort comme s'ils ressentaient moins la fatigue de la matinée de travail. Leur visage, que la poussière de la pierre, habituellement, semblait figer, s'animait. Au lieu de dormir dix minutes avant le coup de sifflet, ils restaient debout. Les chauffeurs de l'entrepôt ne sortaient plus s'appuyer à la façade pour regarder passer les ouvrières de la fabrique de pâtes, ils discutaient, et, quand Carlo s'approchait, ils s'interrompaient mais demeuraient ensemble, si bien qu'il s'éloignait. Ce qui le surprenait, c'était cette manière qu'ils avaient de ne plus économiser leurs forces pour l'après-midi.

— Qu'est-ce qu'ils ont ? demandait Carlo à Giaume, le contre-maître.

— Ça bouge, c'est comme ça. Avec les événements, ils sont plus comme avant.

Carlo les entendait rire souvent. Ils se réunissaient au Bar de la Corse. Un type, debout, qui se taisait quand Carlo entrait, puis reprenait, agressif : « Ce qu'on veut, camarades, c'est faire cracher les gros, les deux cents familles, et pour ça, y a qu'un moyen, l'unité des travailleurs. »

— Qui c'est, celui-là ? demandait Carlo au patron.

— Barnoin, un taxi, un communiste.

Le patron baissait la voix, s'excusait :

— Je suis obligé, monsieur Revelli. En ce moment, si j'accepte pas, ils vont ailleurs...

Au Café de Turin, au Café des Trams, au Relais fleuri. Il suffisait de traverser la ville, de savoir regarder pour comprendre que ça bouillonnait.

C'était pour Carlo comme un refrain dont on cherche la fin, une musique entendue et qui ne surprend pas, des souvenirs, quand il collait des papillons anarchistes dans la vieille ville, ou qu'avec deux ou trois camarades il se cachait dans une porte pendant que passait une patrouille de dragons. Quelque chose bougeait qui effrayait les autres.

— Vous comprenez, continuait Merani, c'est un ensemble. Ils s'en sont pris à Charles, ils ont attaqué son étude, brisé les vitres, ça c'est personnel, local. Mais il y a le reste.

Il avait peur, Merani. Front populaire qui triomphait aux élections en Espagne. Barel, un des candidats communistes, qui écrivait dans *Le Cri des travailleurs,* l'hebdomadaire du parti : *Bientôt un réseau de Comités de Front populaire enserrera notre département.*

— Barel, vous savez ce qu'il a dit à leur Congrès, vous avez lu ? « La côte d'Azur, c'est la Crimée de la France », et voilà leur intelligence, et ils ont la prétention...

Charles Merani écrasait son cigare, interrompait son père :

— C'est encore un épisode local, disait-il.

Société des Nations, sanctions contre Rome, Hitler, Mussolini. Charles Merani parlait comme un avocat. Mais en quoi ça concernait Carlo que la France ait eu tort de ne pas soutenir l'Italie fasciste, en quoi ça allait, comme disait Charles Merani, « nous retomber dessus » ?

— Si nous voulons vraiment nous défendre, expliquait Charles, il faut attaquer. Vous connaissez Darnand ?

Un petit entrepreneur de transports qui bouffait les miettes que laissait Carlo.

— Il est au mieux avec les Italiens.

Charles jetait un coup d'œil à son père.

— Après tout, continuait-il, l'Italie, c'est aussi votre patrie, vous êtes né là-bas.

— L'Italie ? disait Carlo. Je suis français.

— Vous n'avez rien contre le régime de l'Italie ? interrogeait Charles.

Carlo prenait un autre cigare, présentait encore la boîte à Joseph Merani.

— Pour manger, il a fallu que je vienne ici, moi et mes frères.

— Bien sûr, vous avez raison, Revelli, disait Joseph Merani. Ce que mon fils a voulu dire, c'est que l'Italie a changé, et qu'ici, pour votre entreprise, pour tout ça...

Il montrait encore le jardin :

— Vous n'êtes pas loin, pour Barel et les autres, de faire partie des deux cents familles. Mais si, mais si, il faut empêcher le désordre, Revelli, et ces élections...

Parfois, chez Carlo, l'envie de voir sauter ce monde comme une carrière que l'on a bourrée de dynamite. Les belles explosions de sa jeunesse, les cris pour prévenir que la mèche était allumée, que la flamme courait. On baissait la tête, et ce grand pan de roches grises qui tombait dans la poussière, jetant loin des éclats comme les gerbes d'un feu d'artifice. Après tout, il avait mangé, Carlo, il connaissait le goût de tous les plats, les leurs, ceux avec les arabesques de mayonnaise sur la chair blanche du poisson, et il les avait vus, Merani, le préfet, à sa table, pour le mariage de Mafalda... Alors si, maintenant, quelqu'un venait pour renverser la table, pourquoi pas ?

— Vous m'entendez ? dit Merani.

Carlo sourit, se toucha l'oreille :

— Oui, dit-il, j'entends pas tout, mais je comprends l'idée.

— D'ailleurs, maintenant, reprenait Joseph Merani.

Il haussait le ton, rapprochait sa chaise de Carlo :

— Merani, Revelli, c'est la même famille. Il faut penser aux enfants, à Robert.

Carlo eut envie de revoir Alexandre. Qu'est-ce qu'il devient, mon fils à moi ? Pourquoi avec Alexandre, ces silences, pourquoi eux, Charles et Joseph Merani, un père, un fils, s'entendaient-ils si bien, pourquoi employaient-ils la même langue, et lui, Carlo, qui n'avait jamais su parler à Alexandre, l'écouter, l'un ignorant tout de l'autre ? Pourtant, quand il voyait ce fils, il y a des années, descendre comme un fou la côte de Gairaut, Carlo eût voulu crier : « Fils, ne tombe pas, fils, ne meurs pas, sinon... » Mais il était avec eux, Charles, Joseph, Robert, qui s'appellerait Merani, et Alexandre qu'on ne voyait plus ici. Qu'attendait-il pour faire un fils, un Revelli ?

— Si je ne me présente pas, et c'est décidé, continuait Merani, Charles se présente. C'est mon fils, mais seulement ce n'est pas moi. Je le soutiendrai, bien sûr, mais ce sera une campagne difficile. Ritzen, Médecin, ceux-là seront réélus. Si j'étais candidat, pas de problème, mais Charles, il nous reste deux mois avant avril, c'est court.

Charles, brutalement, se leva :

— Il faut aller au fait, dit-il.

Il se pencha vers Carlo :

— Affiches, permanences, une cinquantaine de types, pour ça, il faut de l'argent, et on n'en a jamais assez. Alors, pouvez-vous faire quelque chose ou pas ?

Charles se mit à marcher autour de la table.

— Si vous avez un beau-fils député, ajoutait-il, utile, non ? Si c'est le Front popu qui passe, je vous garantis les grèves, les Soviets, et vos bénéfices...

Carlo regardait les taches bistre sur ses mains.

— Je pense à mon fils aussi, continuait Charles Merani. À ma femme. C'est un peu vous, n'est-ce pas ?

Leur dire : « Foutez le camp. Je m'en fous. Si on vous encule, tant mieux. Moi, personne m'enculera, parce que si j'ai un morceau de pain et de fromage, ça me suffit. Je préfère ça au saumon froid. Et maintenant, avec ces taches brunes, ces fleurs mortes sur ma peau... »

— Qu'est-ce que vous répondez ? dit Charles.

Mafalda revenait avec Robert dans ses bras qui pleurnichait.

Pourquoi leur avait-il donné sa fille ?

— C'est pas facile, en ce moment, dit Carlo. Avec la crise, on a tout en matériel, l'argent tourne, il n'est jamais là.

— Voyons, dit Merani, voyons, vous, avec...

— Je ne refuse pas, dit Carlo, je ne refuse pas.

Toujours trop tôt pour prendre sa revanche. Quand on croyait pouvoir, elle était plus loin, il fallait encore... Et déjà, sur ses mains, ces auréoles.

— On peut compter sur vous ? interrogeait Charles Merani.

— Ce petit, dit Carlo, qu'est-ce qu'il a ? Il pleure.

Et il tendait les mains vers Robert comme s'il n'avait pas entendu.

26

Il se souviendra.

Dante avait soulevé son fils en le prenant par la taille. Il le tenait à bout de bras au-dessus de la foule.

— Tu vois ? interrogeait-il.

Il sentait le corps de Roland bouger.

— Tu vois ?

Il se souviendra. On se souvient à quatre ans.

Roland commençait à peser. Dante le posa sur le sol, mais Roland se mit à crier. Il était comme dans un puits dont les parois peu à peu se rapprochent, cette foule qui avançait vers les panneaux pendus à la façade de *Petit Niçois* blanc et noir comme un décor dans la violence des projecteurs. Silence quand disparaissait un panneau, puis le bruit des crochets quand on l'agrippait porteur de nouveaux signes. *Barel, 1 728 voix ; Merani, 432. Ritzen, 1 764. Barnoin, 333. Médecin, 4 165.* La rumeur des rues avoisinantes comme une écume qui tardait à retomber, s'enfouissant tout à coup dans les cris des premiers rangs qui venaient de lire les résultats des bureaux de vote de l'est de la ville, et la foule poussait, Dante protégeant Roland, le soulevant de nouveau. « Mets tes pieds sur mes épaules », disait-il. Roland, ses semelles contre le cou de Dante, serrant avec ses jambes la tête de son père, Roland debout, au-dessus de tous ces visages, les plus proches blancs de lumière comme ceux des clowns, les autres noirs, devinés, grouillement bruissant qui semblait recouvrir toute la ville.

Depuis une quinzaine il ne cessait pas, enfoui là, affleurant dans un autre quartier. Place Rossetti, Luigi Revelli — Rose restant derrière le comptoir du *Castèu* inquiète, préférant ne pas entendre — rentrait chez lui. Les manifestants s'écartaient en maugréant, le dévisageaient. À la tribune dressée face à la cathédrale, Raffin, venu de Paris, apportait son soutien à

Barel et à Barnoin. *Le front populaire, notre France libre forte et heureuse...*, clamait-il.

Luigi poussait de l'épaule pour avancer, il regardait ces visages éclairés par des feux de Bengale rougeoyants que les manifestants avaient accrochés aux façades, le long des rues qui menaient à la place, incendiant la vieille ville de lumière dorée. Des jeunes gens, brusquement, comme un rocher devant Luigi. Ils portent un brassard rouge.

— T'as pas fini d'emmerder le monde depuis un moment ? Écoute comme les autres.

Autour d'eux et de Luigi, un grumeau qui se solidifie.

— C'est un salopard, dit une voix. Un Croix-de-Feu.

Quelqu'un prend Luigi par le bras gauche, le contraint à se retourner.

— T'es un fasciste, alors, tu espionnes ?

Luigi lève sa main infirme.

— Vous êtes des lâches.

La victoire du Front populaire sera la victoire de la Liberté, notre victoire demain... La voix de Raffin ricoche sur les façades de la place, elle se mêle à l'écho des haut-parleurs, *demain... populaire... elle est...*

— Fasciste.

— Laissez-le, c'est un pauvre type, es una rementa — c'est une ordure.

Luigi essuie les crachats sur ses joues avec son avant-bras valide.

La foule s'écarte. De temps en temps une insulte, une poussée. « Rementa. » Il atteint le *Castèu* ne regarde pas Rose.

— Je ferme ? demande-t-elle. Tu veux que je ferme ?

Luigi ne répond pas, il veut voir, écouter ce bruissement de la foule qui s'éloigne au milieu de la nuit pour envahir le Palais des Fêtes, un autre soir, et Jean Karenberg, assis à la tribune, à l'extrémité de la longue table décorée d'œillets rouges, écrase ses doigts sur ses oreilles, pour effacer ce bruit de couverts et de voix, de verres et de rires qui résonne dans le hall du Palais des Fêtes.

— *Notre victoire...*

Il entend cependant :

— *Notre victoire, camarades...*

Et, de chaque côté des tables qui ont été dressées dans le hall, on se lève, bruit de chaises, les poings se dressent.

— *Ce grand banquet populaire de la victoire, en cortège nous allons...*

On ouvre à deux battants les portes du Palais des Fêtes. Les banderoles, l'étoile rouge suspendue entre les colonnes se balancent sous l'effet du vent. Une femme, en face de Jean Karenberg, un chapeau de paille tressée incliné sur ses yeux, vide son verre, pendant que son voisin, chemise blanche, nœud papillon, l'entraîne, qu'ils suivent la foule qui se dirige vers la sortie, s'agglutine déjà boulevard Victor-Hugo, chante, et Karenberg regarde ces tables recouvertes de nappes de papier, tachées de rouge, ces morceaux de pain, ces bouteilles, ces verres.

— Ça va pas ? dit Barnoin. T'as l'air...

— Un coup de fatigue, dit Karenberg, après ce mois.

Réunions, cour d'école, arrière-salle de bistrot, Relais fleuri, Palais des Fêtes, Café de Turin, Bar de la Corse. *Camarades, l'unité des travailleurs... Charles Merani, c'est le fascisme. On vous dit, en Espagne, le Front populaire, c'est l'assassinat, le désordre. C'est faux, camarades. L'assassinat, c'est le fascisme. On vous dit, Barel, Barnoin, ce sont les hommes de Moscou. Les hommes de l'étranger, ce sont les fascistes, les Croix-de-Feu, les Jeunesses patriotes, qui reçoivent l'argent de Rome, tous ces Mérani, ces Darnand, membres des sociétés secrètes qui travaillent pour les deux cents familles... Le Front populaire sera la victoire des travailleurs. L'unité des partis communiste et socialiste, l'unité.*

Ces mots qui reviennent, si souvent prononcés, le temps d'arrêter le moteur de la moto, déjà les camarades du village ou du quartier sont là, déçus. « Barel, Barnoin ? » « Il n'y a que moi, dit Jean. Ils ne peuvent pas être partout, Barel, Barnoin. » Avant d'entrer dans la salle : « Tu surveilles la moto », dit Karenberg. Puis l'estrade. *Camarades, voter pour Barel, c'est...*

Les mots dans la gorge comme quand on va vomir, et c'est la fatigue, ou bien le souvenir d'une discussion avec le père, avant de partir pour le Palais des Fêtes, participer à ce banquet de la victoire, fêter l'élection de Barel, Frédéric Karenberg qui a accompagné son fils jusqu'au bout de l'allée, qui le regarde sortir la moto placée sous l'auvent, près du portail.

— Tu as lu les nouvelles ? En U.R.S.S., ça va être le massacre de la vieille garde bolchevique, Staline... Et vous, ici, vous croyez, parce que, avec vos deux pour cent en plus, parce que vous avez la majorité parlementaire, que ça va changer ? Mais Staline va vous mener par le bout du nez, vous lâcher, vous étrangler.

Jean a laissé retomber la moto.

— Tu m'emmerdes, hurle-t-il, tu m'emmerdes ! On se bat, et toi tu joues les Cassandre. Un émigré russe comme les autres, ceux d'après la Révolution. Pourquoi as-tu quitté la Russie ? Vous êtes venus ici, vous étiez au chaud, ça vous permettait d'être libéraux sans rien foutre, sans craindre la police tsariste. Les autres, Staline, ils n'étaient pas sur la Côte d'Azur mais en Sibérie, tu entends ? Alors tu m'emmerdes, tu m'emmerdes !

Frédéric Karenberg n'a pas bougé. Jean a envie de frapper sur son visage, pour qu'il crie, pour qu'il s'emporte.

— Tu m'emmerdes, répète-t-il.

Il fait hurler le moteur de la moto.

— Ne va pas trop vite, dit Frédéric.

Jean Karenberg accélère sur le boulevard de Cimiez. « Merde merde merde. » Il conduit sa moto d'instinct, regarde à peine la chaussée, dérape, redresse. « Vieux con. » Et ces images, ce 1er Mai 36 sur la place Rouge, ces portraits d'un Staline débonnaire comme un dieu juste. Ça, le socialisme ?

Merde. Ces brochures que Frédéric Karenberg tendait à son fils, laissait sur l'escalier, tous les tournants de l'Internationale communiste qu'elles dénonçaient : un jour, les socialistes sont des fascistes ; le lendemain, des camarades à qui il faut donner la main. Un jour, il faut détruire l'armée française, et crier, après le voyage de Pierre Laval à Moscou : Vive l'armée ! »

Pour des cons. Ils nous prennent pour des cons.

Les autres, Barnoin, Barel, ces camarades que Jean va retrouver, que savent-ils ? Ils vivent dans un univers à une seule dimension. Croyants. Religieux. Merde. Jean en veut à son père de lui avoir gâché le banquet de la victoire.

Il entrait au Palais des Fêtes. Foule populaire et enthousiaste, des camarades reconnaissaient Karenberg. « Oh, Jean ! » On le salue du poing, il passe au milieu des tables, on le retient. « Eh, tu trinques ? » On lui offre un verre. C'est Bartoli, un jeune ouvrier mécanicien, qui montre Karenberg à ses voisins. « Lui, c'est un écrivain. Avec nous les artistes. » Il lève le poing. Karenberg s'est assis à la tribune, à l'extrémité de la longue table. Les discours, Gabriel Péri, Raffin, Barel, le bruissement de la foule, puis Barel dit : « En cortège, nous allons... »

Jean est entré dans les rangs, Barnoin près de lui. Ils chantent tous, il marchent vers la gare, ils accompagnent Barel au train de Paris, pour la première séance de la nouvelle législature élue pour cinq ans.

— Dans cinq ans, en 41, dit Barnoin, tu verras si on a encore besoin d'élections.

Il reprend le refrain : *L'Internationale sera le genre humain...*

— Dans cinq ans, dit Jean, qui peut prévoir ?

Mais Barnoin n'écoute pas, il chante, il gueule avec les autres tout en remontant l'avenue de la Victoire.

27

Violette Revelli avait découvert l'aube et la mer.

Depuis un an elle vivait avec Sam Lasky. Il la réveillait au moment où le soleil effleure les remparts de Saint-Paul. D'un grand geste il tirait le rideau de l'atelier, tintement des anneaux de cuivre sur la longue barre, et les collines devant Violette, la brume dans le creux, cette vasque encore grise entre les ondulations couvertes d'oliviers. Souvent Sam s'agenouillait près du lit, posant sa bouche sur le sexe de Violette, lui caressant les cuisses, et elle regardait vers la mer l'horizon qui s'ouvrait peu à peu. Elle se cambrait, fermait les yeux, prenant le visage de Sam entre ses mains, répétant son nom, et quand il se redressait, traversant l'atelier, qu'elle se levait aussi, le soleil occupait tout l'espace, de la mer aux remparts.

L'été, ils déjeunaient sous la tonnelle, devant l'atelier, puis ils partaient pour la mer par des routes encore désertes. Parfois, un horticulteur, debout devant ses serres, se retournait pour voir passer cette voiture décapotable que Sam Lasky conduisait trop vite. Un bain près des pêcheurs quand l'eau matinale a encore le goût frais de la nuit. Sam nageait longuement, Violette somnolait, brusquement tirée de sa torpeur par l'eau dont Sam l'aspergeait. Il était devant elle, torse nu, la cicatrice ourlée couverte à demi par ses poils gris ; trapu, clignant des yeux, grimaçant, tel qu'elle l'avait vu le premier jour chez Nathalie et Alexandre, laid. Mais le mot, peu à peu, s'était vidé de sens.

Il n'avait qu'un visage différent des autres, plus mobile, inventant des expressions comme il créait des formes. Et quand elle avait découvert ces grandes zones sur la toile, diagonales noires, verticales rouges, cercle blanc hachuré comme une boule en mouvement roulant le long des couleurs franches, ou bien quand elle avait touché.

— « Violette, disait Sam, une sculpture, ça se touche, ne restez pas loin, touchez-la, mettez vos mains dessus » — ces tiges rigides d'acier que terminait un cône, une sphère de cuivre qu'un seul point de soudure fixait, elle s'était demandé si les mots laid, beau n'étaient pas que des habitudes.

Chez elle, à Cimiez, où il venait pour la première fois, il s'était promené dans l'appartement, les bras croisés :

— C'est drôle, avait-il dit, en se laissant tomber dans un fauteuil, quand on te voit, on ne sait pas d'où tu sors ?

C'était la première fois aussi qu'il la tutoyait, sans la prévenir, et elle n'aimait pas cette brutalité, cette façon qu'il avait tout à coup, parce qu'elle lui avait ouvert sa porte, de se croire chez lui déjà.

— Je peux vous le dire, si vous voulez.

Il plissa le nez.

— Je ne tutoie que les amis, tu sais, seulement les amis.

Il se levait, recommençait à faire le tour des pièces.

— Mon père travaillait le cuir en Pologne, il ressemelait les chaussures. Tu sais pas ce que c'est un ghetto, dans un village, en Pologne.

Il avait parlé une partie de la nuit, puis dit de nouveau :

— Quand on te voit, on ne sait pas d'où tu viens.

Elle était assise en face de lui.

— J'aime la façon dont tu t'habilles, continuait-il, tu inventes. Ce tailleur blanc, toutes les femmes portent un tailleur blanc, cette année, mais toi, tu en as fait quelque chose, pochette rouge, foulard bleu et rouge, ça, tu l'as inventé. Mais alors, dis-moi...

Il traversait le salon, soulevait des bibelots qu'elle avait achetés avenue de Verdun, cher, touchait un rideau :

— Comment peux-tu vivre ici ? C'est un catalogue, cet appartement, tu es allée avec *L'Illustration* dans un magasin. Qu'est-ce que tu as inventé, ici ?

Il tournait sur lui-même.

— Deux choses, deux !

Il prenait un pot en grès, celui qu'elle avait demandé à son père, un souvenir de la mère. Là, Lisa mettait le gros sel, et Violette l'avait posé sur un guéridon, dans le salon.

— Ça, tu vois, ça c'est ta marque. Et puis ça.

Un cadre de cuivre rouge que Dante, pendant la guerre, avait découpé, assemblé. Et Violette y avait placé une vieille photographie, le père et la mère pour le dixième anniversaire de leur mariage, debout côte à côte, Lisa dans une longue robe noire, un jabot de dentelle blanche, Vincente, les mains derrière le dos, une petite moustache noire barrant son visage, la casquette horizontale.

Sam regardait longuement le cadre, la photo.

— Ne sépare jamais ces deux choses, disait-il, jamais, l'un c'est l'autre. Ils sont nobles tes parents. Dignes. C'est rare, la dignité.

Violette prête à pleurer sans raison.

— N'aie jamais honte, disait Sam. Le reste...

Il touchait d'un revers de la main les meubles, une photo peinte, couleurs bleu et rose de la mer et du couchant représentant, dans un cadre de bois doré, la Promenade des Anglais.

— Le reste, disait Sam, tu peux brûler, jeter.

Il ouvrait les volets.

— Mais quelle heure est-il ?

L'aube, un dimanche matin de juin 35.

— On a parlé, dit Sam, on a seulement parlé...

Il riait, lui clignant de l'œil.

— Drôle de première nuit, non ?

Ils se connaissaient alors depuis sept mois, s'étaient vus souvent chez Alexandre et Nathalie, à Saint-Paul, ils avaient déjeuné dans des restaurants de Tourette, de Gattières, ils avaient vu ensemble *Les Temps modernes,* et *L'Atalante.* Violette ne se posait pas de question à propos de Sam. Il l'amusait, et quand elle l'avait quitté, elle riait seule. Puis, tout à coup grave, alors qu'elle se déshabillait ou bien qu'elle était déjà couchée, elle réfléchissait à ce qu'il avait dit, et tous les autres, Rex, Philippe, et même Dante, Antoine, lui paraissaient n'avoir jamais parlé. Des bruits, des échos, pas de paroles. Elle était injuste, mais elle sentait ainsi.

Et elle l'avait écouté toute la nuit, leur première nuit, sans penser à autre chose.

— Je te laisse, disait-il, je vais me baigner. Je me baigne tous les matins, l'été. La mer, c'est...

Elle était entrée dans sa chambre, avait pris son maillot et son bonnet.

— Si tu veux, avait-elle dit en retournant dans le salon, je viens avec toi.

Violette avait découvert l'aube et la mer.

Ils rentraient lentement à Saint-Paul, Sam s'enfermant dans l'atelier, Violette partant pour les studios de la Victorine.

— Tu as changé, toi, lui avait dit Rex, peu de temps après qu'elle avait commencé à vivre avec Sam.

Elle avait demandé à le voir, sans inquiétude. Figuration, bouts de rôle, concours d'élégance, petits pas devant un parterre de dames, sourire, le coude appuyé à la portière d'une automobile, tout cela, c'était fini. Elle le disait à Rex, calmement, comme une évidence qu'il allait accepter, sinon...

— Et Philippe ? demandait-il. Tu as définitivement laissé tomber ?

Il était en Chine, en Allemagne, puis en Éthiopie, filmant la progression des Italiens vers Addis-Abeba. Il postait une lettre au Caire, la censure fasciste, expliquait-il. Il racontait les avions mitraillant les troupes du Négus, les longues traînées blanches des gaz toxiques, et ces autres moutonnements blancs, les corps couchés des soldats noirs enveloppés dans leur chamma de laine. *La guerre, ici, elle a commencé et comment !* écrivait Philippe Roux. *À Nice, tu ne dois guère t'en douter. Mais elle ira jusque là-bas. Quand on a vu, entendu, on en est persuadé. Et toi ? J'essaie de t'imaginer. C'est difficile aussi. Sans doute as-tu maintenant rencontré quelqu'un. Comment t'en vouloir ? Je ne regrette pas d'être parti. À la fin, j'allais très mal, je crois. À Nice, si l'on n'a rien de grand à vivre, à faire, on pourrit. J'ai vu à Paris un film de Jean Vigo,* À propos de Nice. *Voilà un film que j'aurais dû faire. Et pu faire, peut-être. Essaie de le voir. Je t'écrirai. Mais je dois rentrer en France. Bien sûr, j'espère te revoir. En ami. Philippe.*

Violette ne répondait pas à Rex.

— Si tu as quelque chose, disait-elle, mais derrière la caméra, plus devant.

— Tu te réserves pour quelqu'un ?

— Si tu veux.

Ce calme qu'elle connaissait, cette indifférence aux regards, à leurs questions. « C'est vrai que tu es avec Lasky ? »

— Tu connais bien Lasky, je crois ? interrogeait Rex à son tour.

— Un peu.

— S'il pouvait...

Elle l'interrompait.

— Ce qui m'intéresserait, disait-elle, au début si j'étais en double avec une script, comme ça, pour apprendre.

Il bougonnait. « Qu'est-ce que tu sais ? » Mais elle répétait avec la détermination de ceux qui peuvent gagner parce qu'ils sont prêts à accepter de tout perdre. « Bon, bon, ça va, disait Rex. On va voir. »

Elle débutait, efficace, son cahier à la main, secouant ses cheveux dans le soleil, arrivant sur le plateau avant les autres, un chemisier à col ouvert, une grosse ceinture de cuir sur un pantalon de toile, des souliers sport. Pratique pour marcher dans la poussière, sauter à pieds joints d'un camion de prise de vues. Elle découvrait, vêtue ainsi, une autre manière de bouger, de courir, comme si son corps s'était allégé, retrouvant l'aisance de la première enfance, avant qu'on l'enferme, le raidisse, et il avait fallu pourtant qu'elle paraisse, quand elle faisait virevolter autour de sa taille les robes longues de *Haute Couture,* souple, libre, alors qu'elle était prisonnière. Maintenant, un autre corps. Que Sam, parfois...

— Reste nue, disait-il, va comme ça.

Elle marchait dans l'atelier, et avait-elle jamais marché nue, en pleine lumière du jour, devant quelqu'un ?

Avec Philippe, une retenue, de la prudence. Il voulait la posséder, alors elle se dérobait. Sam la désirait sans la contraindre.

— Tu sais, toi et moi, si on en a marre, on arrête.

Il avait tenu d'abord à ce qu'elle conserve son appartement de Cimiez. Mais d'elle-même, après quelques mois, elle l'avait abandonné. « Je m'en vais, miss Russel. Je suis heureuse, je viendrai vous voir. » Violette continuait ses leçons d'anglais, parlait de Sam.

— Vous ne voulez pas d'enfant ? interrogeait miss Russel. Trente-trois ans ? Il ne faut pas attendre trop.

Désir incertain.

Un matin, sur la plage, une voiture qui s'arrêtait, deux enfants presque nus, la peau brune, potelés, ils couraient vers la mer, et, derrière eux, une jeune femme, la robe de plage s'ouvrant sous l'effet du vent. « Michel, Jacqueline. »

Elle n'avait pas dit un mot, Violette, tout le long du trajet vers Saint-Paul, ces prénoms, ces visages d'enfants en elle. Peur de dire. Peur de refus de Sam.

— Cinquante-deux, avait-il dit en sortant de la voiture. Je trouve que c'est un peu vieux.

Il avait attiré Violette contre lui.

— Beaux, ces gosses.

Peur de vouloir en ce moment.

Sam se rendait à Paris pour un vernissage, Violette l'accompagnait à la gare, mais les employés du Train bleu étaient en grève, les cheminots avaient envahi le hall, certains, debout sur les chariots à bagages, lançaient des slogans, levaient le poing : *Front populaire, Front populaire.*

Sam balançait sa valise à bout de bras : « Chance, je pars pas, bonne excuse. » Il dressait le poing : « Vive le Front populaire. »

Ils descendaient l'avenue de la Victoire, cherchaient en vain un taxi. « Les tramways sont en grève, alors les taxis et eux aussi... » Éclairage réduit, grève perlée dans les centrales, à l'usine à gaz. « En 19, disait Sam, j'étais à Berlin. Tu sens, l'air n'est plus le même quand il se passe quelque chose. Un peu le même air qu'à Berlin. Les désirs, ça rayonne. Tu as vu une fourmilière ? Quand tu plonges un bâton, elles deviennent folles, partent dans tous les sens. Les hommes, ces élections, c'est un début, c'est le bâton. Maintenant ça grouille, ça va grouiller. »

Ils étaient devant les Galeries Lafayette occupées par les employées. Chants. Danses. Peut-être, à cette fenêtre, Madeleine Vial. Violette retenait Sam, elle écoutait les badauds : « Ils jouent aux boules sur les toits, et ils ont élu la reine des employées ! » Rires ou bien masques hostiles des passants. Des groupes de jeunes gens grimpaient aux grilles, appelaient les employées par leur prénom, entonnaient *La Jeune Garde. Prenez garde, prenez garde...*

Violette fredonnait dans la voiture.

Peur de vouloir en ce moment, et pourtant l'envie de sentir naître d'elle, en ce moment, la vie.

Le soir, elle entraînait Sam : « Allons-y, disait-elle, je veux voir. » Ils prenaient au passage Nathalie et Alexandre. Nathalie enthousiaste, le teint carmin :

— À l'hôtel, ils se sont tous mis en grève. Papa a cédé tout de suite. Le père d'Alexandre...

Carlo Revelli avait fermé lui-même la porte des entrepôts. Il refusait de recevoir les délégués grévistes.

— Qu'ils se remettent au travail d'abord, disait-il à Giaume. Qu'ils travaillent. Après, on discutera.

Les terrassiers descendaient des chantiers, rejoignaient les chauffeurs de camion, les carreleurs. Des dockers se mêlaient à la foule qui stationnait devant les entrepôts Revelli. Des cris : *Les soviets partout, les soviets partout.* Les mêmes chants... *lutte finale... genre humain.* Barnoin, qui, au nom des partis du Front populaire, prenait la parole, debout sur le toit d'une voiture : « Camarades, notre force est immense, maintenant... »

— Il a finalement, continuait Nathalie, comme tout le monde, Carlo Revelli, comme tout le monde. Ça a dû le changer.

Carlo avait été convoqué par le préfet. « Monsieur Revelli, je sais bien, mais le nouveau gouvernement... Il faut lâcher la bride, les directives du président du Conseil, sinon...

— Sinon quoi ?

Carlo refusait de s'asseoir.

— Le gouvernement est juge de l'ensemble de la situation.

— Vous baissez le froc ?

Il claquait la porte en sortant. Ils baissaient le froc pour rien. Lui, il aurait tenu et donné après. On lâche jamais un cheval qui s'emballe. Quand il était de leur côté, aux autres, les régiments tiraient sur les grévistes. Tout ça c'était devenu mou. Sans goût, comme du tabac blond. De la piquette. On donnerait un peu. Ils prendraient pas grand-chose. Fini le temps du refuser tout et du prendre tout. Et Carlo avait reçu la délégation.

— Allez, dites.

Ils exposaient leurs revendications, une heure en moins pour cette catégorie-là, une prime pour ceux-ci, et les chauffeurs le paiement des heures de nuit, et pour tous une hausse de salaire.

— Et c'est pour ça ?

Il avait envie de leur dire : je vais vous le donner, et on vous le volera d'une autre façon.

— Voilà ce que j'offre. Parce que, moi, je sais ce que c'est que le travail.

Il doublait la prime. Allait au-delà des augmentations réclamées pour les salaires et les heures de nuit.

— Mais attention, les gars ! Plus rien pendant trois ans. On signe et on se remet au travail.

Les patrons, partout, pour reprendre ce qu'ils avaient lâché, comment ils allaient faire ? Pousser les prix. Et ce serait de nouvelles revendications. Lui, il les bloquait d'avance. Pas demain qu'on aurait Carlo Revelli. Les délégués se consultaient. Allez-y, les gars, pensez bien, dites-vous, dans trois ans on sera les maîtres, prenons toujours ça en plus. Pauvres cons. Il fallait tout voler ou la fermer. Ils acceptaient.

— Comme tout le monde ? répétait Alexandre. Mon père ne fait rien comme tout le monde. Il a dû trouver un moyen.

À Nice, Sam Lasky était contraint d'arrêter la voiture. Des manifestants traversaient la rue de Maréchal-Pétain, proche de la place Masséna, en criant.

— Vous vouliez voir, disait Sam.

Il interrogeait un passant. L'homme hésitait avant de répondre. « Je suis américain, disait Lasky en prenant un faux accent, je comprends pas ? » Le passant souriait. « Nous autres, Français, disait-il, nous nous divisons toujours. Les guerres de religion, vous savez. Ce soir, les Croix-de-Feu, les royalistes, ils essayaient de manifester. »

Des policiers survenaient : « Allons, circulez », bousculaient Sam et le passant.

— Partons, dit Nathalie.

Elle fermait la portière, se penchait vers Violette :

— Je suis enceinte.

Violette se retournait, Alexandre prenait Nathalie contre lui. Sam démarrait lentement.

Venant des bords du Paillon, débouchant sur la place Masséna, des voix couvraient tous les autres bruits de la ville : *Le fascisme ne passera pas. Le fascisme ne passera pas !*

28

Denise se laissa entraîner dans la danse.

Elle riait, mal à l'aise, un peu honteuse, mais Dante serrait sa main et Denise le suivait au milieu des danseurs. Il commença de tourner, vite, une valse, elle sentait ses doigts sur sa taille, elle s'appuyait à son épaule, elle apercevait les musiciens debout sur l'estrade dressée près du bassin, au centre de la place Garibaldi, et les danseurs, cette foule, Antoine et Giovanna qui se souriaient, Lucien avec la fille du droguiste, Lili, Liliane. Des voisines d'avant — quand Denise habitait rue de la République — qui dansaient aussi, lourdes, joyeuses, semblaient dire : « Ah ! vous en êtes de la fête, comme nous, c'était bien la peine de prendre des airs ! » Autour de la piste le cercle des regards qui se mettaient à tourner, et les façades austères et les mâts blancs, le rouge et le bleu, et cette silhouette qui revenait chaque fois, au premier rang des spectateurs, le beau-père, Vincente, tenant ses petits-fils par la main, Roland et Edmond.

— Arrête-toi, dit Denise à Dante, arrête.

Elle s'immobilisa, mais la place valsait encore et elle fut contrainte de poser sa tête sur la poitrine de Dante, un instant, là, devant eux tous.

— Toi, dit-elle en se redressant, avant que tu...

— Ça va pas ?

Il riait fort — pour que tous les remarquent — la raccompagnant près de Vincente, se penchant vers Roland :

— Tu vois, maman, elle veut plus.

Denise tenta de prendre Roland par la main, mais il s'accrochait à son père, et Dante, le soulevant, commença de danser avec lui. Roland criait : « Maman, maman. » Denise n'osait lui répondre, tous ces gens, ces ouvriers, depuis qu'elle habitait rue de France, elle n'avait plus l'habitude.

— Cette foule, disait-elle plus tard à Giovanna. Je n'ai jamais aimé la foule.

Denise marchait devant avec sa belle-sœur. Les gosses couraient de platane en platane. Vincente, entre ses deux fils, loin derrière, Antoine portant le filet. Dante cria : « Par là ! » Il montrait la « porte fausse », ces escaliers qui descendaient du boulevard des Italiens dans la vieille ville. Denise hésita :

— Tu choisis toujours...

Mais, déjà, Roland sautait les marches.

— C'est sale, dégoûtant, dit Denise en s'engageant dans le passage.

Ça sentait l'urine, le sur, et dès qu'on avait atteint les ruelles, l'odeur de poisson et de saumure. On dansait partout dans la vieille ville, rue Droite et place Rossetti, place Saint-François, rue Pérollière. De façade en façade on avait tendu des cordes à linge, accroché des lampions, parfois une banderole. *Vive le*

14 Juillet — Vive le Front populaire. Des inscriptions à la chaux sur les pavés : *Votez Barel-Barnoin.* Et devant le *Castèu,* sur toute la longueur de la terrasse du café de Luigi Revelli : *Mort aux fascistes.*

— Il doit être content, l'oncle, dit Antoine.

— Quand même, dit Vincente.

— Eh, pa...

Dante serrait son père contre lui, un bref mouvement.

— Qu'est-ce que tu veux, il n'avait qu'à... reprenait-il.

Denise entendait la voix forte de son mari. Depuis deux mois, ces élections, il avait passé son temps dehors, manifestations, réunions. Elle avait d'abord protesté, puis elle s'était tue. La ville, les journaux, la France, tout était contre elle et donnait raison à Dante. *Le Petit Niçois* titrait : *Victoire du Front populaire.* Le père de Denise lui-même disait : « Blum, il est honnête, un socialiste, un pur. Il est juif. Mais il y a des juifs qui sont très bien. »

Alors Denise se taisait, poussée, elle aussi, par le courant.

Après tout, qui sait ?

Au lendemain du premier tour des élections, Barel et Barnoin, des députés socialistes venus les soutenir et des ouvriers en salopette bleue avaient dîné à l'Hôtel Impérial, dans la grande salle à manger. Hollenstein les accueillit dans le salon aux colonnes. Dante prenait Roland dans les bras, s'exclamait : « J'ai vu Barnoin, il était fier. Les socialistes les ont invités ici. Ah, ça change ! Il y a dix ans, en prison, Barnoin. Maintenant, à l'Hôtel Impérial. »

Denise voulait dire : et demain ? Ou bien : ce seront eux qui dirigeront et tout continuera comme avant. Elle hésitait. La peur d'être dans le camp des perdants.

Quand elle parlait au marché Gambetta, avec les commerçants, qu'elle les entendait, au début du mois de juin, se plaindre des grèves : « Y a plus rien, on nous approvisionne plus. Ah, le Front populaire, bravo ! », Denise haussait le ton : « Le Front populaire ? Il est là depuis une semaine. Ils ont même pas commencé. Attendez, attendez. Il faut connaître avant de parler. »

Elle s'entendait reprendre les phrases de Dante. Elle se le reprochait, mais c'était le courant, les ministres, maintenant, parlaient comme Dante. Elle lui disait parfois : « Si tu crois que ça peut durer. » Sa propre inquiétude qu'elle exprimait, sans joie, souhaitant au fond d'elle-même que ça réussisse. Elle aimait les vainqueurs. Et Dante avait leur visage. Il sortait avec Roland, le soir, elle refusait de les suivre, le regrettait, et quand ils rentraient, alors qu'elle déshabillait son fils :

— Un gosse de quatre ans, disait-elle, fou, il faut être fou.

Dante racontait. À nouveau diseur de fables. « Si tu avais vu, devant *Le Petit Niçois*. J'ai mis Roland debout sur mes épaules. Il était au-dessus de tout le monde. Si tu l'avais vu. »

D'autres fois il sortait seul, elle l'attendait, inquiète. On courait dans la rue de France, des cris, des coups de sifflet. *Le fascisme ne passera pas.* Quand elle reconnaissait son pas dans la cour, la clef, elle se mettait sur le côté, il avançait, il était au bord du lit, posant la main sur sa hanche :

— Tu dors pas ? murmurait-il.

Il sentait la sueur.

— Jamais vu ça, commençait-il. Jamais vu. Ah, cette fois-ci, ils ne pourront plus, ils ne pourront plus !

Les poings dressés, plantes sauvages, Thorez qui serrait la main d'un prêtre. « Sur la tribune, au Palais des Fêtes, devant dix mille personnes, un prêtre. »

Dante avait la voix éraillée d'avoir chanté, hurlé. « Je les ai tous retrouvés, Karenberg, Barnoin. »

Il s'asseyait au bord du lit :

— Cette foule. On était si peu, au début, et maintenant, qu'est-ce que tu veux, ça donne la chair de poule, on en pleurerait.

Il lui touchait le bras, elle se contractait, elle frissonnait. « Laisse-moi dormir », disait-elle, mais d'une voix si faible qu'il posait les deux mains sur ses épaules, la forçait à se coucher sur le dos, et il entrait en elle, lourd, fort, chargé de bruits, de chants.

— Ma poulette, disait-il, en lui passant la main sur le cou et les seins.

Elle s'endormait d'un seul coup, comme on oublie, sans le savoir.

Ce fut souvent ainsi en ce printemps 36.

Il y eut la grève à l'Hôtel Impérial. Des cuisiniers, Lebrun et l'un des portiers qui entraient dans l'appartement, demandaient à voir Dante. Denise les faisait asseoir, offrait un verre de vermouth.

— Vous savez, Madame Revelli...

Roland courait autour de la table, Denise le retenait, le forçait à rester près d'elle.

— Vous savez, continuait le chef cuisinier, il nous faut votre mari. Pour ce qui est de parler, c'est le meilleur. Alors, tant qu'il y avait rien, bon, on se passait de lui. Mais maintenant on négocie, dites-lui...

— Il y a cette manifestation au Palais des Fêtes.

Dante, qui avait mis des espadrilles : « Y aura de la bagarre, parce que si Doriot, ce mouchard... »

— Doriot ? disait Lebrun. Qu'il laisse tomber. Il a eu raison trop tôt, Doriot. C'est de la politique, tout ça.

Ils se mettaient à discuter entre eux. Denise les interrompait :

— Il est là-bas.

Lebrun donnait le signal du départ.

— Dites-lui que ce qui compte, ce sont nos revendications, et pour ça, on a besoin de lui... Doriot...

Palais des Fêtes protégé par la police. Drapeaux tricolores, *Marseillaise* saluée par les milliers de manifestants le bras levé : « Le Parti populaire français... »

À la tribune, le député Ritzen, maître Charles Merani, conseiller municipal, candidat malheureux battu par la coalition des rouges, Joseph Merani, ancien député des Alpes-Maritimes, conseiller général.

Marseillaise... Contre nous de la tyrannie... Allons enfants de la patrie...

Milliers de bras tendus. Ritzen prend la parole après un ouvrier mécanicien et une commerçante, il excuse Doriot absent : « Cet homme, dit-il, doit être admiré pour son courage. » « Doriot, Doriot, Doriot. » Foule debout, encore. « Notre rassemblement national, reprend Ritzen, doit être le créateur d'un ordre nouveau, conçu par des Français, avec des enthousiasmes français et dans les traditions françaises. »

Allons enfants de la partie... La France aux Français, la France aux Français, la France aux Français...

Dans les rues qui mènent au Palais des Fêtes, Dante Revelli court avec des contre-manifestants : *Le fascisme ne passera pas.* Bagarres. *Doriot au poteau, Doriot au poteau.* Deux camions chargés de jeunes gens fonçant dans la foule, quelques coups de feu. La police. Bousculades. Tard, Dante rentre chez lui. Denise, les yeux fermés, couchée.

— Lebrun, d'autres, ils veulent que tu sois leur délégué, tu parles bien, il paraît.

— Tu le sais pas ? dit-il en se penchant.

Il tente de l'embrasser sur les lèvres. Elle se débat. Il la maîtrise :

— Tu le sais pas, dit-il, que je parle bien, tu le sais pas ?

Elle tente encore de se dégager.

— Tu le sais pas ? Tu le sais pas ?

Le 14 Juillet, ils sont allés déjeuner chez Vincente Revelli. Dante arrive en retard avec Roland, Antoine et Edmond.

— Le défilé, dit Dante, les rues noires, on passait devant le siège de *L'Éclaireur* et on voyait les autres, encore, au bout, dans l'autre rue.

— Tout est froid, dit Louise, vous m'aviez dit midi.

Elle avait préparé un lapin sauté aux tomates, des aubergines frites, des courgettes farcies, une salade de mesclun, et Giovanna avait apporté la tarte aux prunes. Vincente donnait à Roland et à Edmond de la réglisse, puis, assis au milieu de ses petits-fils, il mangeait lentement, refusant la tarte, et quand Giovanna en mettait un morceau dans l'assiette, il ne prenait que la pointe :

— Pour la taster, disait-il, la goûter. Es buona.

Et il partageait le reste entre ses deux petits-fils.

— Hier soir, racontait Antoine, on est allé danser avec Giovanna et Rafaele.

Une douzaine de types qui entrent, demandent à l'orchestre de jouer *La Marseillaise* et font le salut fasciste. Bagarre. Ils avaient tiré, pas de blessés.

— Rafaele, quand il a vu ça...

Silence.

— On est sûr, maintenant, pour Francesco ? demanda Dante.

— On a toujours été sûr, dit Antoine.

Il se verse un verre de vin.

— C'était pas quelqu'un qui savait seulement parler, ou voter, continue-t-il. Ça, tout le monde sait le faire. Ça coûte rien. Ça rapporte, même.

Vincente se lève :

— C'est pas le jour, dit-il. Faites-le pour moi.

Les gosses descendaient dans la cour, Vincente se mettait dans un coin, fumait sa pipe. Giovanna aidait Louise à faire la vaisselle, à préparer les assiettes pour le soir, le dîner, sur la plage. Dante réparait une lampe de chevet, puis le fer à repasser. Il avait étalé un journal sur la table et les pièces de l'interrupteur et de la prise devant lui, il dénudait les fils, les entourait de toile isolante. Antoine le regardait, suivant le mouvement des doigts, retrouvant les sentiments de son enfance, l'admiration pour le frère aîné, le magicien qui, en quelques gestes, donnait la lumière, la chaleur. Dante disait seulement : « Passe-moi le tournevis. » « Tu peux me tenir ça ? » Il rendait à Antoine le fer à souder. « Attention, appuie là, pas trop, pas trop. Ça va marcher, mets la prise. »

La fraternité.

Vers cinq heures, Louise refusant de sortir — « Je me sens pas, vraiment, non, je suis bien, j'attends Lucien. » — ils prenaient la rue de la République.

On dansait place Garibaldi. Des mâts blancs avaient été dressés. Le souvenir, là, un marin, le 14 juillet 1914, avait vu Millo qui entraînait Louise, Millo le soldat, Millo le mort, et je suis là. Dante s'était arrêté, regardait les mâts, les danseurs. Roland le tirait par la main. Quelqu'un, là-bas, sur l'estrade, près des musiciens, criait : *Pour le Front populaire, L'Internationale...*

Accordéon : *C'est nous les damnés de la terre...*

Et puis la valse.

— Danse, papa, danse, dit Roland.

Dante serre la main de Denise, l'entraîne.

Il dansait avec Madeleine Vial, ce 13 juillet 1914, sur cette même place, et que sont devenus... La guerre. Qui croyait que la guerre approchait vraiment ?

— La guerre, disait Dante à Antoine. C'est avec elle que tout a changé. On n'était plus les mêmes, personne. Ça, il faut l'avoir vécu pour savoir.

Les deux frères se déshabillaient sur la plage, quai des États-Unis, ce 14 juillet 1936. Roland et Edmond couraient au bord de l'eau, appelant leurs pères. Denise, Giovanna et Vincente s'étaient installés à l'ombre étroite d'une barque de pêcheur. Giovanna étendait sur les galets les torchons, sortait du filet les assiettes placées face contre face, grosses huîtres, leurs coquilles tenues fermées par des serviettes nouées. Denise les défaisait, répartissait les farcis de courgettes qu'elles contenaient, commençait a découper les pains ronds pour le pan-bagnat.

— Vous vous baignez pas ? demandait Giovanna.

Dante avait plongé dans une gerbe d'écume, Antoine n'était déjà plus qu'un point au large, une main tendue qui rassurait.

— Depuis un mois, disait Denise, je digère mal, toujours envie de vomir. Je me demande...

Elle eut peur du mot. Peur de sa peur. Elle cria avec colère : « Roland, Roland. »

— Vous êtes peut-être enceinte, dit Giovanna.

— Il fait pas chaud maintenant — Denise s'éloigna de sa belle-sœur — il faut qu'ils rentrent.

Soleil derrière la brume, fraîcheur qui semblait surgir des galets devenus tout à coup froids. La mer avait changé de couleur, violette, sombre.

De nombreuses familles des quartiers populaires dînaient comme les Revelli sur la plage que traversait une voix tout à coup haute, un rire. Vers huit heures, alors qu'ils avaient rangé les assiettes et les verres, la foule commença d'envahir la Promenade des Anglais, de couvrir peu à peu les galets, d'entourer les Revelli. Denise tenait Roland par la main.

— Ne bouge pas, tu entends, tu vas te perdre.

Dante fumait, allongé les mains sur la nuque. Antoine avait posé la tête sur les cuisses de Giovanna. Vincente, le dos contre la proue de la barque, tenait Edmond entre ses bras. Il parlait bas.

— Tu vois, la première nuit, disait-il, quand je suis arrivé à Nice, j'ai dormi là, dans une barque comme celle-là, et le matin, les pêcheurs, quand ils m'ont trouvé...

— Le ciel, dit Dante à haute voix, regardez le ciel, les enfants. Chaque étoile, c'est comme le soleil, avec des terres, des centaines de terres qui tournent autour, et peut-être sur chacune, sur chaque étoile...

Détonation. Une étoile jaillissait des rochers de

Rauba-Capeù blanche. Une autre, rouge, puis des soleils tournoyants qui éclairaient la plage, dévoilant la foule, ces corps massés, futaie d'ombres.

— Tu as peur ? demanda Vincente à Edmond.

Le fils d'Antoine, la bouche légèrement ouverte, secouait la tête. Roland vint à son tour s'appuyer contre son grand-père, et Vincente, au lieu de regarder le ciel, fixait le visage des deux enfants pendant qu'éclataient les premières fusées du feu d'artifice au-dessus de la Baie des Anges.

Troisième partie

LE VEGLIONE

29

Ils s'étaient préparés comme pour un long voyage.

À cinq heures, alors que, dans la rue de France, sombre, fraîche encore, un cantonnier ouvrait une bouche d'eau, et le bruit du jet sur la chaussée crépitait comme une pluie d'averse, ils avaient attendu le premier tramway.

— Je me demande..., disait Denise.

Elle regardait Dante, casquette blanche, chemisette bleue, pantalon de toile et espadrilles. Roland près de lui, tenant les cannes à pêche, s'asseyant sur le panier d'osier.

— Je me demande...

Elle regrettait d'avoir accepté. Elle craignait si fort d'être déçue qu'elle l'était déjà. Nerveuse aussi. Ce matin encore, juste avant de partir, elle avait soulevé sa robe, regardé le coton, il lui semblait, mais non, les taches de sang n'apparaissaient pas, depuis qu'elle comptait et recomptait les jours, et ce geste qu'elle faisait dès qu'il lui semblait sentir que « ça » avait commencé. Rien. Des impressions, l'imagination. Elle avait changé deux ou trois fois de serviette comme si un coton, une gaze plus nets pouvaient attirer le sang.

Rien. Alors, il faudrait de nouveau avouer qu'avec Dante, la nuit, dans le lit, et d'imaginer cela, les yeux des autres sur son ventre, ce qu'ils allaient penser, le père et la mère. « J'espère que vous n'en aurez qu'un, avaient-ils dit après la naissance de Roland. Si vous voulez l'élever comme il faut... Bien sûr, si vous en faites un ouvrier... Mais si tu veux qu'il aille au lycée, un enfant, c'est bien, deux on est esclave. »

Dante s'approchait.

— C'est la première fois qu'on part depuis le voyage de noces.

Il tentait de lui saisir le bras, mais elle le repoussait.

— Si j'avais su, disait-elle.

Tram vide. Dante restait sur la plate-forme avec le receveur, et, de l'intérieur de la voiture, Denise les entendait bavarder en niçois. « Alloura la pesca ? » Cette manière qu'avait Dante de parler avec n'importe qui dès lors qu'il s'agissait d'un ouvrier. Mais quand, parfois, il accompagnait Denise — et elle n'y tenait guère — sur la Promenade des Anglais, qu'elle avait dit : « Si tu mets ta casquette, moi, je préfère sortir seule, la Promenade, ce n'est pas la rue de la République », qu'il demandait : « Je m'habille ? » « Eh oui, tu t'habilles, tu ne peux pas décider seul, non ? », il sortait son costume bleu, veste croisée, un nœud papillon, le chapeau de feutre au bord cassé, là, sur la Promenade, habillé comme tout le monde, il se taisait.

Denise rencontrait des couples de retraités, les Bidois, lui, très distingué, chef de service de la Banque de France, elle, qui avait des propriétés dans la Creuse. Ils attendaient Denise, lui racontaient leur vie, offraient une banane à Roland.

— Et votre mari ?

Denise hésitait, inventait.

— À l'Hôtel Impérial, tout ce qui est mécanique, électrique.

— Un technicien, disait M. Bidois.

Le mot qu'elle reprenait. Elle avertissait Dante. « Ne va pas leur dire que tu es ouvrier. Parce que tu sais, il n'y a que toi qui en es fier. »

Souvent, quand elle sortait avec Dante, elle modifiait son itinéraire, allant vers Magnan au lieu de marcher vers le jardin Albert-Ier, le kiosque à musique, où chaque dimanche, l'orchestre de la ville ou la fanfare des chasseurs alpins donnait un concert. Mais le hasard était contre elle. La voix de Madame Bidois, la main qu'elle agitait. Elle avait gardé le fauteuil, près de *La Grande Bleue,* du côté de la mer.

— Monsieur Revelli, mon mari et moi, on se demandait...

Le regard qu'ils jetaient sur lui. Denise aurait voulu qu'il disparaisse. Elle était contrainte de s'asseoir, et pendant que Madame Bidois parlait : « Vous avez vu la photo dans *L'Éclaireur ?* Miss Plage ? Je trouve que ces filles, maintenant, bientôt elles seront photographiées nues. Tenez, celle-là, près des cabines, vous la voyez », Denise écoutait Monsieur Bidois, elle craignait que Dante, tout à coup, ne jette le masque.

— Je ne sais pas ce que vous en pensez, disait Monsieur Bidois.

Ton assuré, boutons de manchettes en or, gilet de tissu noir avec de fines rayures blanches.

— Je n'ai jamais été un militariste ou un fanatique, mais, les Espagnols, je les connais, nous les avons vus, n'est-ce pas, Jeanne ? Nous avons visité l'Espagne, au mois de mai 1935, il y a un peu plus d'un an. Alors, je sais que les crapules ça existe, et quand je lis, il faut lire, n'est-ce pas ? qu'ils ont déterré les corps des religieuses, pour les violer, ça ne m'étonne pas, mais pas du tout. Frente Crapular, je vous assure, c'est sûrement plus vrai que Frente Popular.

Il sortait de sa poche *Gringoire,* le tendait à Dante.

— Vous lirez. Le général Franco et les militaires, comme les policiers, n'est-ce pas ? Ils sont parfois... Mais il faut savoir si vous voulez vous laisser égorger ?

Peur que Dante ne se mette à gueuler. Denise se levait.

— J'ai froid, c'est humide.

Elle donnait une taloche à Roland, elle avait un sourire pour les Bidois.

— Je vous laisse votre journal, disait Dante.

Il s'éloignait sans les saluer.

— Je ne voulais pas, commençait Monsieur Bidois. Chacun est libre, n'est-ce pas ?

— Il est comme ça, disait Denise, ne faites pas attention.

— Il est bien sympathique, ajoutait Madame Bidois.

« Salopard », répétait Dante comme ils rentraient à l'Hôtel Impérial.

— Il n'y a que toi, tu es le seul à avoir le droit, commençait Denise.

Au début, elle savait encore ce qu'elle disait, mais, peu à peu. En marchant plus vite, Roland courait devant, et il fallait qu'elle hurle pour qu'il ne traverse pas seul la Promenade, avec toutes ces voitures. La rage emplissait sa bouche.

— Un salopard, reprenait Dante. Qui est-ce qui l'a déclenchée la guerre civile en Espagne, qui ?

— Envieux, disait Denise. Vous êtes des bons à rien. L'argent...

Mots du père, des clientes de *Haute Couture*, de Madame Bidois, mots que Denise vomissait, dont elle se salissait. Et sa colère montait encore. Un hasard suffisait parfois, la fille de Hollenstein, Nathalie Revelli, qui entrait à l'Hôtel Impérial, et qui avait, imaginait Denise, un sourire méprisant, Alexandre, son mari, le neveu de Dante qui les ignorait, ou bien, simplement, une femme élégante qui passait comme l'image de ce qu'aurait pu être Denise. Si.

— Alors, pourquoi tu m'as épousé, tu n'avais qu'à..., répondait Dante.

Roland entre eux, ses yeux vers l'un, vers l'autre.

Dante ouvrait la porte de l'appartement. Ces rideaux qu'elle avait piqués, ces tommettes cirées autour desquelles elle avait passé une ligne de peinture blanche soulignant ainsi l'hexagone rouge, le cosy-corner de noyer qui servait de lit à Roland. Pauvre. Laid. Pauvre. Elle se laissait tomber sur son lit. La chaleur qui stagnait dans la cour, celle qui venait du ventre envahissait sa gorge. Angoisse. Elle touchait son sexe, regardait ses doigts, rien, rien encore, et cela faisait, elle comptait, bien plus d'un mois, le 14 juillet, elle aurait dû. Enceinte, alors.

Roland entrait dans la chambre, il se jetait sur elle. Elle le repoussait. « Tu m'étouffes. » Mais il aimait se blottir. Elle lui caressait les cheveux. « Tu es en rage, tu vas prendre froid. Tu as faim ? »

Elle le changeait, lui préparait un goûter, grignotait, assise en face de lui. « Tu t'ennuies tout seul. Si tu avais un petit frère ou une petite sœur ? »

Elle ouvrait la chambre, au bout du couloir, celle qui servait de débarras. Dante la tapisserait, elle mettrait des rideaux à la fenêtre, un lit là.

Le soir, dans la cuisine, Roland à demi endormi, la joue contre la toile cirée.

— Raconte, papa, raconte, disait-il.

— Alors, commençait Dante, on est entré dans une rade, on a mis le youyou à la mer. « Vous, Revelli, m'a dit le premier maître, prenez les avirons. » Ramer quand il y a le vent, le courant, c'est pas facile.

Denise se tournait vers eux.

— La chambre du fond, disait-elle. Il faudra la tapisser. On la mettra là, si c'est une fille.

Dante venait vers Denise. Il posait les mains sur ses hanches, tentait de caresser son ventre.

— Si je pouvais, disait Denise en se dégageant, mais je n'ai pas le courage.

— Et moi, j'accepterais ?

— C'est moi qui le fais. Pas toi. Si je voulais.

Dante levait le poing, prenait Roland dans ses bras, commençait à chanter.

Allons au-devant de la vie
Allons au-devant du matin
Il va vers le soleil levant
Notre pays...

Roland imitait son père, fermait son poing, reprenait le refrain.

Allons au-devant de la vie...

Denise arrachait Roland à Dante.

— Tu veux en faire aussi un imbécile ?

Elle ne croyait plus à leur victoire.

Il avait suffi de quelques jours, à peine le temps pour les fusées du feu d'artifice d'illuminer la mer en la heurtant, gerbes d'étincelles, sillage sur l'eau de l'une d'elles, rouges, qui était trop vite retombée, paraissant se diriger vers la plage, puis, à quelques mètres du rivage, alors que la foule déjà refluait, elle se mettait à tourner sur elle-même, hurlante et vaine. Quatre jours seulement, et Dante, en rentrant, dépliait *Le Petit Niçois,* une traînée noire sur la première page que Denise ne déchiffrait pas, mais Dante lisait à haute voix : *Soulèvement militaire au Maroc espagnol. Depuis le 17 juillet ; le général Franco est à la tête des officiers rebelles.*

— Ils ne peuvent pas accepter qu'on gagne. Ils ne peuvent pas, disait Dante.

Elle l'avait toujours craint, su. Mais Denise, deux ou trois mois, le printemps, avait tu ses certitudes. Mois de mai des cortèges, juin de la victoire, les bals dans la cour des Galeries Lafayette, et le gouvernement qui donnait raison aux ouvriers.

— C'est nous qui les avons élus, expliquait Dante à ce moment-là. Les congés payés, ils nous les doivent. On les paie. Blum, il est avec nous. Les patrons, ils lâchent parce qu'on est les plus forts, ou ils nous donnent ou on prend.

Pas possible que ce soit aussi simple, que ceux qui ont l'argent laissent commander les pouilleux.

Il suffisait à Denise de sortir, de voir le casino de la Jetée-Promenade, le Palais de la Méditerranée, la façade de l'Hôtel Impérial, les voitures, les grooms qui tendaient toujours la main pour le pourboire, et, derrière les vitres de la banque Barclays, d'apercevoir les employés à leur place, le directeur traversant le hall, les couples d'Anglais — les hommes si élégants, les femmes si laides, comment de si beaux hommes pouvaient-ils ? Et elle, Denise, qui... — pour qu'elle doute de leur victoire à ceux de la rue de la République, de la place Garibaldi, à tout ce peuple en casquette, en livrée, ces ouvriers, ces domestiques.

Pourtant, pourtant, durant quelques semaines, les journaux, la radio, et Dante venait d'acheter un poste d'occasion, « parce que, avec les événements... ». Il faisait taire Roland, applaudissait les discours de Blum ou de Jouhaux : *La victoire obtenue dans la nuit de dimanche à lundi consacre le début d'une ère nouvelle. Une victoire ? Mieux, un triomphe. Les patrons ont capitulé. Les patrons ? Quels patrons ? Tous.*

Il dansait la gigue, claquement des semelles sur le sol, claquement des paumes.

Elle s'était laissé prendre, Denise, à cette joie, à ces apparences. Un printemps. Mais quand, en Espagne, ce général, ces officiers...

— Il fallait bien que ça arrive, disait le père de Denise. Ils en veulent trop. Et tu sais ce qu'on aura ?

Il levait l'index.

— On aura la guerre, et ils verront, ils verront ce que c'est, mais ce sera trop tard.

Il se servait un demi-verre de vin, ajoutait un peu d'eau.

— En tout cas, surtout maintenant.

Monsieur Raybaud regardait sa femme, et c'était la mère qui disait :

— Avec deux enfants, ça change. Il doit naître quand ?

Denise, qui s'apprêtait à partir.

— Tu dois bien savoir. Si tu ne sais pas, toi..., disait le père.

— Janvier ou février.

Elle les embrassait. Elle rentrait humiliée, nerveuse. Elle tentait d'oublier. Le repas à préparer, le rideau pour la chambre à terminer. Mais la radio, *Paris-Soir* que Dante rapportait chaque jour de l'hôtel, cette photo comme un miroir, une route pierreuse, une femme qui tient la tête de son fils à deux mains. *L'Espagne de la souffrance : dans la région de Badajoz, une mère pleure son fils tué au cours des combats.*

Dante qui a perdu. Dante qui les a sacrifiés. Aveugle. Il disait : « Tu as vu ton Monsieur Bidois ? D'après lui, en une semaine, Franco... Tu parles, on va gagner, là-bas, ici. »

Dante égoïste. Un homme, ça se débrouille toujours. Si la guerre venait, comme là-bas, lui, il serait peut-être de ceux qu'on voyait, traversant une place de Barcelone, le fusil à la main, chemisette, pantalon de toile, espadrilles, mais elle, avec deux enfants, seule.

Denise observait Dante. Il préparait les cannes à pêche, montrait à Roland un moulinet. « Je te donne cette petite ligne, disait-il. Ça, c'est le bouchon. » Il remplissait une bassine d'eau. « Quand le bouchon s'enfonce... » Roland plongeait sa main, riait, refusait d'aller se coucher, nerveux comme sont les enfants avant un voyage.

Cet homme. Cet enfant. Mon mari. Mon fils. Comment croire que je suis devenue cela ? Hier, il me semble, ce Russe, devant *Haute Couture*, s'approchait de moi : « Je vous conduis, Mademoiselle ? »

disait-il. Je m'éloignais, j'imaginais, demain j'accepterai, et... Que puis-je imaginer maintenant ? Cette photo de *Paris-Soir* comme un miroir.

Dante soulevait Roland. « Au lit, au lit », et Denise entendait la voix de son fils. « Elle vient, maman ? »

Elle était avec eux dans le tramway qui s'arrêtait place Risso. Elle voyait, près des cars du Syndicat des employés d'hôtel, ce groupe de femmes qui semblaient déjà, alors que Denise, Dante et Roland avançaient vers elles, chuchoter. Denise enlevait son chapeau, la veste de son tailleur en chantoung, pour essayer d'être comme elles, pas trop élégantes. Si elle avait su, mais elle imaginait toujours. Et ce n'était pas son milieu. Elle, les clientes de *Haute Couture* lui disaient : « Denise, vous vous habillez avec un chic ! » À quoi ça lui avait servi ?

Le chauffeur, debout sur la galerie du car, prenait les cannes à pêche, les musettes, quelqu'un passait avec un fiasco de vin. « On boit un coup, à la bonne franquette ? » Bras nus, un chemisier à pois bleus, avec un grand nœud retombant sur la poitrine, une femme s'approchait :

— Vous êtes la femme de Dante ? demandait Yvette Lebrun.

Madame Lebrun, Madame Revelli. Denise regardait Yvette. Voilà ce que je suis.

— On m'a dit que vous étiez une belle femme, disait Yvette, assise près de Denise, alors qu'ils roulaient vers Le Trayas, c'est vrai. Il vous ressemble votre fils.

Denise tenait Roland sur les genoux. Elle ne répondait pas à Dante qui allait de l'un à l'autre, l'interrogeait : « Ça va ? » Elle serrait Roland, elle s'agrippait à lui, elle lui parlait pour ne pas entendre ces chants de rues : *Allons au-devant de la vie...* qu'ils entonnaient, ces plaisanteries, le déchirement du changement de vitesses, à chaque tournant dans l'Esterel. Ne pas étouffer. Vomir. Elle tenait la main de Dante sur la plage, au restaurant :

— Vous êtes enceinte alors, il paraît ? demandait Yvette.

Dante, ce parleur. Elle l'apercevait debout sur les rochers, lançant sa ligne, le pantalon retroussé.

— C'est vrai ? Vous êtes enceinte ? répétait Yvette.

Denise avait lâché Roland. Elle l'avait perdu. Elle commençait à crier : « Roland, Roland ? » Il s'était noyé, elle allait le trouver entre deux rochers, et elle prendrait la tête de son fils mort à deux mains. « Roland, Roland. » Elle rejoignait Dante, maladroite avec ses talons. « Il est par là, disait-il. Il s'amuse. »

Elle était la seule à s'inquiéter, seule à savoir. Elle insultait Dante. Imbécile. Égoïste. Et quand elle retrouvait Roland, elle le giflait, l'embrassait, refusait de le laisser jouer avec les autres. « Tu m'as fait assez peur », disait-elle.

Deux jours ainsi. Ces femmes autour d'elle. Ces deux gosses qui allumaient le feu, installaient un chaudron, criaient comme des poissonnières : « La bouillabaisse, on fait la bouillabaisse ce soir. »

Enfin, le car rentrait dans Nice, dépassait deux cavaliers qui, sur l'allée de sable de la Promenade des Anglais, prenaient le trot, un homme et une femme, tous les deux très droits. Elle, tête nue, un chemisier blanc aux poignets mousquetaire, et quelqu'un du car lançait :

— C'est bon ? Ça chatouille là où il faut ?

Rires comme une eau sale qui couvre Denise.

Ils s'arrêtent place Risso. Étendue noire après le collier lumineux de la Promenade. Des cris, alors qu'on lance des musettes, qu'on tend les cannes à pêche. *Pour le Front populaire, pour l'Espagne.* Denise en sueur, cette envie de s'étendre, et Dante qui parle, ces hommes qui arrivent en courant vers eux. Denise commence à marcher, entraînant Roland. Dante les rejoint à l'arrêt du tramway. Gestes, voix forte pour ceux qui attendent, qui se rapprochent.

— Les fascistes, dit-il. Les types de Doriot. Ils ont tiré, place Arson, dans un café, ils ont blessé trois personnes. Ça commence comme en Espagne.

Denise prend Roland contre elle, le berce dans le tramway qui traverse le Paillon, rejoint les lumières du centre, la rumeur disciplinée des places et des rues de l'ouest.

Rue de France, Dante a sauté du tramway, il tend les bras pour aider Denise à descendre, porter Roland.

Mais Denise ignore Dante. Elle serre Roland contre elle, elle descend seule, elle marche seule, les mains protégeant le visage de son fils.

30

Ils avaient couru jusqu'au bout du quai, restant un moment à la hauteur de Rafaele Sori qui, du wagon, leur tendait la main, puis le train disparaissait, point rouge que semblait dévorer la colline.

Antoine Revelli et son fils étaient revenus vers Giovanna sous la verrière de la gare. Antoine donnait une poussée à Edmond.

— Embrasse maman, disait-il.

Edmond s'élançait vers Giovanna qui le soulevait, lui caressait le visage, le gardait contre elle, et quand Antoine était près d'eux, Giovanna pleurait.

— Lui, disait Antoine en les entraînant, il fallait qu'il parte.

Il prenait l'épaule de Giovanna, ressentait l'inquiétude de sa femme.

— Pas moi.

Et il ajoutait, faussement joyeux :

— On va manger une cassata, tous les trois, hein, fiston ? Une bonne cassata.

Ils sortaient de la gare, et cette envie de courir, ce rêve que faisait Antoine alors qu'ils descendaient les marches vers l'avenue Thiers, de rattraper le train, le dernier wagon, rejoindre Rafaele, et là-bas, enfin, à visage découvert, se battre. Ne plus lancer des pavés dans une vitre comme des voleurs, fuir à bicyclette, et, le matin, retrouver le chantier où rien n'a changé, et le patron passe — « Alors Revelli, ça travaille pas vite, aujourd'hui ? » — ou bien filer quand un agent vous siffle parce qu'on n'a pas d'éclairage sur le vélo. En finir dans une grande bagarre où on leur réglerait leur compte, une fois pour toutes, le fusil à la main, armée contre armée.

Rafaele avait eu raison de partir en Espagne. Dès qu'au début du mois d'août il avait su que des antifascistes italiens se regroupaient à Barcelone, que Carlo Rosselli, un professeur exilé, créait un bataillon, *Giustizia e Libertà,* Rafaele avait abandonné le chantier.

— Qu'est-ce que tu veux que je foute ici ? disait-il.

Giovanna, dans leur cuisine, la fenêtre ouverte sur la paroi du vallon, s'appuyait à l'évier, regardait son frère.

— Toi, tu as une femme, continuait-il, un enfant, moi...

— Qui t'empêche ? disait Giovanna.

— E cosi.

C'est comme ça. Les choses vont. On s'imagine qu'on va devenir ingénieur, géomètre, que... et un soir, dans les rues de Turin, les bandes de Chemises noires accrochent à un camion le corps du père, et ils commencent à rouler sur les pavés. Qui peut laisser faire ça ? Qui peut croire que ces assassins vont devenir ministre, maire, préfet, policiers ? Ils vous arrêtent au cimetière devant la tombe du père, ils frappent. Le directeur de l'école vous dit : « Ici, on peut plus vous garder. D'ailleurs en ce moment, pour vous, ingénieur... »

Rafaele franchissait la frontière avec Francesco. Le temps d'apprendre à travailler, de connaître une fille, et Francesco partait pour l'Italie, mouchardé, fusillé. Les choses vont.

Qui penserait à se marier ? Comment ne pas partir là-bas ? Comment ?

Violette, qu'Antoine n'avait plus vue depuis des mois, passait ce soir-là.

— Je ne reste pas, disait-elle, je suis avec un ami.

Cheveux très courts, sandales, pantalon et chemise comme en portent les hommes. Edmond debout dans un des coins de la cuisine, immobile, ne détachant pas ses yeux de cette silhouette.

— Je me suis souvenue, l'adresse, en passant... On va dîner à Saint-Pancrace. Edmond, il a grandi.

Elle évite de regarder Rafaele, s'approche de son neveu qui recule le long du mur.

— Tu connais Rafaele... ? demanda Antoine.

— Bien sûr, je l'ai même enlevé.

— Il part en Espagne.

Deux rides au coin des yeux de Violette qui attire Edmond contre elle, commence à lui caresser les cheveux.

— J'ai un ami, dit-elle, un cameraman, pour les Actualités. Il dit que c'est horrible. Dans une ville, ils ont fusillé des centaines de personnes dans les arènes, Philippe...

Violette allume une cigarette — Edmond s'écarte. Elle fume un peu trop vite.

— Mon ami dit que les militaires sont les plus forts, mieux armés, les Allemands et les Italiens...

— C'est pour ça qu'on part, dit Rafaele.

Un coup de klaxon, Violette va à la fenêtre, elle fait un signe.

— Tu veux pas le faire monter ? dit Antoine.

Elle hésite, coup d'œil à Rafaele, à Giovanna.

— Ici, dit Antoine, on est des ouvriers, si ça te gêne.

Avec Sam, fini ce temps.

Elle lui parlait du père et de Dante, de la rue de la République, de la honte qu'elle avait éprouvée, au début, d'être née sur la rive pauvre du Paillon, fille d'émigré. Elle racontait, couchée près de lui dans l'atelier, à Saint-Paul.

— Il n'y a que deux races, tu sais, disait Sam. Les hommes et les autres. Les hommes ne sont pas très nombreux. Pas facile de les reconnaître, parce qu'ils ont le même corps que les imbéciles. Mais avec un peu d'habitude.

Il commençait à rire, le torse dilaté par des secousses qui la gagnaient aussi.

— Tu renifles, disait-il. Tu te demandes, homme ou imbécile. Tu sens.

Il la chatouillait, elle se débattait, et tout à coup Sam redevenait sérieux.

— Avoir honte d'être juif, ou fille de maçon, ça jamais. Il ne faut pas. Les imbéciles essaient de te coller ça sur la peau, pour que tu sois comme eux. Si tu acceptes ils te tiennent, mais si tu ne marches pas, jamais ils ne t'attraperont, tu glisses entre leurs doigts, petite anguille.

Et Sam posait ses mains sur le corps de Violette.

— Il vient ou non ? demande Antoine.

— Je vais le chercher, dit Violette.

Sam Lasky s'est assis près de Rafaele. Avec sa chemise à gros carreaux, son cou large aux veines saillantes, il ressemble à un maçon ou à un paysan. Il retrousse les manches de sa chemise.

— On mange ? demande-t-il. Ou on passe seulement. Elle ne m'a pas dit. Si on mange, je voudrais bien des spaghetti. Ça fait longtemps. Violette porte des pantalons, mais les spaghetti...

Giovanna hache l'oignon, les tomates, elle découpe le petit salé en cubes blancs veinés de rouge. L'odeur, bientôt, de l'huile d'olive et de l'oignon frit.

Violette qui ne dit rien, Violette en paix, réconciliée. Elle est là, pour la première fois sans déguisement, face à l'un de ses frères et aux côtés de l'homme avec qui elle vit.

— L'Espagne, disait Sam, on parle, on parle.

Il avait accepté de participer à un meeting au Palais des Fêtes, *Solidarité des artistes avec l'Espagne.* La scène tremble sous les pas des danseurs de la *Gobba* de Barcelone, la foule se lève, applaudissements rythmés, couleurs des voix et des costumes rouges, jaunes.

— Un beau discours d'Aragon, continua Sam. La culture, c'est la paix, la paix, c'est la culture, et on rentre chez soi. Merde. La politique, c'est de la merde.

Il se tourne vers Violette.

— Tu sais pourquoi je peins ? Pourquoi je me sers de ça ?

Il lève ses mains.

— Il reste quelque chose, tu comprends, une couleur, un morceau de cuivre. Je sais à quoi j'ai affaire, c'est bon ou mauvais. Avec la politique, rien.

Il tape sur l'épaule de Rafaele.

— Je devrais pas dire ça.

— Il faut toujours dire, vous savez. Si je pars...

Rafaele regarde Violette.

— Si je pars, j'imagine rien, rien. J'ai trop imaginé, trop jeune.

Révolution demain quand, en 20, devant les portes en fer des usines de Turin, les ouvriers en armes montaient la garde, et le drapeau rouge en haut, le flamboyant panache de la cheminée de brique ternie. Fascisme crevé quand les miliciens de Mussolini avaient assassiné le député socialiste Matteotti et qu'on croyait partout que c'était leur fin. Les rats, déjà, grouillaient sur le pont, abandonnant le régime.

— Francesco aussi, il imaginait mon frère, il croyait.

— Vous partez donc ? dit Violette.

Rafaele se frappe la poitrine du bout des doigts, puis la tête, il rit.

— C'est là ou là, qui sait ? Mais je peux pas faire autrement, je peux pas rester ici. Si là-bas il y a Rosselli, d'autres, je cherche même plus à savoir ce qui va arriver après. C'est là-bas qu'il faut aller. E cosi — c'est comme ça.

Il se remet à manger en roulant habilement ses spaghetti sur la fourchette, regardant Violette.

Il est parti pour l'Espagne, et Antoine, dans le café, face à la gare, écoute ces bruits de trains qui s'éloignent. Il pousse vers Edmond la cassata qu'il a à peine entamée.

— Tu veux celle-là aussi ? dit-il. Mange, mange.

Il rapproche sa chaise de Giovanna.

— L'Espagne, dit-il, je regrette pas. L'Espagne, c'est un peu partout, ici aussi.

Voix assourdies des haut-parleurs, sifflets des locomotives, va-et-vient des fiacres, des cars des grands hôtels qui se rangent entre les palmiers, les chauffeurs en blouse blanche criant : « Hôtel Impérial », « Beau Rivage », « Hôtel Atlantic ». Des porteurs, une longue lanière de cuir serrant les valises, avancent courbés. Une autre ville, si différente de celle du vallon de la Madeleine.

Au moment où les Revelli vont prendre le tramway pour rentrer, un attroupement. On place des bancs de bois sur le terre-plein, près de la sortie. Antoine reconnaît Barnoin et le nouveau député Barel. Autour d'eux des voyageurs se groupent. Les hommes montent sur les bancs, d'autres s'accroupissent au premier rang, les femmes se prennent par le bras. Des badauds s'approchent du photographe qui court du groupe à son appareil. Barel dit quelques mots : « Avec les congés payés, le Front populaire abolit ce privilège, la Côte d'Azur réservée aux riches... »

— Attention, crie le photographe.

Les hommes lèvent le poing. Ils rient. Ils recommencent pour une deuxième photo. Ils applaudissent, puis embarquent dans un car jaune.

Ils agitent la main par les fenêtres aux glaces baissées — Rafaele lui aussi, de son wagon qui roulait vers l'Espagne, avait eu le même geste — pendant que le car s'éloigne vers la Promenade des Anglais et qu'Antoine Revelli, tournant la tête, aperçoit le point rouge d'un train que semble dévorer la colline.

31

Faites vos jeux.

À la base de la nuque la douleur naissait, filet brillant de métal fondu qui descendait le long du cuir, de l'acier, du bois, irradiait les doigts de cette main rigide que Luigi Revelli avait posée devant lui, comme un râteau de croupier.

Trois. Il était le troisième des Revelli.

De la main gauche il poussa ses deux dernières plaques au bord du rectangle. Trois. Puis il serra son poignet de bois. Le bois, ça porte bonheur. *Rien ne va plus.*

La boule, la douleur, sautillement métallique de l'une et de l'autre, encoche après encoche, nerf après nerf, noir rouge, pair impair, serrer le bois pour retenir l'une, contenir l'autre.

Raclement de l'acier du râteau sur le feutre vert, plaques qui se dérobent. Luigi Revelli s'est levé. Tapis où les pas, les bruits se prennent dans les entrelacs rouges sur le fond beige ; rideaux, lumières pailletées par le cristal et le cuivre qui jaunit les visages aux cernes bleus. Un inspecteur des jeux du casino de la Jetée-Promenade, Jè, nez écrasé d'ancien boxeur, joues empourprées où la couperose étend ses griffures violettes, répète :

— Monsieur Revelli.

Luigi regardait cette femme, là, à la table, la poitrine trouée par l'éclat d'un clip. Elle tentait de retenir la bretelle de sa robe décolletée, maladroite, comme si ses épaules s'étaient affaissées ou si ses doigts refusaient de se mouvoir. Finalement elle abandonna et la bretelle retomba jusqu'à la saignée du bras. *Les jeux sont faits.* Jè, une nouvelle fois, dit plus fort :

— Monsieur Revelli, le téléphone...

Luigi le suit, de salle en salle, sa main de bois dans la poche de son vêtement noir, la douleur sous le gant, démangeaison, morsure, l'envie de secouer la main, de faire glisser du sang jusqu'à l'extrémité morte, absente et pourtant là, comme un regret lancinant, on a joué et c'est un autre chiffre qu'il fallait recouvrir. Merde. *Faites vos jeux.* La voix d'ordonnateur domine et résonne. Des mannequins pirouettent, économie de mouvements, jetons, carte, des jeunes femmes trop bruyantes et tout à coup avides, avec la bouche pointue comme celle des rongeurs, un homme vieux, près d'elles, qui leur apprend à accepter le premier billet. « Jouez, jouez. » Ces rentières, Russes ou Anglaises, des broches sur leur blouse blanche, la peau couleur de poudre, jouant comme on grignote un biscuit, et des hommes debout qui, brutalement, font jaillir de leur poche l'or, la flamme, porte-cigarettes, briquet, gestes cassés et excessifs que la voix du croupier, la seule voix haute, rebondissant de table en table, désarticule. *Rien ne va plus.* Téléphone sur le bureau, renversé.

Luigi hésite. Jè montre l'appareil. La boule qui tournait, la douleur, là-bas, ici. *Les jeux sont faits.*

— Ils les ont pris avec les caisses, dit simplement Zézé à Luigi.

— Tu es où ?

— Au *Castèu.*

— Viens me chercher.

Luigi repose l'appareil.

— Ça va la chance, ce soir, monsieur Revelli ? demande Jè en s'effaçant devant l'entrée du bureau.

La salle de nouveau. Les joueurs habituels. Les cons de passage, Italiens, Anglais, les indics, les physionomistes, les inspecteurs de jeux, les deux flics de la Mondaine et la voix, *Faites vos jeux.*

— Ça va, dit Luigi.

Il a joué. Comment faire autrement ? On ne peut pas du même coup jeter les plaques sur le trois, le neuf, le cinq, le sept. Les bons chiffres, les chiffres aigus. Il a fallu choisir.

— Écoute, avait dit le commissaire Renaudin, écoute-moi bien. Monsieur, c'est le commissaire Lorillot, il vient de Paris pour te voir.

Gueule de flic, de petit barbeau, yeux rouges, cheveux tirés en arrière.

— Monsieur Revelli, commence Lorillot.

Les flics polis, des salopes. Vicieux, Pédés.

— Vous n'imaginez sans doute pas à quel point, à Paris, on s'intéresse à vous. Le ministre de l'Intérieur connaît votre nom, monsieur Revelli, mais oui.

Cette douleur à la base de la nuque.

Depuis les premiers jours avant 14 les jeux sont faits, quand Joseph Merani envoyait Luigi dans les bistrots, à la Bourse du travail, pour savoir un peu ce qu'on pensait, quand Ritzen interrogeait : « On t'aime bien, Revelli. Mais tu dois nous dire. » Chaque fois il avait fallu remettre la mise en jeu, choisir un nouveau chiffre, et la boule encoche après encoche, et la douleur.

Les autres, ils n'ont même pas besoin de jouer. Ils tiennent la banque. Le vieux Joseph Merani, crevé dans son lit, le jour de Noël 36. Enterrement au cimetière du château, caveau de famille et statue de bronze protégeant les caisses de chêne verni à poignées de cuivre : *La grande famille niçoise des Merani,* comme disait un des orateurs, *l'une de celles qui ont contribué au rayonnement de notre ville... Ce parlementaire distingué voulut d'abord demeurer un homme de son terroir, sachant, quoiqu'il lui en coûtât, refuser les responsabilités ministérielles pour rester au contact de cette ville de Nice qui lui doit tant. Si, en ces temps difficiles, il a dû, pour des raisons de santé, renoncer à se présenter aux élections, son fils a pris sa place. Saluant aujourd'hui la mémoire de Joseph Merani, nous nous tournons vers Charles Merani, sûrs que nos concitoyens...*

Foule entre les tombes, détachement de chasseurs alpins qui rend les honneurs et Carlo Revelli qui tient sa fille, Mme Charles Merani, par le bras. Ritzen, Monsieur le député des Alpes-Maritimes maintenant, bavarde avec le préfet et le maire, serre la main de Carlo et de Mafalda, caresse les cheveux du petit Robert Merani. Ils raflent les plaques, ceux-là.

— Monsieur Revelli, votre cabaret à San Remo, *La Costa Azzura,* continue le commissaire Lorillot, ça marche bien, n'est-ce pas ? Vous êtes dans de bons termes avec les autorités italiennes ? Ce n'est pas facile. Les fascistes n'aiment guère les Français. Vous êtes français malgré tout.

La boule, la douleur. Luigi saisit son poignet de bois, serre.

— C'est comme ça, dit-il.

Il fait jouer le déclic de son articulation.

— Vous avez été jugé par un tribunal militaire, je crois ?

Lorillot feuillette un dossier.

— Il y a eu cette affaire de meurtre dans votre hôtel, avant, il y a longtemps. Faute de preuve. Ou, plutôt, vous aviez un alibi. Je crois que le commissaire Renaudin est compréhensif avec vos petites activités.

Donnant donnant, toujours. Le même jeu depuis que Luigi est dans ce pays. Je t'appâte, tu mords. Foutre le camp, ne plus jouer.

Lorillot se lève, pose la main sur l'épaule de Luigi Revelli.

— Monsieur Revelli, jusqu'à présent vous avez fait une honorable carrière, tranquille, avec, disons, des tolérances, la chance, des protections. Mais vous êtes à un tournant. Voyez-vous, Monsieur le ministre de l'Intérieur...

Brin après brin, Luigi a dû lâcher. Et merde, poussons la plaque, touchons du bois.

— Moi, monsieur le Commissaire, la politique, j'en ai rien à foutre. Ça me nuit. Vous savez ce que les gens du Front popu écrivent devant chez moi ? « Mort aux fascistes. » J'en ai rien à foutre du fascisme.

— Tu as bien vu Doriot, pourtant ?

Tutoiement. Comme avec une fille. Quand on la pousse sur le lit et qu'on lui balance une trempe. Tu. Merde. Flic de merde. Doriot, l'ancien chef communiste qui venait de fonder le Parti populaire français, un visage à la Mussolini, une voix gueularde.

— Doriot ? répond Luigi. Oui, je l'ai vu. Ça s'est fait comme ça. Mais Doriot, moi...

Charles Merani avait téléphoné à Luigi. « Il nous faut des types costauds, pour le service d'ordre. Vous avez ça ? Ce n'est pas difficile pour vous. »

Zézé avait rassemblé une vingtaine de gars, toujours les mêmes, qui vivaient dans l'attente du bon coup qui les sortirait de la merde. On les trouvait au *Castèu,* jouant aux cartes, place Arson, sur les terrains de boules, gardes du corps, expulsant les contradicteurs des réunions électorales, indics, un peu maquereaux, trafiquants. Les plus jeunes tentaient leur chance aux thés dansants du Palais de la Méditerranée, si jamais une rombière, une de ces Anglaises bourrées de sucre et de rentes que ça démangeait encore, voulait. Ils revenaient alors avec une chevalière, une épingle de cravate ou une montre. Ils offraient la tournée de pastis. « Je me suis farci une Anglaise. »

Ils s'étaient massés à l'entrée du Palais des Fêtes, pas trop rassurés parce que la foule des contre-manifestants communistes cernait le bâtiment, chantant *L'Internationale*, criant : *Doriot fasciste, à mort Doriot.*

La France avec nous, clamait Doriot, à la tribune. *Le Parti populaire français inquiète les conservateurs sociaux et les communistes, ces deux frères siamois.*

À la fin de la réunion, Charles Merani avait invité à une réception intime les personnalités du département hostiles au gouvernement de Front populaire. Luigi Revelli avait retrouvé la maison Merani, les escaliers ornés de grands miroirs où se reflétait, fugitive, l'image de sa jeunesse quand il habitait là, au-dessus des hangars, avec Lisa et Vincente, puis Dante était né.

Luigi avait placé deux ou trois hommes dans la cour, là où il aimait s'asseoir, jouant aux osselets, les jambes écartées, le dos appuyé au mur encore chaud.

— Vous êtes sûr du service d'ordre ? répétait Charles Merani. Parce que s'il arrivait quelque chose ici... Je vous fais confiance.

Luigi rentrait avec lui au salon. Les meubles avaient été changés depuis la mort du vieux Merani. Noyer verni et lampadaires d'acier. Devant le buffet, Doriot mangeait avidement, parlait la bouche pleine. « Le Parti populaire français, c'est un jeune géant », disait-il.

Il regardait les uns et les autres, buvait, portait la

main à ses lunettes comme pour s'assurer avant un saut, puis, haussant la voix, martelait : « Nous avons fait cent mille adhérents en six mois. » Il brandissait le poing, l'expression du visage à la fois énergique et veule, comme la parodie de ce qui aurait pu être la force. Joseph Darnand, les mains dans les poches, le torse serré dans un veston croisé, les rubans de décorations dessinent un arc de couleur à la boutonnière, observait Doriot, puis, ostensiblement, se tournait vers la rue.

— Et si nous avons gagné, continuait Doriot, c'est que nous ne sommes pas des conservateurs. Nous ne sommes pas la droite traditionnelle. Nous sommes autre chose, comme l'a été le fascisme ou l'hitlérisme en Italie et en Allemagne. Mais d'abord nous sommes français. Nous n'imitons personne.

Charles Merani s'approchait de Darnand, l'obligeait, d'une pression de la main sur l'épaule, à faire face à Doriot.

— Ce qu'il faut, disait Merani, c'est l'unité des énergies nationales face à l'anarchie et au désordre que fait naître le Front populaire. En Espagne, Franco a su...

Luigi écartait les rideaux, apercevait les gars du service d'ordre qui s'étaient adossés à la façade de la maison Merani. Il regardait cette rue Saint-François-de-Paule où il avait couru. « Porte-moi ça, petit voyou », disait le Dr Merani.

Un silence, puis un brouhaha. Ritzen et son plus jeune fils, le Dr Jules Ritzen, chirurgien des hôpitaux, entraient dans le salon, Merani allant vers eux les mains ouvertes.

On avait seulement changé les meubles. Les mêmes hommes tenaient le jeu. Charles Merani, battu aux dernières élections, succéderait un jour à son père. Avenir inscrit dans les murs. Ritzen était devenu député. Et l'on parlait aussi du fils pour assurer la succession.

Bravo, messieurs ! La boule s'arrête là où il faut.

Il n'y avait que Carlo qui avait placé sa fille près d'eux. Elle entrouvrait la porte, regardait si tout allait bien. Charles Merani, d'un geste, faisait signe à Mafalda d'avoir à s'éloigner. Même Carlo. Sa fille, une bonniche à laquelle on avait vendu, parce qu'il avait sûrement dû payer cher pour ça, le frère, le nom du patron, Merani. Mme Mafalda Merani.

Ritzen prenait la parole, interpellait Doriot.

— Il y a la question de l'Allemagne. Est-ce que vous ne négligez pas le péril germanique ? Vous voulez un rapprochement avec le Reich ? Moi, je crains l'armée allemande, mon fils aîné est officier, il connaît bien la question du réarmement allemand.

Le commissaire Lorillot prenait des notes, offrait une cigarette à Luigi.

— Bon, disait-il, tu te souviens. Mais les discussions entre ces messieurs, c'est passionnant, seulement on peut lire ça dans les journaux. Ce qui nous intéresse...

Faites vos jeux. Un seul chiffre. Lequel choisir ? Darnand, Merani, le Dottore Maurizio Livio, le fils Ritzen ? Lorillot ? Où la boule va-t-elle s'arrêter ?

— Tu n'as jamais vu débarquer des caisses, continue Lorillot, au cap d'Antibes, dans la propriété du Dr Ritzen ?

L'ancienne propriété Sartoux. Quand le grand-père Sartoux était mort, les fils Ritzen en avaient hérité. Une fortune, ces mètres carrés de pinèdes, ces plages de sable, les rochers dentelés et le petit port. Le bateau arrivait peu après minuit. Il chargeait à Imperia ou à San Remo, mettait cap au large, puis droit sur la pointe d'Antibes, évitant les canots de la douane, avançant tous feux éteints. La camionnette de Darnand entrait dans l'allée bordée de palmiers nains et de cactus de la propriété Ritzen. En marche arrière, Darnand reculait jusqu'au quai. Les caisses qu'on se passait, une dizaine chaque fois, de belles caisses en planches bien rabotées, lourdes pour leur volume.

— Des caisses ?

Luigi grimace.

— Jamais vu.

Mais contre eux est-ce qu'on peut tenir longtemps ? Ils feuillettent le dossier. Ils disent : « Tu te souviens ? » Ils donnent un tour au garrot. « D'ailleurs, avec ce que tu nous as dit déjà. » Il faut lancer une nouvelle plaque. Rien ne va plus. La douleur à la base de la nuque, la colère qui saisit Luigi. Qu'ils se démerdent tous, ces cons, avec leurs combines, leurs caisses de grenades et de revolvers Beretta expédiées par les fascistes italiens. Je vends la boîte de San Remo. Je me replie ici. Je change de ville, de gueule, de nom.

— Et cette réunion ? demande Renaudin.

Il s'approche de Luigi, fait trembler une feuille de papier devant lui.

— Il n'y a pas que le trafic d'armes. Il y a le petit carnaval. Tu y étais, non ? On m'a dit que tu y étais ? Raconte-nous.

Rue Droite, pas loin du *Castèu,* dans la vieille ville, Luigi leur avait trouvé une cave. Des flambeaux, une table couverte d'un drapeau tricolore. Sur un drap noir accroché au mur, une croix blanche que menacent deux serpents. « J'aimerais que vous soyez des nôtres, dit Charles Merani à Luigi. De toute façon, vous en savez beaucoup. »

— Moi ? dit Luigi. J'oublie, j'ai pas de mémoire.

Ils sont une trentaine, le visage dissimulé par une cagoule. *Je jure fidélité, je jure de garder le secret.* L'un d'eux se lève. « Qu'est-ce qu'on attend, dit-il, que la France soit morte ? Le gouvernement Blum, c'est le cabinet crétin-Talmud. » Parlotes. Voix connues. Le fils Ritzen, Merani, peut-être Darnand.

— Alors, les messieurs en cagoule, les Chevaliers du Glaive, tu nous racontes ? interroge Renaudin.

Luigi se met à rire.

— Ça vous intéresse ? Ils font les singes, ces messieurs. Ils se mettent en cagoule, ça les amuse. Les vicieux dans les bordels, c'est pareil.

Jouer. Il leur donne les noms. Darnand, vous savez, c'est un héros, avec sa petite moustache comme le Führer, son béret, sa gueule de légionnaire. Charles Merani, il a épousé la fille de Carlo Revelli, sa nièce, vous connaissez ? Et Jules Ritzen, le chirurgien des milliardaires d'Antibes. Ils ont leur joujou, la politique. Ils se déguisent.

— Moi, je suis hors du coup, ça m'intéresse pas, continue Luigi. Je trouve la cave, les types dont ils ont besoin, c'est tout. Vous aussi vous avez besoin de moi. Eux, c'est pareil, et vous savez...

Luigi s'interrompt.

— Je peux partir ?

Renaudin, Lorillot le regardent. Lorillot fait un signe de la tête.

— Vous savez, reprend Luigi, ce sont des Messieurs. Ce qu'ils veulent, c'est le bien de la France. L'armée, la police, les généraux, les maréchaux, ils sont pas contre. Alors, où est le mal ?

— Fous le camp, dit Lorillot.

Les jeux sont faits.

Luigi attend Zézé devant le casino de la Jetée. Il s'accoude au bastingage qui ceinture le casino le long de la passerelle, face à la mer. Il a vendu *La Costa Azzura* à un type de Gênes. Les Italiens ne pourront plus l'emmerder. Darnand, Merani, si ce soir on les a coffrés pour trafic d'armes, pas d'inquiétude. Qui saura qu'il a parlé ? Ils en prendront pour quelques mois. Jules Ritzen ? Papa député le calmera. Ça va continuer. Il a joué, pas perdu. Il faudra rejouer.

Zézé met longtemps à venir. Douleur dans le bras. Angoisse.

Coup de klaxon. Zézé ouvre la portière de la Citroën.

— Y avait ni Darnand ni Merani, dit-il en s'asseyant. Ils devaient être là, non ?

Les flics avaient arrêté trois petits cons avec leur camionnette et leurs caisses d'armes.

— C'était même pas la camionnette de Darnand, dit Zézé.

Il roule vers le port.

— Pourtant, normalement, ils auraient dû être là. Quelqu'un, peut-être ?

Normalement le trois doit sortir. Mais la boule s'arrête sur le sept. Quand on ne peut pas miser sur tous les chiffres à la fois on est con. Con, Zézé.

La douleur éclate à la base de la nuque de Luigi Revelli comme une détonation.

32

D'un coup de bêche — toujours le même outil, ce « magao » dont il n'avait même pas remplacé le manche après tant d'années, le bois ayant durci, devenant plus lisse, les fêlures se resserrant d'elles-mêmes — Carlo Revelli avait brisé les mottes de terre sèche. Maintenant, appuyé au magao, il regardait l'eau glisser dans les rigoles entre les plants. Elle disparaissait d'abord dans la terre fendillée, puis la recouvrait, nappe brillante suivant la légère pente du jardin, et parce que la planche était large, bordée au sud d'une vigne haute, il semblait que le tracé sinueux de l'eau devait rejoindre, à l'horizon, la mer.

Chaque matin, Carlo travaillait avec ses mains. Quand, à deux ou trois reprises, il n'avait pu saisir un outil — une grippe l'avait tenu couché près d'une semaine, puis une entorse — il avait compris ce que c'était le vide, la mort. Être inutile, ne plus toucher. Regarder ses mains immobiles qui se flétrissent. Il s'était fait apporter dans la chambre une branche, un couteau. Il avait commencé à tailler, tenant le bois serré dans sa paume, la lame arrachant l'écorce, creusant l'encoche. Il se dégageait du lacet qui le serrait au cou, il n'était plus gibier mais braconnier de nouveau, faisant tourner entre ses doigts la canne qu'il achevait. Gosse, il en polissait de semblables, assis au pied des marronniers, attendant que vienne l'heure d'aller relever les collets.

Chaque matin, quel que soit le temps, et malgré Anna qui disait : « À ton âge, comme si... », il descendait au jardin. Il taillait, il donnait un coup de magao, il cueillait quelques fruits, ou bien il rassemblait les herbes sur la plus basse des planches et il allumait un feu près duquel il s'asseyait. Flammes incertaines, à peine visibles sous l'épaisse couche de végétaux humides, fumée aux volutes lourdes, aux odeurs de champs et de forêts. Après, il remontait lentement vers la maison tranquille, comme si, par ces quelques gestes simples du matin, il avait accompli les actes les plus importants de la journée, ceux qui lui permettaient d'affronter le préfet ou tel architecte, un banquier, ou d'observer sur un chantier, sans avoir à baisser les yeux, un ouvrier qui, la masse à la main, frappait la roche dure.

L'eau, ce bruit qu'elle faisait en glissant vers la vigne, ou bien le bruit de source qu'imaginait Carlo en la suivant du regard, la fumée, ce crépitement tout à coup, quand une écorce se fendait, et c'était comme dans la futaie quand les bûcherons jettent sur le feu une branche imbibée d'eau, la même fumée dense, le même éclatement. L'eau, la fumée qui se rejoignaient dans la patrie lointaine du souvenir plus présente chaque jour.

Carlo se retournait comme il atteignait la maison.

L'eau, la fumée. Il atteignait le bout d'un de ces tunnels qu'ils avaient pris en venant de là-bas, quand ils marchaient tous les trois, Vincente, Luigi, et lui, Carlo, devant. Cinquante ans qu'ils étaient enfoncés, quittant les forêts piémontaises, le pays de la montagne, les odeurs de fumée et le bruit des sources. Et voici qu'à la fin de la route — le moment n'était plus loin, un jour, un an ou dix, il semblait à Carlo que c'était une distance tellement courte puisqu'il en voyait si bien le terme — le pays revenait. Le tunnel avait été une longue courbe. L'extrémité s'ouvrant sur l'origine.

Carlo sut qu'il voulait retourner là-bas. Une fois.

Peut-être la conscience de ce désir, si souterrain d'abord, lui était-elle venue quand il était entré dans la chambre mortuaire de Joseph Merani. Il avait placé ses mains sur le montant du lit, ses doigts sur le bois, et regardé ce visage inconnu du mort, tant de fois aperçu, pourtant. Quelques mois seulement, dans le jardin de Gairaut, la façon qu'il avait alors d'ouvrir la bouche comme un poisson qui lutte contre la mort, mais elle l'avait rempli de pierres, gavé de poussière blanche, et ses lèvres étaient deux stries à peine plus foncées que la dalle du front, les parois lisses des joues, les éclats plats des mains posées sur le gilet noir. Les bruits autour de Carlo Revelli, dans la chambre. Les pieds d'une chaise qu'on posait sur les tommettes. Les chuchotements de Mafalda, de Mme Élisabeth Merani ou de Charles Merani comme le filet du sable dans une carrière, la nuit, quand une pierre a roulé. L'odeur, encens, parfums qui se superposaient sans se mêler, tout rappelait à Carlo le père couché dans la chambre de Mondovi, le temps des carrières quand il découvrait le goût de la poussière après l'explosion de la mine. Surgissaient aussi les mots du premier livre, celui dans lequel il avait appris à lire, vers oubliés, si sonores, maintenant, qu'ils semblaient emplir la chambre de Joseph Merani.

Per mé si va nella città dolente
Per mé si va nelle eterne dolore
Per mé si va tra la perduta gente.

Le soir, quand il avait regagné la maison de Gairaut, Carlo avait ouvert cette *Divina Commedia,* défaisant les lacets de cuir qui retenaient les deux planchettes, reliure sommaire dont il reconnaissait la patine. Il lisait, remuant les lèvres comme les vieux lorsqu'ils prient, retrouvant l'émotion d'alors, quand après des semaines, il avait pu, comme les perles d'un collier qu'on enfile, rapprocher les mots l'un de l'autre, comprendre enfin :

Per mé si va nella città dolente.

Il voulait retourner là-bas avant que la pierre l'engorge et le fige.

Le projet l'envahissait, eau jaillissante et fraîche qui coule sous la mousse dans la forêt et dans laquelle il n'osait encore tremper les lèvres. Peur de ce voyage, comme si le retour au pays de la naissance devait être le moment et le lieu de la mort. Il rêvait donc, écoutant seulement le bruit de cette eau, absent.

— Il vieillit, le patron, disait Giaume. À soixante-dix-sept ans, il ferait mieux de se mettre au garage.

Mafalda, à l'enterrement de Joseph Merani, pendant qu'on prononçait les discours, les cyprès cime courbée, la mer qui se couvrait dans la Baie des Anges de moutons folâtres que les sautes de vent dispersaient ou regroupaient, et la foule distraite laissant s'échapper les mots — *Ce parlementaire distingué a voulu... En ces temps difficiles...* — qui s'en allaient par grappes, plaqués ou aspirés par un souffle plus brutal, Mafalda surprenait le mouvement des lèvres de son père. Elle s'étonnait de ce qu'elle croyait être une prière et qui n'était que le remuement des souvenirs.

À la fin de la cérémonie, Carlo s'était penché vers Mafalda.

— J'ai vu ton oncle Luigi, avait-il dit. Trouve-le. Dis-lui qu'il vienne.

Mais Luigi Revelli devait avoir quitté le cimetière l'un des premiers. Quand Mafalda avait rejoint son père, Carlo semblait avoir oublié.

— Luigi ? Ah, Luigi... Il faudra aussi voir Vincente, disait-il.

Mafalda s'inquiétait, n'osait dire, comme Carlo la reconduisait à la voiture : « Soigne-toi, papa, veille sur toi. »

— Pourquoi tu ne prends pas un chauffeur ? répétait-elle seulement. À ton âge...

Il venait d'acheter une Talbot, voiture basse et noire, rapide.

— Pas encore, disait-il en l'embrassant. J'ai même l'intention de faire un voyage, assez long.

Le projet, maintenant, bondissait en pleine lumière. Voir Luigi, Vincente, et tous les trois, comme il y a cinquante ans, faire la route de Mondovi.

En descendant du cimetière par la rampe qui, entre les pins, débouchait près de la place Garibaldi, Carlo prenait sa décision, il irait avec Vincente et Luigi. Ce serait comme un faisceau qu'on noue, l'un de ces paniers de pêcheurs renflés au centre, les tiges d'osier écartées qui se rejoignent à chaque bout. Il prit la rue de la République, gara sa voiture et commença de chercher, entrant chez un coiffeur. « Revelli ? C'est là, après la rue Barla, qu'ils sont. Qui vous voulez ? Le vieux ou les enfants ? Y a plus que la fille, Louise. Lucien, c'est chez Millo qu'il est. L'épicier, en face de chez eux. »

En quelques secondes, les pierres d'une vie tombaient là comme d'un sac renversé. Carlo hésitait. « Le vieux, Vincente, ajoutait le coiffeur, il est sûrement là, il donne un coup de main à l'épicerie. Il travaille plus. »

Carlo allumait un cigare, avançait lentement, apercevant déjà l'étalage, les cageots. Un homme jeune remplissait de pommes de terre un plateau de balance. Carlo s'arrêtait, regardait à l'intérieur de la boutique, découvrait les sacs de haricots secs, de lentilles, de riz et de farine de maïs posés devant le comptoir, les saucissons pendus et le fromage, bloc fendu à l'enveloppe noire, au grain couleur sable.

— Lucien Revelli ?

Brun, râblé, le jeune homme s'essuyait les mains avec le tablier de toile bleue.

— Revelli-Millo.

— Tu es le fils de Louise ?

L'autre regardait le cigare de Carlo, souriait. Quelque chose, peut-être l'expression naïve, faisait penser à Lisa.

— Mon grand-père, il me parlait de vous, vous êtes son frère ? Revelli, l'entrepreneur.

— Lisa, dit Carlo, ta grand-mère, tu l'as connue ?

— J'avais quatre ans, dit Lucien. Elle est morte. La grippe, l'espagnole.

— Je sais, je sais, dit Carlo.

Lucien montrait du doigt la maison, de l'autre côté de la rue.

— Il est dans la cour, dit-il. Il doit casser du bois.

Carlo traversait, passait sous le porche. Il entendait. Bruit sec de la hache qui entre dans la bûche, qui la saigne, s'y agrippe. Bruit sourd de la bûche, ferrée, qu'on frappe sur le sol pour qu'elle se fende. Carlo écoutait le déchirement du bois, puis la chute des deux flancs écartelés, tombant de part et d'autre de l'acier. Il s'avança.

Vincente, les deux bras ballants le long du corps et la hache au manche court au bout de la main droite, à peine retenue, semblait-il, regardait les bûches fendues, chair ouverte, et le tas de rondins. Il leva les yeux, vit Carlo dans l'entrée de la cour, silhouette haute et noire. La tête, les cheveux blancs que le vent, au cimetière du château, avait ébouriffés, le visage au centre de l'arc plein cintre du porche.

Le temps, secondes, minutes, pour que disparaisse ce flou. On regarde de si loin qu'il faut accommoder. C'est long quand on est vieux, que l'autre est absent depuis longtemps, à l'autre bout de la vie.

— Oh, Carlo, dit Vincente.

L'intonation était celle d'avant, le *r* roulé et le *l* mouillé à l'italienne.

Vincente leva la hache, montra le bois.

— Sempre.

Toujours. L'outil et le pain des premiers jours. Carlo s'approcha. Il tendit la main, effleurant celle de son frère.

— Fais voir, dit-il.

Vincente lui donna la hache. Carlo, avec l'ongle du pouce, en éprouva le tranchant. Puis il prit un rondin, qu'il plaça debout et d'un seul coup, franc, il enfonça la lame, l'arrêtant à quelques centimètres du sol. Par leur propre poids, alors qu'il retirait la hache, les deux parties de la bûche s'écartèrent et tombèrent. Carlo posa l'outil sur les rondins, frotta ses mains sèches.

— Alloura, va ? demanda-t-il.

Il était bien Carlo l'aîné, le grand.

— Va, dit Vincente.

— Les enfants ?

— Va, va ben. Dante, il en a un deuxième, une fille, blonde, elle ressemble à la pauvre maman.

Il se tut. Ils n'étaient plus que trois à connaître le visage de leur mère, à se souvenir de la cuisine, à Mondovi, où tant de fois ils l'avaient vue pleurer pour rien, semblait-il, parce que sa vie...

— Ils l'ont appelée Christiane, reprit Vincente. Dante, c'était toi qui avais voulu l'appeler comme ça.

Carlo s'appuya au mur sans répondre. Quand il restait debout, deux poignes glacées saisissaient ses reins, ses genoux.

— Les tiens aussi ont des enfants, dit Vincente.

Carlo n'avait pas encore vu Yves, le fils d'Alexandre et de Nathalie. Anna seule était montée à Saint-Paul.

« Viens », répétait-elle à Carlo. Il avait refusé. Pourquoi ne se déplaçaient-ils pas, eux, les plus jeunes ?

— J'en ai deux, dit-il, Robert, le fils de Mafalda. Yves.

Il s'arrêta. À lui ces petits-fils ?

— Alexandre, il a un fils depuis deux mois. Il s'appelle Yves, reprit-il.

— Ils nous poussent, dit Vincente. Che vouas, qu'est-ce que tu veux ?

Chacun son temps.

Carlo se redressa. Vincente, toujours prêt à accepter.

— Tu viendrais à Mondovi avec moi ? demanda-t-il.

Vincente poussa une exclamation, il commença de sourire :

— Da bouan ? Vraiment ?

— Pas à pied, dit Carlo.

Il se mit à rire, et Vincente rit, lui aussi.

— Il faudrait que Luigi...

— Il viendra, dit Carlo.

Luigi était rarement au *Casteù*. Rose expliquait qu'il voulait s'installer à Marseille.

— Je sais pas ce qu'il a, je le vois plus, disait-elle. Peut-être son bras qui lui fait mal. Vous savez, en vieillissant.

— Il faut qu'il passe me voir, insistait Carlo.

Un matin, Luigi était entré dans le bureau de Carlo, au port, la main gauche trop mobile, comme s'il voulait, à force de gestes, faire oublier que la droite n'était que cette raideur gantée de cuir que Carlo regardait, se souvenant des mains mortes de Joseph Merani sur le gilet noir.

— À Mondovi ?

Luigi faisait pirouetter sa main gauche devant le visage de Carlo.

— L'Italie, finie pour moi. J'ai vendu *La Costa Azzura.* Plus je suis loin de la frontière — il montrait maintenant l'est — et mieux c'est. Ton beau-fils, maître Charles Merani, tu le connais ton beau-fils, s'il pouvait me...

De la main raide, le mouvement d'un couperet.

— Ses petits trafics d'armes, ses combines politiques, continuait Luigi. Ah, il a de grandes ambitions ! Seulement, attention à ta fille, ne mets jamais tes œufs dans le panier Merani. Parce qu'il ira pas loin. Un beau jour...

De nouveau le geste du couperet.

— Ils l'auront, les flics, les autres. Complot, c'est du poker, leur truc, et leurs atouts...

La main gauche se levait comme si Luigi voulait jeter une poignée de sable par-dessus l'épaule.

— Alors, l'Italie, c'est comme si je mettais le cou, là. Parce que Merani, Darnand, les fascistes, main dans la main.

Il saisissait sa main droite avec la gauche.

— On me reverrait plus.

Carlo, les yeux à peine ouverts, paraissait somnoler.

— Qu'est-ce que tu leur as fait ? dit-il.

Luigi sursauta, il avait un visage de gosse fautif, la même expression qu'il prenait, les yeux aux aguets, l'avant-bras prêt à se lever pour protéger la joue, la nuque de la taloche que Carlo allait lui donner. Mais il n'était jamais assez rapide dans l'esquive. Carlo l'attrapait par le bras, les cheveux, le forçait à faire face, et Luigi se mettait à pleurer.

— Qu'est-ce que tu leur as fait ? répéta Carlo. Tu les as vendus à qui ? Aux flics, aux communistes, aux deux ?

Luigi grimaça, se leva :

— T'es le même, dit-il. Toujours sûr de toi. T'aurais dû être flic. Tu m'as aidé ? Je suis venu une fois, tu te souviens, chez toi. Tu faisais le beau, Monsieur Revelli, dans sa propriété de Gairaut. Je te demandais presque rien. T'aurais eu ton bénéfice. Et t'as dit quoi ? Jamais d'affaire avec la famille. Et moi j'ai eu ça !

Luigi brandit son bras droit.

— Avec toi, j'aurais pu trafiquer les marchandises de tous les entrepôts militaires de Marseille. Non. Il a fallu que je me débrouille seul et avant, quand je faisais le boy pour Merani. C'est ta famille maintenant, non ?

— Fous le camp, dit Carlo.

Luigi avait atteint la porte, il revint vers le bureau de son frère :

— Tu voulais te payer le retour triomphal, le roi avec ses deux cons, Luigi et Vincente, les petits frères. Mon cul, Carlo, t'es un pauvre vieux, et ça tu l'auras pas. Vincente, c'est un vrai con, un pauvre type, il te la portera, ta valise. Mais moi, je t'emmerde. C'est toi, toi et Vincente qui avez décidé de partir de là-bas. À coups de pied vous m'avez fait marcher. Maintenant, je décide. Salut, Carlo, crève !

Luigi claque la porte, Carlo ferme les yeux.

Luigi, à peine un frère, venu si tard. Presque vingt ans entre eux deux, et pourtant Carlo avait rêvé de refaire la route avec lui, avec Vincente, comme si, déjà, il y a cinquante ans, ils n'avaient pas marché chacun pour soi, Carlo, devant, se retournant pour voir s'ils le suivaient, Luigi, le dernier, pleurnichant, s'accrochant à la marche de Vincente.

Chacun pour soi. Chacun sa vie. Le reste, c'était le rêve, la poésie. *Per mé si va nella città dolente.*

Garino, le comptable, entrait, voyait Carlo figé, les lèvres seules remuant.

— Monsieur Revelli ?

Carlo sourit :

— Je m'en vais, Garino. Aujourd'hui, pour moi, ça suffit. Tu fermeras le coffre.

— Vous fermez pas ?

— Aujourd'hui seulement, dit Carlo.

Il prit la voiture, monta à Gairaut et glissa dans sa poche la *Divina Commedia,* gardant longtemps la main sur les planchettes qui lui servaient de reliure. Puis, sans répondre aux questions d'Anna, il ressortit.

Alexandre Revelli dessinait dans son atelier quand il entendit sonner. Nathalie lui cria d'ouvrir, elle allaitait Yves au premier étage de la maison de Saint-Paul, avec devant elle la haute barre bleutée des montagnes lointaines.

Carlo devant la porte, face à son fils.

— Tu me laisses entrer ? dit-il.

Alexandre bredouillait, appelait Nathalie. Elle paraissait au sommet de l'escalier, le sein encore découvert, Yves dans les bras.

— C'est papa, répétait Alexandre. Tu n'es jamais venu ici, ajoutait-il en montrant l'atelier. Je travaille là.

Carlo restait dans l'entrée.

— Je voulais aller jusqu'à Mondovi, disait-il. C'est loin, trop loin. J'avais envie de faire un petit voyage quand même, et je suis venu jusqu'à Saint-Paul. Celui-là — il désignait d'un mouvement du menton Yves — il fallait bien que je le voie un jour, puisque vous le montrez pas.

Nathalie descendait. Alexandre ouvrait et fermait des portes.

— Calme-toi, disait Nathalie.

Elle riait.

— Vous impressionnez votre fils, vous...

— Je ne te l'ai jamais dit, dit brusquement Alexandre en regardant son père, mais je suis allé dans ton pays, d'où vous êtes partis. J'ai tout vu, même à Ceva des cousins. J'y suis allé, je voulais voir.

— Alors, dit Carlo, mon voyage là-bas, vraiment pour rien. Tout revient là — il touchait son front. Tu les as vus, les arbres ? Une forêt, c'est aussi beau que la mer.

Il prit dans sa poche le livre.

— Ça, dit-il, j'ai appris à lire dans ce livre, tu le lui donneras.

Alexandre montrait à Yves le livre, et l'enfant tendait le bras, posait la main sur la reliure de bois.

33

Violette Revelli se penchait vers l'enfant. Un poids en elle, dans les épaules, la bouche même, le ventre, les cuisses, comme si son corps avait été partagé en deux, tout le sang refluant dans les seins, les yeux, l'obligeant à se courber vers le berceau, à s'agenouiller près de lui, et elle sentait une si grande lassitude, le déséquilibre était si sensible, qu'elle s'asseyait sur le parquet, posant son avant-bras sur le bord du berceau, le menton sur son poignet, sa tête lourde qui devait être empourprée. Petite fille, une seule fois, elle s'était suspendue, alors que la cour était vide, à la barre de fer où Antoine souvent l'accrochait, la barre coincée entre les cuisses et les mollets. Elle enviait son frère, et parce qu'elle était seule, elle essaya, les jupes enveloppant sa tête, l'étouffant. Louise avait ouvert la fenêtre, hurlé : « Violette, Violette. » Violette s'était redressée, reprenant pied, s'appuyant au mur. « Tu as tout le sang à la tête », criait Louise.

Devant le berceau du fils d'Alexandre et de Nathalie la même impression de lourdeur rouge.

Yves dormait, une bave laiteuse recouvrant sa bouche, la peau du visage si fine que les paupières légèrement bleutées paraissaient transparentes, et

Violette imaginait que c'était le bleu de l'iris qui les colorait. Il fallait qu'elle résiste, et peut-être la chaleur dans sa tête venait-elle de cet effort qu'elle faisait pour ne pas caresser le front, passer sa main sur le duvet brun, sentir le sillon qui partageait le crâne, déplier les doigts pour s'assurer que la main, si menue, était bien une main. Yves était le premier bébé qu'elle pouvait observer, sentir, et sans doute était-elle naïve, ridicule même, mais elle avait envie d'aller les interrompre, Sam, Alexandre, Gustav Hollenstein et Nathalie, la mère d'Yves, pourtant, pour leur dire de regarder encore, de cesser un moment de parler de l'Espagne, de l'exposition que Sam préparait à l'Hôtel Impérial, ou bien du courage ou des erreurs de Léon Blum, de se rassembler là, autour du berceau, et de dire simplement, c'est beau, c'est déjà tout un homme, et pendant neuf mois, une femme, en elle, avec son sang, l'air qu'elle respire, a créé cela. Cette tristesse qui s'emparait alors de Violette, qui séchait sa gorge. L'âge, jusqu'à quel âge une femme peut-elle...

Quand elle restait éveillée près de Sam, qu'elle ne s'était pas encore levée pour tirer les grands rideaux, qu'elle laissait le noir moiré de la nuit draper les objets, recouvrir les couleurs des tableaux, ou bien, au contraire, faire surgir un reflet sur une sphère qui semblait tout à coup se mettre en mouvement, Violette se redressait, s'appuyait sur les deux coudes. Elle imaginait un enfant ici, dans l'atelier, courant d'un chevalet aux arbres du jardin, lançant sa voix, ballon qui rebondit de pièce en pièce, et roule la vie dans cette maison trop grande pour elle et Sam.

Combien de temps lui restait-il avant de devenir l'une de ces femmes qu'elle côtoyait sur les plateaux des studios de la Victorine ? Belles, parées, elles allaient d'exposition en vernissage, de présentation de mode en cocktail, elles écrivaient des scénarios, publiaient un roman, arrivaient de Juan-les-Pins et partaient toujours pour Paris, femmes accomplies vivant parfois entre elles, heureuses, et pourtant, pour Violette qui les observait, elles étaient comme ces fruits factices, grappes de raisin, citrons, qu'on exposait dans les vitrines des grandes confiseries de l'avenue de la Victoire.

Un jour. Ne pas les imiter.

Violette se tournait vers Sam. Il lui offrait, dans ces débuts de nuit, l'avenir crispé, une sorte de pantomime, rire ou douleur qui le secouait dans le sommeil. Elle le touchait, inquiète. Il geignait, changeait de position, et tout à coup son visage s'apaisait, rond, lisse, pareil à celui d'un enfant. Il avait dû ressembler à cela, à ce passé paisible qu'elle pouvait faire renaître, elle, pour lui, pour eux. Mais il se dérobait. La naissance d'Yves Revelli, l'émotion de Violette quand elle se penchait sur le berceau, les questions de Nathalie : « Et vous, Sam, un enfant, vous n'en voulez pas ? » Il les ignorait. Trop de soin à ne pas voir, à ne pas répondre. Son mutisme sur le chemin du retour, quand ils traversaient le village désert, marchant loin l'un de l'autre dans les ruelles, Violette se laissant distancer bientôt parce qu'elle savait qu'il allait l'attendre au bord d'une fontaine, sur une de ces places carrées, profondes comme des puits, entre les maisons hautes. Un soir, il avait bu, penchant la tête, pour que le jet d'eau effleure sa bouche, puis les lèvres neuves, il avait embrassé Violette, la tenant longtemps contre lui, et, parce que le geste était inattendu, qu'elle s'y noyait, elle avait commencé de pleurer, répétant :

— C'est idiot, idiot.

Et elle repoussait Sam pour que cesse cet alanguissement qu'il provoquait en elle, cette envie qu'elle avait, et, au moment où elle l'éprouvait, elle s'étonnait de la ressentir, de découvrir que cela pouvait exister dans la nature entre les êtres, ce désir qui n'avait rien à voir avec la pensée ou le rêve, ce besoin du ventre d'être grosse, de recevoir en elle, là, dans les plis violets, le lait poisseux et sucré de l'homme. Qu'il se répande, qu'elle ne commette plus l'acte solitaire : l'anéantir, le brûler d'eau glacée comme ce jet de la fontaine, cette envie qu'il reste en elle, qu'il s'insinue, qu'il s'étende, puis, bientôt, se replie et se concentre, germe et s'entrelace, fibres, myriade de vaisseaux fins, fins comme des cheveux d'ange.

— Je ne peux pas te dire oui, dit Sam en la gardant contre elle tout en se remettant à marcher. Je ne peux pas. Mais si tu veux, toi, vraiment, j'accepterai ta décision, parce que, je sais bien...

Ils arrivaient au pied des remparts. La nuit avait ici la densité glauque des grottes sous-marines.

— Je sais bien, reprit Sam en appuyant Violette contre les pierres du rempart. Moi aussi, souvent, j'ai l'impression que je dois, que j'ai besoin de me vider dans toi, pour te remplir, que tu es ouverte, que tu m'aspires.

Il s'écarta.

— C'est dans le corps. Alors, j'imagine, toi, ce que tu dois ressentir.

Il prenait Violette par la main, ils grimpaient sur les remparts, chemin qu'ils empruntaient, le matin, en hiver, quand une mer brumeuse bat le promontoire rocheux du village et qu'on la voit se lever, s'effilochant crique après rade.

Ils marchaient maintenant au-dessus de la nuit, parce que la lumière diffuse se réfléchissait sur les façades, éclairant le sommet des remparts, et Violette suivit Sam qui parlait. Elle imaginait son visage — les rides qui se dessinaient, creusant le front, les joues — à la manière dont il pinçait les mots, brisait la phrase comme pour se donner l'audace d'aller au-delà.

— Pourquoi, mais pourquoi céder à ce besoin ? continuait-il. Toi, toi encore, une femme, son corps... Mais moi ? Égoïsme ? Comment veux-tu en ce moment oser ? Prendre ce risque ?

Il recommençait à parler de l'Allemagne.

Un exilé, l'écrivain Arthur Becker, venait de passer par Saint-Paul en route pour l'Espagne. Il avait vécu chez Sam quelques jours, racontant les persécutions, les humiliations et les coups dans les camps que la Gestapo créait.

— J'ai eu de la chance, disait Becker. Mais depuis que je suis en France je n'ai plus d'espoir. Ils sont les plus forts, Sam. Ils viendront ici. Si tu peux, pars.

Il regardait Violette.

— Partez, répétait-il. Allez en Amérique. Ils mettront du temps pour traverser. Parce que, ici, même s'ils ne viennent pas, la persécution, elle, viendra.

Blum l'apatride, Blum le juif allemand, Blum youpin-Talmud. Depuis qu'elle vivait avec Sam, Violette découvrait cette gangrène. Sur les plateaux de la Victorine, un acteur se penchait vers elle :

— L'assistant, t'as vu ? Encore un youpin. Quand le producteur est youpin, tu peux être sûre...

— Tu es con, disait Violette.

Mais, où qu'elle se tournât, le vent soufflait, rageur, comme avant la tornade.

Voix saccadées du speaker des Actualités : *Le 16 mars 1937, à Clichy, de graves incidents ont opposé des manifestants à la police. On devait relever plusieurs blessés graves et cinq morts. Le président du Conseil nous déclare...*

Visage de Blum qu'écrasent des cris dans la salle de cinéma. *Youpin, Boche.* Applaudissements. Injures. Puis les images de l'Espagne, et pour Violette les yeux de Philippe Roux et de Rafaele Sori, qui la fixent, envahissent l'écran. Ceux d'Arthur Becker, las.

— Je pars, disait Becker, mais je crois pas qu'on réussira. Il faudra d'abord toucher le fond, une sorte d'apocalypse, après, après seulement on remontera. Et je suis fatigué, Sam.

Il gardait la main de Violette.

— Vous, allez-vous-en, décidez Sam. C'est loin,

c'est grand l'Amérique. On est bien là-bas, à New York surtout.

Becker les embrassait. Peut-être était-il près de Rafaele Sori avec ces combattants des Brigades internationales qu'on voyait étendus entre les arbres déchiquetés de Guadalajara.

Les spectateurs, pendant que passaient les images de l'Espagne, se taisaient. Avions sur Barcelone, pompiers qui se penchaient sur les ruines d'une école. Le plâtre avait blanchi les corps des fillettes enfouies sous les gravats. Quelqu'un, pourtant, lançait dans la salle : *Voilà le fascisme !* Voix solitaire à laquelle répondait, violente, une autre voix : *Ta gueule.* Puis le silence.

— La guerre fait peur, disait Sam à l'entracte. Ils voudraient ne pas voir.

Quand le film commençait, c'était comme un soupir d'aise, Gary Cooper, Jean Gabin ou Sacha Guitry qui faisait des mots. Sam se levait. « Merde, c'est trop con », disait-il.

Ils rentraient tôt à Saint-Paul, s'arrêtaient chez les Revelli. L'atelier d'Alexandre était éclairé. Violette frappait aux vitres.

— On s'invite ?

Yves dormait dans la chambre près du salon.

— Je peux le voir ? demandait Violette.

Nathalie la guidait.

— Il a été nerveux toute la journée, disait-elle. Tu restes là ?

Violette s'asseyait sur le parquet. Elle les entendait. Alexandre qui, tout à coup, interrompait Sam :

— Vous critiquez, vous critiquez, disait-il. Blum, que voulez-vous qu'il fasse d'autre ? On aide l'Espagne comme on peut, mais de là à se lancer dans la guerre. Vous la voulez ici aussi ?

Quand Gustav Hollenstein et Katia montaient à Saint-Paul, on parlait d'abord d'expositions, de constructions. Alexandre travaillait maintenant pour son père, un projet de Carlo, deux immeubles de cinq étages près de la plage de Juan-les-Pins.

— Carlo Revelli croit maintenant au tourisme populaire, disait Hollenstein. Il a racheté l'Hôtel Regina. Et vous savez pourquoi ? Pour en faire des appartements.

— Pas seulement pour le tourisme ou les affaires, commençait Nathalie. Mon beau-père, je l'aime bien — Elle se tournait. — Sam, il faudrait que vous rencontriez Carlo Revelli. Quelqu'un d'extraordinaire. Il est venu ici, comme ça, sans prévenir. Ils ne se parlaient plus avec Alexandre. Maintenant, il téléphone, il nous invite. Yves, je suis sûre que c'est pour Yves qu'il fait ça. Il rajeunit. Il a un but.

— C'est son vrai petit-fils, disait Hollenstein. Le fils de Charles Merani, bah, c'est un Merani.

— Un fils, un petit-fils, et vous, Sam ? interrogeait Nathalie.

Violette imaginait la grimace de Sam, elle prévoyait une dérobade.

— Tenez, Alexandre, commençait Sam, je vous ai apporté un numéro de *Gringoire*. Il y en a aussi pour les Revelli cette fois-ci.

La voix de Katia :

— Toujours les mêmes histoires, lançait-elle.

Elle se levait, entrait dans la chambre où dormait Yves, venait s'asseoir près de Violette.

— Ils m'ennuient, chuchotait-elle. Politique, affaires, guerre, ils ne parlent que de cela. Ton Sam va nous faire son grand numéro sur l'antisémitisme, comme chaque fois...

Violette, sans répondre, quittait Katia. L'enfant, ce ne devait pas être un moyen, un prétexte pour ne pas savoir. Elle rejoignait Sam au salon.

— Il faudrait montrer ça à Jean Karenberg, disait Nathalie en riant. La puanteur slave, c'est lui.

— Dans un pays comme la France, commençait Alexandre, en tendant le journal à Violette, en lui montrant l'article, ce n'est là qu'un phénomène de minorité, de mode, presque.

Violette lisait :

Sommes-nous le dépotoir du monde ? Par toutes nos routes d'accès transformées en grands collecteurs coule sur nos terres une tourbe de plus en plus grouillante, de plus en plus fétide. C'est l'immense flot de la crasse napolitaine, de la guenille levantine, des tristes puanteurs slaves, de l'affreuse misère andalouse, de la semence d'Abraham et de Judée ; c'est tout ce que recrachent les vieilles terres de plaies et de fléaux. Doctrinaires crépus, conspirateurs furtifs, régicides au teint verdâtre, polacks mités, gratin de ghettos...

Cette mode prenait. Dans les cocktails de presse à *La Grande Bleue,* au casino de la Jetée-Promenade, dans une boutique où elle accompagnait les décorateurs et les costumiers, Violette les entendait, clients portant des guêtres blanches ou de larges pochettes. « Si l'on était entre Français, n'est-ce pas ? Ou si l'on n'avait que des idées françaises. Les Allemands l'ont compris chez eux. Allemand d'abord. Et les Russes ? Ils sont communistes mais ils appliquent les mêmes principes. » « Vous savez, avec Blum. Xavier Vallat l'a dit à la tribune de la Chambre. Ah, ça leur a fait un choc, aux députés ! Pour la première fois, a-t-il dit, ce vieux pays gallo-romain est gouverné par un juif. » « Il faut une réaction, le maréchal Pétain, dans son discours à l'Académie française... »

Violette était prise par l'inquiétude. Elle n'avait peur ni pour elle ni pour Sam. Mais elle craignait de se laisser convaincre qu'il valait mieux, à cause de tout cela, renoncer. Un enfant maintenant, alors que la guerre était déjà si proche. Les pages des journaux, les écrans en étaient barbouillés.

— Comment veux-tu prendre ce risque ? répétait Sam.

Il s'arrêtait à l'extrême proue des remparts tournée vers le sud, dominant l'avancée triangulaire du cimetière, marbres couchés, bras de croix levés sous le mât des cyprès.

— En ce moment où...

Quand, dans le salon d'Alexandre et de Nathalie, ils échangeaient ces dangers à venir, Violette avait envie de leur dire : « Cessez un moment de parler de l'Espagne, venez le voir. » Yves, vulnérable et dépendant, la rassurait. Elle avait peur non pas de la guerre ou de la haine, Violette, mais d'avoir à affronter seule, sans l'aide d'une vie nouvelle à défendre, l'hostilité des hommes. Comment faire comprendre cela à Sam si ce n'était pas déjà en lui ? Elle ne savait que dire, en lui prenant le bras, comme ils entraient dans l'atelier :

— Des guerres, des risques, il y en a toujours eu, Sam, toujours. Je suis née en 1903, tu crois que c'était la paix partout ? Il faut faire comme...

Elle hésitait à le dire. Il allumait, se plaçait devant sa dernière toile, les mains sur les hanches, les pieds écartés.

— Sam, pourquoi tu peins, tu sculptes, si demain tout ça doit brûler ?

— Ça ne crie pas une toile qu'on brûle.

— Il faut penser, reprenait Violette, qu'il vivra mieux, davantage. Je le crois. Je le crois. Tu entends, Sam ?

Elle ouvrait les portes-fenêtres, laissant entrer la nuit, les odeurs de lauriers.

— Je le crois. Même s'il doit avoir mal, il comprendra mieux, plus vite. Ma mère, Lisa, une femme douce, forte...

Violette s'interrompait. Elle n'osait pas dire : « Je suis allée plus loin qu'elle. » Pudeur. Elle sortait dans le jardin.

— C'est la vie, c'est comme ça, ajoutait-elle avec vivacité. Et moi, je suis vivante, vivante.

Sam s'approchait :

— Je sais, tu es bien vivante.

Il s'arrêtait à quelques pas d'elle, il l'observait.

— Tu es vivante et belle, disait-il, baissant la voix.

Le désir comme une fleur qui s'ouvre lentement. Violette tentait de rester hors du cercle, elle secouait la tête :

— Faire l'amour, comme ça, toujours sans but.

Sam faisait une grimace, esquissait un pas de clown, prenait une voix aiguë :

— Sans but. Mademoiselle veut un enfant par coït.

Il bondissait tout à coup, la saisissait par la taille, ils commençaient à se battre en riant.

Parfois elle se disait qu'elle pourrait, après tout, lui faire croire qu'elle n'avait pas voulu, mais que, à faire l'amour, les enfants naissent sans qu'on sache comment. Elle écartait Sam un instant, les paumes soutenant ses épaules.

— Si j'étais enceinte, comme ça, par hasard, tu serais obligé.

— Je serais obligé, mais tu ne l'es pas.

Il pesait, elle pliait les bras, le laissait la couvrir de son corps, lourd, et pourtant elle n'en sentait pas le poids. Sam plaçait sa bouche dans le cou de Violette, il chuchotait, elle respirait avec lui, au même rythme.

Après, elle se levait, s'enfermait dans la salle de bains. L'eau coulait, glacée. « Tu es bien bête, avait dit Katia. Si tu tiens à Sam, qu'est-ce que tu attends ? En plus, tu veux un enfant, et lui, je suis sûre, il ne demanderait que ça. À ta place... Les hommes comme lui, si on ne leur force pas la main. Tu n'es même pas sûre de le garder. »

Violette faisait couler de l'eau, longtemps. Pour être sûre. Pour se laver aussi des paroles de Katia qui revenaient à la mémoire.

Elle retournait s'allonger près de Sam.

— Je n'ai pas tiré les rideaux, disait-il, je voulais te voir arriver, droite et nerveuse, toute fraîche.

Il l'attirait à lui, il plaçait sa joue contre ses cuisses :

— Écoute-moi, commençait Violette en se dégageant.

Elle posait ses mains sur la poitrine de Sam.

— Pour cet enfant, si tu ne veux pas, moi je ne veux pas. Ne crois pas que je vais...

Il prenait la tête de Violette contre son épaule.

— Je sais, dit-il, je sais bien.

— Eh bien, si tu ne veux pas, jamais, c'est un risque que je prends, je le prends.

Elle s'endormait vite, calme. Sam se levait, mais, avant de tirer les rideaux devant les vitres de l'atelier, il regardait Violette. Elle s'était protégé les yeux avec l'avant-bras replié comme le font parfois les enfants quand ils ont peur.

34

9 avril 1937

L'Éclaireur de Nice et du Sud-Est, page 3.

MACABRE DÉCOUVERTE
DANS LES ROCHERS DU CAP DE NICE

La police a révélé seulement hier soir la macabre découverte faite par M. Joseph Tomi il y a trois jours. Cet employé de la Compagnie des tramways de Nice et du littoral emprunte plusieurs fois par semaine le sentier du bord de mer qui, à partir de la Tour rouge, permet de gagner les rochers du cap de Nice. M. Tomi, comme beaucoup de pêcheurs niçois, pose là ses lignes, avant le lever du soleil.

Le 5 avril, son attention a été attirée par une masse sombre à demi immergée. Il s'agissait du cadavre d'un homme. Avec l'aide d'autres pêcheurs, M. Tomi réussit à hisser le cadavre sur les rochers. L'homme, d'une soixantaine d'années, avait été ligoté avec un fil de fer. Le visage était méconnaissable, les vêtements étaient lacérés, et — le détail a permis à la police d'identifier rapidement la victime — l'homme était un mutilé du bras droit. Les assassins avaient arraché le bras artificiel qui n'a pas été retrouvé.

La victime est bien connue à Nice dans certains milieux. Il s'agit, en effet, de M. Luigi Revelli. Propriétaire d'un bar dans la vieille ville, « le Castèu », place Rossetti, Luigi Revelli possède aussi l'une des « maisons » accueillantes de la place Pelligrini.

Arrivé à Nice en 1888 — il était né à Mondovi dix ans plus tôt — Luigi Revelli avait donc fait une fortune rapide. Naturalisé français, combattant courageux durant la guerre mondiale, blessé à Verdun, mutilé, il avait été décoré de la croix de guerre.

Depuis plusieurs années il paraissait — au dire de la police qui surveille toujours ce genre d'activité — se consacrer uniquement à la gestion de ses établissements.

Récemment, M. Revelli avait vendu une boîte de nuit qu'il possédait à San Remo : « La Costa Azzura », et il avait laissé entendre qu'il songeait à quitter Nice.

Cette décision l'a-t-elle condamné ?

On sait, des affaires récentes l'ont montré, combien sont sévères les lois du monde dans lequel vivait Luigi Revelli.

A-t-il oublié de les respecter ?

Qui a-t-on voulu venger ?

Les assassins se sont acharnés sur lui. Le décès, qui remonte à plusieurs jours — peut-être une dizaine —, est intervenu à la suite de six coups de poignard qui ont transpercé le cœur et les poumons de la victime. Les tueurs ont parachevé leur œuvre en tirant encore à bout portant deux balles dans la tête de M. Revelli qui avait déjà succombé. Ils ont ensuite précipité le corps dans la mer, probablement avec l'intention de le faire dispa-

raître. Mais ou bien le cadavre est resté accroché aux rochers, ou les courants l'ont ensuite rejeté. Cependant, d'après les premiers examens, le corps n'a pas séjourné longtemps dans l'eau. À moins que les assassins ne se soient débarrassés du corps que plusieurs jours après le meurtre. Ce qui semble difficile à croire. Dans une autre hypothèse, il faudrait expliquer pourquoi Luigi Revelli n'a pas été découvert plus tôt, alors que le cap de Nice est le rendez-vous de bien des pêcheurs niçois.

Ce ne sont là que les premières questions que l'on se pose à propos de cette affaire mystérieuse. Les services de police sont, en tout cas, décidés à faire toute la lumière.

Les commissaires Renaudin et Lorillot — ce dernier, venu spécialement de Paris — conduisent l'enquête qui, d'ores et déjà, s'annonce particulièrement difficile.

35

Le voyage n'aurait pas lieu.

Rosé, la femme de Luigi, avait fait prévenir Vincente : « Pour votre frère, c'est demain matin. »

Depuis deux jours, Vincente savait. Lucien qui montait en courant l'escalier, son pas que Vincente entendait, la manière dont il sonnait, frappait à la porte, le journal qu'il tenait ouvert en entrant dans la cuisine, puis, quand il avait vu Vincente, l'hésitation, le regard vers sa mère. Louise qui prenait le journal, lisait vite, hésitait aussi.

— Pa, es, c'est...

Dante ? Antoine ? Vincente pensait d'abord à eux, puis à Carlo.

— Lis-moi, lis, disait-il.

Il oubliait toujours Luigi. Il écoutait. Louise lui

donnait le journal qu'il posait bien à plat sur la table. Il mettait ses lunettes : MACABRE DÉCOUVERTE.

Un peu plus de fatigue dans les jambes, sur les épaules. Rien d'autre. Le soir, le dégoût de manger. La soupe, là, bonne pourtant, avec des haricots en grain, l'odeur du pistou. La soupe, Louise la faisait aussi bien que Lisa. Mais prendre la cuiller, recommencer, et demain, demain encore, ces gestes qui revenaient, noria des jours.

Le voyage à Mondovi proposé par Carlo avait été pour Vincente un retour de jeunesse. Il avait continué à couper du bois, dans la cour, sans sentir le poids de la hache, il avait dîné avec la faim joyeuse dans le ventre, il expliquait à Louise :

— Carlo, on part tous les trois, lui, Luigi, moi, on va revoir tout ça, Mondovi, ce chemin qu'on a fait à pied, à pied.

Ce n'est que le soir, en se couchant, qu'une crampe dans le bras droit, une autre qui tendait le mollet, obligeant Vincente à se lever, la pointe du pied sur le sol, qu'il s'était souvenu qu'il était vieux.

Mais le regain avait duré quelques jours encore. Vincente avait cherché une valise, demandé à Dante de lui en prêter une, dit à Roland : « Tu vas voir, je te rapporte quelque chose. » Puis Carlo qu'on ne voyait plus, la fatigue de nouveau, les semaines, la valise rendue, et maintenant Luigi.

Luigi le premier.

À quoi cela servait d'aller là-haut, demain matin, pour voir la caisse osciller sur les épaules noires ? Il était mort depuis si longtemps, Luigi. Eux, les aînés, ils avaient eu le temps d'enfouir de la vie dans leurs veines, à Mondovi, avant que le père et la mère meurent. Mais Luigi ? Poussé ici, sur cette grève, sans souvenir, avec si peu de passé, dix ans à peine, et eux, les aînés, Carlo, Vincente, qui avaient trop à faire avec leur faim, pour le garder entre eux, épaule contre épaule. Ils avaient marché devant, laissé Luigi s'éloigner peu à peu, choisir sa route, Luigi qui avait payé le prix pour eux trois.

— Demain matin, je viens avec toi, disait Louise

Vincente finissait sa soupe, se levait.

— Tu manges plus rien ? demandait encore Louise.

Mort, Luigi. Et ce n'était que cela, un peu plus de fatigue, l'envie de s'allonger.

Vincente entrait dans sa chambre. Dans une caissette de bois qu'il avait lui-même assemblée, il gardait quelques papiers, une dizaine de photographies, plaques de métal brillantes où apparaissaient des silhouettes aux contours flous. Luigi près de Lisa, dans la cour de la maison Merani, Luigi en costume noir quand il allait chanter chez la comtesse d'Aspremont. La belle voix de Luigi, frêle et audacieuse comme la pousse nouvelle d'un arbre fruitier. Un autre Luigi, là, la voix comme une preuve, mais qui se souvenait ? Mutilé, poignardé, et ils avaient encore fait éclater le visage. Pauvre Luigi. De quoi ils avaient peur ? Que tu ne meures pas ?

— Ils l'ont massacré, disait Rose après l'inhumation.

Elle parlait à Vincente pendant que Zézé mettait le moteur de la voiture en route.

— Je vais vendre, je suis pas tranquille ici.

Elle s'asseyait dans la voiture.

— Vous voulez qu'on vous redescende ?

Seul. Il attendait que la voiture se soit éloignée, puis il s'enfonçait dans les allées, s'immobilisait devant la tombe de Lisa. Si Luigi avait eu la chance de rencontrer une Lisa, lui aussi, si...

Un chemin s'en va là, un autre ici, un mot parfois suffit, et la route est prise et il faut aller jusqu'au bout. Et cela va si vite, comme un cheval qui s'emballe, et la route descend, et l'on a beau tourner le frein, les patins sur les roues cerclées d'acier glissent. Vincente leva la tête.

— C'est déjà fait ? demanda Carlo.

Il s'était approché de Vincente, le chapeau à la main.

— Già, es faccie. C'est déjà fait.

— Où est-ce qu'il est ?

Vincente conduisait Carlo. Les cyprès étaient encore grêles, la terre des allées était mal tassée. Une plaque seulement : *Luigi* REVELLI *1878-1937.*

— Pour le voyage, dit Carlo, il avait pas voulu, alors, tous les deux...

— On était trois, dit Vincente, trois. À deux, à quoi ça sert ?

Ils marchaient lentement le long des talus jaunes.

— C'était le moins vieux, dit Carlo.

Sa voiture était garée dans une courbe, à quelques mètres de l'entrée du cimetière.

— Je rentre à pied, dit Vincente. J'ai le temps. Je travaille plus.

Carlo regarda la route qui, en plusieurs lacets, descendait vers la vallée du Paillon. Il voulut insister, mais Vincente le devança :

— À pied, répéta-t-il.

— Attends-moi.

Carlo souleva les glaces de sa voiture, vérifia la fermeture des portières.

— Je ne suis pas pressé, dit-il en rejoignant Vincente. J'enverrai quelqu'un.

Ils se mirent à descendre, marchant au milieu de la route, laissant Luigi derrière eux.

36

Debout côte à côte. Carlo Revelli n'avait pas besoin de tourner la tête. Il sentait la présence de son fils au relâchement de son corps, un peu comme on souffle, après l'effort, quand on a poussé la brouette le long des plans inclinés jusqu'au sommet de l'échafaudage et qu'on s'appuie un instant contre un mur, à l'ombre, et il fait bon, on vole ce repos, cette paix des muscles, et la tête est vide. Il aurait voulu dire à Alexandre, ces souvenirs, cette sensation. Mais est-ce qu'il y a des mots, des moments pour dire ça ? Carlo se contentait d'un clin d'œil à son fils en guise de salut complice, et parfois il osait, quand, sur le chantier de Juan-les-Pins, un contremaître posait une question, dire en touchant l'épaule d'Alexandre :

— C'est à lui, à l'architecte, qu'il faut que tu demandes. C'est mon fils.

Alexandre déroulait un plan sur le sol, se baissait, donnait, la pointe du crayon suivant les tracés violets, les indications :

— Cette baie-là, attention, vous me coupez les angles à 45 degrés, vous comprenez ?

Carlo, les pouces dans les poches de son gilet, le chapeau de feutre noir rejeté sur la nuque, le cigare éteint entre les dents, les yeux mi-clos, écoutait, et quand Alexandre avait terminé, il faisait un pas en avant :

— Alors, Romano, tu l'as mis dans la tête, ce plan ? Tu as compris ce que veut l'architecte ?

Romano, un vieux contremaître, avait un geste de mauvaise humeur. Il essuyait ses lèvres blanchies par la poussière de ciment, le plâtre.

— Vous avez confiance ou non, « padron » ? Il faut le dire.

Alexandre se mettait à rire, avait un geste vers Romano, presque de la tendresse :

— Monsieur Romano, bien sûr qu'on a confiance, vous connaissez mieux que moi le métier.

— Il le connaît, il le connaît, répétait Carlo sans qu'on sache — et le savait-il lui-même — s'il parlait de Romano ou d'Alexandre.

Carlo Revelli quittait la pièce, s'avançait sur un

échafaudage, mais là, face à la rade — le vent, la hauteur — la tête lui tournait. Il s'agrippait à une planche. Ce sentiment nouveau, la peur de tomber. Il faisait un effort pour desserrer les doigts — putana, putana — crispant les mâchoires, s'obligeant à avancer. La poitrine contre la poutre de protection, il regardait droit devant lui les îles, comme une autre poutre où les yeux s'appuient, la dalle luisante de la mer. Oser voir le sol, au pied de la façade, comme au terme d'un balancement, les îles, le sol. Le cœur se met à grossir, à envahir les veines du cou, le fond de la bouche. Putana. Rester là jusqu'à ce qu'il reprenne sa place, son rythme, ou que ça pète quelque part. Une main sur le bras de Carlo :

— Ce n'est pas très prudent, dit Alexandre.

Il s'appuie à la poutre.

— D'ici, ajoute-t-il, la vue...

Il montre l'horizon. Il a les mouvements libres de la jeunesse, quand on ne sent pas le cœur.

Il s'interrompt.

— Ça va ? Tu veux qu'on redescende ?

Carlo retient ce cœur entre les dents. Il l'avale, se bat avec lui. Les veines gonflent. Il a le dos couvert d'une couche glacée, sueur qui monte vers la nuque, les tempes.

— Je voudrais que les baies, continue Alexandre, bouffent la façade. Pourquoi mettre les gens en cage derrière des murs ?

Carlo fait un pas en arrière, mais l'éblouissement... Il lui faut si longtemps maintenant, quand il a quitté le soleil, pour s'accoutumer à la pénombre. Il s'appuie des deux mains aux parois de l'escalier, reconnaît ce grain rugueux du ciment.

— Tu es d'accord avec moi ? demande Alexandre.

Carlo commence à descendre. Il trébuche, se rétablit.

— Putana, crie-t-il.

Alexandre le retient, le saisissant par la taille, et d'avoir gueulé, ou ce bras autour de lui, apaise Carlo.

— J'ai manqué la marche, dit Carlo en arrivant en bas.

Il s'assied sur un tas de parpaings, il respire.

— Pour la façade, dit-il, tu as raison.

Il a parlé trop vite, le cœur rouge est encore là, derrière les dents, à dévorer les phrases qu'il veut dire, et l'air. Carlo se tait.

— Laisse, papa, dit Alexandre. Laisse, je vais t'accompagner. Pour la façade, on a le temps.

La main, encore, qui se tend pour aider Carlo à se lever, et il s'y accroche. Ils sont debout côte à côte et de nouveau Carlo se sent mieux. Découverte inattendue : le corps de son fils l'aide à vivre, il suffit qu'il soit proche pour qu'une douleur s'apaise, les jambes, les reins. Parfois la voix seule peut changer la journée. Carlo téléphone pour l'entendre :

— À propos, dit-il, au troisième étage, dans le deuxième immeuble, Romano me demande...

Yves aussi permet d'oublier que les muscles sont rétifs, raides, et maintenant Carlo a le temps. Il reste assis dans l'atelier d'Alexandre à Saint-Paul. Il regarde son petit-fils qui, à genoux sur le sol, joue avec une gomme. Il se souvient. Autrefois, à Mondovi, la grand-mère qui brodait dans la cuisine les appelait, Carlo, Vincente, Luigi, elle voulait que l'un d'eux soit près d'elle. Elle essayait de les attirer, sortait de la poche de sa blouse un dé de cuivre, un ruban de velours. « De vous voir, ça fait du bien aux yeux », disait-elle.

Était-il devenu comme elle, déjà ?

Carlo se levait. Putana. Il n'allait pas se laisser prendre, il avait, encore, combien d'années ? Ne pas compter. Ne pas savoir. Faire.

Il se rendait de nouveau sur les chantiers, silhouette maigre et noire, un peu voûtée, qui semblait avoir du mal à lever la tête, comme si le cou était ankylosé, mais qui ne craignait pas la poussière, le soleil, et savait voir juste, au mètre près, la hauteur d'un mur de soutènement, le volume d'une fondation.

— Le patron, disait Giaume, ça l'a repris, il se croit éternel ? Celui-là, dans son cercueil, il travaillera.

Il achetait. Il s'asseyait face au notaire qui commençait à lire : « *Par-devant nous, Maître...* », il sentait le regard des clercs, des vendeurs, cette atmosphère de recueillement : « *... pour la somme de...* » On lui présentait l'acte, le doigt là, pour indiquer la place de la signature. « Mais vous avez l'habitude, monsieur Revelli », disait le notaire. Il aimait ce cérémonial, cette courtoisie servile, la fébrilité avant, l'étonnement après, quand quelqu'un disait : « Eh bien, Messieurs, c'est fait... » Une opération de magie qui continuait d'étonner Carlo, de l'émerveiller. Quelques mots imprimés, deux ou trois lignes écrites à la main sur du papier, chèque, signature, et la terre, les pierres, des immeubles, escaliers, vitres, portes, tout cela qu'il fallait des mois pour remuer, construire, et ça vous écrasait les doigts, ça brisait le dos, tout cela à lui. Miracle. Déception. Le plaisir se dissipait. Il fallait recommencer pour éprouver une nouvelle fois. Comme avec une fille. Elle est encore là, sur le lit, et elle n'est plus rien, qu'un corps qui transpire. On se rhabille. Merde. Il faudrait avec une autre.

Le lendemain de l'inhumation de Luigi, Carlo avait roulé jusqu'à Cannes, avec l'idée de s'arrêter à Juan, sur le chantier, puis il avait continué, remontant lentement la Croisette, et ça l'avait pris comme ça, une pute, de celles qui se promènent, élégantes, bourgeoises fardées, qu'il faut savoir reconnaître. Elles s'arrêtent trop souvent devant les vitrines, regardant à droite à gauche. Il ouvrait la portière de sa voiture, elle se penchait, souriait. « Vous voulez ? » demandait-elle. Sa chambre donnait sur une cour.

Carlo s'assied sur le lit. Elle est jeune, elle parle,

minaude, elle se dit : « Toi, vieux con, je vais te faire cracher. »

— Mets-toi nue, dit Carlo.

Il pose quatre billets près de lui, sur le lit. Elle continue de parler.

— Et tu la fermes.

Elle se dandine, rit :

— Vous..., commence-t-elle.

— Tu la fermes.

Il la caresse. Il veut savoir :

— Je te fais quoi ? dit-elle.

Elle est à genoux devant lui. Il touche ses seins frais, sa main entre eux comme dans les plis d'une étoffe de soie.

— Laisse, dit-il.

Il pousse vers elle les billets.

— Tu pouvais, tu sais. Je sentais bien, tu pouvais.

Elle descend derrière lui dans l'escalier.

— Vous voulez qu'on se revoie ? Moi, je veux bien. Je suis toujours sur la Croisette, l'après-midi.

Il s'éloigne. Le plaisir, c'était coucher une fille, la baiser comme on donne un coup de pic, le même mouvement brutal des reins. S'il faut qu'elle soit là comme une infirmière qui vous donne, et on ne prend rien, c'est elle qui vous baise, alors on n'est plus un homme. Putana. Carlo crache, retrouve Alexandre sur le chantier. Ne pas le perdre une autre fois, et, s'il savait, il détournerait la tête.

— Les grands hôtels, dit Carlo, je viens d'en voir, à Cannes, les types mettent en vente.

Sur la Croisette, à Cimiez, boulevard Dubouchage, l'Escurial, le Regina, l'Atlantic, ces grandes bâtisses blanches ancrées au milieu des palmiers s'enfonçaient lentement. On attendait deux cent mille congés payés pour l'été 37.

— Une espèce de fourmi chasse l'autre, disait Hollenstein.

Les Anglais, les Américains abandonnaient Nice aux retraités, aux groupes de l'Association de tourisme populaire, chemisette et casquette, peau rose, menu à prix fixe et petits pourboires.

Carlo était assis sur la terrasse de l'Hôtel Impérial, observant ces premiers estivants, foule à la fois timide et exubérante, les hommes qui interpellaient leur femme avec de grands gestes, des rires bruyants. « T'as vu ? »

— Je crois que je vais débaptiser mon hôtel, disait Hollenstein. L'Hôtel populaire, c'est plus adapté aux circonstances, n'est-ce pas ?

— Pourquoi pas ? disait Alexandre. Il y a plus de femmes de mineurs ou d'ouvriers que de reines ou de vedettes ?

Gustav Hollenstein avait un hochement de tête protecteur et amusé.

— Mais oui, mon cher Alexandre, mais oui. Vive le Front populaire. Vive Blum. On donne ceci, cela. J'attends la suite. Suivez la Bourse, ce qui se passe en Espagne. Ici même, votre oncle... Vous m'excusez, Revelli, je peux parler franchement ?

Carlo faisait un signe à Hollenstein.

— Mon frère ? Luigi ? demandait-il. Allez-y, allez-y.

Hollenstein se penchait vers Carlo et Alexandre :

— Quand les politiciens se mêlent au monde que fréquentait Luigi Revelli, croyez-moi...

— Les patrons de bordels ont toujours fait de la politique ici, disait Carlo.

— Pas à ce point, Revelli. D'ailleurs, est-ce que c'est encore de la politique ? Du gangstérisme. J'ai rencontré récemment, chez un ami de votre nièce, Violette, un exilé allemand. Les gangsters, les souteneurs ont fait de la politique en Allemagne. Vous voyez le résultat ? En France, à Nice.

Carlo se levait, appuyait ses deux poings sur la table :

— Vous ne voulez pas racheter ces hôtels avec moi, en somme ?

— Je ne peux pas vous suivre, mon cher, et franchement — Hollenstein montrait la Promenade des Anglais, la foule — avec cette évolution, non vraiment. Et puis, pour qui, pour quoi ? Nathalie ? Yves ? Il posait sa main sur le bras d'Alexandre. Les enfants sont déjà bien pourvus ? Et il y a Alexandre, alors ?

Carlo mordillait un morceau de réglisse, mince tige fibreuse qu'il gardait au coin de la bouche, manière de s'empêcher de trop fumer.

— Un jour, Hollenstein, disait-il, je vous rachèterai votre part de l'Hôtel des Îles, et même ça, l'Hôtel Impérial.

Il entraînait Alexandre à Cimiez, à Cannes. Ils parcouraient les couloirs obscurs des hôtels vides. Leurs voix se perdaient dans les hautes cages d'escaliers, résonnaient sous les verrières, et leurs pas s'enfonçaient dans les moquettes lie-de-vin.

— Tu crois qu'on peut transformer ça ? demandait Carlo.

Il poussait les volets, s'adossait à la façade, découvrait la ville au-delà de l'écume des palmiers, l'arc de la baie.

— Ça, disait Carlo, si c'est pas demain, ce sera, je ne sais pas quand ? qui ? mais quelqu'un, ça, cette baie, voudra toujours la voir.

Alexandre regardait les plafonds ornés de volutes, les planchers de chêne, les portes à double battant.

— Ils savaient travailler, disait-il.

— Quand on était en haut — Carlo montrait les toits — tout en haut de l'échafaudage, et qu'on voyait la ville, les femmes dans les fiacres, en bas, on était des ouvriers, mais on était fiers, fiers, comme si on était les maîtres.

Ils traversaient tous les deux, seuls, une longue suite de chambres. Alexandre, pour dissimuler l'émotion qui le serrait, cette vie qui s'achevait, ce travail accompli comme une guerre acharnée que son père aurait faite, et qui allait se dissoudre, poussière dispersée, et il aurait voulu garder contre lui ces souvenirs, les préserver de la mort, mais pouvait-il prendre son père par les épaules, l'embrasser, lui dire, dire quoi ? « Ne meurs pas. »

Il revenait vers Carlo.

— On peut transformer, disait-il. Tu montes une cloison là, on ne touche pas aux murs maîtres bien sûr. Le seul problème, les cuisines.

Il ouvrait un placard, faisait des gestes, du bruit, lançait des mots, pour qu'entre eux, quelque chose, ce tumulte de projets, dissimule l'émotion.

— On prend cette pièce, continuait-il. Avec trois maçons, quelques sacs de ciment, des briques, rien.

Il calculait, riait :

— Douze appartements par étage.

— Alors j'achète, disait Carlo, j'achète.

Ils retrouvaient le parc, la voiture, se tournaient vers la façade, rosaces, verrières, clochetons, architecture prétentieuse comme une singerie bourgeoise et laborieuse du baroque. Alexandre s'attardait : l'hôtel vide n'était qu'une statue creuse, un faux sans valeur.

— Tu crois vraiment qu'en ce moment, acheter ? demandait-il.

Acheter de la mort, du passé. Il pensait à Hollenstein, à Sam Lasky, à leurs réflexions pessimistes, aux nouvelles d'Italie — Mussolini se rapprochait de l'Allemagne — aux exécutions en U.R.S.S., à Franco qui, en Espagne, et les complots ici, ces ouvriers que la police tuait à Clichy, matraquant même le chef du cabinet de Blum.

— Ton Blum, disait Jean Karenberg, il refuse, pour l'Espagne. Et pourtant, la droite ne lui pardonnera rien. Ils ont eu peur.

— Trouve mieux, répondait Alexandre, je préfère Blum.

— Elle vient, elle vient la guerre civile, ajoutait Jean Karenberg. Seulement, au lieu de se battre, on nous égorgera, comme ça, pendant le sommeil, pendant les congés payés.

Un ouvrier abattu à Cannes, dans un bar. La foule, esplanade Magnan, le cercueil porté par ses camarades, les platanes nus sous le soleil comme les mains des pleureuses, doigts écartés. Barel, qui faisait se serrer les poings : *Ce fils héroïque, ce courageux militant prolétarien niçois, Espaltero Rossi, tombé sous les balles...*

Le cortège qui s'ébranlait, le rythme sourd, le pas de milliers d'hommes, vengeance, vengeance.

La mort. Ces façades de Guernica devenues champs de pierres.

— Si la guerre éclate, reprenait Alexandre, en regardant son père, acheter tout ça... C'est immense. Ces façades...

Carlo prenait le volant.

— Justement. Ils ont tous peur. Ils décampent.

Les prix tombaient. Il fallait cueillir. Savoir que les guerres passent, qu'on y survit.

— En 14, expliquait Carlo en conduisant, en 14, j'ai eu peur, ça a duré un ou deux mois, et puis j'ai compris, et tu vois.

Les mêmes reviennent. Les mêmes lois, les mêmes hommes, Ritzen, Merani. Celui qui possède, celui-là, guerre ou pas, il en a, il les tient. Carlo se garait entre deux camions dans l'entrepôt.

— Ça — il montrait les bâtiments — qu'est-ce que tu crois ? C'est pendant la guerre, et maintenant, je vais acheter.

Carlo se dirigeait vers son bureau, les chauffeurs se levaient en le voyant, d'autres portaient la main à leur casquette. Alexandre restait près de la voiture. Ce cortège sur l'esplanade Magnan, ce cercueil et ces femmes en noir, visages baissés, cette marche sur la chaussée, et il avait, il y a dix ans, quitté son père ici, rejoint des hommes qui barraient les quais, qui criaient : « Sacco-Vanzetti. » Il avait le sentiment, brusquement, de s'être laissé museler, comme si son père, habilement, pendant le sommeil, l'avait revêtu d'une défroque, la sienne. Maintenant il était dedans, épaules dans les épaules du père, bouche dans la bouche, voix dans la voix. Le père bougeait un bras, et c'était le bras d'Alexandre qui se levait.

Alexandre entrait dans le bureau de Carlo Revelli.

— Tu es toujours aussi sûr de toi, disait-il.

Carlo était debout devant la fenêtre. Il regardait le port, les longues planches de pin qui se balançaient au bout des filins, et qu'avec des gestes qui semblaient maladroits les dockers saisissaient.

— Sûr ?

Carlo se retournait :

— Qu'est-ce que tu as ?

Dix ans depuis qu'Alexandre était descendu de la voiture, marchant vers l'extrémité du quai. Les joues, les tempes, le front même de Carlo que le temps avait évidé, tachant la main de bistre.

— Tu achètes, tu achètes, continuait Alexandre. Si on met tout ça en coopérative, finies les entreprises Revelli. En Espagne...

Le visage de son père l'empêchait de trouver les mots, cet espace entre le cou et le col de la chemise, comme un trou où Alexandre perdait ses idées, sa colère, où il s'enfonçait.

— Et alors ? dit Carlo. Si ça change, toi, tu es architecte, socialiste, non ? Tu seras content, on construira toujours. Moi...

L'indifférence. Il fermait la fenêtre.

— J'étais anarchiste, avant, bien avant. Je te raconterai. Mais on n'a jamais le temps.

Il s'asseyait.

— J'aimerais te raconter, parce que mon père, il

était bûcheron, il a presque rien raconté. Il commençait, et puis le sommeil, ça le prenait, au milieu d'un mot. Le temps manque toujours.

Il sortait des dossiers, les ouvrait.

— Avec ces hôtels, on fera des appartements, pour tous ces petits riches qui reviennent des colonies. Tu aimes pas les statues, les grands escaliers, moi non plus. Mais eux, tu sais, quand ils mangent, il leur faut...

Il fit un geste, celui du cuisinier qui décore un plat avec un tube de mayonnaise.

— Le goût, le vrai goût, ils s'en foutent. Ce qu'ils veulent, c'est que dehors, on voit.

Alexandre se mit à rire.

— Ils aiment la crème, la mayonnaise, tu comprends ?

Carlo parlait en riant aussi. Son visage prenait une expression rusée, joyeuse, et une bouffée de tendresse et d'émotion saisissait Alexandre comme s'il se trouvait face au jeune Carlo Revelli, avant, quand le cou musclé frottait contre le col de la chemise, et que celle-ci dessinait dans la peau brune une fine raie rouge.

— Les petits riches, dit Carlo, de la merde.

Il fouilla dans un tiroir, prit un cigare :

— Je m'en paie encore un, dit-il, c'est une bonne journée.

Il l'alluma, aspirant lentement.

— Ça compte, maintenant, une bonne journée. Depuis que Luigi... — il s'arrêta — À Mondovi, la grand-mère, reprit-il, celle qui voulait toujours nous avoir près d'elle, elle disait : « Tutti i giorni... » — Il continua en français. — Elle disait : « Chaque jour peut être le mien. » Tu comprends le sens ? Aujourd'hui, demain, chaque jour, c'est le bon pour partir.

Alexandre haussa les épaules :

— Toi, dit-il, tu...

Carlo leva la main, interrompit son fils :

— Même si ça dure dix ans, tu y penses, tu sais que tu es au bout, que tout le bon est derrière, et depuis que Luigi... On était trois, trois... On est deux.

Rien à répondre.

— Alors, une bonne journée, continua Carlo, ça compte.

Il hésita, se leva, marcha vers le mur. Sur une carte du département qui portait dans un des angles un plan de la ville, des points rouges marquaient l'emplacement des carrières Revelli ; des points bleus, les chantiers Revelli, routes en percement, immeubles en construction ; des lignes vertes, les itinéraires des transports Revelli.

— On va ajouter des points jaunes, dit Carlo. Hôtels en transformation, couleur de la mayonnaise.

Il recommença à rire.

— Ça m'a toujours fait penser à de la merde molle.

Alexandre se laissait emporter par le rire de son père. Carlo retourna à la fenêtre, l'ouvrit. Bruits de palans, voix de dockers, odeur de résine et de goudron.

— Une bonne journée, dit après un silence Carlo, d'une voix sourde.

Il fit face à son fils et lui cligna de l'œil.

37

Violette lui tendait les deux mains au-dessus de la table. Rafaele Sori avait un moment d'hésitation, il regardait Sam, Violette, appuyait ses coudes sur le bord de la table, le visage marqué par l'effort, mâchoires crispées, menton prognathe, cou qui gonflait au-dessus de la collerette de plâtre, il réussissait à se soulever du fauteuil, puis demeurait un instant en équilibre, esquissant un sourire.

— Je vais essayer, disait-il.

Mais la voix semblait détruire l'effort, il allait retomber. Sam le prenait sous les aisselles, et Rafaele saisissait les mains de Violette.

— Ça va ? demandait Sam.

Il gardait le bras autour de la taille de Rafaele, l'aidait à faire les quelques pas qui séparaient l'atelier de la terrasse.

Les oliviers au creux de la vallée, si proches dans le silence des débuts d'après-midi d'automne, quand le vent est tombé, qu'on semble être à marée basse, entre la chaleur et la pluie.

— La meilleure saison, ici, disait Sam. L'automne, l'hiver.

Il soutenait Rafaele qui, avec les mouvements gourds d'un vieillard, s'asseyait, laissant son dos corseté de plâtre s'appuyer au fauteuil, allongeant les jambes, les bras, le cou maintenu raide par une gouttière qui prenait la nuque.

— Chaque fois que je vous regarde, ajoutait Sam, je pense à ce film.

Il riait, observant Violette, conjurant par sa gaieté, ses éclats de voix, le malaise que faisait naître le corps vigoureux de Rafaele pris dans la gangue blanche et rigide du plâtre. Violette servait le café, et, passant près de Sam, avec le dos de la main, elle lui caressait la joue, pour le rassurer, lui dire qu'elle était là, vive, qu'elle savait.

C'était Sam qui avait décidé.

Un jour, à la fin du mois d'octobre 37, Antoine avait attendu sa sœur à la sortie des studios de la Victoire, debout près de la guérite du gardien, et quand Violette avait arrêté sa voiture devant la barrière, elle l'avait vu qui s'approchait. Elle avait pensé, un mot, brûlant comme un alcool trop fort quand il fait chaud, que, tout à coup, on doit s'asseoir, parce que dans les jambes, les bras, la fatigue se répand, lourde.

— Papa ? avait-elle lancé à Antoine.

On klaxonnait derrière elle. Antoine secouait la tête. Violette devait avancer, se garer plus loin, et Antoine était long à la rejoindre, tenant sa bicyclette par le guidon. Elle allumait une cigarette, s'asseyait sur le talus, au-dessus de la voie de chemin de fer.

— On m'a dit que tu étais là, expliquait Antoine. Ça te dérange pas ? C'est pas loin pour venir.

Il montrait la côte, faisait avec les deux mains le geste de pédaler :

— Faut en mettre.

Elle lui offrait une cigarette. Il avançait, puis retirait la main, se décidait à accepter, mais quand elle sortait son briquet, il avait de nouveau une hésitation, présentait enfin la cigarette à la flamme.

— Tu fumes comme un homme, alors ? demandait-il.

— Comme un homme.

Un silence, puis Antoine sans la regarder disait, et elle percevait son étonnement.

— Tu as l'air bien. Et ton ami ?

— Bien.

— Tu...

— Je ne suis toujours pas mariée.

Violette écrasait le bout de sa cigarette.

— C'est pour Rafaele, Rafaele Sori, mon beau-frère, commençait Antoine.

« Je cherche même plus à savoir ce qui va arriver après », avait dit Rafaele le soir, où, avec Sam, ils avaient dîné chez Antoine. Depuis, quand Philippe Roux écrivait à Violette ou bien qu'elle voyait ces paysans, bras levés, qui descendaient entre des hommes armés une pente de terre sèche et que l'image sur l'écran s'interrompait, que le commentateur des *Actualités,* de la même voix trop forte disait : *À Cannes, hier, présentation de la mode d'au-*

tomne. Cette innovation marquera la saison de 1937... Les plus élégantes personnalités parisiennes ont voulu malgré les préoccupations du moment affirmer que la beauté... Violette entendait Rafaele Sori, elle l'imaginait. L'Espagne, c'était son visage ou bien celui d'Arthur Becker.

Quand Jean Karenberg leur avait dit un soir, chez Alexandre : « Je pars pour quelques semaines, à Madrid, un congrès d'écrivains, Malraux, les Américains, les Soviétiques », elle l'avait interrompu.

— Vous allez voir les Brigades internationales ?

— Cela dépend, répondait Jean, en principe mon reportage, c'est le congrès.

Violette se tournait vers Sam.

— Nous connaissons deux combattants des Brigades, Arthur Becker, un Allemand, et Rafaele Sori. Je ne sais pas trop où ils sont.

Ridicule de croire qu'on pouvait les rencontrer dans l'Espagne en guerre. Mais elle avait aussi interrogé Philippe Roux.

Philippe passait deux jours à Nice. Ils déjeunaient à Villefranche, sur les quais du port, l'eau irisée, bleutée et brillante, comme le sont certaines plaques d'acier, ondulait, lame flexible sur laquelle glissait le regard de Violette, jusqu'aux deux navires de guerre ancrés au milieu de la rade. Violette évitait de se laisser prendre dans les yeux de Philippe.

— J'ai un ami, disait-elle, dans les Brigades, Sori, Rafaele.

— Tu as quitté Sam Lasky ?

Elle se tournait vers lui, commençait, violente :

— Parce que, pour toi aussi, une femme ne peut pas avoir un ami ?

Le visage de Philippe exprimait la fatigue, le désarroi. Il avait grossi et vieilli. Elle changeait de ton :

— Je suis toujours avec Sam, reprenait-elle. Nous

avons deux amis dans les Brigades, Sori et Becker, un Allemand.

— Les Brigades, disait Philippe, on a filmé. Ils se battent. Souvent. Bien sûr, c'est beau.

Philippe renonçait à détacher les arêtes de la chair fibreuse du poisson. Violette prenait son assiette :

— Laisse-moi faire, disait-elle.

Mieux que de l'amitié entre eux. Elle aurait pu le laver comme un enfant, le border, sans que plus rien du désir d'autrefois renaisse, mais cette fraternité de leur peau, elle l'éprouvait.

— C'est beau, continuait Philippe. Les héros, les dingues. Raffin, qui se prend pour un chef de guerre.

Elle poussait l'assiette vers lui.

— L'Espagne, disait Philippe, les bras croisés appuyés sur la table, ça pue, c'est la mort. Ils vont crever, tu sais.

S'effondraient les façades de Guernica, s'étendait le brasier.

— On a vu les pilotes allemands, j'en ai vu, alors, les héros, contre les bombes.

— Tu es fatigué ? demandait-elle.

Il commençait à manger, chipotant, partageant avec le bout de la fourchette les morceaux de poisson, secouant la tête :

— C'est tout ça.

Il montrait les restaurants. Les tables envahissaient les quais depuis la darse jusqu'à la plage. Rires et bruits de voix, une chanson qui venait du fond de la salle.

— On arrive de là-bas. À Madrid...

Au ras des toits, des oiseaux ailes tendues.

— Les avions, l'autre jour, continuait Philippe. Un patronage, les gosses, et tous ceux-là...

Touristes, dîneurs. Certains avaient suspendu leurs casquettes au dossier de leur chaise.

— Ils ont voté pour le Front populaire, pour Blum, ils sont contents, ils imaginent.

— Blum, dit Violette, ce n'est plus Blum, ils savent bien.

Sam, Alexandre, qui, après la démission de Blum, s'étaient heurtés, Sam hurlant, son visage qui paraissait s'aplatir, le nez écrasé :

— On ne démissionne pas, criait-il. Ou alors ce n'était pas la peine. La politique, je m'en fous, mais quand je vois ça. Votre Blum, Alexandre, c'est une ballerine, une coquette, ce n'est pas un homme politique.

Alexandre élevait la voix au fur et à mesure qu'il répondait :

— La démocratie, bien sûr, vous ne savez pas ce que c'est ? On démissionne et on revient. Hier, place Saint-François, j'ai vu, il y avait vingt mille personnes qui criaient, à Nice, vingt mille personnes : « Le Front populaire continue. » Parce qu'il continue.

Sam avait entraîné Violette, claqué la porte.

Violette racontait à Philippe qui marchait maintenant le long de la grève, vers le fond de la rade de Villefranche. Violette tenait son bras qu'il laissait ballant.

— Ça me fait plaisir de te voir, disait-elle. Philippe ?

Elle lui secouait le bras.

— Philippe ?

— Ça va venir ici, disait-il, en lui saisissant la main, tout, les bombardements, les exécutions.

Il lui faisait face.

— Quand tu les écoutes, là-bas, tu le sens.

Philippe prenait les épaules de Violette :

— Il faudrait que tu partes.

Elle se dégageait, d'un mouvement lent et doux, comme on retire, d'une plaie, la lame.

— Protège-toi, disait-il.

Quand Antoine lui avait expliqué, sur ce talus de chemin de fer, en face des studios de la Victorine, que

Rafaele Sori venait d'être rapatrié, qu'il était blessé, brûlures aux avant-bras, éclats dans la poitrine, le dos labouré de sillons.

— Il est chez nous, disait Antoine. Il va bien. Mais tu as vu, à quatre, c'est pas grand. Vous, dans votre milieu, il y a sûrement des gens...

Antoine roulait une cigarette. Dans les plis des doigts, autour des ongles, enfoncé dans chaque pore de la peau, le blanc du plâtre, ces doigts larges des ouvriers que Violette connaissait si bien, doigts de Sam, aussi, tachés de couleur ou couverts d'une fine poussière de métal. Elle aimait ces mains-là. Philippe, la plupart de ceux qu'elle côtoyait, metteurs en scène, assistants, ils avaient les doigts longs, fins, et cette minceur fragile qui, au début, l'avait séduite, elle la trouvait fade maintenant, comme ces conversations, toujours les mêmes, qu'on a autour d'un scotch, à *La Grande Bleue* ou à Juan-les-Pins, après le tournage.

— Dans votre milieu..., reprit Antoine après avoir rallumé sa cigarette.

Un briquet plat à la flamme fumeuse. Il suffisait de cela pour que Violette soit émue, qu'elle pense au père, à Dante.

— Les artistes, les écrivains, continuait Antoine, on dit qu'ils sont tous pour l'Espagne. J'ai pensé, peut-être si quelqu'un pouvait recevoir Rafaele...

Elle allait dire : « On va le prendre à Saint-Paul. La maison de Sam... » Mais elle se taisait, le souvenir du baptême de Roland, le fils de Dante, elle s'avançait vers Rafaele Sori, disait : « Je l'enlève. » Quand elle avait revu Rafaele chez Antoine, la manière dont il la regardait, la phrase de Philippe aussi : « Tu as quitté Sam Lasky ? »

Elle répondait à Antoine :

— C'est sûrement possible. Sam a une très grande maison.

Elle était gênée, elle devinait qu'Antoine percevait ce malaise. Il se levait trop vite, éteignait sa cigarette entre ses doigts, puis plaçait le mégot dans une petite boîte métallique. Il surprenait son regard, enfouissait la boîte dans la musette :

— Le tabac, c'est meilleur quand on a déjà fumé un peu. Il est plus fort, expliquait-il.

Il l'accompagnait à pied jusqu'à la voiture, poussant la bicyclette.

— Giovanna, Rafaele, je leur ai rien dit. Ils n'aimeraient pas, et au fond, nous, on peut très bien le garder.

Pendant près d'une semaine Violette s'était tue. Elle s'en voulait d'esquiver les questions de Sam quand il se retournait, abandonnant la toile.

— Toi, qu'est-ce que tu as ? demandait-il en s'approchant.

Honteuse de se taire, de ne pas oser s'interroger comme si elle voulait créer une situation ambiguë, là où il n'y aurait dû avoir qu'un acte simple. Curieuse d'elle-même aussi, de ce trouble qu'elle ressentait, se demandant si elle n'attendait pas volontairement quelques jours pour que naisse en elle, précisément, ce malaise ; pour que Rafaele Sori, s'il devait venir — et elle savait que Sam accepterait — occupe déjà là une part profonde d'elle-même.

— Mais enfin, disait Sam quand elle lui expliquait, je vais le chercher tout de suite.

Il enlevait sa blouse. Il était torse nu, frottant les éclaboussures de couleur qui, par l'échancrure du col, griffaient la peau.

— Tu sais ça depuis combien de temps ?

Il s'interrompait, passait un pull-over, et quand son visage reparaissait, il grimaçait, la bouche encore prise dans l'encolure.

— C'est ça ? Tu as peur du héros. Je sentais bien depuis quelques jours.

Sam marchait vers elle, la prenait par la taille :

— Tu as peur.

Grave, les yeux larges, comme si passait sur eux une brume, lassitude, mélancolie.

— Il ne faut jamais avoir peur d'aimer, jamais.

Elle se laissait aller contre lui, contre sa poitrine, elle avait envie de pleurer.

— Sam, Sam, c'est idiot.

Il la soulevait.

— Tu es idiote.

Il tournait avec elle, la posait sur le lit.

— Tu as fait l'amour avec lui ?

Elle bondissait, criait : « Mais je ne le connais pas. »

— Et avec moi ?

Rafaele vivait à Saint-Paul depuis une vingtaine de jours. Il tentait de marcher seul, avançant une jambe, s'arrêtant comme le font les automates. Hostile et silencieux d'abord, crispé, répétant : « Merci », et Sam un jour avait lancé :

— Merde ! À partir de ce moment, chaque fois que vous dites merci, je réponds merde.

Il tendait la main vers Rafaele.

— Vous êtes d'accord ?

Ils avaient tous deux éclaté de rire, Rafaele grimaçant tout à coup.

— Ne me faites pas rire, disait-il, ça secoue dedans.

Sam le saisissait par son corset, le soulevait, l'aidait à s'asseoir dans le fauteuil sur la terrasse.

— Chaque fois, disait Sam, chaque fois que je vous regarde, je pense à ce film, attendez.

Il mimait Eric von Stroheim, ces mouvements saccadés, rotation de la tête sur le corset d'acier, geste de la main portant lentement la cigarette aux lèvres, puis, tourné vers Rafaele, il disait avec l'accent allemand :

— Mon cher capitaine, nous sommes les héros de la grande illusion.

Violette riait, mais Sam devenait grave.

— Vous ne racontez guère, disait-il en rentrant dans l'atelier. Mais qu'est-ce qu'on peut dire de la guerre ?

XIIe Brigade internationale Garibaldi. Salut le poing dressé. *Compagni, camarades !* Le commissaire politique est debout sur une chaise : *Compagni !* L'artillerie, tambour qui vibre sur les hauteurs. Soif. L'air en feu. On entend le grincement des chenilles de tank. « Sori, Sori, i nostri, nos tanks ! », crie un camarade. Les champs s'étendent, herbe jaune entre les murets de pierre, damier de la vie et de la mort, une touffe monte, une autre s'épanouit, et tout à coup les flammes qui courent à hauteur d'homme, les champs qui grésillent, et des poings, là-bas, dans l'incendie, qui se lèvent et s'ouvrent avant de se recroqueviller dans l'herbe carnivore. *Compagni, camarades !* La XIIe Brigade Garibaldi attaque Villafranca del Castillo. Hier, elle combattait devant Caspe.

— Nous, commençait Rafaele, de la Garibaldi, quand ils ont foncé vers Brunete, on devait prendre Villafranca del Castillo, la chaleur c'était pire que tout. Les herbes, les obus ont explosé dedans.

Ce feu, la fumée qui tombait après, quand le champ jaune était devenu noir, et les pierres elles-mêmes, et les casques retournés, urnes où se mêlaient la terre et la peau.

Rafaele n'allait pas jusqu'au bout d'une phrase, comme si les premiers mots lui avaient échappé et qu'il tentât de les recouvrir par un long silence.

— Ça, disait-il alors que Violette et Sam s'imaginaient qu'il somnolait, les yeux mi-clos, les mains à plat sur les genoux, les traits du visage figés dans le soleil d'automne léger comme une gaze. Ça, répétait-il, c'était pas le pire.

Violette posait ses deux mains sur les épaules de Sam, se penchait vers lui jusqu'à lui toucher la tête avec ses lèvres. Elle avait besoin de ce contact pour se rassurer, pour dire à Sam, à Rafaele aussi qui ouvrait les yeux, les regardait, qu'elle était avec Sam, qu'ils allaient faire face ensemble, à ce pire devant lequel Rafaele reculait.

— E cosi, disait-il. C'est comme ça. Peut-être, ça ne peut être que comme ça.

Il se dérobait quand Violette l'interrogeait.

— Pourquoi vous n'expliquez pas ?

Rafaele haussait les épaules, s'appuyait sur les poignets, les avant-bras :

— Excusez-moi, disait-il.

Il avait besoin de leur aide, elle lui tendait les mains, Sam le soulevait et l'accompagnait jusqu'à sa chambre.

Un soir du mois de décembre 1937, l'air était tiède malgré le souffle qui descendait des baous vers la mer, effleurait les remparts de Saint-Paul, gonflant les platanes de la place, laissant un sillage qui sentait le citron et la mandarine, un soir, Nathalie avait appelé de la rue, poussé la porte que Sam ne fermait jamais.

— Encore des Revelli, disait Violette à Rafaele, présentant Alexandre, Nathalie. Et voici Jean Karenberg.

Ils s'asseyaient sur les coussins dans l'atelier, Rafaele dans le fauteuil poussé contre le chevalet, et l'immobilité, ce fond noir de l'atelier où se détachait la collerette de plâtre, dentelle blanche, la pâleur des joues ombrées, ces cheveux qui se confondaient avec le fond, une goutte de sueur qui perlait sur le front, et Violette la suivait jusqu'aux sourcils, comme le détail d'un portrait qui tout à coup s'anime. Elle se levait pour échapper à la fascination, servir à boire.

— Vous étiez là-bas ? demandait Alexandre. Cette fois-ci, on n'ose pas trop y croire, mais les Républicains ont des chances.

Neige sur Teruel, la crête au-dessus de la ville est

blanche, et c'est vers elle que marchent les troupes républicaines de Lister.

— Ils ont encerclé la ville, continue Alexandre, ce général Lister... Peut-être cette fois-ci Franco va craquer.

Violette lève la tête. Rafaele n'a pas bougé.

— C'est une guerre politique, dit Sam. Elle se décide à Paris, à Londres, à Moscou. Je ne veux pas dire... — Il se tourne vers Rafaele — Ceux qui se battent, bien sûr, il faut se battre, mais la clef est ailleurs.

— La clef, ce sont les Espagnols, dit Jean Karenberg. À Madrid, on crève de faim, tous les jours il y a des bombardements.

— Vous étiez à Madrid ? demande Rafaele.

— Bien sûr, dit Jean. Cet été, au Congrès des écrivains, nous avons...

Il hésite. Cette farce. Condamner André Gide pour son livre sur l'U.R.S.S. Interviewer Malraux. Écouter un Soviétique expliquer que tous les adversaires de Staline sont des hitlériens, pendant qu'on roule en Rolls-Royce vers l'hôtel Florida. Hemingway est sur le seuil, il monte la façade criblée d'éclats. « Ils ont remis ça », crie-t-il.

— Les écrivains, commence Rafaele, qu'est-ce qu'ils peuvent ?

Il s'appuie sur les accoudoirs du fauteuil. Violette s'élance :

— Vous voulez ?

Il se laisse aller en arrière.

— Le pire, continue-t-il, ce n'est pas les camarades qu'on voit brûler dans les herbes.

Le silence. Violette s'est figée. Il lui semble qu'elle entend battre le cœur de Rafaele, qu'une explosion va se produire, l'émotion est trop forte.

— Mon frère, reprend Rafaele, mon frère Francesco, il a été fusillé à Rome par les fascistes. S'il avait été en Espagne, é cosi, on l'aurait fusillé aussi, mais pas les fascistes, les vôtres.

Tout le corps de Rafaele bouge pour désigner Jean Karenberg.

— Bon, dit Sam.

Il tend son verre à Violette, appuie sur le goulot de la bouteille pour qu'elle verse davantage.

— Bon, répète-t-il, on y est.

Le sang comme une boue que l'on s'envoie en plein visage. Chacun le sien. Staline qui fait tuer à Barcelone.

— Je les ai vus, crie Rafaele. Ils n'ont pas jugé. Ils ont assassiné. Si je n'avais pas été dans les Brigades mais dans les régiments trotskistes ou anarchistes, au mur, au mur, comme mon frère à Rome.

— La guerre, dit Karenberg, la guerre, il y a toujours des espions, des complots. L'histoire, il faut l'accepter.

Double voix. Celle que les autres entendent, et celle, basse, chuchotante, qui répète : *Qui peut croire qu'Andrés Nin, trotskiste assassiné à Barcelone, est un agent de Franco ? Qui peut croire que le maréchal Toukhatchevsky, créateur de l'Armée rouge, exécuté à Moscou, est un agent de Hitler ? Qui peut croire que Zinoviev, l'ancien camarade Lénine ? Que Trotski ? Que...* Voix du père, affaiblie par la maladie, le désespoir, et d'autant plus forte :

— Jean, disait Frédéric Karenberg, Boris Pilniak, l'un des plus grands écrivains russes, je te jure, ça ne peut pas être un contre-révolutionnaire, je te jure. Et Reiss, Reiss !

Ignace Reiss, ancien des services secrets soviétiques, qui se cachait en Suisse. Il avait commencé à parler. On retrouvait son corps — guet-apens — une poignée de cheveux gris dans la main.

— Toujours la même chose, criait Jean Karenberg, les mêmes histoires, mais les armes, vos armes. — Il s'était levé, marchait au milieu de l'atelier. — En

Espagne, les armes, d'où viennent-elles ? D'U.R.S.S., pas d'ici. Ici, on assassine les prolétaires.

Le sang. Celui d'Espaltero Rossi, ce cortège sur l'esplanade Magnan.

— Tu étais là, dit Jean, en interpellant Alexandre Revelli. Ils l'ont tué Rossi, pas à Moscou, à Barcelone, mais à Cannes. Et qui l'a tué, nous ? C'est un communiste qu'on a tué !

Assassinés aussi, sur une route de Normandie, les frères Rosselli, exilés italiens que la Cagoule avait traqués.

— Vos Rosselli, dit Jean, vous êtes italien, c'est nous qui les avons assassinés ?

Complots de la Cagoule. Explosions à Paris. Cette femme, Laetitia Toureaux, qui tout à coup, dans le métro, s'effondrait, un poignard enfoncé jusqu'à la garde dans la gorge.

— Ici même, la Cagoule a assassiné Luigi Revelli. On le sait, la police le sait.

Jean Karenberg s'asseyait de nouveau.

— Il n'y a que deux camps, disait-il d'une voix basse tout à coup. Il faut choisir l'un ou l'autre.

La voix chuchotante en lui toujours, celle de Frédéric Karenberg : *Si l'on cède, une fois, une seule fois, si on maquille la vérité, tout pourrit, Jean, tout, c'est la gangrène. Si l'on accepte, cela veut dire que tout se vaut. Alors, à quoi bon, à quoi bon.*

— Il n'y a pas d'autre choix possible, répète Jean plus fort.

Violette est assise en face de Rafaele.

Elle suit les gouttes de sueur qui, des sourcils, glissent au coin des yeux. Elle dit :

— Ce n'est pas vrai, ce n'est pas vrai.

« ... Le poignard qui a servi à tuer Luigi REVELLI *est du même type que celui qu'ont employé le ou les tueurs de la Cagoule dans l'assassinat des frères* ROSSELLI *ou bien dans le meurtre de Laetitia* TOUREAUX.

Le médecin légiste de Nice après comparaison avec les clichés que la Direction de la Police criminelle de la Sûreté nationale nous a fait parvenir est formel.

L'examen des blessures mortelles de Luigi REVELLI *montre qu'elles ont été occasionnées par une lame de 20 à 25 cm de longueur, effilée et soigneusement aiguisée, une baïonnette qui aurait été raccourcie et pourvue d'un manche.*

Les coups portés à Luigi REVELLI *ont été si violents que ce manche a laissé un hématome autour de la blessure. Il s'agirait d'un manche de bois taillé irrégulièrement.*

L'emploi de cette arme très particulière confirme que Luigi REVELLI, *ainsi que nous le suggérions dès nos premiers rapports, n'a pas été victime d'un règlement de comptes à l'intérieur du milieu délinquant, mais bien d'une vengeance politique.*

Il ne nous semble plus faire de doute que son assassinat a été décidé à Paris. Le ou les tueurs sont d'ailleurs probablement venus de la capitale et ont été assistés par des complices locaux.

Dans mon rapport précédent j'indiquais que nous avions établi que l'un des chefs de la Cagoule avait séjourné à Nice quelques jours avant le meurtre. Il a rencontré maître Charles MERANI *et Joseph* DARNAND, *entrepreneur de transports (nos rapports A 127, A 128). Nous avons retrouvé sa trace à Monte-Carlo, et les services de renseignements de l'Armée (SR), avec qui nous essayons de collaborer, paraissent avoir la preuve qu'il a pris contact avec le Dottore Maurizio* LIVIO *à Monte-Carlo et à San Remo, le jour du Grand Prix automobile.*

Le Dottore Maurizio LIVIO *est plus précisément chargé, auprès du Contre-Espionnage italien, des relations avec les milieux français. Il est bien connu des services de police niçois.*

Luigi REVELLI *avait à plusieurs reprises donné des informations sur les rencontres entre Charles* MERANI*, Joseph* DARNAND *et le Dottore Maurizio* LIVIO*.*

Sur la base de ses déclarations nous avions pu arriver à la conviction que la société secrète niçoise — regroupant des éléments antirépublicains — les « Chevaliers du Glaive » avait à sa tête maître Charles MERANI *et Joseph* DARNAND*.*

Que, dès la constitution sur le plan national de l'organisation dite Comité social d'action révolutionnaire (C.S.A.R.), elle en avait constitué la cellule locale sans doute à l'initiative de DARNAND*, qui, sous couvert de ses activités de transporteur, s'est rendu plusieurs fois à Paris.*

Que les membres de la société des « Chevaliers du Glaive » avaient adopté un cérémonial proche de celui de la franc-maçonnerie (cagoule, prestation de serment, obligation du secret), et que l'appellation de Cagoule donnée au C.S.A.R. vient peut-être de la société secrète niçoise.

Luigi REVELLI *avait aussi révélé le rôle tenu par la cellule de Nice dans l'approvisionnement en armes de la Cagoule.*

Nous avons pu saisir un chargement de revolvers et de fusils d'origine italienne, débarqués dans la propriété du Dr Jules RITZEN*, fils d'un député des Alpes-Maritimes, et personnalité fort connue à Antibes. Ces armes sont identiques à celles que nos services ont découvertes à Paris.*

Mais des indiscrétions ont été commises.

Il n'est pas de notre compétence de les établir. Elles ont été dommageables à l'enquête.

Nous n'avons pu procéder à aucune arrestation.

DARNAND, MERANI et RITZEN se sont tenus à l'écart du débarquement d'armes que nous avons intercepté.

Mais, plus grave, notre informateur Luigi REVELLI a été démasqué et assassiné. Enfin, l'un des intermédiaires entre la Cagoule et les Services secrets italiens, plus spécialement chargé de préparer les expéditions d'armes, a lui-même été assassiné à San Remo. Il avait aussi pris contact avec nos services.

Dans la préparation de ces deux meurtres, les soupçons qui pèsent sur Joseph DARNAND sont graves. À Nice, il est l'un des seuls « cagoulards » capable d'avoir aidé le ou les tueurs venus de Paris. Mais nous ne disposons d'aucune preuve.

Nous avons placé sous surveillance prolongée maître Charles MERANI et le Dr Jules RITZEN à la suite de l'enquête ouverte sur le trafic et la détention d'armes de guerre. Aucune charge précise n'a pu être retenue.

Par leurs liens familiaux, ces deux personnalités jouent un rôle important dans la vie niçoise et leur inculpation soulèverait de nombreux remous. Maître Charles MERANI, avocat au barreau de Nice, est le fils du député Joseph MERANI aujourd'hui décédé, et le beau-fils de M. Carlo REVELLI, l'une des plus importantes fortunes niçoises.

Le Dr Jules RITZEN est un des chirurgiens les plus réputés de la Côte d'Azur. Il est, nous le soulignons à nouveau, le fils du député des Alpes-Maritimes RITZEN (ancien chef de la police niçoise). Son frère, le commandant Pierre RITZEN, est affecté depuis quelques semaines à la garnison de Nice.

À ce propos, il est nécessaire de rappeler la brillante carrière militaire de Joseph DARNAND. Il a de ce fait conservé des amitiés dans les milieux militaires. Des officiers de la garnison de Nice seraient membres de la Cagoule. D'autres, d'un réseau secret ayant pour but de défendre l'armée contre la menace d'un putsch communiste.

Ces différents éléments confirment ce que nous pres-

sentions dès nos premiers rapports : Nice et sa région sont une plaque tournante dans l'organisation de la Cagoule.

La proximité de l'Italie permet, par voie de terre ou de mer, le passage d'armes, la fuite d'éléments compromis, ou les contrats avec les services italiens.

L'un de nos informateurs nous a ainsi indiqué que l'assassinat des frères ROSSELLI *aurait été négocié à San Remo entre la Cagoule — représentée par* DARNAND *— et les Services secrets italiens (Dottore Maurizio* LIVIO*) en échange de fourniture d'armes.*

Quoi qu'il en soit de l'exactitude de ce dernier renseignement, la proximité de l'Italie fasciste, dont le régime sert de modèle à bien des agitateurs français, obligerait à une surveillance étroite de la frontière, et plus généralement de toute la région de la Côte d'Azur qui, du fait de sa vocation touristique, est un lieu cosmopolite où peuvent être ménagés des rendez-vous discrets.

Il nous est impossible avec nos moyens actuels d'assurer cette surveillance.

Nous avons pu, cependant, relever la présence, ces jours derniers, du colonel DE BEUIL, *ancien attaché militaire à Rome, dont le nom a été à plusieurs reprises cité dans l'enquête menée par mes collègues parisiens.*

À titre privé, le colonel BERTAUD *a séjourné à Antibes où il a été l'hôtel du député* RITZEN, *père du commandant Pierre* RITZEN *et du Dr Jules* RITZEN. *Le colonel* BERTAUD *était l'adjoint du colonel* DE BEUIL *à Rome. Il a servi, durant le conflit mondial, sous les ordres de Monsieur le Député* RITZEN, *alors commandant.*

J'insiste à nouveau sur l'urgence qu'il y aurait à détacher à Nice deux inspecteurs ayant suivi à Paris l'enquête sur la Cagoule.

La coopération avec le Service de renseignements de l'Armée (S.R. et 2e Bureau) devrait, par ailleurs, être plus étroite.

Je sollicite de la Direction de la Police criminelle, de la Sûreté nationale et du ministère de l'Intérieur une intervention dans ce sens auprès du ministère de la Guerre.

Dans mes rapports du 14 novembre et du 8 décembre 1937 je faisais état d'une information indiquant que Joseph DARNAND *avait été contacté par le Service de renseignements de l'Armée, je notais que les activités de* DARNAND *ne semblaient pas devoir le désigner pour une mission de renseignement, je...*

... COMMISSAIRE PRINCIPAL LORILLOT.

39

Ils marchaient le long du sentier du bord de mer taillé dans les rochers blancs crevés et lavés par les vagues, ligne sinueuse et étroite que la pinède et l'écume frangeaient. Parfois la mousse, les algues verdâtres, glissantes, et l'on voyait des crabes roux minuscules disparaître dans cette toison emmêlée, coupaient le sentier. Pierre Ritzen tendait la main à son père qui refusait, montrait sa canne, s'assurait un appui, et, faisant un grand pas, franchissait la zone humide, se retournant vers le colonel Bertaud qui continuait de parler, indifférent au paysage. Les récifs, à quelques dizaines de mètres du rivage, formaient une barrière brune auréolée d'écume, et l'on commençait d'apercevoir les îles maintenant que le sentier atteignait l'extrémité du cap d'Antibes. Le vent chargé d'embruns frappait de face, déferlant sur la voix de Bertaud.

Ritzen s'était arrêté près de son fils. Il montrait à Bertaud un grillage qui partageait la pinède et descendait jusqu'aux rochers.

— Notre propriété s'arrête là, disait Ritzen. Au-delà...

Il levait la canne. Au-dessus des pins parasols, on distinguait une corniche, l'angle d'un toit, le crépi rose d'une haute façade.

— Le parc du Grand Hôtel des Îles, ajoutait Ritzen.

Il se dirigeait vers les arbres, choisissait de rentrer à l'abri du vent par le sentier qui, couvert d'aiguilles de pin, rejoignait directement la maison. Dès qu'on quittait le bord de mer pour la pinède, on entrait dans le silence, à peine effleuré, à la cime des arbres, par une ride de surface.

— Il faut que je vous raconte, continuait Ritzen. Une histoire à l'image de la France d'aujourd'hui. Les propriétaires de l'hôtel sont un juif autrichien, qui a passé toute la guerre en Suisse...

Ritzen s'était arrêté, le dos appuyé à un pin, dessinant du bout de sa canne de longs sillons dans l'épaisse couche d'aiguilles, les effaçant du bout du pied, se remettant à marcher.

— L'autre, c'est un Piémontais, français, bien sûr. Je l'ai connu anarchiste, plus ou moins honnête, mais je n'ai jamais pu le prendre sur le fait. Une fortune, aujourd'hui. Son fils est architecte, il a épousé la fille du juif. La France, mon cher Bertaud, la France.

Ritzen s'arrêta de nouveau.

— J'oubliais. La première femme d'Hollenstein, une Russe, une baronne balte. En 18, nous l'avions placée en résidence surveillée. Elle s'intéressait à nos officiers. Elle s'est pendue — il hoche la tête. Voilà, ce sont mes voisins.

Montrant de nouveau, avec sa canne, les arbres au-dessus du grillage, il ajoute après un silence :

— Eux ou d'autres, n'est-ce pas ? Je pense...

Ces régiments que la terre dévorait, qui devenaient des formes gluantes et enflées, puantes, et que fouissaient les rats. Tranchées fosses communes.

— Vous vous rappelez, Bertaud, cette classe 17 ?

Bertaud s'immobilisait. Il voyait les gamins de vingt ans qu'on poussait vers les premières lignes et qui regardaient — ces yeux qu'ont les enfants quand on les oblige à entrer dans une pièce obscure, le soir, et qu'on les laisse seuls — les arbres brûlés, cisaillés à hauteur d'homme par les éclats d'obus.

— Vous m'aviez dit, Bertaud, reprenait Ritzen, vous vous souvenez ? « Chair trop tendre, du beurre, ça fond. » Je n'ai jamais oublié.

— Ils ont eu quatre-vingts pour cent de pertes, dit Bertaud.

Il fait quelques pas.

— Ce sont eux qui nous manquent, ajoute-t-il.

Ils ont débouché sur le terre-plein devant la maison. Jacques et Éliane, les enfants de Pierre Ritzen, courent vers eux, entourent leur grand-père. Jacques s'empare de la canne, l'épaule comme un fusil, puis se précipite vers la maison, où apparaît, mince, les cheveux courts frisés, Lucie, sa mère.

— Dans vingt ans, dit Ritzen.

Et, d'un mouvement du menton, il désigne son petit-fils :

— Que sommes-nous en mesure de leur garantir ? Si cela continue...

Ils s'asseyent autour d'une table de pierre, cercle massif, ancienne meule de moulin à huile au grain fin, aux angles vifs.

— Ce port, dit Bertaud, vous ne me l'avez pas montré ?

Ritzen hausse les épaules. Pierre se penche en avant.

— Mon colonel, dit-il, mon frère a, en fait, été manœuvré, il n'a averti ni mon père ni moi, bien sûr.

— Bertaud... — Ritzen a interrompu son fils. — J'ai quelques principes et vous les connaissez. C'est vous qui, un jour... — Il tend le doigt vers le colonel. — À Nice, vous m'avez fait l'apologie du régime italien, du fascisme, de votre colonel de Beuil. C'est vous, ce n'est pas moi. Moi, comme officier français, jamais, jamais je n'accepterai que des armes étrangères... et, je vais vous dire...

Ritzen se lève, fait quelques pas autour de la table.

— Quand j'ai su que Jules, dans notre propriété, dans notre port...

Scène brève. Ritzen est entré, dans la clinique de son fils. « Je voudrais voir le Dr Ritzen », demande-t-il à la réception. « Il opère, Monsieur. » Ritzen s'assied. Heures ou minutes. Le temps est un bloc. Jules Ritzen apparaît au bout du couloir, le bonnet à la main, le masque de chirurgien sur le cou. Son père s'avance et, sans un mot, le frappe du revers de la main au visage.

Ritzen s'est assis de nouveau près du colonel Bertaud.

— De Beuil est devenu fou, dit Bertaud, et il n'est pas le seul. Ces cagoulards...

Le général Duseigneur, Deloncle, un ingénieur de la Marine. Des armes italiennes stockées. Des cellules dans les principales villes. L'assassinat.

— Ils ont des tueurs, explique Bertaud. Savez-vous qu'ils ont volé des souches de bacilles tétaniques et botuliques à l'Institut Pasteur avec l'intention de liquider tel ou tel de leurs adversaires ? Et pourquoi pas des épidémies ?

Le colonel Bertaud s'arrête, hausse les épaules. Il reprend :

— Fous, prêts à tout pour s'emparer du pouvoir. Et pour quoi faire ? Quand on connaît Deloncle et de Beuil, on tremble. Enfin, Ritzen, vous le savez mieux que moi, la police, dans un pays moderne, sait tout de tout. Ils allaient à l'échec. J'ai dit — Bertaud hésite, regarde Pierre Ritzen — j'ai dit à Franchet d'Esperey — il soupire — parce qu'il couvrait ça, Ritzen, lui, notre maréchal, je lui ai dit, si vous continuez à voir ces gens-là, qui veulent la guerre civile, votre nom va sombrer dans une aventure à la sud-américaine, et nous ouvrons le pays aux Boches.

— C'est l'évidence, dit Ritzen.

Il porte la main à sa cuisse que la douleur taraude. Il se lève en s'appuyant à la table :

— Et Pétain ? demande-t-il.

— Vieux, dit Bertaud, mais prudent. Il n'a pas marché avec la Cagoule, mais il était au courant. Maintenant que le complot est démasqué, il est vierge.

Jacques est de nouveau près d'eux, brandissant la canne comme une épée.

— Je te tue, crie-t-il en menaçant Ritzen.

Puis il s'élance vers les pins en entraînant sa sœur.

— Ce qui m'inquiète, dit Bertaud alors que Ritzen suit des yeux ses petits-enfants, et Pierre, à Nice, en est le témoin, il peut vous en parler, et c'est une garnison frontière qui, s'il y a guerre... — un silence — ce qui m'inquiète, répète Bertaud, c'est le moral des troupes. Le Front populaire a achevé la besogne des communistes. Vous savez ce que j'ai vu, Ritzen ? Aux manœuvres de Provence, l'année dernière, des réservistes qui saluaient le poing fermé — Bertaud lève le poing. Ils chantaient *L'Internationale.* Et vous n'arriviez pas à les faire taire. Voilà l'armée. Et notre réseau anticommuniste, qu'est-ce qu'il peut ? J'ai créé des noyaux d'officiers sûrs là où j'ai pu, j'ai agi en accord avec Pétain et Franchet d'Esperey, mais la Cagoule nous a pris de vitesse, avec ce complot, ces armes italiennes, ces assassinats, tout cela que la police sait parfaitement.

— À Nice, dit Ritzen, qui ne les connaît pas ? Il y a Merani, le fils du député, il y a Darnaud.

— Un bon sous-officier, dit Pierre, courageux.

— Borné, dit Bertaud.

— Il y a eu ces assassinats.

Ritzen pose la main sur l'épaule de Bertaud :

— Ce que je ne leur pardonne pas, continue-t-il, ce sont leurs contacts avec l'étranger. Même s'il ne s'agit que de l'Italie. Il y avait déjà les communistes avec Moscou, si maintenant nos officiers, aussi. Dites-moi, Bertaud, franchement, est-ce qu'il y a encore des patriotes ? Ou bien est-ce que la patrie ce n'est plus à la mode ?

Ce champ qui ondule au pied de l'ossuaire, et chaque croix, quand le soleil oblige à cligner des yeux, ressemble à un oiseau posé, blanc, et ils sont des milliers, immobiles.

— Je suis allé à Verdun, l'année dernière, continue Ritzen, avec une délégation d'anciens combattants. Je vous assure, ce cimetière, c'est insupportable.

— Ce que je crains, commence Pierre Ritzen, c'est le refus du sacrifice chez nos soldats. Le jour de l'incorporation, quand on lance aux appelés la vareuse, le béret, le treillis, les brodequins, ils ont un frisson de dégoût. L'uniforme de la mort.

— Il y a eu tant de morts, reprend Pierre, qu'ils ne veulent plus mourir.

— Ce n'est qu'une question de discipline ou de propagande, dit Bertaud. Comme vous voulez. En Allemagne ou en Russie, croyez-moi, on saura leur imposer le sacrifice.

Ces corps musclés, statues d'orgueil dressées face à face et dominant les pavillons du Reich et de l'U.R.S.S. à l'Exposition internationale de Paris.

— Et nous ? continue Bertaud. Les ouvriers de l'Exposition étaient en grève, nous l'avons inaugurée dans les gravats, voilà notre fierté nationale.

— La politique, mon cher Bertaud, la politique. Quand un pays catholique accepte un chef de gouvernement juif, est-ce que ce n'est pas un signe ?

— Ce n'est plus Blum, dit Pierre.

Il a un geste de lassitude. Lucie s'est approchée de lui.

— Vous restez dîner, colonel ? demande-t-elle à Bertaud.

Bertaud s'incline, sourit distraitement à Lucie.

— Nos hommes politiques, dit-il, leur aveuglement. Et nos grands militaires, si vieux, si routiniers.

Il se tait tout à coup. Ce voyage avec Pétain sur la frontière, les fortifications de la ligne Maginot où les hommes s'enterrent. Les généraux satisfaits, personne qui ne dit ce que Bertaud tente de faire comprendre à Pétain : « Puisque la ligne Maginot est imprenable, les Allemands passeront ailleurs. »

— Ils seront faits comme des rats, dit-il à Ritzen. Des rats. Parce que les gens ont peur de se battre, on les enferme déjà dans un cercueil de béton. Et ils sont heureux. Ils couchent au sec. Les avions ? Les tanks ? Ils ignorent.

Bertaud frappe du poing sur la pierre.

— Ritzen, ils ne veulent pas savoir. Et ceux qui savent ne sont plus des militaires, mais des politiques.

Chez un haut fonctionnaire, Bertaud a rencontré le colonel de Gaulle, morgue, nonchalance hautaine.

— Toujours connétable, raconte Bertaud. Il avait de bonnes idées. Mais qu'a-t-il dit ? Il veut lier partie avec un homme politique d'envergure, devenir son conseiller militaire et, par ce biais, imposer ses conceptions modernes, voilà ! Et cet homme politique, vous le connaissez.

— Paul Reynaud ? dit Ritzen.

Bertaud fait un signe de tête. Ils se taisent. Jacques s'est approché silencieusement, il appuie son front contre le bras de son grand-père qui lui caresse les cheveux.

— Pourtant, commence Ritzen, je ne peux pas croire qu'un pays comme le nôtre puisse abdiquer.

Des projecteurs s'allument dans la pinède. Quand le vent souffle, on entend une trompette, des accords de piano et le crépitement d'une batterie.

— Le Grand Hôtel des Îles, dit Ritzen, ils nous régalent.

Il montre les arbres devenus roses et verts comme ceux d'un décor.

— Si nous rentrions ? propose-t-il.

Jacques tend la canne à son grand-père qui marche lentement.

— Je me demande, dit Ritzen, prenant Bertaud par le bras, si ce pays est toujours le nôtre.

40

Jean est seul.

Ils ont emporté Frédéric Karenberg. Leurs pas sur le gravier blanc de l'allée, leurs mains qui pendent le long du corps, blanches sur l'uniforme noir. Au bout, la voiture, ce trou, à hauteur d'épaules. Ils enfournent, referment.

— Jean, Jean.

Alexandre Revelli s'est approché. Jean Karenberg secoue la tête.

— Ma mère, dit-il.

Des murmures, la voix de Nathalie. « Venez, Peggy, il ne faut pas rester ici. Mon père est à l'Hôtel des Îles, avec Katia, venez, vous vous reposerez. »

Le flamboyant contre le noir, ce soleil sur la carrosserie. Ils mettent leurs casquettes. L'un d'eux, là-bas, entre les deux premiers bustes de César, s'incline. Ils vont laisser le portail ouvert.

— Partez, dit Jean à Alexandre, partez.

Alexandre serre l'avant-bras de Jean, puis il se détourne. Peggy Karenberg s'est appuyée contre Nathalie, elle se laisse peu à peu entraîner. Elles traversent cet espace — la bibliothèque, les livres de Frédéric, le cahier à couverture cartonnée sur le bureau. Nathalie l'arrache, résolue.

Si Peggy l'osait, elle tendrait les bras, elle battrait l'air pour saisir ce qui vit encore, odeur, stylo dont le capuchon n'a pas été replacé. Elle devient lourde, elle appelle. Jean va vers elle, ils se rencontrent, se solidifient l'un contre l'autre, debout dans l'embrasure de la porte-fenêtre, entre le soleil hurlant sur la terrasse et la pénombre recroquevillée de la bibliothèque.

— Il faut, maman, dit Jean.

Elle murmure :

— Je veux rester.

— Pour moi, je préfère, dit Jean.

Elle s'écarte alors, elle descend l'escalier entre Nathalie et Alexandre. Ils fermeront le portail derrière eux, ils laisseront, entre les statues immuables, sur le gravier blanc, quelques traces de pas.

Ils avaient des souliers d'ouvriers ceux qui l'avaient emporté, cuir fendillé, semelles épaisses. Ils avançaient si lentement vers la voiture, vers ce trou.

Jean Karenberg, portes fermées, se mit à crier. Cela vient du ventre, chant aigu qui ploie. Il va, Jean, d'un livre à l'autre, il feuillette comme si le père s'était émietté, et si chacun des objets, le stylo, la boîte de cigares, ces livres, retenait encore une partie de lui. Et, chaque fois que Jean tend la main, le cri s'élève. Il n'est pas là. Il ne touchera plus. Il ne lira plus. Il ne reste que cela. Le cri ploie, monte, il donne vie à la mort.

Ils avançaient si lentement vers la voiture, dans l'allée, comme si le cercueil avait été lourd.

Si maigre, pourtant, Frédéric Karenberg, sa nuque, ses tempes si creuses, et les joues et les yeux.

Le médecin soulevait la couverture pour les dernières piqûres, et Jean voyait, là, au-dessous de la hanche, ce qu'on appelle la cuisse, et il aurait fallu un autre mot pour dire cette chair évidée, et la voix elle-même qui s'effilait :

— Papa, ne parle plus, disait Jean.

Mais Frédéric Karenberg se redressait en s'appuyant sur les coudes, et, à la base du cou, ces deux nouveaux creux que Jean apercevait.

— Finalement, disait Frédéric. — Il se laissait aller contre l'oreiller, les yeux fermés, s'enfonçant peu à peu, la tête retombant — Ma joie, c'est toi, ta mère.

Jean passait un bras sous son dos pour l'aider à s'allonger, à se tourner. Si léger, le père, ramenant ses jambes, ses coudes vers sa poitrine, les poings sur la bouche comme pour se rassembler, retenir, pareil aux enfants qui s'endorment, apeurés.

— Le reste, Jean, le reste...

Il secouait la tête. Jean le tenait encore contre lui, enfant qui chuchotait : « Le reste, le reste... »

— Ne parle pas, répétait Jean.

Le reste, du reste on meurt.

Quand Frédéric Karenberg s'endormait, Jean s'installait dans la bibliothèque, laissant la porte ouverte. Sa mère venait le rejoindre, le col de la robe de chambre relevé, les yeux rougis. Elle s'asseyait en face de son fils, ne répondant même pas s'il disait : « Je t'en prie, je suis là, tu peux te coucher. »

Peggy avait le même mouvement de tête que Frédéric.

— Il est vieux, disait-elle, mais ce n'est pas la maladie, Jean, pas celle qu'on croit, tu le sais bien, toi.

Jean la prenait sous les aisselles, il la forçait à se lever : « Allons, maman, allons. » Il l'obligeait à se taire, il la reconduisait à sa chambre, la bordait.

— Tu le sais bien, répétait-elle.

Et, parce qu'il voulait ne pas l'entendre, ne pas savoir, Jean était parfois brutal :

— À soixante-quinze ans on meurt, maman, on meurt. On a de la chance d'être arrivé là, sans trop de mal, tu comprends ? De la chance.

Il tirait la porte, mettant autant de rage à la retenir que s'il l'avait claquée. Il rentrait dans la chambre de son père. Veilleuse, odeur de camphre et d'eau oxygénée, l'infirmière qui somnolait, et Frédéric

Karenberg qui tendait la main vers Jean, qui souriait quand son fils la saisissait, qui toussait pour pouvoir parler.

— Je pense, disait-il, à tout ce que nous croyions, imaginions. L'infirmière s'approchait.

— Ne le faites pas parler, chuchotait-elle. Vous le fatiguez.

Cette pression des doigts qu'exerçait Frédéric pour retenir Jean. Mais Jean se dégageait, un doigt après l'autre.

— Il faut que tu dormes, disait-il.

Lâcheté, folie.

Il ne restait maintenant que ces cendres friables, les derniers livres lus, *L'Espoir,* et sur une des pages de garde, sous le nom de Malraux, une citation notée par Frédéric Karenberg au crayon : *Trotski est une grande force morale dans le monde, mais Staline a rendu sa dignité à l'espèce humaine... Tout comme l'Inquisition, les procès de Moscou n'amoindrissent nullement la dignité fondamentale du communisme.* Puis ces mots : *Discours prononcé à New York par Malraux. Jean applaudirait. Je m'insurge. On ne peut bâtir le juste sur le faux. Et nous ne voyons peut-être que la cime de l'iceberg. Que savons-nous des profondeurs de la Russie de Staline ? Combien de morts humbles si l'on sacrifie les idoles ? Peut-être des millions.*

Jean replaçait le livre sur la table basse près du fauteuil, et le cri s'élevait, il l'écoutait sans pouvoir le contrôler, il emplissait sa bouche, se modulait seul, instinctif comme un spasme. Il laissait une grande fatigue, qui courbait Jean, appuyait sa tête sur le bureau.

Jean restait ainsi le temps de reprendre conscience. Il essuyait ses yeux du revers de la main, ouvrait un tiroir, prenait les cahiers que son père lui avait souvent montrés. Frédéric, à chaque fois, plaçant sa main sur la couverture de l'un d'eux.

— Ce que je pense est là, disait-il à Jean. Ce que je pense ? Ce que j'ai cru vrai.

Jean ne lisait pas, il se contentait de feuilleter ces pages, et le cri recommençait à surgir, révolte, regrets, haine de soi. N'avoir pas su dire avant, avoir perdu ce temps à parler à d'autres, à écrire pour d'autres, alors que... Et les mots entrevus faisaient éclater le cri, la certitude que le père valait mieux que tous, que lui, le fils, n'en était qu'une réplique ratée, indigne. Le remords de toutes les violences échappées, quand ils se heurtaient, et c'était devenu si fréquent, avec la disparition d'Andrès Nin à Barcelone, l'assassinat de Reiss, les procès à Moscou, le corps du secrétaire de Trotski qu'on retrouvait mutilé dans la Seine, ces crimes, et la Constitution en carton-pâte, la plus démocratique du monde, disait Staline, que l'U.R.S.S. proclamait. « Au moment, Jean, disait Frédéric Karenberg, au moment où ils se donnent le droit d'exécuter les enfants de treize ans. »

Le reste, du reste on meurt.

Jean ouvrit le dernier cahier. *Si difficile de s'arracher à ce que l'on croit.* Il tourna les pages. Prit un des premiers cahiers, hésita, commença une phrase : *Je me souviens d'Héléna dans le parc de Semitchaski, elle était alors ma toute petite sœur...*

Cette détresse qu'il ressent. S'il pouvait entendre la voix. Dire : « Parle encore, parle. » Le désir de s'emparer du corps de son père, d'enfouir en soi toute cette vie dont on vient. Porter, comme une femme porte un enfant, le père mort, entier, corps et âme.

Âme.

Le mot vibre comme le bronze heurté. Communier avec le père corps et âme. Ces mots d'église.

Jean pose sa tête sur le cahier ouvert, ses bras sont écartés, appuyés sur le bureau.

Qui donc l'avait conduit, peut-être sa tante Héléna, dans une église ? Était-ce cette église russe perdue au milieu des jardins niçois ? La coupole dorée se dressait, inattendue, au-dessus des toits de tuile rouge. Les voix profondes, l'odeur de l'encens, ce cercle élevé devant l'autel, hostie qui masque le visage du prêtre, chair qu'il dévore. Communion.

Cet autre souvenir, le banquet de la Victoire au Palais des Fêtes, et les verres qu'on tendait vers la tribune, le chant rituel : *C'est la lutte finale...*

Si l'homme meurt, quelle lutte sera finale ? Quelle lutte vaut qu'on le tue ?

Père, je voulais que tu sois là. Que tu parles. Tes paroles deviendraient mon sang.

Jean Karenberg est seul.

41

Cette femme dans la foule.

Dante approcha sa main du corps de Denise, il reconnut la soie bleue de la chemise de nuit, il frôla la hanche, posant sa main sur le ventre, légèrement, d'abord, puis l'appuyant. Denise se mit sur le côté, mais comme il laissait sa main, là, dans le creux de la taille, elle se leva, et la main de Dante retomba sur le drap tiède.

Cette femme, dans la foule, devant le casino de la Jetée-Promenade. Les lampadaires venaient de s'éteindre et le brasier, dans la nuit, illuminait la baie. Dante était appuyé à la barrière, Roland contre lui, et, à chaque poussée de flammes, Dante sentait un mouvement de recul de son fils.

— Ils brûlent le roi, répétait Roland.

Puis il s'agrippait de nouveau à la barrière, guettant les explosions sourdes, brèves, qui provoquaient un regain du feu.

Cette femme, sa main, d'abord, proche, sur la barrière, et dans une flamme plus vive, son visage, que la nuit de nouveau efface, qu'une détonation forte, coup de cymbale qui fait hurler la foule, recrée. Une boule rouge se visse dans l'air au-dessus du foyer.

— La couronne, dit Dante, la couronne.

La femme sourit.

Bref impact blanc dans l'étendue bleue, la couronne retombe, et pour quelques secondes, avant que les lampadaires se rallument, la nuit est pleine, avec seulement, au-dessus de la ville, cette brume laiteuse, le reflet des arcs bariolés tendus de platane en platane, tout au long de l'avenue de la Victoire, jusqu'à cette vasque de lumière violente, rouge et jaune, qu'est devenue la place Masséna. On la devine à une ellipse floue qui découpe le plafond bas des nuages. La nuit, quelques secondes, la rumeur de la foule, les bousculades, Roland qui s'accroche à la veste de son père, et contre Dante le corps de cette femme, qu'un remous a placée là, ses seins qu'il sent, sa bouche à hauteur de sa bouche, ce frôlement du corps qui se déplace latéralement au sien, qu'un glissement emporte, et il a la tentation de la retenir ou de le suivre, cette femme dont le visage se tourne vers lui alors que les lampadaires se rallument, et elle envoie dans sa direction une poignée de confettis, une autre, et il n'a rien pour lui répondre que cette gêne, cette expression crispée qu'il a dû prendre, cette femme...

— Fini Carnaval, dit Roland, fini. Ils ont brûlé le roi.

Il se pend au bras de son père, il dit qu'il a sommeil. Dante le soulève, le porte, Roland pose la tête contre l'épaule de son père, laisse aller son front contre le cou, murmure :

— Ils ont brûlé le roi, fini, fini.

Il s'endort, lourd. Dante, dans la foule qui s'agglutine devant l'entrée du casino de la Jetée-Promenade, qui forme la haie pour voir les couples du Veglione, kimonos de soie jaune et vert, capes aux mêmes couleurs jetées sur les épaules nues des femmes en robe du soir, Dante, immobilisé, dénoue les doigts de Roland, le passe du côté gauche au côté droit, et, dans ce mouvement, il reconnaît cette femme, au milieu d'un groupe. Elle est tête nue, le foulard qu'elle porte autour du cou a sans doute glissé de ses cheveux. Elle tient contre elle un sac de confettis, elle rit, des lèvres et des yeux, et parce qu'elle ouvre la bouche, quelqu'un, près d'elle, envoie avec violence une poignée de confettis vers son visage, elle répond, elle aperçoit Dante et, de loin, elle répète le geste comme un adieu. Dante s'éloigne. À chaque pas le front de son fils va et vient, frôlant le cou de Dante, le caressant.

— Tu es lourd, dit Dante.

Il s'arrête un instant, s'appuie à la barrière, face à la mer. La musique qui semble onduler avec les vagues, ces couples qu'il aperçoit dans les salles du casino de la Jetée, loups de velours noirs, masques grimaçants, le jaune et le vert des déguisements, cette danse qui commence.

Deux ou trois ans avant que naisse Roland, ils avaient, une nuit, après le dernier corso, alors qu'achevait de brûler sur la grève le char de Sa Majesté Carnaval, dansé, eux aussi, sur la piste du casino, visage dissimulé, kimonos aux couleurs du Veglione, orange et noir, cette année-là, Dante s'en souvient. Ils habitaient encore rue de la République, et ils étaient rentrés à pied, Denise, lasse, s'appuyant à Dante, gardant le loup sur ses yeux, et, dans la chambre, elle avait encore esquissé un pas de danse, puis elle était venue vers lui, masquée :

— Tu ne me connais pas, disait-elle. Je suis une autre que tu aurais rencontrée cette nuit au Veglione, et tu m'as conduite ici.

Denise le forçait à éteindre :

— Tu ne me connais pas, répétait-elle.

Dante se souvient de ce malaise qu'il éprouvait dans son désir, de cette inquiétude à découvrir Denise différente, qui riait en se pendant à son cou :

— J'ai bu, disait-elle, j'ai bu, tu ne me connais pas.

Debout entre deux danses dans la poussière et le bruit du Veglione, ils avaient bu du vin mousseux tiède et sucré, et il semblait à Dante, en embrassant Denise, qu'il en retrouvait le goût.

— C'est idiot, avait-il dit, en rallumant, il faut dormir. Demain... Demain.

Denise avait enlevé son loup de velours, et quand Dante avait voulu de nouveau la prendre contre lui :

— Dors, avait-elle dit, méprisante, dors, demain...

Ils étaient demain déjà.

Le bal du Veglione, d'autres le dansaient, leurs silhouettes passaient devant les baies vitrées, fugitives et imprécises.

— J'ai froid, dit Roland.

Dante serra son fils, et, en marchant vers l'Hôtel Impérial, il lui frictionnait les genoux, les cuisses, questionnant de temps en temps : « Tu as toujours froid ? » Roland geignait tout en dormant.

Denise s'était levée pour le déshabiller, le coucher. Christiane se réveillait. Il fallait la bercer, lui donner le sein.

— Le Veglione, commençait Dante, tu te souviens, on avait...

Denise, penchée sur le berceau de Christiane, paraissait ne pas l'écouter, bordant sa fille : « Ma belle petite fille, murmurait-elle, toute petite, si jolie. » Elle l'embrassait, se redressait enfin, son regard qui passait sur Dante :

— Une fois seulement on est allé au Veglione, reprenait Dante, avant, avant, Roland.

Le regard de Denise qui revenait, se durcissait :

— Tu te couches ? demandait-elle.

Il se laissait tomber sur le lit, en travers. Elle restait droite, attendant qu'il se déplace. Il hésitait, tendait la main vers elle, mais elle haussait les épaules, retournait vers le berceau, se penchait de nouveau, et Dante s'allongeait à sa place, sur le côté gauche du lit, cependant qu'elle éteignait. Il entendait sa respiration un peu haletante, puis plus régulière.

De la rue de France, des voix s'engouffraient dans la cour de l'Hôtel Impérial, résonnaient, le rire d'une femme et le bruit de crécelle d'un de ces serpentins de carnaval.

Cette femme dans la foule.

Dante, allongé à l'orée du sommeil, se dédouble. Le corps pesant s'enfonce, et lui, Dante, ce film qu'ils ont vu, un homme invisible, Dante traverse le mur, la cour, il bouscule les danseurs du Veglione, il saisit le poignet de cette femme qui lui lance des confettis, il colle son corps contre le sien, il redevient lourd, présent, la peau du sexe se tend, le tire hors du sommeil. Il écoute la respiration de Denise. Elle lui semble saccadée :

— Le Veglione, dit-il à voix basse.

Il approche la main.

Denise s'est levée, et la main de Dante retombe sur le drap tiède.

42

Une dernière poignée de confettis, Katia riait, soufflait dans le serpentin. Son aigre de crécelle. Elle entraînait Violette dans la cour de l'Hôtel Impérial, elle tendait sa main à Sam, elle disait :

— Allons, une ronde, à la russe. Vous êtes polonais, Sam ?

Elle commençait à danser, accroupie sur les talons, faisant face à Sam qui se baissait à son tour.

Alexandre et Nathalie frappaient dans leurs mains en cadence. Rafaele se tenait en retrait, près de Violette qui enlevait son kimono jaune au liséré vert. Gustav Hollenstein apparaissait devant l'entrée de service de l'hôtel :

— Vous allez réveiller tout le personnel, disait-il.

— Carnaval, carnaval, répétait Katia.

Elle ramassait sur le sol le sac de confettis, le renversait sur la tête de Gustav.

— Une fois dans l'année, disait-elle.

— Peut-être le dernier, disait Sam.

Katia prenait Gustav par le bras :

— Toute la soirée, dit-elle, ils ont...

Ils s'étaient retrouvés sur la terrasse de l'Hôtel Impérial, Alexandre et Nathalie arrivés les premiers, puis Sam, Violette et Rafaele.

— Nous fêtons la première sortie publique de Rafaele Sori, disait Sam.

Il s'approchait du rebord de la terrasse située au dernier étage de l'hôtel. Le brasier dans la nuit illuminait la baie.

— Moi, disait Gustav, je vous laisse. Trop vieux pour votre Veglione.

Violette s'asseyait dans un des salons qui donnaient sur la terrasse.

— Ce Veglione, cette foule..., commençait-elle.

Elle regardait Rafaele qui restait debout, appuyé près de la porte d'entrée.

— Vous voulez vous asseoir ?

Elle lui montrait un fauteuil, mais il avait une moue, à peine un mouvement de tête, puis il gagnait lentement la terrasse, et Violette entendait Katia :

— C'est vous l'Espagnol ? Ils m'ont tous parlé de vous, le héros, le blessé. Vous pouvez danser ?

Sam venait près de Violette.

— Veglione, Veglione. Ma dernière nuit de carnaval, je crois que c'est à Munich, disait-il. Une veillée folle, des émeutes. Le carnaval, c'est toujours avant ou après la peste.

Katia jetait sur un des fauteuils des kimonos, des loups noirs, des masques, elle frappait dans ses mains, se haussait sur la pointe des pieds, regardant la mer.

— Il va avoir fini de brûler, disait-elle.

Elle se penchait vers Gustav :

— Tu ne viens pas ?

Il lui caressait la joue :

— Allez, allez, disait-il.

La foule. Ils se tenaient par la main pour ne pas se perdre dans la grande salle du casino de la Jetée-Promenade, coups de cymbales, serpentins qui bondissaient vers le visage de Violette, coup de gong. *Changez de partenaire.* Elle dansait avec Rafaele, ne voyait plus Sam.

— Où sont-ils ? répétait-elle.

Rafaele cessait de danser, l'abandonnait, fendait la foule, s'appuyait contre la vitre, le dos à la mer :

— Ça ne va pas ?

Il soulevait son masque. La sueur sur le front, la pâleur.

— Ça va, disait-il. Ça va, mais j'ai besoin d'air.

Violette le suivait sur la passerelle métallique qui faisait le tour du casino, surplombant l'eau.

— Vous voulez quelque chose ? demandait-elle. Ce n'était peut-être pas très prudent.

Ils s'accoudaient l'un près de l'autre, face au large.

— Après ce que vous avez vu, continuait Violette.

Elle commençait à parler de Philippe Roux, de sa colère quand, à Villefranche, dans les restaurants, l'insouciance des dîneurs...

— Philippe ne s'est pas battu. Il est seulement un journaliste. Mais tous ces touristes, cette indifférence, maintenant ce carnaval avec ce qui se passe un peu partout.

Rafaele lui demandait une cigarette. Il la prenait

sans regarder Violette, parlait comme si elle n'avait pas eu de visage.

— Votre ami, disait-il, le propriétaire de l'hôtel, Hollenstein, il dit qu'il n'a jamais vu autant d'affluence. Congés payés. Italiens. Tout le monde est content. Alors ? Il faut danser.

Il jeta sa cigarette dans l'eau.

— On y va ?

Il la prit par la main, et le geste était si inattendu pour Violette qu'elle resta un instant immobile, opposant une résistance que Rafaele ne cherchait pas à vaincre. Il lâchait sa main, baissait son masque, entrait dans la salle de danse. Violette vit Sam qui tournait avec Katia, elle aperçut Nathalie et Alexandre, au bord de la piste, et, abandonnant Rafaele, elle s'approcha d'eux.

— On va rentrer, dit Nathalie.

Alexandre enlevait son loup, se frottait les yeux.

— Carnaval, roi du rire et de la blague, beau titre. Inconscience ou volonté de s'illusionner ?

Il prit l'épaule de Violette :

— Tu n'as pas l'air gaie, dit-il. Roi du rire, pourtant. Regarde :

Danses, confettis, farandoles et, tenant le micro à deux mains, un clown qui hurlait.

— Rafaele..., commença Violette.

— J'ai pensé à Jean Karenberg, dit Nathalie, je ne peux plus danser.

Violette bouscula des couples, toucha l'épaule de Sam :

— Nous partons tous, dit-elle.

Katia suivait avec regret, lançant des poignées de confettis sur les passants qu'elle croisait, chantonnant.

— Vous êtes tristes, répétait-elle.

Elle eut, rue de France, une bataille endiablée avec un couple, puis, dans la cour de l'hôtel, elle commença à danser, interrompue par Gustav Hollenstein.

— Toute la soirée, lui expliquait-elle, ils ont refusé de s'amuser, prédit le pire, la guerre, que sais-je.

Elle tendait le doigt :
— Violette, c'est la coupable.
— Moi aussi, dit Nathalie.
— Vous ne savez pas vivre, ajouta Katia.
Elle enlevait ses chaussures dans le hall de l'hôtel, demandait à l'un des grooms de lui faire apporter une bouteille de champagne, puis elle se laissait tomber dans un fauteuil, près de l'ascenseur.
— Quand on ne sait pas vivre, il faut mourir, dit-elle.
Un garçon lui versait une coupe de champagne, elle soufflait dans le serpentin, faisait la grimace, puis se mettait à rire.
Le visage de Nathalie s'amincissait, comme s'il se vidait, ne laissant que les os, le menton accusé, le front large et bombé. Elle embrassa son père, puis, sans un mot, traversa le hall, Alexandre la suivant à quelques pas. Il se retournait, déposait au passage, sur une chaise, le kimono, le masque.
Gustav Hollenstein ouvrait la porte de l'ascenseur, touchait le poignet de Katia :
— Je crois qu'il vaudrait mieux que tu montes, disait-il.
Elle se levait, pouffait, le loup de velours sur le front dessinant comme un autre visage, inquiétant.
— Ce carnaval, dit Sam, en se servant une coupe, ce n'est plus qu'une singerie ridicule de vieillard.
Il but, prit Violette et Rafaele chacun par un bras, saluant d'un signe de tête Gustav Hollenstein.
— Pour savoir vivre..., commença-t-il.
Il s'interrompait, ouvrait la portière de sa voiture, interrogeait Rafaele :
— Comment la trouvez-vous ?
— Bête, dit Rafaele.
Violette se mit à rire. Elle s'installait près de Sam, Rafaele s'asseyant à l'arrière, et elle avait envie de se retourner pour le voir.
— Non, dit Sam. Katia joue à être bête. C'est

commode. Comme cela, on ne voit que son corps. Il est beau.

Violette avait appuyé le coude sur le dossier du siège et, ainsi placée, elle apercevait le visage de Rafaele, attentif.

— Pour savoir vivre, reprit Sam, il faut d'abord savoir mourir. Nous trois, ici, nous savons, Katia, non.

— Moi, dit Violette, mourir ?

— Tu sais aussi, dit Sam, comme Rafaele. Les autres, ceux qui ne savent pas, je les crains.

Violette revit sur le front de Katia Lobanovska le loup noir.

43

Il y a combien d'années ?

Carlo Revelli était assis, le dos appuyé à la façade de l'Hôtel Impérial, sur la terrasse du dernier étage où, à l'abri du vent, Gustav Hollenstein avait dressé la table.

— Vous vendre, disait Gustav.

Carlo, avec le pouce, détachait des écailles de plâtre. Sous la pression de l'ongle, elles s'effritaient, boursouflures terreuses, plus foncées, qui laissaient une poudre blanchâtre sur les doigts et un chancre irrégulier dans le mur. Un geste machinal de Carlo alors qu'il regardait l'horizon blanchi par les pluies d'hiver, qu'il écoutait Gustav.

— Vous vendre, répétait Gustav. Pour l'Hôtel des Îles, je n'hésite pas, nous signerons quand vous voudrez. Ici, l'Impérial, c'est autre chose. J'aimerais rester, directeur, gérant, même si je vends.

Carlo frotta ses doigts couverts d'une fine poussière.

— Il y a combien d'années ? demanda-t-il.

Hollenstein se leva, plaça sa chaise près de Carlo, lui mit familièrement la main sur le genou.

— Vous aussi ? Pourtant, j'ai toujours l'impression que vous ne pensez qu'à l'avenir. Sur le passé... — Hollenstein tapota le genou de Carlo — sur le passé, vous coulez une dalle de béton.

Carlo croisa ses jambes comme s'il voulait, en les déplaçant, forcer Hollenstein à retirer sa main.

— Mais non, reprenait Hollenstein. Pourquoi seriez-vous différent ? Cela a passé trop vite, pour vous aussi, comme pour moi.

— Votre plâtre... — Carlo avait détaché une grosse écaille qu'il brisait dans sa main droite — c'est plutôt du sable que du plâtre.

— Si vous aviez accepté de vous charger de la construction, dit Hollenstein. Mais vous aviez choisi l'Hôtel Negresco.

Le soleil était de face, bas au-dessus de l'horizon, glissant sous la verrière, frappant les visages à hauteur des yeux. Carlo repoussa son chapeau de façon que le feutre noir vienne au ras des sourcils.

— Je me suis toujours demandé, continuait après une hésitation Hollenstein, pourquoi ce refus de travailler avec moi. Maintenant, il y a combien d'années, une quarantaine, n'est-ce pas ?

Carlo, les yeux mi-clos, la lumière blanche se décomposant en gouttelettes dorées qui naissaient des cils, glissaient sur le rebord du feutre, formant une succession de taches vives qui parfois s'irisaient, collier semblable à celui que portait Héléna — elle n'était encore que la sœur de Frédéric Karenberg. Les perles au-dessus des seins, des mamelons durcis, sous la paume de Carlo.

— Ce refus, disait Hollenstein, j'ai eu le sentiment, Revelli, qu'il y avait autre chose.

— Je ne pouvais pas construire deux hôtels à la fois, dit Carlo, c'est simple.

— Je ne sais pas, répondait Hollenstein. Héléna, quand je parlais de vous...

Le plâtre, dans la main de Carlo, n'est plus qu'une poignée de poussière qui glisse, tache le vêtement sombre.

— Je voulais interroger son frère, poursuivait Hollenstein. Mais, quand je voyais Frédéric, nous parlions d'autre chose. Lui aussi, chaque fois que votre nom...

— Ils sont morts, dit Carlo. Elle et lui. Alors ?

Il allumait un cigare, relevant son chapeau, secouant la poussière qui s'était déposée sur sa veste.

— Vous connaissez mon offre, reprit-il. Elle est ferme. Ici, je vous laisserai la direction, bien sûr.

— S'il y avait eu, entre Héléna et vous... — Gustav prit son porte-cigarette — Vous aussi, vous continuez de fumer, dit-il en se levant.

Il alla s'adosser au rebord de la terrasse faisant face aux coupoles couvertes de tuiles vernissées bleues et rouges. Dressées sur le plan de la terrasse, entre les cheminées et les verrières, prolongées par les fines aiguilles des paratonnerres, elles étaient des redoutes avancées de la chaîne lointaine, montagnes, collines qui, violettes dans la lumière de janvier, formaient le double terrestre de la baie.

— Héléna, dit Hollenstein, vingt et un ans qu'elle est morte. Le croiriez-vous, Revelli ? Plus le temps passe, et plus elle est présente... C'est le reste...

Il montrait les coupoles, les montagnes, cette table où un serveur venait de déposer la cafetière d'argent.

— Le reste, répétait-il, tout ça s'efface. De l'eau qui glisse. Est-ce que, vous aussi, vous avez cette impression de ne plus rien saisir vraiment ? C'est un peu...

Il se mit à rire, toucha sa bouche :

— Quand j'oublie mon dentier, je ne peux plus mordre, c'est la même sensation.

Il soupira, se tourna vers la mer.

— Voilà pourquoi je vous interroge, dit-il.

Carlo vint s'accouder près de lui. Ils étaient deux vieux hommes très dissemblables. Carlo, qui posait son chapeau sur le rebord de la terrasse, repoussait en arrière ses cheveux blancs, rallumait son cigare, et le fait d'en serrer le bout entre ses dents faisait ressortir les os des maxillaires dans les joues maigres et tannées. Gustav s'était tassé, il était chauve, et son visage s'en trouvait comme affiné, ennobli. Il souriait avec une lassitude discrète, humble.

— Votre femme, dit Carlo, croyez-vous vraiment que s'il y avait eu quelque chose, entre votre femme et moi, j'aurais laissé mon fils épouser votre fille ?

La phrase venait de naître malgré Carlo, comme un de ces feux dont on ignore l'origine et qui sont là, tout à coup, crépitant dans les sous-bois secs. Il avait fallu le long et bref détour d'une vie, la sienne, pour qu'un Revelli puisse un jour mettre son nom sur une femme qui appartenait au monde d'Héléna.

Lui, Carlo, Héléna l'avait utilisé, renvoyé, elle avait crié une nuit : « Allez-vous-en. Allez-vous-en. J'appelle la police. »

— Elle n'a pas toujours été ma femme, dit Hollenstein.

Carlo remit son chapeau.

— Avant...

Il aspira longuement, goûtant, des poumons aux lèvres, cette chaleur musquée du tabac, comme le souvenir des temps où le corps était une grappe verte, acide. Le plaisir. Écraser ces grains, sentir la pulpe sous la dent, la sève qui donnait un frisson. Il avait posé sa main sur les seins d'Héléna.

— Avant, reprit Carlo, je n'étais qu'un terrassier. Votre femme, c'était la baronne Karenberg. Vous n'imaginez pas...

Carlo s'interrompit. Gustav Hollenstein le regardait, dodelinant de la tête. Son sourire, peu à peu, devenait un rire que partageait bientôt Carlo.

— Si, disait Gustav, j'imagine, j'imagine très bien.

Alexandre Revelli et Nathalie les surprenaient ainsi, coude contre coude, face à la mer, le rire secouant leurs épaules. Carlo se retournait le premier et le rire s'estompait. Alexandre avait saisi pourtant, sur le visage de son père, ce reflet de la jeunesse, perçu quelquefois, et qui le bouleversait. Nathalie s'approchait de son père, s'immobilisait. Elle ne reconnaissait pas cette expression de surprise douloureuse qui creusait les traits de Gustav Hollenstein, figeant le rire en grimace.

— Qu'est-ce qu'il y a ? demanda-t-elle. Vous aviez l'air si gais tous les deux. Nous vous dérangeons ?

Gustav prit les mains de sa fille, nia d'un mouvement de tête. Ses traits devenaient lisses.

— Vous nous avez surpris, dit-il. Nous étions ailleurs, avant.

Il fit un geste de la main, pour marquer l'imprécision, la distance.

— Avant, avant votre naissance.

Ils s'assirent tous les quatre autour de la table, sous la verrière.

— Vous êtes arrivés à un accord ? demanda Alexandre.

Il regardait Gustav Hollenstein. Longtemps il n'avait pas compris l'obstination que mettait son père à vouloir acheter l'Hôtel Impérial ou le Grand Hôtel des Îles, qui, de toute façon, un jour, s'il y avait un héritage, et il y aurait un héritage, reviendraient à Nathalie, et donc à Yves, puisque, disait Carlo : « Ce n'est pas pour vous que je veux acheter, c'est pour lui. » Chaque fois qu'Alexandre interrogeait son père, il n'obtenait pas de réponse précise.

— Je sens comme ça, bougonnait Carlo.

Puis, il y a quelques jours, alors qu'ils étaient assis sur la place de Saint-Paul, au pied des remparts, Yves, jouant sur le terrain de boules, Nathalie lisant au soleil, redressant la tête :

— Vous ne voulez pas que cela nous vienne par mon père, disait-elle en riant. Vous êtes un dictateur.

Carlo se levait, s'approchait de son petit-fils, le prenait dans ses bras :

— Je ferai une donation à celui-là, l'Hôtel Impérial et l'Hôtel des Îles, pour lui, lui.

Il embrassait la main d'Yves, le déposait sur le sol sableux, revenait vers Alexandre :

— Quand on est vieux, disait-il, on devine. On ne réussit jamais à prendre un vieux renard au collet, il sent.

Il avait fait un signe de tête à Alexandre, et ils avaient marché tous les deux vers le village, lentement, s'enfonçant dans l'ombre des ruelles à peine tiédie par le soleil fugace de janvier.

— Je veux acheter, disait Carlo.

Il prenait le bras de son fils, gardait d'abord la tête baissée.

— C'est vrai, j'aime acheter. J'aime que ça soit à moi. À moi. — Il levait la tête vers la tranchée de ciel limpide ouverte entre les toitures — J'aime pas qu'on me donne, continuait-il. Tu vois, j'ai toujours aimé prendre, je te raconterai. Mais y a autre chose, cette guerre...

Elle était aux portes. Alexandre avait été mobilisé quelques semaines, envoyé sur la frontière italienne. Puis retour, défilé sur l'avenue de la Victoire, la fanfare des chasseurs alpins entraînant les troupes à son pas rapide, les drapeaux aux fenêtres, la paix qui allait durer encore, puisque, à Munich, on s'était entendus.

Alexandre avait retrouvé son atelier d'architecte, Nathalie, qui s'emportait contre Sam Lasky :

— Vous pouvez jouer au grand politique, vous, disait-elle d'une voix aiguë.

— Je ne joue à rien, répondait Sam.

Il était assis près de Violette qui avait pris Yves sur

ses genoux, ouvrait son bracelet, le plaçait autour du bras de l'enfant qui riait.

— Je dis simplement que ce sera pire dans six mois, continuait Sam, ou dans un an, et qu'il faudra finalement se battre.

Il frappait son poing dans sa paume gauche :

— Se battre, parce qu'ils sont enragés, Nathalie. Ce sont des fous. Lisez *Mein Kampf*, lisez-le.

Nathalie haussait les épaules.

— Je ne veux savoir qu'une seule chose, Alexandre est ici.

— Elle s'approchait d'Yves qui tendait les bras — Il y a une semaine, il était dans un fort, voilà, c'est tout.

— C'est curieux, commençait Sam, même ceux qui devraient comprendre refusent de voir.

Il s'interrompait, regardant Alexandre qui hésitait à parler. Le mari de Nathalie avait encore sur la peau des cloques ; l'odeur de l'uniforme, du mess.

— Se battre ? dit-il. Imaginons que vous ayez raison, Sam. Se battre avec qui ? Les soldats ? C'étaient des paysans de Barcelonnette, d'Isola, des horticulteurs de Saint-Laurent-du-Var, pas un n'était prêt à se battre.

La hargne, l'amertume. « Qu'ils nous foutent la paix, merde ! On l'a eue la guerre, non ? Ce devait être la dernière. » Dans les galeries du fort de l'Authion, cette phrase entendue, un soldat qui apercevait Alexandre, saluait nonchalamment : « Vous êtes réserviste comme nous, mon lieutenant. Qu'est-ce qu'on perd notre temps ici ? Hein, franchement ? »

— Ça leur retombera sur la gueule, dit Sam, parce qu'il vient un moment où il faut savoir.

Il s'était levé, le visage crispé, les poings serrés, paraissant plus trapu encore qu'il ne l'était.

— Un pays, reprit-il, pour moi, c'est un homme. Il faut savoir si l'on veut rester debout ou s'allonger, c'est tout.

— Et les officiers, dit Alexandre, même chose ou pire.

Le lieutenant Charles Merani — « mon beau-frère » — officier de liaison, affecté à l'état-major, qui déjeunait au mess, répétait : « Qui sont les véritables ennemis de la France ? Qui nous pousse à cette guerre absurde ? Je vais vous le dire. Depuis Blum... » Le colonel imposait le silence à Merani, mais, dès qu'il avait quitté le mess, la plupart des officiers entouraient Merani : « Les youpins... »

— À vomir, disait Alexandre.

Au début du mois de novembre, peu de temps après sa démobilisation, le coup de téléphone de Gustav Hollenstein : « Alexandre, je n'ose pas... Voulez-vous prévenir Sam, quelques-unes de ses toiles, je ne pense pas que ce soit irrémédiable, mais il vaut mieux l'avertir. »

Dans la nuit, on avait pénétré dans un des salons de l'Hôtel Impérial où venait d'être inaugurée l'exposition des œuvres de Sam Lasky, peintures et sculptures. On avait crevé des toiles, renversé les sculptures, écrit en lettres blanches : *Juifs pourriture de l'esprit.* Sam avait à peine regardé ses tableaux :

— Mon cher Alexandre, avait-il dit, ma vie, c'est ça.

Il montrait les toiles, les architectures de métal.

— Mais je serai très heureux le jour où on aura ces ordures en face. Parce qu'il y a une vermine dont il faut débarrasser l'espèce.

Sam parlait la mâchoire inférieure en avant, sa laideur effacée par sa détermination. Puis il avait souri.

— Je suis naïf, cette vermine ne fait jamais face. Elle vous gratte toujours dans le dos. L'épouillage n'est jamais terminé.

Il redressait une sculpture, embrassait Violette, riait :

— J'ai l'impression que tu vois des enfants morts.

Ce ne sont pas des enfants. C'est de la toile, du bronze, seulement ça.

Gustav Hollenstein allait et venait dans le salon, s'arrêtant devant l'inscription, fumant cigarette sur cigarette.

— Quels sauvages ! disait-il.

Le commissaire Renaudin entrait dans le salon avec un inspecteur.

— Vous n'êtes pas antisémite, commissaire, demandait Sam en riant, ce serait amusant ?

Renaudin se figeait :

— Vous êtes qui, Monsieur ?

— Le juif, le naturalisé, celui qui pourrit l'esprit français. Il faisait une grimace, plissant le visage, relevant les lèvres :

— L'artiste, disait-il en entraînant Violette.

Silence dans l'atelier d'Alexandre.

— De toute façon, dit enfin Sam, il y aura la guerre.

Nathalie a pris Yves dans ses bras, elle l'embrasse, elle sort de la pièce.

— Tu ne devrais pas jouer avec ces mots, dit Violette.

Sam inspire lentement, passe sa main sur son visage comme s'il voulait effacer l'expression de colère qui est née aux premiers mots de Violette.

— Il faut, dit-il calmement. Il faut, sinon nous serons tous surpris. Becker m'a raconté. L'Allemagne... — Il s'interrompt. C'est un homme très pondéré, Becker, un calme. Il n'exagère pas, mais ce qu'il a dit est vrai.

La voix de Sam s'enfle :

— Ce qu'il a vu, parce qu'il faut l'avoir vu, ces femmes auxquelles on a mis un écriteau autour du cou, Jude, Kommunist, et les enfants, les gosses de treize ans, Revelli, qui dénoncent.

Il change de ton tout à coup :

— Comment voulez-vous avoir la tête à peindre ? Ou alors comme Pablo, Guernica. Mais il n'y a qu'un Pablo.

Il embrasse Violette.

— Mais comment ne pas travailler ? Autant crever.

La guerre aux portes.

Carlo Revelli en parlait avec calme à Alexandre dans les ruelles de Saint-Paul, recherchant celles qui, orientées vers le sud, aspiraient le soleil bas jusqu'aux pavés inégaux.

— Hollenstein est juif. Si demain il y a la guerre, disait Carlo, est-ce qu'on sait ?

À Rome, les députés fascistes, debout, hurlent, le bras levé : *Nizza, Nizza nostra, Corsica, Savoia,* et l'ambassadeur de France s'éloigne, pâle. Jean Médecin, le maire de Nice, proclamait : *Nice doit tout à la France, Nice attend tout de la France, Nice donne tout à la France. Ce pays est français, il n'a d'autre idéal que la France.*

— Il peut parler dans les banquets, le maire, continuait Carlo. Si les autres sont les plus forts... La politique, c'est comme les affaires. Celui qui a le plus de ça — il fit le geste de froisser les billets — l'autre, il baisse le pantalon. À la guerre, ça, c'est les armes. Alors, si on est les moins forts...

Alexandre se mit à rire.

— La force des Italiens, pas très bons soldats, nos ancêtres. En Espagne, ils ont couru, vite.

— Il y a, dit Carlo, I Tedeschi.

Il fit une grimace en employant le mot italien.

— Les Allemands. En 14, ils ont presque gagné.

Un mouvement de la tête pour signifier qu'il avait décidé, puis accélérant le pas :

— Hollenstein est juif, répéta Carlo. S'il y a la guerre, on cherchera des coupables. Avant, dans ma jeunesse, c'était nous, les Italiens, moi, quand ils ont tué le président Carnot...

Il lâche le bras d'Alexandre :

— Je t'ai raconté tout ça, un jour, justement quand ils ont tué Sacco et Vanzetti. Maintenant, c'est les juifs, et pour Nathalie, pour Yves, pour toi, si j'achète, c'est mieux.

Il pose la main sur l'épaule de son fils. Ils débouchent sur la place. Nathalie, cachée derrière un platane, appelle Yves, qui court, tente de la découvrir, puis se met à pleurer. Carlo va vers lui, se penche, le soulève :

— Ce sera mieux, dit-il, si c'est à nous, à Yves.

Il cligne de l'œil à Alexandre :

— Lui, c'est un vrai Français. Toi déjà, aussi. Mais Yves, tout à fait.

— Comment va Yves ? demanda Gustav Hollenstein, en servant le café sur la terrasse de l'Hôtel Impérial. Si nous nous mettons d'accord, c'est à lui qu'il faut penser.

Nathalie prit la cafetière des mains de son père, se leva, continuant à servir.

— Je n'aime pas vos discussions, dit-elle. On a l'impression que vous ne pensez qu'au pire. Vous vous préparez au pire.

Elle posa la cafetière, caressa le visage d'Alexandre, restant debout :

— Vous faites naître le pire en le prévoyant.

Elle alla vers le bord de la terrasse. J'étais gaie et la tristesse me gagne, j'ai peur pour Yves, pour Alexandre, j'ai peur. J'écoute en moi, la nuit, la vibration plaintive d'un violoncelle. Je sais que vous avez raison. Cette photo trouvée l'autre jour, comme un signe, ma mère, ses yeux fixes, presque hagards. Ils se posaient encore sur moi, et pourtant je me souviens si peu d'elle. Mais toujours, quand ma mémoire la retrouve ou que je l'imagine, elle pleure, ou bien elle me serre à m'étouffer, et ce chant, la nuit, sa voix, il me semble.

— Je voulais te demander, dit tout à coup Nathalie, interrogeant son père.

Ils se tournèrent vers elle. Elle repoussait de son front une mèche et Alexandre aima ce geste. Il eut envie de la rejoindre, mais les pères étaient assis entre eux et il ne se leva pas.

— Maman, reprit Nathalie, tu ne m'as jamais dit comment elle était morte.

Gustav Hollenstein fut seulement capable de secouer la tête.

— Elle s'est suicidée, n'est-ce pas ?

Il fit oui.

Nathalie regarda l'horizon. Il suffisait de dire le pire. Et il était là.

44

Si jamais il doit...

Louise Revelli n'osait aller au-delà. Elle se mouchait, essuyait ses yeux, s'appuyait à la table, elle entendait sonner midi à l'église du port. Machinalement, elle mettait l'eau à bouillir, commençait à couper le pain, versait lentement le riz et, tout à coup, elle posait le paquet, allait s'asseoir, enfouissait son visage entre ses bras. Si jamais il doit...

Trop pour une vie, trop pour elle.

Elle sanglotait. Elle voulait cesser de pleurer avant que son père entre dans la cuisine. Elle se levait, baissait le gaz, continuait de verser le riz. Elle traversait l'appartement, ouvrait une des fenêtres qui donnait sur la rue de la République, face à l'épicerie Millo. Lucien, un long tablier bleu lui couvrant la poitrine et les jambes, bavardait avec une cliente. Il apercevait sa mère, criait : « Une demi-heure. » Louise retournait dans la cuisine, lavait la salade, dressait la table. Elle se croyait calmée. Puis, quand elle plaçait l'assiette de son fils, sa serviette, elle ne pouvait plus, les larmes de nouveau, sans à-coup, comme un corps qui se vide. Elle murmurait : « Lucien, Lucien. »

Vincente poussait la porte, regardait sa fille, s'immobilisait :

— Oh, Louise, va ?

— Va papa, va.

Elle se mordait les lèvres, l'impression que son visage gonflait de toutes les larmes retenues. Elle égouttait le riz, sans voir, les yeux serrés. Vincente avait ouvert la T.S.F. offerte par Violette ce jour de Noël, quand ils étaient tous là, dans la cuisine, Dante et Antoine, les gosses, Roland, Edmond, Christiane, que Denise gardait sur ses genoux, Giovanna et son frère Rafaele. Violette était arrivée pour le dessert, des « gances » chaudes que Louise versait directement de la poêle dans le plat de porcelaine posé au centre de la table. Elle saupoudrait de sucre. Elle prenait sur le balcon le saladier couvert d'une assiette. Et quand elle la retirait, que les gosses apercevaient la crème, ils criaient, Roland plongeant déjà une gance dans le saladier. Dante retenait son fils par le bras. « Chacun son tour, disait-il, pas de privilégié, ici. »

— D'abord les enfants, répondait Louise, laisse-le.

Lucien faisait un geste — « Attendez » — descendait à l'épicerie, remontait avec deux bouteilles de vin mousseux qu'il avait gardées au frais dans la glacière du magasin. Il débouchait la première, bouchait le goulot avec la paume.

— Remplis, disait Antoine. L'année prochaine, on sait pas si on aura le même.

Violette hésitait sur le seuil de la cuisine. Le silence, brusquement, tous se tournant vers elle.

Denise s'approchait, sa fille sur le bras gauche, et, de la main droite, elle soulevait ses cheveux :

— Violette. Assieds-toi, disait-elle.

Rafaele Sori proposait sa chaise. Violette secouait la tête.

— Je ne savais pas, je serai venue plus tard, commençait-elle.

Vincente embrassait sa fille. Il était devenu plus petit qu'elle, qui semblait au contraire, peut-être à cause du béret, du col de fourrure de sa veste qu'elle portait relevé, très grande. Vincente la tenait longtemps contre lui, prenait le visage de Violette entre ses mains :

— En ce moment...

Il n'osait dire : « Tu es belle. »

— Ça va bien pour toi ? demandait-il seulement.

Il se mettait à rire, et l'on sentait que tout son corps se gonflait comme s'il avait posé une caisse de bouteilles et qu'il respirait enfin librement.

— Ils sont tous là, mes enfants, disait-il, tous.

Il se tournait vers les autres, Denise, Giovanna, Rafaele.

— Quatre. On avait peur, avec Lisa. Qu'est-ce qu'un enfant deviendra ? Surtout nous, en ce temps-là, travailler, c'était déjà beau.

Mais Lisa, ça, sans elle...

Vincente baissait la tête.

— Bois, papa.

Dante remplissait le verre de Vincente. Edmond voulait boire aussi, Roland retenait son cousin : « Moi aussi, disait-il, moi aussi. »

Lucien ouvrait la deuxième bouteille.

— J'ai apporté pour toi, disait Violette.

Elle revenait du couloir avec un carton. Vincente ému, le vin, les enfants, là, et cette phrase, comme un refrain qu'il répétait en lui : « Si Lisa, si votre mère pouvait voir ça, elle, oui, elle qui aurait tant voulu vous voir plus tard, et maintenant, tous vos enfants,

Roland, Edmond, Lucien, Christiane, elle qui disait : « Plus tard, comme on sera heureux de les avoir eux. Quatre, c'est difficile, aujourd'hui, mais quand on sera vieux, ils seront là, tous les quatre, ils seront mariés. »

Edmond et Roland ouvraient le carton. « Un poste de T.S.F. », disait Edmond, en se tournant vers son père. Antoine se levait : « Hé, pa, disait-il à Vincente, elle te gâte, ta fille. »

Dante enfonçait la prise, le petit écran jaune rayé d'indications s'illuminait.

— Moi, murmurait Vincente, la T.S.F., sieu viei, je suis vieux maintenant.

Violette l'embrassait, chuchotant :

— Tu l'écouteras, papa, avec Louise.

— Tu restes un peu avec nous ? demandait Vincente. Tu viens jamais ?

Tous la regardaient. Elle avait chaud. Elle enlevait sa veste que Louise prenait, emportait dans la chambre, et Violette alors avait froid avec ce chemisier de soie imprimée, trop décolleté. Elle baissait la tête, gardait sa main sur sa poitrine, rapprochant les bords de l'échancrure.

— Je travaille, commençait Violette.

Assis en face d'elle, à l'autre bout de la table, entre Denise et Giovanna, Rafaele Sori, qu'elle n'avait plus revu depuis le Veglione. Pendant que les enfants passaient d'une station de radio à une autre, chansons que Lucien ou Antoine reprenaient parfois : *... les fandangos et les mantilles... ma brune... l'Espagne...,* Violette observait Rafaele qui fumait, les yeux rieurs, regardant les enfants.

— L'Espagne, dit Dante, voilà ce qu'on en a fait, une chanson.

— Qu'est-ce que tu veux en faire d'autre ? — Antoine arrêtait la T.S.F. — puisque c'est foutu.

— Vraiment, il n'y a plus d'espoir ? demandait Violette.

Elle interrogeait Rafaele.

— Ils prendront Barcelone et puis Madrid, dit Rafaele, dans un mois, deux. Après, ils nettoieront le pays. Ce sera comme en Italie ou en Allemagne. Pire, parce qu'ils voudront se venger.

Louise, debout devant la cuisinière, se retournait, les écoutait, retirant la poêle du gaz. Guerre. Munich. Dante qui commençait à crier : « Ce qu'ils veulent, c'est la guerre contre l'U.R.S.S. »

Guerre.

Lucien avait été rappelé à l'armée, à la mi-septembre, et ç'avait été comme si l'on prenait Louise par le cou, serrant. Elle perdait le souffle, seuls des sanglots qu'elle voulait retenir passaient la gorge. Il était parti dans un régiment de chasseurs alpins, comme...

La nuit, elle ne savait plus. Qui partait ? Millo, le père de Lucien, avec qui elle dansait le 14 juillet 1914 et à la fin du mois, dans la colline, au mont Boron, sur les aiguilles de pin, avec ces buissons de ronces où elle perdait sa main, ils s'étaient allongés, côte à côte, car il allait partir, Millo, et ils devaient se marier.

La nuit, elle ne savait plus, Louise. Le père, le fils, une guerre de nouveau qui menaçait.

Mais qu'est-ce que c'était, la vie ?

Elle avait encore au bord des yeux les larmes de ce temps-là, et voilà que d'autres montaient. Après le père, Lucien, dans un régiment de chasseurs, et il était des classes rappelées. En cette fin de septembre 38 — grisaille qui masquait les collines — Louise avait couru vers *L'Éclaireur* pour lire les nouvelles. Des groupes se formaient devant les panneaux, on parlait d'évacuer la ville, d'une déclaration de guerre de l'Italie, de réquisitions. Louise courait sur l'avenue de la Victoire, elle espérait revoir Lucien. Mais les soldats avaient embarqué à la gare de Saint-Roch.

Trop pour une vie, trop pour elle.

Elle s'était remise à prier, s'agenouillant devant sainte Thérèse, sa vierge, celle qui, un jour où Millo était malade, et le docteur ne savait pas, diphtérie, convulsions, sainte Thérèse qui l'avait sauvé.

Puis, la peur qui avait commencé à naître, on allait la punir, parce que, à la fin de ce mois de juillet 1914, avant le mariage, avec Millo qui partait, elle avait, sur les aiguilles de pin et la main se perdant dans un buisson de ronces, elle avait... Mon Dieu, mon Dieu. Toute sa vie qu'elle avait peur, elle le découvrait maintenant en ce septembre 38. Peur pour ce fils. Millo, déjà, qu'on lui avait pris, et peut-être parce qu'on avait voulu les châtier. Pas Lucien... Elle priait le matin, quand le premier tram la réveillait, qu'elle ne réussissait plus à se rendormir, elle murmurait : « Sainte Marie, mère de Dieu... »

Elle remerciait la Vierge, les soldats défilaient derrière la fanfare, cors de chasse, gaieté des cuivres, les drapeaux aux fenêtres, les mots à la première page des journaux : LA PAIX EST SAUVÉE. « Sainte Marie, mère de Dieu... » Lucien, de nouveau, chaque jour, qu'elle servait le premier, avant le père. Lucien, qu'elle regardait de la fenêtre, quand il déposait les cageots sur le trottoir, devant l'épicerie, qu'il écrivait à la craie : *Aujourd'hui : brous,* qu'il rapportait un bol de ce fromage blanc : « Pour toi, maman, je l'ai gardé », ou bien, le samedi, quand elle le voyait, au coin de la rue Barla — là où, avec Millo, souvent, elle aussi... — rejoindre Lily.

La paix.

Mais Dante était venu, peu après Munich, et comme elle disait : « La paix, cette fois... », il avait répondu sans lui expliquer : « Si tu crois que c'est fini. » Et Louise sentait bien que tout bougeait. La grève, à la fin de novembre, des bagarres dans la rue de la République, des tramways qui passaient avec, sur la plate-forme, des gendarmes casqués, mousqueton à l'épaule, et une voisine, à l'épicerie, qui disait : « À la compagnie des trams, ils en ont mis sept cents à la porte, parce qu'ils ont fait grève. Sept cents.

On n'avait plus vu ça depuis la guerre. » Louise racontait à Dante, mais il l'interrompait : « La grève, moi, je l'ai pas faite, j'ai eu la frousse, je me suis dégonflé. »

— Pour une fois que tu fais quelque chose d'intelligent, avait dit Denise.

Guerre. Ils en parlaient en ce Noël 38.

— Sam, commençait Violette, dit qu'il faudra la faire, parce que Hitler, il voudra toujours davantage.

— C'est pourri, disait Antoine. Les gens, de Hitler... qu'on leur foute la paix, voilà ce qu'ils demandent, et pourquoi pas ?

Dante écoutait son frère. Se souvenait.

Lebrun, au mois de juin 38, avait acheté une petite Citroën. Ils étaient partis, les cannes à pêche dépassant du coffre. Dante assis sur le siège arrière, Yvette avait pris Roland sur ses genoux, devant, près de son mari. Lebrun klaxonnait souvent, clignait de l'œil à Roland.

— Ça te plaît, fiston ? demandait-il.

Il riait, donnait un nouveau coup de klaxon. Ils avaient longé la baie de Sainte-Maxime, et, au-delà de Saint-Tropez, ils s'étaient arrêtés dans la pinède qui couvrait le cap Camara. La houle incessante des cigales, ressac aigu, la bâche que l'on attachait aux troncs de quatre pins, Yvette qui sortait la marmite pour la soupe de poisson, et Roland qui courait vers les rochers, devançant Dante et Lebrun. Ils lançaient leur ligne, découvraient la longue ride de sable blanc, Pampelonne, plage déserte, sur laquelle, dans un bourdonnement irrégulier, venait se poser, à la fin de la matinée, un avion de l'Aéronavale. Roland s'élançait, revenait en criant : « Ce sont des marins. »

— Ces cons, disait Lebrun, ils nous emmerdent jusqu'ici. S'il y en a une autre, moi, je suis hors course, mais si les jeunes acceptent encore de se faire crever la paillasse, alors c'est que vraiment...

— Cette fois-ci, pas la même guerre, commençait Dante.

Lebrun avait planté sa canne dans un rocher.

— Merde, criait-il, tu l'as faite, l'autre, et tu crois que les guerres, ça change ? Tout, tu entends, tout plutôt que de remettre ça, tout.

Il racontait, Dante, à Antoine, à Rafaele.

— Alexandre, le fils de Carlo, commençait Violette, dit la même chose, personne ne veut la guerre, personne.

— Il faudra bien, dit Rafaele, il faudra bien.

Louise avait commencé à pleurer. Ils continuaient de parler, de la grève de novembre, et Antoine disait :

— Le Front populaire, terminé. Ah ! on nous l'a assez dit, ton grand parti communiste, Thorez, une grève, il faut la terminer, et tu t'étonnes que personne la fasse, ta grève ?

Denise empêchait Dante de répondre.

— Votre politique, disait-elle, vous ne connaissez rien. M. Baudis des amis, nous les avons vus, hier, ils nous expliquaient que la guerre, maintenant, il n'y a plus de risques. Vous, on dirait que vous la voulez, la guerre. Laissez les gens tranquilles, on a assez de soucis avec les enfants. Et toi — Denise se tournait vers Violette — ton ami Sam, on a su pour l'exposition. Dante, dans la nuit...

La sonnerie d'alarme les réveille. Dante traverse la cour de l'Hôtel Impérial, des silhouettes qui disparaissent sous le porche, vers la rue de France. Il court derrière elles, une voiture qui démarre, il tente de noter le numéro, mais une autre voiture surgit, montant sur le trottoir, accélère, Dante bondit sous le porche.

— Des cagoulards, explique-t-il. Sûrement.

Les toiles déchirées, l'inscription : *Les juifs, pourriture de...*

— Remarquez, dit Denise, pour les juifs, on en voit de plus en plus. Sur la Promenade des Anglais, il n'y a qu'eux. On entend parler toutes les langues, mais pas le français. Mon père, à la banque, tous les jours, ils viennent prendre de l'argent. Ça, s'ils attirent la guerre.

La guerre. Louise s'essuyait les yeux, faisait glisser les gances dans l'huile brûlante, elle ne les écoutait plus. La guerre. Le bruit du train de blessés, en septembre 1914, et quand elle les avait vus, raidis, elle avait su que Millo serait l'un d'eux, un jour, que peut-être déjà... La guerre. Le grésillement de l'huile dans la poêle et ce souvenir de la vapeur qui fuse sous les wagons où l'on aperçoit les blessés, chuintement qui couvre aussi les voix.

— Qu'est-ce que tu as ? demande Violette.

Elle s'est approchée de Louise, s'est penchée pour voir ses yeux. Louise secoue la tête, elle n'a rien, peur seulement, mais comment le dire ? Violette prend sa sœur contre elle, l'entraîne dans le couloir, puis dans la chambre, et le désespoir de Louise s'ouvre comme un mur qui cède :

— Si jamais il doit repartir, Lucien..., commence-t-elle.

Elle s'assied sur le lit, Violette près d'elle. Elle dit les maladies de l'enfant, ses cris quand on lui posait les ventouses, qu'elle plaçait le cataplasme de farine de lin. « Une fois, je l'ai brûlé. » Elle pleure. « Si maintenant on me le prend, à quoi ça sert, je pourrai pas, je pourrai pas. »

Elle répète, petite fille qui a tellement peur qu'il faudrait la bercer jusqu'à ce qu'elle s'endorme, consolée, rassurée. Mais que lui dire, puisqu'on peut le lui prendre, son fils, comme on a pris Millo ?

C'est Sam qui a raison. Pour savoir vivre, il faut savoir mourir, accepter que les autres meurent.

— Mais non, mais non, dit Violette, il n'arrivera rien. Tu sais, ils parlent, mais la guerre... Et puis, même si...

— Tu vois, toi aussi tu dis qu'on l'aura.

Louise se tasse sur elle-même, la poitrine comme absorbée, le visage baissé sur les mains.

— Allons, dit Violette, tu crois que maman, quand Dante, qu'il pouvait tous les jours mourir, pendant quatre ans, et elle s'occupait de nous.

— Elle en est morte, dit Louise.

Violette se lève, tire Louise à elle. Elle dit :

— Tu sais bien que c'est cette grippe.

— Elle en est morte, répéta Louise.

Violette n'a plus la force de répondre. Elle n'est plus sûre. L'inquiétude, peut-être, comme un acide qui chaque jour corrode, et vient le moment où il suffit de si peu, une toux, pour que le corps s'effrite.

Violette les retrouva dans la cuisine, parlant fort, Vincente et Rafaele paraissant seuls s'être aperçus de l'absence de Louise. Vincente demandant à voix basse : « Qu'est-ce qu'elle a ? » Violette le rassurait, passait sa veste, les embrassait.

— Votre blessure ? demandait-elle à Rafaele.

— Bien, disait-il. Je travaille avec Antoine. Ça va.

Dans la chambre, elle se penchait vers Louise :

— Tu vas les inquiéter, disait Violette.

Louise se levait, semblant reprendre conscience :

— Tu t'en vas ? demandait-elle.

— Pour eux, répétait Violette, pour Lucien, je t'en prie.

Elle essayait, Louise, depuis Noël, de retenir ce cri. Le matin, dès qu'elle le pouvait, quand elle était sûre que Vincente ou Lucien ne s'étonnerait pas de l'heure trop matinale, elle se levait. Elle lavait les tommettes, elle se dépêchait comme si elle avait eu la charge d'une famille nombreuse. Elle mettait le linge à tremper, préparait les repas, allait jusqu'au marché aux poissons, parce qu'elle pouvait ainsi entrer dans la cathédrale, mettre un cierge à sainte Thérèse, prier. Parfois, son inquiétude devenait colère. Elle passait d'une pièce à l'autre : « Qu'est-ce qu'on peut faire ? Ils vont pas les prendre encore ? »

Mais les événements survenaient, ronds, lisses, ils roulaient vers elle depuis une mystérieuse origine, avalanche qu'on fuyait mais qui vous rattrapait toujours, choisissait, au nom de quelle loi, ses victimes, toujours les mêmes. Louise reconnaissait la rumeur sourde, quand le sol se met à trembler, que les troupes défilent, frappant du talon, et le 14 juillet 39 c'était une grande parade. *Voici que, impressionnant, s'avancent les mastodontes d'acier, les tanks lourds, ce bruit...* La voix du speaker était recouverte par un vrombissement qui remplissait la cuisine. *Nos bombardiers viennent de survoler les Champs-Élysées, nos pilotes...* Musiques. Discours. Bals. Et les journaux. Ces mots comme si le temps ne s'était pas écoulé : *Avec les Allemands,* lisait Louise dans *L'Éclaireur, il faut employer la manière forte.* On creusait des tranchées au jardin d'Alsace-Lorraine, à Saint-Roch, le long du boulevard Dubouchage, à Sainte-Hélène. La préfecture dressait la liste des réquisitions éventuelles. Le mot guerre qu'on retenait encore, mais il donnait des coups sourds. *Chacun doit penser, si les circonstances l'exigent, à remplir son devoir, dans l'ordre et le calme.* Louise reconnaissait cet acharnement de la guerre, et, parfois, le mot perçait, faisant craquer les palissades : *Et si une guerre venait à éclater contre la France, nous serions les premiers à combattre le fascisme en Italie même.* Louise passait devant le cinéma Politéama, place Garibaldi, écoutait cette voix : *Si la guerre... nous, les antifascistes italiens...* qui venait jusqu'à elle. « C'est Pietro Nenni, un socialiste, disait quelqu'un devant l'entrée. Ah ! si la guerre... »

Et, mufle noir et rouge, elle était là, piaffante.

Il semblait que le silence, tout à coup, s'établissait, chacun la regardant en face. On l'avait désignée tant de fois, attendue, guettée. Les portes ouvertes, brusquement, on la fixait sans y croire, cette force inconnue qui surprenait. Dante, lentement, faisait tourner les boutons de la T.S.F. :

— De fausses nouvelles, disait-il, on en a entendu. Avec ce poste, on devrait prendre Moscou.

Le pacte de non-agression germano-soviétique qui vient d'être signé à Moscou, entre les représentants... Le camarade Molotov et le ministre des Affaires étrangères du Reich, Ribbentrop...

La voix, ensevelie parfois.

Dante murmurait :

— Il faut comprendre. On sait pas tout.

Il embrassait sa sœur, son père, distraitement :

— Tu crois que, demandait Vincente, ils vont...

— Qu'est-ce que tu veux que je sache ? hurlait Dante.

Il les quittait. Vincente cherchait le Poste-Parisien.

Après le pacte conclu entre les ennemis d'hier, les capitales se concertent. À Varsovie, on se félicite de la position britannique... Le pacte entre la Russie de Staline et l'Allemagne de Hitler... Le discours que le Chancelier doit prononcer à propos de la question de Dantzig...

L'avalanche.

Des événements comme des billes d'acier. Des dieux inattendus, Dantzig, le Corridor, Ribbentrop, Molotov, apparaissaient. Et leur pouvoir s'étendait jusqu'ici.

Les habitants de Nice doivent, dans la mesure de leurs possibilités, rejoindre leur maison de campagne ou toute localité où ils sont sûrs de trouver un gîte.

On s'interroge sur l'attitude italienne.

— Tu veux que je l'arrête ? demandait Vincente en montrant la T.S.F.

Louise posait le plat de riz sur la table :

— Sers-toi, disait-elle. Lucien va monter.

Elle retournait à la fenêtre pour apercevoir Lucien, et elle s'appuyait à la porte de la cuisine avant de rentrer dans la pièce.

La mobilisation générale... Les dispositions... par voie d'affiches... C'est dans le calme...

Louise ne pleurait plus. Vide.

Vincente sortit de la cuisine, prit sa fille contre lui, commença de lui caresser les cheveux :

— Si jamais Lucien doit, lui aussi, dit Louise, comme son père... Mourir, pensa Vincente, mourir avant.

45

Violette Revelli ne l'attendait pas.

Elle leva les yeux et vit Rafaele Sori devant elle entre les deux palmiers. Il semblait debout sur les remparts comme s'il avait surgi des collines et de la mer qui s'étendaient derrière lui, confondues dans la lumière satinée du crépuscule.

Elle replia lentement le journal. La T.S.F. dans l'atelier, voix de récitant amplifiée par l'écho, déclamant, invisible dans l'obscurité : *L'appel à la nation française de M. Daladier, président du Conseil...*

— C'est la guerre, dit Rafaele, je voulais vous voir.

Il écartait les mains, ouvertes.

La responsabilité du sang répandu retombe entièrement sur le gouvernement hitlérien..., continuait la voix de la T.S.F. couvrant celle de Rafaele. Violette tenta de se dresser en s'appuyant sur les accoudoirs de la chaise longue, mais elle n'y parvint pas, et il lui tendit les mains, qu'elle prit, se retrouvant face à lui qui reculait d'un pas.

— J'ai téléphoné ce matin, dit-il.

Violette, pour la première fois depuis deux jours, était sortie. Un village exsangue, avec seulement ces voix officielles qui se croisaient d'une fenêtre à l'autre : *Un grand calme, une froide résolution et un ordre parfait, la France...*, effacées parfois par la provocante chanson d'un enfant qui traversait en courant la ruelle et qu'on étouffait pour laisser place, de nouveau, aux communiqués de la T.S.F. Alexandre avait déjà rejoint son unité, Nathalie était assise sur le parquet, près d'Yves. Elle embrassait Violette :

— Mon père voudrait que je parte avec Yves, disait-elle en secouant la tête. Mais non, non. Tu sais qu'ils ont signé, il y a une semaine. Carlo Revelli a tout racheté. Mon père n'est plus que le directeur gérant de l'Hôtel Impérial.

Elle s'interrompait, écoutait une des voix :

— Si l'Italie, reprenait Nathalie, s'ils nous attaquent, Alexandre est en première ligne.

— Non, disait Violette, non, Sam ne croit pas qu'ils oseront.

Nathalie se penchait sur Yves qui s'accrochait à son cou, et Violette apercevait, mêlés aux longs cheveux de Nathalie, ces doigts menus qui s'entrelaçaient. Nathalie lui présentait l'enfant. Violette l'entourait de ses bras, commençait à le bercer, désespérée de cette joie qu'elle éprouvait, cette douceur qui rayonnait. Yves commençait à fermer les yeux :

— Et Sam ? chuchotait Nathalie.

Sam avait déroulé ses toiles anciennes, riant tout à coup. « Celle-là... », commençait-il, mais la T.S.F. annonçait un bulletin spécial d'informations. Il s'approchait de Violette, écoutait, prenait la cigarette qu'elle fumait, aspirait une bouffée.

— Tu comprends ? demanda-t-il.

Il décrochait un tableau, le retournait :

— Février 33, je savais bien. Tu comprends, il y a d'abord le nazisme, et ça — il levait la main — c'est mon affaire, juif, polonais, je ne peux pas, je ne serais plus moi. Tu comprends ?

Il s'asseyait près de Violette, lui caressait le visage.

— S'ils gagnent aussi contre la France, il faudra des années.

Il prenait une feuille de papier, le bruit de la plume, aigu, griffure bleue qu'il interrompait.

— Jean Karenberg, ce communiste. Il a téléphoné à Alexandre. Il voulait se tuer. Hitler avec Staline, ça l'a rendu fou. Heureusement, quand on téléphone on ne se tue pas.

Il recommençait à écrire.

— Tu restes ici, disait-il en glissant la feuille dans une enveloppe. Tout, tout est à toi. Si tu as besoin, tu vends.

Elle se couchait sur le ventre, elle se bouchait les oreilles. Sam lui prenait le bras, écartait la paume de l'oreille :

— Tu commences par les lithos, les dessins, puis les dernières toiles, et tu gardes les premières pour quand je reviens.

Il l'embrassait sur la tempe, à la racine des cheveux.

— Tu m'accompagnes, demain ?

La gare, ce train. Ces hommes silencieux que la fatigue semblait avoir déjà saisis. Et Sam qui attirait Violette contre lui.

— Je ne sais pas s'ils voudront de moi, je suis peut-être trop vieux.

Il grimaçait, puis il cherchait les lèvres de Violette, qu'il effleurait.

— Merci, Violette.

Il lui tournait le dos, devenant l'un quelconque de ces hommes qu'elle apercevait agglutinés dans les wagons.

— Sam va essayer de s'engager, disait Violette à Nathalie. Il fera tout.

Elle tendait Yves, endormi, à sa mère. Elle retrouvait les ruelles creusées à ces voix qu'écoutaient des hommes groupés devant le bar-tabac, près de la place. Elle croisait la femme de ménage :

— On a téléphoné, j'ai dit que Monsieur était parti, je sais pas qui.

Rafaele est debout entre les deux palmiers, et son visage disparaît parce que la lumière dans son dos, vive encore, éblouit Violette.

— Sam est parti, dit Violette.

— Je sais, répond Rafaele. On m'a dit.

— Et vous ?

Elle entre dans l'atelier enveloppé par la pénombre, la voix de la T.S.F. déclame, trop haute : ... *La cause de la France se confond avec celle...* Violette tourne le bouton de l'appareil.

— Et vous ? répète-t-elle.

Elle ne s'est pas retournée, mais elle sait que Rafaele est là, à quelques pas. Il avance, lui fait face.

— Je voulais, dit-il, puisque je dois partir...

Il a entrecroisé ses doigts sur la nuque de Violette et il approche son visage, un peu de biais, elle voit ses yeux qui restent ouverts, leurs corps ne se touchent pas, seulement les lèvres, puis les épaules. Elle a les bras tendus, droits, elle serre les poings pour ne pas saisir la taille de Rafaele. Il la tient par la tête, écrasant ses cheveux sous la pression des doigts, et Violette se souvient des doigts menus d'Yves, entrelacés, mêlés aux longs cheveux de Nathalie, Yves qu'elle prenait contre elle, qui fermait les yeux, cette douceur qui rayonnait de l'enfant. Ce besoin qu'il révélait en elle. Ce vide qu'elle devait combler, remplir d'une vie à naître qu'elle bercerait un jour, tenace malgré la guerre.

Violette, peu à peu, ouvre ses poings et noue ses doigts sur le dos de Rafaele qui se cambre.

Paris-Spéracèdes
1975

TABLE

Imprimé en France par

CPI
BUSSIÈRE

à Saint-Amand-Montrond (Cher)
en février 2013

POCKET – 12, avenue d'Italie – 75627 Paris Cedex 13

N° d'impression : 2001161
Dépôt légal : février 2010
Suite du premier tirage : février 2013
S20167/03